中國語言文字研究輯刊

二　編

許錟輝 主編

第 **8** 冊

戰國文字構形研究（上）

陳　立 著

花木蘭文化出版社

國家圖書館出版品預行編目資料

戰國文字構形研究（上）／陳立 著 — 初版 — 新北市：花木
蘭文化出版社，2012〔民101〕
目 4+308 面：21×29.7 公分
（中國語言文字研究輯刊 二編：第 8 冊）
ISBN：978-986-254-864-6（精裝）
1. 古文字學　2. 戰國時代
802.08　　　　　　　　　　　　　　　　101003081

ISBN-978-986-254-864-6

9 789862 548646

中國語言文字研究輯刊
二 編　　第 八 冊　　　　　　ISBN：978-986-254-864-6

戰國文字構形研究（上）

作　　者　陳立
主　　編　許錟輝
總 編 輯　杜潔祥
出　　版　花木蘭文化出版社
發 行 所　花木蘭文化出版社
發 行 人　高小娟
聯絡地址　新北市永和區中正路五九五號七樓之三
　　　　　電話：02-2923-1455／傳眞：02-2923-1452
網　　址　http://www.huamulan.tw 信箱 sut81518@gmil.com
印　　刷　普羅文化出版廣告事業
初　　版　2012 年 3 月
定　　價　二編 18 冊（精裝）新台幣 40,000 元

戰國文字構形研究（上）

陳 立 著

作者簡介

作者／陳立

學歷／國立臺灣大學文學博士

現職／國立高雄師範大學國文系

提　要

　　本書旨在討論戰國時期文字的構形特色，以及不同時期的文字形構變化，與不同地域的材料之差異，並利用出土的墓葬資料，或是器物上所記載的歷史事件、人物名稱等線索，將出土的戰國文字材料分爲楚、晉、齊、燕、秦等五個系統，其下再細分爲銅器、簡牘帛書、璽印、貨幣、陶器、玉石等，予以斷代。由於戰國文字異形的現象十分嚴重，爲了探究文字變化的原因，依序觀察、討論文字形構的變易情形，並且透過甲骨文、金文等相關資料，與戰國文字作一比較，分析其間文字的演變，以及戰國五系文字的形體差異，並且找出形構之增繁、省減、異化、訛變、類化、合文的因素，知曉五系文字的特色。

目次

凡　例

一、本論文所謂的「春秋時期」，係依據《春秋》所載，由魯隱公元年至魯哀公十四年（西元前 722 年至西元前 481 年），「戰國時期」從魯哀公十五年至秦王政統一天下（西元前 480 年至西元前 221 年）。

二、論文中引用的戰國文字材料，悉依楚、晉、齊、燕、秦五系文字之次序排列；又同一系統者，據戰國早、中、晚期依序羅列。引用甲骨文資料，據著錄圖書的編號次序；引用殷商、西周、春秋時期的銅器文字資料，據時代先後排列。

三、戰國文字形體結構演變的現象十分繁多，無法一一詳細論述。論文中列舉之所從偏旁或是部件相同的字例，僅列出一、二字例作爲代表予以說明，餘者則於文中指明其出處，不再詳加論述，以避煩瑣。具有相同現象的字例，亦因字數甚多，無法一一論述，僅於文中指明出處，未再加以說明。此外，部分討論的字例，礙於現今所見材料之限制，僅能列出一例說明。

四、若某字具有多種形體結構演變現象，則分別於相關的現象中討論。

五、引用的文句，若有不識之字，或是缺一字者，以「□」代替；若所缺之字數不明，則以「☑」代替。

六、引用的金文資料，出自《殷周金文集成》，爲避免篇幅過大，正文中一律僅列出該器名稱，而未加上書名與編號。

七、論文引用之字形，多據著錄專書摹寫或繕寫，再以電腦掃瞄放入文

中。文中引用的金文字形，部分出自黃沛榮編製之《電腦古文字形
——金文編》，器名則據《殷周金文集成》之定名；引用的楚簡帛文
字，若尙未正式發表者，多據滕壬生《楚系簡帛文字編》所繕寫者
爲準。

八、論文的注解，採取當頁作注的方式，凡是同一章裡首次出現的專著、
學位論文等，悉於引用時註明出版的機關與日期，期刊論文則註明
出版日期與期數；其次，部分當頁的注解，因電腦自行排序之故，
會將注文移至下一頁。

九、正文中表格的編序，以章爲單位，如（表3-1）即爲第三章「表一」。

十、出土的金、銀器資料甚少，爲求分類之便，將之歸屬於銅器銘文。

十一、上古音的資料，原則上根據郭錫良《漢字古音手冊》所列。

十二、引用之甲骨文著錄專書名稱，除「本文引用著錄甲骨專書簡稱對照
表」所列外，悉書以全名。

十三、「本文引用著錄甲骨專書簡稱對照表」：

中國社會科學院歷史研究所：《甲骨文合集》　　　《合》
中國社會科學院考古研究所：《小屯南地甲骨》　　《屯》
朱歧祥：《周原甲骨研究》　　　　　　　　　　　《周原》
李學勤、齊文心、艾蘭：《英國所藏甲骨集》　　　《英》

十四、論文中引用他人研究成果時，仿梁啓超《清代學術概論》體例，對
於前輩師友一律只書其名而不加「先生」或「師」字，以便行文。

第一章　緒　論

第一節　研究之目的

　　自從周武王建立周朝，有周一代的歷史就此展開。平王東遷之後，進入了東周時期，其間又分為春秋與戰國兩階段。周朝採取分封制度，諸侯國林立，西周時期，王室力量雄大，無論在軍事、政治、文化、文字等方面，皆能予以掌控。發展至東周時期，王室原本掌握的權力，日漸衰微，諸侯趁勢而起，相繼逐鹿中原，稱霸一方，遂有春秋五霸、戰國七雄登上歷史的舞臺。

　　從現今出土的文物觀察，器物上書有文字者，西周時期多見於甲骨文、銅器銘文；春秋時期主要為銅器銘文、玉石文字、貨幣文字；戰國時期隨著時代的進步，器物上書有文字的種類趨多，如：銅器銘文、簡牘帛書文字、璽印文字、玉石文字、陶器文字、貨幣文字等，其間所記載的文字數量，甚或是內容，亦非西周、春秋時期所能比擬。

　　戰國時期的材料豐富，所能提供的研究領域，相較於上古時期任何一個階段，都要來得廣，使得多方的學者投入其間，從事各領域的研究與討論。戰國文字自民國初年已有學者從事相關的研討，如：王國維、郭沫若等人。再者，在王國維提出文字分域說後，諸多的學者，相繼發表不同的意見，或認同、或

修正王國維的說法，直到李學勤提出戰國五系說後，〔註1〕才漸爲海峽兩岸的學術界所接受。

基本上，李學勤將戰國文字分爲五個系統討論，並無問題。此一說法，經過何琳儀於《戰國文字通論》作部分的修正後，也爲多數學者所接受。依何琳儀的分類，戰國時期的楚系包含楚、吳、越、宋、曾、蔡等國，晉系包含晉、韓、趙、魏、衛、東西周、中山等國，齊系包含齊、魯、滕等國。〔註2〕其間的組合成分眾多，是將幾個文化、文字等有關聯的國家聯屬，因而產生「系」的觀念。燕國位於北方，秦國地處西方，二者並無其他在文化、文字上有所關聯的國家與之相聯屬。楚、晉、齊三者稱「系」，應無疑義，秦、燕二者若亦稱之爲「系」，或有名實不符之嫌。從文字的形體結構言，楚、晉、齊、燕、秦雖然同源於前代的文字，卻發展出不同的特色，自成一個系統；再者，配合楚、晉、齊三者稱「系」之說，故本論文採取寬式的稱謂，亦將燕、秦二者稱爲燕系、秦系。

文字的演變，在增繁與省減的交互作用下，產生諸多的異體。發展至春秋、戰國時期，文字異形的現象愈爲嚴重。單純地以時代前後作爲研究的斷代，或可適用於殷商、西周文字，但是在文字異形現象日趨嚴重的戰國時期，則無法從中看出不同地域的差別與特色，因此本論文將之分爲楚、晉、齊、燕、秦等五系文字，觀察其間的演變現象，藉以瞭解不同系統的文字特色，以及其間的同異。

文字的研究，以往多偏重單一文字的考釋，至於文字的形體結構、或其演變規律，縱使得見相關論著，亦多不夠全面，或拘限於個別材料，或有以偏概全之失。以金文、簡牘的研究爲例，往往未將文字的形構演變，列爲研究的重要一環，大多利用出土材料考證經史、職官、地望、音律，或是透過竹書的內容，重新架構先秦時期的諸子學說，或探討當時的社會、律法、經濟等問題，

〔註1〕李學勤：〈戰國時代的秦國銅器〉，《文物參考資料》1957 年第 8 期，頁 38；李學勤：〈戰國題銘概述（上）〉，《文物參考資料》1959 年第 7 期，頁 50～54；李學勤：〈戰國題銘概述（中）〉，《文物參考資料》1959 年第 8 期，頁 60～63；李學勤：〈戰國題銘概述（下）〉，《文物參考資料》1959 年第 9 期，頁 58～62。

〔註2〕何琳儀：《戰國文字通論》，頁 77～183，北京，中華書局，1989 年。

如：〈雲夢秦簡所反映的土地制度和農業政策〉〔註3〕、〈曾侯乙編鐘音律研究〉
〔註4〕、〈郭店竹簡與中國哲學（論綱）〉〔註5〕、《秦律新探》〔註6〕等。又從諸
多的研究篇章觀察，歷來學者的著作，亦多按地域、國家分別研究，相形之下，
對於整個戰國時期文字之跨地域的總體研究則較少觸及。事實上，文字的釋讀
必須有一定依據，透過已知有助於解釋未知。從已發表的文字裡，整理出演變
的規律與現象，不僅有助於瞭解過往之文字的變化，以及演變的途徑與現象，
更可以作爲解釋未知之字的依據。

關於戰國文字的研究，現今所見相關的成果，以學位論文言，大多致力於某
一地域系統的研究，如：《先秦楚文字研究》〔註7〕、《楚系文字研究》〔註8〕、《秦
系文字研究》〔註9〕、《戰國燕系文字研究》〔註10〕、《秦系文字構形研究》等；〔註
11〕或是某一國家的材料研究，如：《中山國古史彝銘考》〔註12〕、《齊國彝銘彙
考》〔註13〕、《宋國青銅器彝銘研究》〔註14〕、《曾侯乙墓鐘銘與竹簡文字研究》

〔註 3〕 楊寬：〈雲夢秦簡所反映的土地制度和農業政策〉，《上海博物館集刊——建館三十
　　　　周年特輯》，頁 127～135，上海，上海古籍出版社，1983 年。

〔註 4〕 潘建明：〈曾侯乙編鐘音律研究〉，《上海博物館集刊——建館三十周年特輯》，頁
　　　　93～115，上海，上海古籍出版社，1983 年。

〔註 5〕 郭沂：〈郭店竹簡與中國哲學（論綱）〉，《郭店楚簡國際學術研討會論文集》，頁 571
　　　　～581，武漢，湖北人民出版社，2000 年。

〔註 6〕 曹旅寧：《秦律新探》，北京，中國社會科學出版社，2002 年。

〔註 7〕 許學仁：《先秦楚文字研究》，臺北，國立臺灣師範大學國文研究所碩士論文，1979
　　　　年。

〔註 8〕 陳月秋：《楚系文字研究》，臺中，私立東海大學中國文學系碩士論文，1992 年。

〔註 9〕 陳昭容：《秦系文字研究》，臺中，私立東海大學中文研究所博士論文，1996 年。

〔註10〕 蘇建州：《戰國燕系文字研究》，臺北，國立臺灣師範大學國文研究所碩士論文，
　　　　2001 年。

〔註11〕 徐筱婷：《秦系文字構形研究》，彰化，國立彰化師範大學國文教育研究所碩士論
　　　　文，2001 年。

〔註12〕 朱歧祥：《中山國古史彝銘考》，臺北，國立臺灣大學中國文學系碩士論文，1982
　　　　年。

〔註13〕 江淑惠：《齊國彝銘彙考》，臺北，國立臺灣大學中國文學系碩士論文，1985 年。

〔註14〕 潘琇瑩：《宋國青銅器彝銘研究》，臺南，國立成功大學中國文學研究所碩士論文，
　　　　1994 年。

〔註15〕、《戰國中山國文字研究》〔註16〕、《楚國文字構形演變研究》〔註17〕、《吳越文字研究》〔註18〕、《東周齊國文字研究》等；〔註19〕甚者僅是論述書寫於某種質材的文字，如：《先秦古璽文字研究》〔註20〕、《戰國古璽文字研究》〔註21〕、《楚金文研究》〔註22〕、《秦金文研究》〔註23〕、《戰國璽印文字研究》〔註24〕、《郭店楚簡文字構形研究》〔註25〕、《郭店楚簡異體字研究》等。〔註26〕再者，又以臺灣為例，將戰國時期的文字採取整體性研究者，早期僅見《戰國文字研究》，〔註27〕其後則未見全面、眾合性的著作。隨著出土材料的日增，可供研究、分析的資料愈來愈多，實有必要對於出土的戰國材料重新進行觀察與討論。

有鑑於此，本論文希望將已發表的戰國文字資料，加以蒐羅、整理、觀察、分析，找出戰國文字發展的現象之規律。此外，透過文字形體的觀察，明瞭不同

〔註15〕 謝映蘋：《曾侯乙墓鐘銘與竹簡文字研究》，高雄，國立中山大學中國文學系碩士論文，1994年。

〔註16〕 林宏明：《戰國中山國文字研究》，臺北，國立政治大學中國文學系碩士論文，1997年。

〔註17〕 林清源：《楚國文字構形演變研究》，臺中，私立東海大學中國文學系博士論文，1997年。

〔註18〕 陳國瑞：《吳越文字研究》，高雄，國立中山大學中國文學系碩士論文，1997年。

〔註19〕 黃聖松：《東周齊國文字研究》，臺北，國立政治大學中國文學系碩士論文，2002年。

〔註20〕 林素清：《先秦古璽文字研究》，臺北，國立臺灣大學中國文學系碩士論文，1976年。

〔註21〕 游國慶：《戰國古璽文字研究》，桃園，國立中央大學中國文學研究所碩士論文，1991年。

〔註22〕 黃靜吟：《楚金文研究》，高雄，國立中山大學中國文學系博士論文，1997年。

〔註23〕 洪燕梅：《秦金文研究》，臺北，國立政治大學中國文學系博士論文，1998年。

〔註24〕 李知君：《戰國璽印文字研究》，高雄，國立高雄師範大學國文學系碩士論文，2000年。

〔註25〕 李富琪：《郭店楚簡文字構形研究》，高雄，國立高雄師範大學國文學系碩士論文，2000年。

〔註26〕 羅凡晸：《郭店楚簡異體字研究》，臺北，國立臺灣師範大學國文研究所碩士論文，2000年。

〔註27〕 林素清：《戰國文字研究》，臺北，國立臺灣大學中國文學系博士論文，1984年。

時期以來，戰國文字如何的承襲前代的文字形體，又如何的由一統走向異形，並且發展出不同地域的文字特色，並且利用研究的成果，作爲日後辨析文字的依據。

第二節　研究材料與方法

一、研究材料

　　現今出土之戰國時期的文物甚多，除了有數量可觀的銅器與簡牘、帛書上的文字形體結構可供研究外，尚包括玉石、璽印、陶文、貨幣等。近年來隨著社會的進步，以及都市建設等因素，墓葬的出土時有所聞。在資料的取材上，銅器文字以《殷周金文集成》〔註28〕、《金文總集》〔註29〕、《商周青銅器銘文選》〔註30〕等爲主；玉石文字以〈詛楚文〉〔註31〕、《䂮墓——戰國中山國國王之墓》〔註32〕等爲主；璽印文字以《古璽文編》與《古璽彙編》〔註33〕爲主；陶文以《古陶文彙編》〔註34〕爲主；簡牘帛書文字以《睡虎地秦墓竹簡》〔註35〕、《睡虎地秦簡文字編》〔註36〕、《楚帛書》〔註37〕、《信陽楚墓》〔註38〕、《曾侯乙墓》〔註39〕、

〔註28〕 中國社會科學院考古研究所編：《殷周金文集成》，北京，中華書局，1984～1994年。

〔註29〕 嚴一萍：《金文總集》，臺北，藝文印書館，1986年。

〔註30〕 馬承源：《商周青銅器銘文選》，北京，文物出版社，1986～1990年。

〔註31〕 郭沫若：〈詛楚文〉，《郭沫若全集——考古編》第九卷，北京，科學出版社，1982年。

〔註32〕 河北省文物研究所：《䂮墓——戰國中山國國王之墓》，北京，文物出版社，1996年。

〔註33〕 羅福頤：《古璽彙編》，北京，文物出版社，1994年；羅福頤：《古璽文編》，北京，文物出版社，1994年。

〔註34〕 高明：《古陶文彙編》，北京，中華書局，1990年。

〔註35〕 睡虎地秦墓竹簡整理小組：《睡虎地秦墓竹簡》，北京，文物出版社，2001年。

〔註36〕 張守中：《睡虎地秦簡文字編》，北京，文物出版社，1994年；陳振裕、劉信芳：《睡虎地秦簡文字編》，武漢，湖北人民出版社，1993年。

〔註37〕 饒宗頤、曾憲通：《楚帛書》，香港，中華書局，1985年。

〔註38〕 河南省文物研究所編：《信陽楚墓》，北京，文物出版社，1986年。

〔註39〕 湖北省博物館編：《曾侯乙墓》，北京，文物出版社，1989年。

《包山楚墓》〔註40〕、《包山楚簡》〔註41〕、《望山楚簡》〔註42〕、《江陵九店東周墓》〔註43〕、《戰國楚竹簡匯編》〔註44〕、《江陵望山沙塚楚墓》〔註45〕、《郭店楚墓竹簡》〔註46〕、《上海博物館藏戰國楚竹書（一）（二）》〔註47〕等為主；貨幣文字以《先秦貨幣文編》〔註48〕、《古幣文編》〔註49〕、《中國歷代貨幣大系·先秦貨幣》〔註50〕、《中國錢幣大辭典·先秦編》〔註51〕等為主，作為研究的基本材料。尚未正式發表者，如為楚簡帛文字資料，則引用《楚系簡帛文字編》所收錄的資料，並且從歷來學者所發表的相關單篇論著尋找，以補其不足。

地下遺物常因墓葬的發掘而出土，近年來楚墓、秦墓的發掘時有所聞，相對的，楚簡、秦簡的出土亦日漸增加。此外，不論戰國或春秋時期之楚墓、秦墓，甚或是兩周以來的墓葬發掘，亦常見青銅器伴隨而出。所以，在資料的收集與整理上，尤以竹簡與青銅器最具不定性。亦即它的出土數量變化最大，甚難完全掌握所有已出土的資料。再者，並非一經發掘，旋即正式發表，又因為盜墓者竊得文物後常將之變賣流至海外，因此，往往只能透過相關之發掘報告所附的圖片，從中尋找文字資料。所以，本論文在書寫上，亦須大批的引用相關的墓葬發掘報告，透過其中的資訊，得知相關的資料，以滿足研究上需要。

〔註40〕湖北省荊沙鐵路考古隊編：《包山楚墓》，北京，文物出版社，1991年。

〔註41〕湖北省荊沙鐵路考古隊編：《包山楚簡》，北京，文物出版社，1991年。

〔註42〕湖北省文物考古研究所、北京大學中文系編：《望山楚簡》，北京，中華書局，1995年。

〔註43〕湖北省文物考古研究所編：《江陵九店東周墓》，北京，科學出版社，1995年。

〔註44〕商承祚：《戰國楚竹簡匯編》，濟南，齊魯書社，1995年。

〔註45〕湖北省文物考古研究所編：《江陵望山沙塚楚墓》，北京，文物出版社，1996年。

〔註46〕荊門市博物館編：《郭店楚墓竹簡》，北京，文物出版社，1998年。

〔註47〕馬承源編：《上海博物館藏戰國楚竹書（一）》，上海，上海古籍出版社，2001年；馬承源編：《上海博物館藏戰國楚竹書（二）》，上海，上海古籍出版社，2002年。

〔註48〕商承祚、王貴忱、譚隸華編：《先秦貨幣文編》，北京，書目文獻出版社，1983年。

〔註49〕張頷：《古幣文編》，北京，中華書局，1986年。

〔註50〕汪慶正編：《中國歷代貨幣大系·先秦貨幣》，上海，上海人民出版社，1988年。

〔註51〕《中國錢幣大辭典》編纂委員會編：《中國錢幣大辭典·先秦編》，北京，中華書局，1995年。

二、研究方法

　　從《兩周金文辭大系》的體例觀察，該書對於部分戰國時期的銅器銘文之整理，先依照國別分域，其次再依時代分期。這種斷代與分域的方式，對於兩周文字的研究有莫大的幫助。其後之學者在研究兩周文字時，雖多採用此一方式，卻因爲當時所見的資料有限，未能詳備。所以，本論文在撰寫時，爲配合研究之需，相關的殷商甲骨文、金文，西周之金文，春秋的金文、玉石等文字，列舉一二，與戰國文字比對分析，藉以知曉戰國文字的變異與承襲。

　　對於文字的研究、探討，首重形體的比較與分析。在研究的方法上，主要採取比較法與偏旁分析法，將兩周以來的文字形體一一的比對觀察，並且透過文字間偏旁與部件的比較分析，〔註52〕瞭解同一文字其偏旁、部件不同者爲何，其間的差異有何意義，進而歸納出戰國文字演化的大方向。

　　古文字的研究與分析，往往需以上古音爲輔，本論文在上古音的使用，原則上根據郭錫良的上古音系統，據其在聲紐與韻部的分類歸屬，找出具有表音作用的偏旁替換的原因。其次，由相關的辭例，找出同一文字在形體上的差異，進一步的辨析其增繁、省減、異化、訛變、類化、以及合文的現象，找出文字的變易原因。

　　利用二重證據法，對於一些難識的文字、二字或二字以上採取合文構成的詞彙，透過考古的發現，與地下出土的文物相互印證；或是參考《詩》、《書》、《周易》、《儀禮》、《周禮》、《禮記》、《左傳》、《國語》、《戰國策》、《史記》、《漢書》等文獻資料的記載，相互的對照觀察、證驗，找出相同或相關之處，進而求得較爲正確而且可靠的解答。再者，透過與其他學科的證驗，如音韻學等，相互的參照、比對，找出最適宜的答案，解決部分尚有疑義的文字，使討論的結果更爲明確。

〔註52〕漢字除了獨體的象形、指事外，另一部分係由兩個或兩個以上的獨體所構成的合體字，一般而言，在合體字的組合中，其組成分子無論置於該字的上下左右側，皆可稱之爲「偏旁」，凡是藉以表示字義者，稱爲「義旁」，亦可稱爲「義符」；其次，相對於「聲旁」而言，「義旁」或「義符」，又可稱爲「形旁」或是「形符」；凡是作爲表示聲音功能者，稱爲「聲旁」，亦可稱爲「聲符」。比「偏旁」更小的組成分子爲「部件」，它與單一的筆畫不相同，或爲單一筆畫，或爲二個、二個以上的筆畫所組成，凡是屬於不成文者，皆可稱爲「部件」。

第三節　前人研究概況

　　對於出土文物的研究，一般可以分爲三個階段。當文物剛從墓葬裡發掘出來，由於長期受到自然環境改變的影響，形體往往多已毀損，甚者受到盜墓者蓄意或無意的破壞，更使其支離破碎，故此階段爲文物的修復期。文物出土的情形，並非常如人意，此時僅能從相關的發掘簡報中得知某出土物的形制，無法進一步的從事研究。當出土資料陸續發表之後，文字釋讀的工作，成爲首要進行的事，一般仍是以已知的文字去釋讀未知者，也有對照古書才恍然大悟的，盡其可能的解釋未知的文字，此階段爲考釋文字期。一旦對於文字與內容作過粗略的考定後，即進入考證期，對其相關內容作更深一層的研究與討論。對於出土的文物而言，此三階段並無太大的差異。由於歷年來相關的文字釋讀著作，不可勝數，數量之豐富難以於文中詳盡介紹，故僅能擇要述其一二。

一、楚系文字研究概說

（一）銅器文字

　　楚系銅器文字的研究如下：〈鄂君啓節〉的研究，在學者多次考釋其文字後，〔註53〕多著重在地望的考證；〈楚王孫漁戈〉的「漁」字，本從水從魚從舟從又，石志廉指出正象人乘舟以手捕魚之形，故該字應爲「漁」字的繁構；〔註54〕饒宗頤於〈說「竟重」、「重夜君」與「重皇」〉中，將「坪」字誤釋爲「重」，其說法雖然有誤，卻也曾指引並提供學者們思考的方向。〔註55〕此外，又如：〈關於壽縣楚器銘文中「但」字的解釋〉〔註56〕、〈談談隨縣曾侯乙墓的文字資料〉〔註57〕、〈鄂君啓節釋文〉〔註58〕、〈傳賃龍節銘文考釋——戰國符節銘文研究

〔註53〕郭沫若：〈關於鄂君啓節的研究〉，《文物參考資料》1958 年第 4 期，頁 3～7；殷滌非、羅長銘：〈壽縣出土的「鄂君啓金節」〉，《文物參考資料》1958 年第 4 期，頁 8～11。

〔註54〕石志廉：〈「楚王孫𦥑（漁）」銅戈〉，《文物》1963 年第 3 期，頁 46～47。

〔註55〕饒宗頤：〈說「重竟」、「重夜君」與「重皇」〉，《文物》1981 年第 5 期，頁 75～77。

〔註56〕王人聰：〈關於壽縣楚器銘文「但」字的解釋〉，《考古》1972 年第 6 期，頁 45～47。

〔註57〕裘錫圭：〈談談隨縣曾侯乙墓的文字資料〉，《文物》1979 年第 7 期，頁 25～33。

〔註58〕姚漢源：〈鄂君啓節釋文〉，《古文字研究》第十輯，頁 199～203，北京，中華書局，1983 年。

之三〉等篇。〔註 59〕經由諸多學者的研究，逐一解決楚系銅器文字的疑難，並且釐清相關問題。

銅器銘文中以鳥書的字形最難辨識，但是透過曹錦炎一系列的研究，近年來日漸的解決若干的問題，對於鳥書文字的辨識，實有莫大的幫助，其著作甚眾，如：〈越王嗣旨不光劍銘文考〉〔註 60〕、《鳥蟲書通考》等，後者分為吳、越、蔡、楚、曾、宋、徐、齊等國別一一論述，考釋文字與相關詞彙。此外，黃德寬〈蔡侯產劍銘文補釋及其他〉重新考訂該劍上的鳥書。〔註 61〕

何琳儀《戰國古文字典——戰國文字聲系》收錄戰國時期各種不同材質的材料，如：銅器、簡帛、璽印等，將 1991 年之前的文字材料，以聲繫形，分齊、燕、晉、楚、秦、分域待考等六類，逐一考釋。〔註 62〕該書係現今收錄、考釋戰國文字資料最為齊備的專著，惟部分的字例出處未明確標示，或是字形摹寫失真，造成考釋的錯誤。

研究楚系銅器文字的博碩士論文，近來有不少著作，如：《宋國青銅器彝銘研究》，考釋東周時期之宋國器的銘文內容；《楚金文研究》，收集西周至戰國時期楚國的銅器文字，並加以分析其形體結構，文末附有《字表》，僅據斷代結果分期收錄，未見任何辭例；《吳越文字研究》，將吳越二國的文字，依禮器、樂器、兵器、日用器等分類，考釋其上的銘文，文末附有《字表》，未見任何辭例。此外，亦見綜合兩周時期青銅兵器的研究，如：《兩周青銅句兵銘文彙考》，〔註 63〕將兩周時期的兵器依照時代先後排列，再區分國別，劃分系統，並且考釋部分的文字，將可疑之器置於文後，直指作偽處。

尚有部份著作係收錄各種不同材質的材料，如：銅器、簡帛、璽印等，作綜合性的研究，此類的著作，如：《先秦楚文字研究》，主要為簡帛與銅器文字研究，因寫作年代較早，收錄的材料與所見的摹本多有缺漏；《戰國文字研究》，

〔註59〕李家浩：〈傳貨龍節銘文考釋——戰國符節銘文研究之三〉，《考古學報》1998 年第 1 期，頁 1～10。

〔註60〕曹錦炎：〈越王嗣旨不光劍銘文考〉，《文物》1995 年第 8 期，頁 73～75。

〔註61〕黃德寬：〈蔡侯產劍銘文補釋及其他〉，《文物研究》總第 2 期，頁 95～98。

〔註62〕何琳儀：《戰國古文字典——戰國文字聲系》，北京，中華書局，1998 年。

〔註63〕林清源：《兩周青銅句兵銘文彙考》，臺中，私立東海大學中國文學研究所碩士論文，1987 年。

收錄的資料種類甚廣，有銅器、簡帛、璽印、玉石等，將文字形構條析縷分一一論述，爲研究戰國文字形體結構的先驅；《楚系文字研究》，以銅器與簡帛文字爲主，分析文字的形構；《曾侯乙墓鐘銘與竹簡文字研究》，以曾侯乙墓出土的銅器與簡帛文字爲主，分析文字的形構，文末附有《字表》，收錄的字形未全，也未見任何辭例；《楚國文字構形演變研究》，題目指出研究範圍爲「楚國文字」，就材料取捨言，主要爲銅器材料，其次爲簡帛文字，並參有少數的璽印資料，大致已充分掌握楚國文字的形體結構演變現象；《戰國合文研究》，〔註64〕收錄的資料種類甚廣，有銅器、簡帛、璽印、玉石、貨幣、陶器等，分類敘述其形構與語詞的形式，文末附有《字表》，未見任何辭例；《戰國楚系多聲字研究》，〔註65〕主要以銅器、簡帛、璽印等資料，分析多聲字的現象，惟所舉的多聲字例甚少，不容易觀察出楚系的特色。

現今所見的銅器文字字表，以容庚《金文編》最爲重要，〔註66〕該書收錄的資料雖然豐富，可惜因出版的年代早，儘管時而再版，對於歷來新出的資料往往未能悉數添加。近來出版的相關圖書，如：《金文詁林》〔註67〕、《金文詁林補》〔註68〕、《金文編訂補》〔註69〕、《金文編校補》〔註70〕、《金文形義通解》〔註71〕、《四版《金文編》校補》〔註72〕等，多能針對使用者的需求，收錄相關的辭例，使得金文資料的查尋更爲便利。

此外，尚有將歷來所見如甲骨文、金文、簡帛與璽印文字等資料收錄編製者，如：《漢語古文字字形表》，〔註73〕其缺失與《金文編》相同，其優點在於

〔註64〕林雅婷：《戰國合文研究》，高雄，國立中山大學中國文學系碩士論文，1998年。

〔註65〕許文獻：《戰國楚系多聲符字研究》，彰化，國立彰化師範大學國文研究所碩士論文，2001年。

〔註66〕容庚：《金文編》，北京，中華書局，1992年。

〔註67〕周法高：《金文詁林》，日本京都，中文出版社，1981年。

〔註68〕周法高：《金文詁林補》，臺北，中央研究院歷史語言研究所，1982年。

〔註69〕陳漢平：《金文編訂補》，北京，中國社會科學出版社，1993年。

〔註70〕董蓮池：《金文編校補》，長春，東北師範大學出版社，1995年。

〔註71〕張世超、孫凌安、金國泰、馬如森：《金文形義通解》，日本京都，中文出版社，1995年。

〔註72〕嚴志斌：《四版《金文編》校補》，長春，吉林大學出版社，2001年。

〔註73〕徐中舒：《漢語古文字字形表》，臺北，文史哲出版社，1988年。

易知曉文字的發展源流;《戰國文字編》,〔註74〕爲現今所見收錄戰國文字資料最爲齊備者,書中將戰國五系的材料分類,並且標示出處,惟未收錄辭例,引用上諸多不便。

其次,以國別、文字系統或某種書體編製者,如:《東周鳥篆文字編》,〔註75〕於字下詳加辭例,並於文末附上釋文與圖片,編製十分完整;《吳越文字彙編》,〔註76〕僅列出處未見辭例,收錄許多吳越二國鳥書的資料。

（二）簡帛文字

現今所見戰國時期的簡帛資料,以楚地所出土的內容最爲豐富,因此簡帛文字的研究,幾乎集中於楚地資料。關於楚系簡帛文字的研究,筆者曾於拙作中將西元 1940 年至 1999 年 1 月爲止的相關著作分類整理,請參閱該書所載。〔註77〕其後所見的文字考釋,大多集中於郭店楚墓所出竹書的文字辨識,如:〈郭店竹簡選釋〉,〔註78〕〈郭店楚簡散論(二)〉等。〔註79〕此外,李家浩透過與《汗簡》、《古文四聲韻》等書的對照,將楚簡的「昆」字與從偏旁「昆」字者一并釋出,〔註80〕對於楚簡的釋讀有莫大的幫助。在諸多考釋的著作裡,周鳳五的文章十分具有創見,除了利用古文字資料比較其相對應的關係外,更透過辭例、文義、語音、訓詁等解決問題,討論的篇幅雖然不大,卻多能直指問題所在,由於著作甚眾,在此不一一列舉,僅以〈郭店楚簡〈忠信之道〉考釋〉爲例,其釋讀「化物而不伐」之「化」字、「必至而不結」之「必」字、「巺天地也者」之「巺」字等,〔註81〕除了兼顧文從字順外,亦考慮到先秦思想史的發展。

〔註74〕湯餘惠:《戰國文字編》,福州,福建人民出版社,2001 年。

〔註75〕張光裕、曹錦炎:《東周鳥篆文字編》,香港,翰墨軒出版有限公司,1994 年。

〔註76〕施謝捷:《吳越文字彙編》,南京,江蘇教育出版社,1998 年。

〔註77〕陳立:《楚系簡帛文字研究》,頁 57~68,臺北,國立臺灣師範大學國文研究所碩士論文,1999 年:〈附錄一:楚系簡帛著作知見目錄(1940 年 1 月~1999 年 1 月)〉。

〔註78〕何琳儀:〈郭店竹簡選釋〉,《文物研究》總第 12 輯,頁 196~204。

〔註79〕顏世鉉:〈郭店楚簡散論(二)〉,《江漢考古》2000 年第 1 期,頁 38~41。

〔註80〕李家浩:〈楚墓竹簡中的「昆」字及從「昆」之字〉,《中國文字》新廿五期,頁 141~147,臺北,藝文印書館,1999 年。

〔註81〕周鳳五:〈郭店楚簡〈忠信之道〉考釋〉,《中國文字》新廿四期,頁 121~128,臺北,藝文印書館,1998 年。

　　此外，亦有不少文章討論包山竹簡的文字，如：〈釋楚簡中的「繆」（繆）字〉〔註82〕、〈包山楚簡解詁試筆十七則〉〔註83〕、〈包山楚簡補釋〉等篇章。〔註84〕包山竹簡文字釋讀工作已到一定的階段，其後所見多爲修正前人的意見。

　　最近隨著上海博物館所藏竹書的公佈，學者們亦投入大量的時間與人力，從事相關的討論與研究，關於文字考釋的文章，也隨之日漸增多，如：〈孔子詩論〉〔註85〕、〈〈孔子詩論〉新釋文及注解〉〔註86〕、〈滬簡詩論選釋〉〔註87〕、〈上博、郭店二本〈緇衣〉對讀〉〔註88〕、〈上海博物館所藏楚簡文字說叢〉〔註89〕、〈《上博簡》（一）「詩無隱志」考〉〔註90〕等，透過學者的考釋，〈孔子詩論〉的內容已日漸清晰。

　　研究楚系簡帛文字的博碩士論文，自 1999 年 1 月以來，陸續有不少著作，如：拙作之《楚系簡帛文字研究》，討論歷來已發表的簡帛文字形構現象，並且透過文字的使用，瞭解當時產生通假的因素，並將戰國五系文字與《說文》古文相較，重新檢視其中的關係；《郭店楚簡異體字研究》，在資料的處理雖非採全面的取樣，基本上也掌握了楚系簡帛文字形構上的特色；《郭店楚簡文字構形研究》，與《郭店楚簡異體字研究》差異不大，文後附有《字表》，其編列的《字表》多爲抄錄他書所見的資料，內容上實不及張光裕、張守中等人所編製的《字表》；《考釋楚簡帛文字的問題及方法——以考訂《楚系簡帛文字編》爲背景的研究》，〔註91〕論文名稱與內容多不相涉，始終未見作者提出考釋楚簡帛文字的

〔註82〕劉釗：〈釋楚簡中的「繆」（繆）字〉，《江漢考古》1999 年第 1 期，頁 57～60。

〔註83〕劉信芳：〈包山楚簡解詁試筆十七則〉，《中國文字》新廿五期，頁 149～160，臺北，藝文印書館，1999 年。

〔註84〕白於藍：〈包山楚簡補釋〉《中國文字》新廿七期，頁 155～162，臺北，藝文印書館，2001 年。

〔註85〕朱淵清：〈孔子詩論〉，簡帛研究網站，2001 年 12 月 18 日。

〔註86〕周鳳五：〈〈孔子詩論〉新釋文及注解〉，簡帛研究網站，2002 年 1 月 16 日。

〔註87〕何琳儀：〈滬簡詩論選釋〉，簡帛研究網站，2002 年 1 月 17 日。

〔註88〕陳偉：〈上博、郭店二本〈緇衣〉對讀〉，簡帛研究網站，2002 年 1 月 24 日。

〔註89〕楊澤生：〈上海博物館所藏楚簡文字說叢〉，簡帛研究網站，2002 年 2 月 3 日。

〔註90〕邱德修：〈《上博簡》（一）「詩無隱志」考〉，《上博館藏戰國楚竹書研究》，頁 292～306，上海，上海書店出版社，2002 年。

〔註91〕徐貴美：《考釋楚簡帛文字的問題及方法——以考訂《楚系簡帛文字編》爲背景的

方法與問題，只是校正《楚系簡帛文字編》的隸定，其次通文引用諸家的說法，僅擇其一以爲訂正；《郭店楚簡緇衣文字研究》，〔註 92〕針對〈緇衣〉的文字進行研究，逐字的將甲骨文、金文、簡文、篆文羅列說明。

　　筆者曾對西元 1999 年以前所編製的楚系簡帛文字之《字表》作過討論，請參見拙作論述。〔註 93〕其後所見，如：《郭店楚簡文字編》，〔註 94〕分爲單字、合文、存疑字與殘字四部分，所收的字例並不完整，每一個字形下亦未列辭例。

（三）璽印文字

　　璽印多非考古發掘出土，因此判斷其國別與年代十分的困難。一般而言，璽印上的文字，或因國別的差異，某些字形有其地方區域的特色，透過這些特色即可作爲判別的標準。歷來研究璽印者，或從形制入手，或從職官入手，或由文字形體分辨，以晉系文字爲例，其中包含的國家甚多，如：韓、趙、魏、中山、周等，大體上多僅能指出爲三晉的系統，至於細辨國別則有困難。歷來討論官璽國別的文章並不多見，如：〈戰國官璽的國別及有關問題〉〔註 95〕，作者依照文字的特色、官名、地名、行文方式等，將部分璽印依其國屬分爲楚官、齊官、魏官、趙官、韓官等璽印，雖然未能全部列舉，卻也爲研究璽印文字與國屬者提供一項分析的標準。此外，〈戰國古璽分域叢談〉中除依循其說法外，亦加入形制作爲判斷的標準。〔註 96〕由諸多印譜或相關收入璽印印文的書籍觀察，圖書裡收錄璽印形制者不多見，故此項標準雖具科學性質，卻無法於現今完全的落實。

　　《古璽彙編》與《古璽文編》收錄的資料最爲豐富，該書的出版，對於研究璽印文字者，無疑是最佳的工具書。可惜該書有諸多文字未能釋出，再加上

　　研究》，臺中，國立中興大學中國文學研究所碩士論文，2000 年。

〔註92〕黃麗娟：《郭店楚簡緇衣文字研究》，臺北，國立臺灣師範大學國文研究所碩士論文，2001 年。

〔註93〕《楚系簡帛文字研究》，頁 64～68。

〔註94〕張守中：《郭店楚簡文字編》，北京，文物出版社，2000 年。

〔註95〕葉其峰：〈戰國官璽的國別及有關問題〉，《故宮博物院院刊》1981 年第 3 期，頁 86～92。

〔註96〕邵磊：〈戰國古璽分域叢談〉，《南方文物》1996 年第 4 期，頁 34～41。

多數已釋出的文字亦有爭議，甚至解讀錯誤，因此自該書發表以來，學者多次就其訛誤處訂正，如：〈戰國古璽文字考釋補證〉，〔註97〕係就《古璽彙編》釋文部分加以訂正；此外，尚見〈《古璽匯編》釋文校定〉〔註98〕、〈古璽試解十則〉等篇章。〔註99〕

　　璽印文字的考釋，多將各系璽印資料匯聚談論，故較難劃分楚、晉、齊、燕、秦系談論。至今所見篇章甚多，以〈關於安徽阜陽博物館藏印的若干問題〉〔註100〕為例，文中提到「司馬」合文僅見於晉系，又「鉥」字偏旁「金」與「中」字的寫法於楚系中最為特殊，皆具有地域特色。分系討論者，如：〈楚國官印考釋〉〔註101〕、〈楚系官璽例舉〉〔註102〕、〈安徽阜陽出土的楚國官璽〉等。〔註103〕此外，尚有僅考證官璽者，如：〈館藏戰國七璽考〉〔註104〕、〈試釋幾方工官璽印〉〔註105〕、〈戰國古璽考釋十種〉〔註106〕、〈戰國古鉥文字考釋十一種〉等，〔註107〕〈楚國官璽考述〉列舉五十九方楚國璽印，根據前人研究的成果，並依其職官身分分類。〔註108〕

〔註97〕陳爾俊：〈戰國古璽文字考釋補正〉，《文物研究》總第 2 期，頁 99～100。

〔註98〕施謝捷：〈《古璽匯編》釋文校訂〉，《容庚先生百年誕辰紀念文集》，頁 644～651，廣州，廣東人民出版社，1998 年。

〔註99〕劉信芳：〈古璽試解十則〉，《中國文字》新廿六期，頁 161～167，臺北，藝文印書館，2000 年。

〔註100〕黃盛璋：〈關於安徽阜陽博物館藏印的若干問題〉，《文物》1993 年第 6 期，頁 77～82。

〔註101〕李家浩：〈楚國官印考釋〉，《江漢考古》1984 年第 2 期，頁 44～49。

〔註102〕牛濟普：〈楚系官璽例舉〉，《中原文物》1992 年第 3 期，頁 88～95。

〔註103〕韓自強、韓朝：〈安徽阜陽出土的楚國官璽〉，《古文字研究》第二十二輯，頁 176～180，北京，中華書局，2000 年。

〔註104〕石志廉：〈館藏戰國七璽考〉，《中國歷史博物館館刊》1979 年總 1 期，頁 86～89。

〔註105〕葉其峰：〈試釋幾方工官璽印〉，《故宮博物院院刊》1979 年第 2 期，頁 72～73。

〔註106〕石志廉：〈戰國古璽考釋十種〉，《中國歷史博物館館刊》1980 年總 2 期，頁 108～113。

〔註107〕石志廉：〈戰國古鉥文字考釋十一種〉，《中國歷史博物館館刊》1989 年總 13、14 期，頁 235～249。

〔註108〕鄭超：〈楚國官璽考述〉，《文物研究》總第 2 期，頁 87～94，轉頁 98。

　　研究璽印文字的博碩士論文，陸續有不少著作，如：《先秦古璽文字研究》，
討論範圍廣泛，包括文字的特色、文字的考釋、合文符號的使用等，是一部全
面討論璽印文字的論著；《古璽文編校訂》，利用已見的資料，檢討《古璽文編》
隸定的文字，並進行考釋；《戰國古璽文字研究》，除了研究璽印文字的形構外，
亦針對《古璽彙編》的釋文訂補；《《古璽彙編》考釋》，〔註 109〕通文引用諸家
的說法，僅擇其一以爲訂正，部分錄自《古璽文編校訂》；《戰國璽印文字研究》，
除介紹戰國各系璽印的特色外，亦言及文字的形構特色；《先秦楚璽文字研究》，
〔註 110〕將楚璽分爲官署璽、官名璽、私璽三類，分別討論其內容。

（四）封泥文字

　　封泥文字主要爲資料的收集與字表的編製，《古封泥集成》收錄的資料豐
富，〔註 111〕收錄材料上自戰國，下迄唐代，前半部爲封泥圖錄，文末附有《字
表》，從內容觀察，《字表》收錄的資料並未完整。

（五）貨幣文字

　　貨幣上的文字最難以辨認，至今仍有不少未識之字，相對的也無法知曉其
上所載爲地望，或是其他與幣值相關的訊息。歷來研究的專書與銅器、簡帛、
璽印等相較，其數量確實較少，以博碩士論文爲例，僅見《先秦泉幣文字辨疑》，
〔註 112〕該書出版的時代早，討論的資料相對亦少，但是論及的問題與今日所見
的文章一致，除了文字的辨識外，也涉及地望與鑄造國別的討論。

　　楚系貨幣文字考釋，爲數不少，如：〈楚錢三考〉等。〔註 113〕此外，楚幣
中「郢爯」之名，學者多將之釋爲「郢爰」〔註 114〕，據安志敏的研究，林巳
奈夫於 1968 年發表的〈戰國時代の重量單位〉即改釋爲「爯」字，從字體與

〔註 109〕闕曉瑩：《《古璽彙編》考釋》，臺北，國立臺灣師範大學國文研究所碩士論文，2000
　　　　年。

〔註 110〕文炳淳：《先秦楚璽文字研究》，臺北，國立臺灣大學中國文學研究所博士論文，
　　　　2002 年。

〔註 111〕孫慰祖：《古封泥集成》，上海，上海書店出版社，1994 年。

〔註 112〕張光裕：《先秦泉幣文字辨疑》，臺北，國立臺灣大學中國文學系碩士論文，1970
　　　　年。

〔註 113〕羅運環：〈楚錢三考〉，《江漢考古》1995 年第 3 期，頁 64～74，轉頁 58。

〔註 114〕白冠西：〈郢爰考釋〉，《考古通訊》1957 年第 1 期，頁 112～115。

金版的形制觀察，若釋爲「再」可能與金版的形制及其含義有關。〔註115〕從文字的形體言，該字應爲「再」而非「爰」，可知林巳奈夫、安志敏之言實爲卓見。

此外，蟻鼻錢中有一字作「㮇」，李家浩將之釋爲「五朱」，指出該字上半部的形體應是「五」字的異體，係將第二橫劃與上面兩斜劃分開寫，並於第二橫劃上添加一點，又進一步地舉證，指出該幣正好約爲五銖之重；〔註116〕黃錫全以爲該字或可釋爲「圣朱」，而讀爲「輕朱」，是一種比「朱」要輕的名稱。〔註117〕其說法皆有其論證的理由，雖然尚無明確的答案，卻爲後學提供良好的思考途徑。

在字表的編製上，主要有《先秦貨幣文編》與《古幣文編》，前者多僅列出隸定之字與字例，未將識讀列出，後者體例上雖與前者相同，卻見於字例下列出文字的考釋，正可彌補前者的缺漏。

（六）漆器文字

漆器文字的研究並不多見，多著重於其內容的討論，如：〈曾侯乙墓出土的二十八宿青龍白虎圖象〉，即討論該圖象在天文學史上的意義。〔註118〕考釋文字者，如：〈曾侯乙墓 E61 號漆箱書文字研究——附「瑟」字考〉〔註119〕，除了重新考釋漆箱上的文字外，亦予以釋讀，至於指出其文應屬樂論，或可備一說。

二、晉系文字研究概說

（一）銅器文字

晉系銅器文字的研究，相關的銘文考釋著作，數量十分多，如：〈中山王響

〔註115〕安志敏：〈金版與金餅——楚漢金幣及其有關問題〉，《考古學報》1973 年第 2 期，頁 61～90。

〔註116〕李家浩：〈試論戰國時期楚國的貨幣〉，《考古》1973 年第 3 期，頁 192～196。

〔註117〕黃錫全：〈楚幣新探〉，《中國錢幣》1994 年第 2 期，頁 12～13。

〔註118〕王健民、梁柱、王勝利：〈曾侯乙墓出土的二十八宿青龍白虎圖象〉，《文物》1979 年第 7 期，頁 40～45。

〔註119〕劉國勝：〈曾侯乙墓 E61 號漆箱書文字研究——附「瑟」字考〉，《第三屆國際中國古文字學研討會論文集》，頁 691～705，香港，香港中文大學中國文化研究所中國語文及文學系，1997 年。

壺及鼎銘考釋〉〔註120〕、〈〈中山壺〉、〈中山鼎〉銘文試釋〉〔註121〕、〈平山中
山王墓銅器銘文的初步研究〉〔註122〕、〈中山王墓鼎壺銘文小考〉〔註123〕、〈平
山三器與中山國史的若干問題〉〔註124〕、〈中山三器銘文考釋〉〔註125〕、〈中山
王三器釋文及宮室圖說明〉〔註126〕、〈哀成叔鼎的銘文與年代〉〔註127〕、〈北京
揀選青銅器的幾件珍品〉〔註128〕、〈中山王器考釋拾遺〉〔註129〕、〈中山王器的
祀字〉〔註130〕、〈魏享陵鼎銘考論〉〔註131〕、〈十一年皋落戈銘文釋文商榷〉等。
〔註132〕以上的資料顯示，今日能辨識以及通讀晉系所出文物之銘文，實是學者
多年來的努力所致。

　　研究晉系銅器文字的博碩士論文，近來也有不少著作，如：《中山國古史彝
銘考》，討論的範圍甚廣，包括中山國歷史、中山王嚳墓出土銅器銘文上所記載
的人物考略、以及銅器銘文的考釋等，是一部討論中山國資料與古史較爲全面
的著作；《戰國三晉銅器研究》，〔註133〕主要收錄韓、趙、魏三國的銅器，分析

〔註120〕張政烺，〈中山王嚳壺及鼎銘考釋〉，《古文字研究》第一輯，頁 208～232，北京，
　　　　中華書局，1979 年。

〔註121〕趙誠：〈〈中山壺〉、〈中山鼎〉銘文試釋〉，《古文字研究》第一輯，頁 247～272，
　　　　北京，中華書局，1979 年。

〔註122〕朱德熙、裘錫圭：〈平山中山王墓銅器銘文的初步研究〉，《文物》1979 年第 1 期，
　　　　頁 42～52。

〔註123〕羅福頤：〈中山王墓鼎壺銘文小考〉，《故宮博物院院刊》1979 年第 2 期，頁 81～
　　　　85。

〔註124〕李學勤、李零：〈平山三器與中山國史的若干問題〉，《考古學報》1979 年第 2 期，
　　　　頁 147～170。

〔註125〕于豪亮：〈中山三器銘文考釋〉，《考古學報》1979 年第 2 期，頁 171～184。

〔註126〕徐中舒、伍仕謙：〈中山王三器釋文及宮室圖說明〉，《中國史研究》1979 年第 4
　　　　期，頁 85～98。

〔註127〕趙振華：〈哀成叔鼎的銘文與年代〉，《文物》1981 年第 7 期，頁 68～69。

〔註128〕李學勤：〈北京揀選青銅器的幾件珍品〉，《文物》1982 年第 9 期，頁 44～48。

〔註129〕何琳儀：〈中山王器考釋拾遺〉，《史學集刊》1984 年第 3 期，頁 5～10。

〔註130〕朱德熙：〈中山王器的祀字〉，《文物》1987 年第 11 期，頁 56。

〔註131〕黃盛璋：〈魏享陵鼎銘考論〉，《文物》1988 年第 11 期，頁 45～47。

〔註132〕李家浩：〈十一年皋落戈銘文釋文商榷〉，《考古》1993 年第 8 期，頁 758～759。

〔註133〕吳雅芝：《戰國三晉銅器研究》，臺北，國立臺灣師範大學國文研究所碩士論文，

銘文的內容，在文字討論上著墨不多；《戰國中山國文字研究》，以研究中山王嚳墓出土的銅器文字爲主，並於文後重新將銘文釋讀；《晉系青銅器研究》，[註134]討論銅器的形制與紋飾，並依晉、衛、鄭、虢、韓、趙、魏等國別將銘文釋義。

在字表的編製上，如：《中山王嚳器文字編》，[註135]收錄中山王嚳墓所出的銅器、玉器、木條等器物上的文字，並於字下詳加辭例或是解釋，編製十分完整。

（二）璽印文字

參見「一、楚系文字研究概說」之介紹。

（三）貨幣文字

晉系貨幣文字的考釋，多伴隨地望的考辨，如：〈祁縣下王莊出土的戰國布幣〉，[註136]文中考釋「梁」、「齊貝」等六種布幣上的文字；〈戰國鄩布考〉，[註137]透過古文字字形的比對，將從戈從邑之字改釋爲從弋從邑，並指出該字應讀爲「代」；〈魏幣陝布考釋〉，[註138]將「陝」字釋讀，並且指出其屬魏幣；〈戰國於疋布考〉，[註139]將「於疋（或邧）」讀爲「烏蘇」，指出應屬韓幣；〈魏國方足布四考〉，[註140]考釋下陽、瑕、耿、向等方足布，並且考定其屬於魏幣。此外，亦見學者將其歷年來的研究成果集結成書者，如：黃錫全《先秦貨幣研究》與《先秦貨幣通論》[註141]、何琳儀《古幣叢考》等。[註142]從諸多學者

1996 年。

〔註134〕蔡鴻江：《晉系青銅器研究》，高雄，國立高雄師範大學國文學系博士論文，1999年。

〔註135〕張守中：《中山王嚳器文字編》，北京，中華書局，1981 年。

〔註136〕傅淑敏：〈祁縣下王莊出土的戰國布幣〉，《文物》1972 年第 4 期，頁 57～61。

〔註137〕李家浩：〈戰國鄩布考〉，《古文字研究》第三輯，頁 106～165，北京，中華書局，1980 年。

〔註138〕張頷：〈魏幣陝布考釋〉，《中國錢幣》1985 年第 4 期，頁 32～35，轉頁 46。

〔註139〕李家浩：〈戰國於疋布考〉，《中國錢幣》1986 年第 4 期，頁 55～57。

〔註140〕何琳儀：〈魏國方足布四考〉，《文物季刊》1992 年第 4 期，頁 62～66。

〔註141〕黃錫全：《先秦貨幣研究》，北京，中華書局，2001 年；黃錫全：《先秦貨幣通論》，北京，紫禁城出版社，2001 年。

〔註142〕何琳儀：《古幣叢考》，臺北，文史哲出版社，1996 年。

的研究，已逐一地將難以辨識的文字與其地望問題解決，不僅有助於了解貨幣文字的特性，亦可知曉當時的貨幣流通與經濟社會狀況。

　　純粹文字考釋的篇章，如：〈先秦貨幣雜考〉〔註143〕、〈說梁重鈈布〉等。〔註144〕以晉系的「百」字爲例，晉系文字中「百」、「金」的形體相近同，過去在貨幣文字的考釋上，多將「百」字釋爲「金」，其後因中山國銅器出土，才解決此一問題。關於此字的考釋，或從語言現象入手，如：〈釋戰國貨幣中的「全」〉，劉宗漢以爲「全」即「金」，金、百二字分屬見、幫二紐，以及侵、耕二部，在大梁與中山國所在的方言區裡，金字或有二讀，故造成「全」字既作「金」又作「百」。〔註145〕或從文字形構入手，如：〈釋百〉，于省吾認爲文字倒寫之例自甲骨文即出現，此現象一直沿續至戰國，這些於銅器、璽印、貨幣上的「百」字，皆爲倒寫所致。〔註146〕「百」字寫成「全」的形體，未見於其他系統，可能是受到當地語言的影響所致。然而從形體觀察，作倒寫之例亦非不可，或許本應爲倒寫之例，其後因爲使用者不察，遂將之與「全」相混，再加上「金」、「百」的方言讀法相近，遂形成形體混用的現象。前二者所言雖無定論，卻也提供後人思考的途徑。

（四）陶器文字

　　楚地一帶的陶器文字十分少見，未見相關的研究作品。相對地在三晉的區域則多見，由於大部分非考古發掘，故難以分辨國別。一般而言，陶器上的文字除了簡單的筆劃，如：一、二、三等數字，大多數似爲陶工名稱之字。在文字研究上，考釋的文章，如：〈河南登封陽城遺址出土陶文簡釋〉〔註147〕、〈新鄭館藏東周陶文試析〉〔註148〕、〈滎陽、邢丘出土陶文考釋〉等。〔註149〕

〔註143〕孫華：〈先秦貨幣雜考〉，《考古與文物》1990 年第 2 期，頁 50～55，轉頁 111。

〔註144〕吳振武：〈說梁重鈈布〉，《中國錢幣》1991 年第 2 期，頁 21～26。

〔註145〕劉宗漢：〈釋戰國貨幣中的「全」〉，《中國錢幣》1985 年第 2 期，頁 24～25。

〔註146〕于省吾：〈釋百〉，《江漢考古》1983 年第 4 期，頁 35～38。

〔註147〕李先登：〈河南登封陽城遺址出土陶文簡釋〉，《古文字研究》第七輯，頁 207～231，北京，中華書局，1982 年。

〔註148〕牛濟普：〈新鄭館藏東周陶文試析〉，《中原文物》1989 年第 2 期，頁 34～36。

〔註149〕李先登：〈滎陽、邢丘出土陶文考釋〉，《中國歷史博物館館刊》1989 年總 11 期，頁 32～37。

近年來有不少學者投入字表的編製，如：《陶文編》〔註 150〕，收錄的資料十分豐富，並且於字下列出《說文解字》的篆文與說解；《古陶文字徵》〔註 151〕，該書主要係據《古陶文彙編》收錄的材料編製而成，表面上雖看不出材料的分域系統，但是若能以《古陶文彙編》對照，即可清楚知曉某文字出自於何片陶器以及出土地；《古陶字彙》〔註 152〕，收錄的範圍上自商周下至秦漢，是現今所見陶文字表中收錄資料最爲豐富的著作，上列二種字表亦被收錄其中。

（五）玉石文字

玉石文字的研究，如：〈戰國行氣玉銘考釋〉、〈中山王墓守丘刻石文字跋〉，〔註 153〕皆是分析、考釋文字，並且對於內容的釋讀；〈平山戰國中山石刻初步研究〉將「先枭」之「枭」字釋爲「后」，「后」字習見於戰國，一向不作此形體，可知黃盛璋的考釋不足爲取。此外，將此石的年代定爲西元前第四世紀前半期，其意見或可備爲一說。〔註 154〕石上無任何紀年，實難明確定出某一時間，姑且視之爲戰國時期的文物。

三、齊系文字研究概說

（一）銅器文字

齊系銅器文字的研究，相關的銘文考釋著作，如：〈陳侯四器考釋〉〔註 155〕、〈陳僖壺銘文考釋〉〔註 156〕、〈對〈陳喜壺〉一文的補充〉〔註 157〕、〈關於陳喜壺的幾個問題〉〔註 158〕、〈陳喜壺補正〉。〔註 159〕此外，亦見將戰國時期各地域

〔註 150〕金祥恒：〈陶文編〉，《金祥恒先生全集》，臺北，藝文印書館，1990 年。

〔註 151〕高明、葛英會：《古陶文字徵》，北京，中華書局，1991 年。

〔註 152〕徐谷甫、王延林：《古陶字彙》，上海，上海書店出版社，1996 年。

〔註 153〕陳邦懷：《一得集》，頁 128～137，頁 212～213，濟南，齊魯書社，1989 年。

〔註 154〕黃盛璋：〈平山戰國中山石刻初步研究〉，《古文字研究》第八輯，頁 43～58，北京，中華書局，1983 年。

〔註 155〕徐中舒：〈陳侯四器考釋〉，《中央研究院歷史語言研究所集刊》第三本第四分，頁 479～506，臺北，中央研究院歷史語言研究所，1932 年。

〔註 156〕于省吾：〈陳僖壺銘文考釋〉，《文物》1961 年第 10 期，頁 35。

〔註 157〕陳邦懷：〈對〈陳喜壺〉一文的補充〉，《文物》1961 年第 10 期，頁 36。

〔註 158〕黃盛璋：〈關於陳喜壺的幾個問題〉，《文物》1961 年第 10 期，頁 36～38。

〔註 159〕石志廉：〈陳喜壺補正〉，《文物》1961 年第 10 期，頁 38。

所見兵器銘文考釋者,如:〈戰國兵器銘文選釋〉。〔註160〕

　　研究齊系銅器文字的博碩士論文,如:《齊國彝銘彙考》,收集春秋至戰國期間齊國部分的銅器,考釋文字並加以釋讀。除了純粹研究銅器文字外,收錄各種不同材質的材料,如:銅器、璽印、貨幣等,作綜合性的研究者,如:《東周齊國文字研究》,收集春秋至戰國期間齊國的文物,分析文字的形體結構,文後附有《字表》,文字蒐羅齊全,卻未見任何辭例。

(二)璽印文字

　　齊系璽印文字考釋者,如:〈論齊國「遅盟之璽」及其相關問題〉〔註161〕,透過楚地出土的資料,考證「遅」字可讀為誓,故「遅盟」即為「誓盟」;〈館藏戰國六璽考釋〉〔註162〕,將部分璽印的文字加以考證;〈齊國文字中的「遂」〉〔註163〕,將璽印與銅器的未識字,透過形體與辭例的考證,將之釋為「遂」字,解決釋讀上的問題。

(三)陶器文字

　　陶器文字的考釋,如:〈釋戰國陶文中的「敃」〉〔註164〕,指出「敃」負責量器的製造,在物勒工名的習慣下,習見於陶文,此一說法應無疑義,惟文中所謂的「敃」字,朱德熙於〈戰國文字中所見有關廠的資料〉,詳列戰國時期相關之字,已證實應改為「段」字,可知釋為「敃」字應非。此外,〈戰國「稟」字考察〉〔註165〕,將戰國時期各地域的陶文、璽印、銅器等相關文字比較,並且透過文句的觀察,考釋「稟」字,在文字的辨識上提供了莫大的助益;〈試說齊國陶文中的「鍾」和「溢」〉〔註166〕,將從米從豕之字,釋為齊國量器「鍾」

〔註160〕何琳儀:〈戰國兵器銘文選釋〉,《考古與文物》1999年第5期,頁83～95。

〔註161〕曾憲通:〈論齊國「遅盟之璽」及其相關問題〉,《容庚先生百年誕辰紀念文集》,頁619～636,廣州,廣東人民出版社,1998年。

〔註162〕尤仁德:〈館藏戰國六璽考釋〉,《考古與文物》1990年第3期,頁61～64,轉頁7。

〔註163〕李家浩:〈齊國文字中的「遂」〉,《湖北大學學報(哲學社會科學版)》1992年第3期,頁30～37。

〔註164〕曹錦炎:〈釋戰國陶文中的「敃」〉,《考古》1984年第1期,頁83～85。

〔註165〕吳振武:〈戰國「稟」字考察〉,《考古與文物》1984年第4期,頁80～87。

〔註166〕吳振武:〈試說齊國陶文中的「鍾」和「溢」〉,《考古與文物》1991年第1期,頁67～75。

的異體，或可備爲一說。

（四）貨幣文字

貨幣文字考釋者，如：〈返邦刀幣考〉〔註167〕，從文字的形體角度立論，確定第一個字爲「返」，並且進一步指出「返邦刀」與「即墨刀」皆爲齊襄王時期所鑄造；〈釋賹〉〔註168〕，考訂齊刀所見的「賹」字，並指出該字的本義應包含「記人」與「記物」的內涵。

四、燕系文字研究概說

（一）銅器文字

燕系銅器文字的研究，相關的銘文考釋著作，如：〈燕王職戈考釋〉〔註169〕、〈燕王職劍考釋〉〔註170〕、〈「車大夫長畫」戈考〉〔註171〕、〈跋「車大夫長畫」戈兼談相關問題〉等。〔註172〕以上的資料顯示，今日能辨識以及通讀燕系所出文物之銘文，實是學者多年來的努力所致。

受限於燕系銅器多見於兵器，再加上兵器銘文的內容多已固定，因此尚未見以銅器爲主的博碩士論文。至於收錄各種不同材質的材料，如：銅器、璽印、貨幣等，作綜合性的研究者，如：《戰國燕系古文字資料綜述》〔註173〕、《戰國燕系文字研究》。前者未見，僅於此提出；後者係收集戰國期間燕國的文物，分析文字的形體結構，於文後附有十分簡易的《字表》，文字蒐羅不齊，亦不見辭例。

（二）璽印文字

燕系璽印文字的相關考釋，如：〈春秋戰國八璽考釋〉〔註174〕，將《古璽彙編》收錄的燕璽「張坪君相室鉨」誤釋爲「長于君俱室璽」，由於對戰國文字

〔註167〕何琳儀：〈返邦刀幣考〉，《中國錢幣》1986 年第 3 期，頁 6～9。

〔註168〕何琳儀：〈釋賹〉，《古幣叢考》，頁 17～23，臺北，文史哲出版社，1996 年。

〔註169〕張震澤：〈燕王職戈考釋〉，《考古》1973 年第 4 期，頁 244～246。

〔註170〕王翰章：〈燕王職劍考釋〉，《考古與文物》1983 年第 2 期，頁 19～20。

〔註171〕孫敬明：〈「車大夫長畫」戈考〉，《文物》1987 年第 1 期，頁 43～44，轉頁 47。

〔註172〕黃盛璋：〈跋「車大夫長畫」戈兼談相關問題〉，《文物》1987 年第 1 期，頁 45～47。

〔註173〕馮勝君：《戰國燕系古文字資料綜述》，長春，吉林大學考古學系碩士論文，1997 年。

〔註174〕尤仁德：〈春秋戰國八璽考釋〉，《考古與文物》1982 年第 3 期，頁 97～99。

形體的誤認，又進一步將該璽誤歸於楚器；〈釋雙劍誃舊藏燕「外司聖鍴」璽〉
〔註175〕，「外司聖鍴」的第三字，吳振武將之與後代的石經文字相較，分析該
字從耳從呈，在借用筆畫的書寫方式下，使得文字形體難以辨認，而「外司聖」
應是燕國掌理聽「理亂之音」的職官；〈燕國璽印文字研究〉〔註176〕，從文字
的形體結構分析，找出燕璽文字的特色，並且討論其內容與記寫的方式，找出
辨別燕國璽印的標準；〈燕國「洀谷山金鼎瑞」補釋〉〔註177〕，將《古璽彙編》
收錄的「溑岙山金貞鍴」，從文字形體的角度，重新釋爲「洀谷山金鼎瑞」，是
洀谷山的冶鑄作坊用來打印鑄造銅鼎的陶範印戳，將「鍴」字改爲「瑞」，以爲
「節信」之用，或可備爲一說。

（三）貨幣文字

　　燕國貨幣文字的相關著作，如：〈說「陽安」布〉〔註178〕，透過「安」字
的形體，將之與趙幣「安陽」區分；〈燕國布幣考〉〔註179〕，考釋安陽、襄平、
平陰、廣昌、韓刀、右明司強、宜平等方足布，並且考定其屬於燕幣。此外，
尚見一系列討論燕刀「明」字的著作，如：〈燕刀面文「明」字問題〉〔註180〕，
將刀幣上從日從月的字形，釋爲「易」字，並指出「易」爲燕國原始的稱號；〈一
種常見的古代貨幣──明刀〉〔註181〕，反對將從日從月之字釋爲「易」，主張
仍應釋爲「明」；〈燕國明刀面文釋「明」之新證〉〔註182〕，從新見的材料入手，

〔註175〕吳振武：〈釋雙劍誃舊藏燕「外司聖鍴」璽〉，《于省吾教授百年誕辰紀念文集》，
　　　　頁 162～165，長春，吉林大學出版社，1996 年。

〔註176〕丘寶怡：〈燕國璽印文字研究〉，《問學二集》，頁 35～65，香港，香港中文大學中
　　　　國語言及文學系，1997 年。

〔註177〕李家浩：〈燕國「洀谷山金鼎瑞」補釋〉，《中國文字》新廿四期，頁 71～81，臺
　　　　北，藝文印書館，1998 年。

〔註178〕徐秉琨：〈說「陽安」布〉，《中國錢幣》1985 年第 2 期，頁 6～10。

〔註179〕何琳儀：〈燕國布幣考〉，《古幣叢考》，頁 33～52，臺北，文史哲出版社，1996 年。

〔註180〕鄭家相：〈燕刀面文「明」字問題〉，《燕文化研究論文集》，頁 301～302，北京，
　　　　中國社會科學出版社，1995 年。

〔註181〕陳鐵卿：〈一種常見的古代貨幣──明刀〉，《燕文化研究論文集》，頁 303～305，
　　　　北京，中國社會科學出版社，1995 年。

〔註182〕唐石父、高桂雲：〈燕國明刀面文釋「明」之新證〉，《燕文化研究論文集》，頁 345
　　　　～349，北京，中國社會科學出版社，1995 年。

主張應釋爲「明」字。

（四）陶器文字

燕國陶器文字的相關著作，如：〈戰國古陶文雜識〉〔註 183〕，從文字的形體結構分析討論，考釋四組陶器文字，惟考證過程中，多引用其他系統的文字形體以爲證據，忽視戰國時期不同地域的文字特色，致使其結果仍有待商榷。

五、秦系文字研究概說

（一）銅器文字

秦系銅器文字的研究，相關的銘文考釋著作，數量甚多，如：王輝《秦銅器銘文編年集釋》、《秦文字集證》、《秦出土文獻編年》〔註 184〕，三本著作的內容大致相同，所收的文物雖多重複，在秦系文物的文字考證與斷代上，卻是現今所見最爲完整的。此外，尚見〈八年呂不韋戈考〉〔註 185〕、〈二年寺工師壺、雍工敊壺銘文再釋〉〔註 186〕、〈遼陽新出四十年上郡守起戈銘補釋〉等篇章。〔註 187〕

研究秦系銅器文字的博碩士論文，如：《秦系文字研究》，選擇部分的秦國文物，加以分析、斷代，並且辨別眞僞；《秦金文研究》，收集西周至戰國期間秦國的銅器，並加以分析文字的形體結構，以及與其他體系的文字差異，文末附有《字表》，僅據斷代結果分期收錄，未見任何辭例。

收錄各種不同材質的材料，如：銅器、簡牘、璽印、陶文等，作綜合性的研究者，如：《秦系文字構形研究》，收集春秋至戰國期間秦國的文物，分析文字的形體結構。

〔註 183〕蘇建洲：〈戰國古陶文雜識〉，《中國文字》新廿六期，頁 183～188，臺北，藝文印書館，2000 年。

〔註 184〕王輝：《秦銅器銘文編年集釋》，西安，三秦出版社，1990 年；王輝：《秦文字集證》，臺北，藝文印書館，1999 年。

〔註 185〕李仲操：〈八年呂不韋戈考〉，《文物》1979 年第 12 期，頁 17。

〔註 186〕李光軍、宋蕊：〈二年寺工師壺、雍工敊壺銘文再釋〉，《考古與文物》1993 年第 4 期，頁 100～103。

〔註 187〕陳平：〈遼陽新出四十年上郡守起戈銘補釋〉，《考古》1994 年第 9 期，頁 846～848，轉頁 831。

字表的編製，如：《秦文字類編》〔註 188〕，收錄秦國所出的銅器、陶文、簡牘、刻石等器物上的文字，僅於字下注明出處，未見任何的辭例或是解釋，編製並不完整。

（二）璽印文字

戰國時期秦璽與秦代璽印，具有相承的關係，在判斷上十分不易，歷來的學者，多將之以「秦印」概括，從事整體的研究，如：〈秦印探述〉〔註 189〕、〈試談幾方秦代的田字格印及有關問題〉〔註 190〕，即將戰國與秦代的璽印一併討論。

（三）陶器文字

秦系的陶器與璽印上的文字具有相同的現象，即戰國時期與秦代相承的關係，使得文物的斷代十分不易，惟有透過墓葬的發掘報告，才能較明確的對其所屬的時代有所認識。一般而言，陶器上的文字除了簡單的筆劃，如：一、二、三等數字，大多數似爲陶工名稱。在文字研究上，考釋的文章，如：〈咸陽塔兒坡秦墓新出陶文〉〔註 191〕、〈秦文字釋讀訂補（八篇）〉等。〔註 192〕此外，〈戰國秦封宗邑瓦書銘文新釋〉〔註 193〕，則是針對瓦書的內容及相關問題加以考證。

（四）簡牘文字

秦系簡牘上的文字多屬秦隸，歷來純粹討論文字者並不多見，大多與簡牘上的內容一併討論，如：〈秦簡日書中「夕」（柰）字含義的商榷〉，〔註 194〕從戰國時期陰陽五行的理論，討論「夕」、「柰」二字的意義，以及每個月裡「日」、「夕」的對立和消長；〈《睡虎地秦墓竹簡》注釋商榷（一）〉、〈《睡虎地秦墓竹

〔註188〕袁仲一、劉鈺：《秦文字類編》，西安，陝西人民教育出版社，1993 年。

〔註189〕王輝：〈秦印探述〉，《文博》1990 年第 5 期，頁 236～242。

〔註190〕趙超：〈試談幾方秦代的田字格印及有關問題〉，《考古與文物》1982 年第 6 期，頁 65～72。

〔註191〕岳起：〈咸陽塔兒坡秦墓新出陶文〉，《文博》1998 年第 1 期，頁 41～49。

〔註192〕王輝：〈秦文字釋讀訂補（八篇）〉，《考古與文物》1997 年第 5 期，頁 75～81。

〔註193〕郭子直：〈戰國秦封宗邑瓦書銘文新釋〉，《古文字研究》第十四輯，頁 177～195，北京，中華書局，1986 年。

〔註194〕饒宗頤：〈秦簡日書中「夕」（柰）字含義的商榷〉，《中國語言學報》第一期，頁 167～172，北京，商務印書館，1982 年。

簡》注釋商榷（二）〉，〔註195〕針對睡虎地秦簡的「耆弱」、「是」、「泛蘇」、「久書」諸詞討論；〈青川出土牘文字簡考〉〔註196〕，釋讀木牘上部分的文字與辭彙；〈古璽和秦簡中的「穆」字〉〔註197〕，透過璽印上的「穆」字，訂正睡虎地秦墓竹簡整理小組的考釋之誤；〈秦系簡牘文字譯釋商榷（三則）〉〔註198〕，將青川木牘與睡虎地秦簡上的三個字詞重新討論。

研究秦系簡牘文字的博碩士論文，如：《睡虎地秦簡文字研究》〔註199〕，分析文字的形體結構，考證簡牘上的假借字、同源字，考釋部分文字，文末附有《字表》，未見任何辭例。

陳振裕、劉倍芳的《睡虎地秦簡文字編》，〔註200〕所收的字例並不完整，所附的辭例亦有所缺漏，且未將單字、合文、重文分別收錄，書後附有〈通假字表〉、〈異體字表〉、〈誤書字表〉等，可與正文中的單字相互對照；張守中的《睡虎地秦簡文字編》〔註201〕，分為單字、合文、重文三部分，所收的字例並不完整，亦未見辭例。

（五）玉石文字

秦系玉石文字的研究，近年來多見於玉版文字與內容的考證，如：〈秦駰禱病玉版的研究〉〔註202〕、〈秦玉牘索隱〉〔註203〕、〈秦惠文王禱詞華山玉簡文研

〔註195〕裘錫圭：〈《睡虎地秦墓竹簡》注釋商榷（一）〉，《文史》第十三輯，頁88，北京，中華書局，1982年；裘錫圭：〈《睡虎地秦墓竹簡》注釋商榷（二）〉，《文史》第十三輯，頁146，北京，中華書局，1982年。

〔註196〕李昭和：〈青川出土木牘文字簡考〉，《文物》1982年第1期，頁24～27。

〔註197〕吳振武：〈古璽和秦簡中的「穆」字〉，《文史》第三十八輯，頁6，北京，中華書局，1994年。

〔註198〕黃文杰：〈秦系簡牘文字譯釋商榷（三則）〉，《中山大學學報（社會科學版）》1996年第3期，頁105～109。

〔註199〕洪燕梅：《睡虎地秦簡文字研究》，臺北，國立政治大學中國文學研究所碩士論文，1993年。

〔註200〕陳振裕、劉倍芳：《睡虎地秦簡文字編》，武漢，湖北人民出版社，1993年。

〔註201〕張守中：《睡虎地秦簡文字編》，北京，文物出版社，1994年。

〔註202〕李零：〈秦駰禱病玉版的研究〉，《國學研究》第六卷，頁525～548，北京，北京大學出版社，1999年。

〔註203〕李學勤：〈秦玉牘索隱〉，《故宮博物院院刊》2000年第2期，頁41～45。

究〉〔註204〕、〈《秦惠文王禱詞華山玉版》新探〉〔註205〕、〈秦曾孫駰告華大山明神文考釋〉〔註206〕、〈秦駰玉版文字考釋〉〔註207〕等，透過諸位學者的分析與考證，現今可以肯定這項文物爲秦惠文王時期的作品。

　　郭沫若曾對於〈詛楚文〉作過一番詳細的考釋，〔註208〕後人或就其論述加以闡述、訂改，如：〈秦詛楚文考釋——兼釋亞駝、大沈久湫兩辭〉〔註209〕、〈郭沫若〈詛楚文考釋〉訂補〉〔註210〕，即針對前人的說解重新考釋，或是加以補充。

第四節　章節述要

　　本論文分爲十章：第一章爲「緒論」，介紹本文寫作的目的、使用材料的內容與範圍、研究的方法，以及戰國文字的研究情形，與各章節的主要內容。

　　第二章爲「戰國文字材料斷代」，現今所見的戰國文字材料十分多，爲了瞭解不同時期的文字形構變化，以及不同地域的材料之差異，首先將出土的戰國文字材料分爲楚、晉、齊、燕、秦等五個系統，每一個系統下再細分爲銅器、簡牘帛書、璽印、貨幣、陶器、玉石等，利用出土的墓葬資料，或是器物上所記載的歷史事件、人物名稱等線索，將之斷代。

　　第三章至第八章屬正文的部分，依序爲「形體結構增繁分析」、「形體結構省減分析」、「形體結構異化分析」、「形體結構訛變分析」、「形體結構類化分析」、「形體結構合文分析」。戰國文字異形的現象十分嚴重，或增繁、或省減、或改

〔註204〕連劭名：〈秦惠文王禱詞華山玉簡文研究〉，《中國歷史博物館館刊》2000 年第 1 期，頁 49～57。

〔註205〕周鳳五：〈《秦惠文王禱詞華山玉版》新探〉，《中央研究院歷史語言研究所集刊》第七十二本第一分，頁 217～232，臺北，中央研究院歷史語言研究所，2001 年。

〔註206〕王輝：〈秦曾孫駰告華大山明神文考釋〉，《考古學報》2001 年第 2 期，頁 143～158。

〔註207〕曾憲通、楊澤生、蕭毅：〈秦駰玉版文字考釋〉，《考古與文物》2001 年第 1 期，頁 49～54。

〔註208〕郭沫若：〈詛楚文〉，《郭沫若全集·考古編》第九卷，頁 275～341，北京，科學出版社，1982 年。

〔註209〕姜亮夫：〈秦詛楚文考釋——兼釋亞駝、大沈久湫兩辭〉，《蘭州大學學報（社會科學版）》1980 年第 4 期，頁 54～71。

〔註210〕史黨社、田靜：〈郭沫若〈詛楚文考釋〉訂補〉，《文博》1998 年第 3 期，頁 56～60。

易形體，爲了探究文字變化的原因，依序觀察、討論文字形構的變易情形，並且透過甲骨文、金文等相關資料，與戰國文字作一比較，分析其間文字的演變，以及戰國五系文字的形體差異，並且找出形構之增繁、省減、異化、訛變、類化、合文的因素，知曉五系文字的特色。

第九章爲「戰國文字異時異域關係考」，透過春秋、戰國文字的比較，戰國五系文字的比對、分析，找出文字形構在不同時期的變化，以及處於同一時期而不同地域者的特色，並重新評論王國維東西土說的是非。

第十章爲「結論」，係將本論文各章討論的重點，予以整理，作爲本文的結束，藉以瞭解戰國五系文字的異同之處，並且找出戰國文字的特質與價值。

第二章　戰國文字材料概述

第一節　前　言

　　地不愛寶，隨著考古科技的進步與土地的開發建設，戰國時期的墓葬以及相關遺址的發掘日益頻繁，器物出土不可勝數。從種類言，有陶器、銅器、鐵器、金器、銀器、皮革器、玉石、漆木器、竹器、簡帛、絲麻織品、璽印、貨幣等；從數量言，除了爲數不少的銅器以及陶器的出土，以竹簡爲大宗，如：曾侯乙墓、雨臺山二十一號墓、慈利石板村三十六號墓、信陽一號墓、天星觀一號墓、藤店一號墓、江陵九店六二一號墓與四一一號墓及五十六號墓、望山一號墓與二號墓、包山二號墓、馬山一號墓、郭店一號墓、秦家嘴一號墓與十三號墓及九十九號墓、臨澧九里一號墓、德山夕陽坡二號墓、五里牌四零六號墓、仰天湖二十五號墓、楊家灣六號墓、范家坡二十七號墓、磚瓦場三七零號墓、青川五十號墓、睡虎地十一號墓、放馬灘一號墓、王家臺十五號墓等簡牘相繼出土；從內容言，貨幣上有地望的記載，銅器上除了職官、地望外，更有音律等相關資料，而簡牘的內容更是包羅萬象，除了遣策、音律、卜筮祭禱、司法文書、日書、占辭、陰陽數術、地圖外，尚有儒家及諸子的竹書，以及記事性的資料等。

　　這些文字的記載，不僅有助於了解當時社會、經濟的狀況，文化、思想的傳佈與發展，更有助於明瞭各諸侯國的文字使用情形，以及其間的方言問題、

古音對應現象等。如：璽印與銅器上所見的職官，不僅可與簡牘所載相比附印證，更可認識戰國時期各諸侯國官制的差異，與職官的性質；貨幣、銅器、簡牘所載的地望，則可以訂正古書記載的訛誤；由貨幣與包山竹簡上有關「貸金」的記載，可以明瞭當時諸侯國的社會經濟狀況；從包山的司法文書簡裡，可以看到楚國的司法制度；由天星觀、望山、包山等卜筮祭禱簡中，可以了解戰國時期楚人在卜筮祭禱上的習俗；在郭店、上博等竹書裡，更可以讓人知曉當時學術的傳承，以及若干著作的成書年代，解決歷年來爭議不休的古書真偽問題。正因為戰國時期的出土材料如此的豐富，故何琳儀在《戰國文字通論》中指出：新出戰國文字資料，具有數量多、重器多、品類齊全、分佈廣泛、斷代明確等特質，引起學界的注意與重視。〔註1〕

　　在眾多的文物裡，所能見到的文字，尤以鑄刻於銅器與書於簡牘的資料為數最多，本章擬以五個小節，利用歷史事件、人名的繫聯、發掘墓葬的報告，以及前輩學者的考證，分別將楚、晉、齊、燕、秦等地域系統的材料，斷代分期。

第二節　楚系出土材料之斷代分期

　　楚系出土的材料，包括銅器、簡帛、璽印、封泥與烙印、貨幣、玉石、漆器、陶器等八項。或為科學考古發掘所得，可透過墓葬的發掘報告，得知其所屬的年代；或因盜墓行為所致，闕載出土地點與出土年代，僅能透過與已知年代的文物相較，得出可能所屬的時期。部分墓葬或窖藏出土的文物，因缺少可供斷代的資料，則不列入文中討論。此外，科學考古發掘所得之文物，倘若缺乏相關的歷史事件、人名、職官、地望等，可供斷代之繫聯者，則僅列為戰國時期之器物，也不列入本文討論的範圍。〔註2〕下文關於晉、齊、燕、秦等系的材料斷代，比照楚系的處理方式，不另說明。〔註3〕

〔註1〕何琳儀：《戰國文字通論》，頁11，北京，中華書局，1989年。

〔註2〕現今所見戰國時期的文物甚多，為避免正文的篇幅過大，本論文於附錄之〈戰國出土文字材料表〉中，採取表格方式，將戰國五系的材料依序羅列，分門別類，介紹其圖書著錄、斷代的分期等，以清眉目。

〔註3〕本論文在「斷代」上，根據時代先後排列，分為早中晚三期，各期又分為前後二段，依序為：戰國早期前段（西元前480年至西元前438年）、戰國早期後段（西元前437年至西元前395年）、戰國中期前段（西元前394年至西元前352年）、

一、銅　器

（一）越　國

　　〈者沪鎛〉係西元 1978 年陳侃如捐贈給蘇州博物館的文物，[註4] 該器與〈者沪鐘〉銘文起首皆云：「唯越十又九年，王曰：者沪，汝亦虔秉不淫，……。」「者沪」一詞於此當爲人名。郭沫若以爲「者沪」之「沪」字當改爲從水刀聲之字，「者汈」爲翳王之太子諸咎，[註5] 故銘文所載當屬越王對太子的告誡；董楚平指出此器不當爲句踐十九年之器，句踐十九年正逢吳、越二國交戰，越國應當不會鑄造此種以蟠龍紋飾爲主題的華麗禮器，故應屬王翳時期的作品，「者汈」雖爲王翳之子，卻非指諸咎；[註6] 馬承源認爲當屬句踐十九年之器，「者汈」爲句踐的大夫，[註7] 銘文所載當屬越王對大夫的告誡。從字形觀察，「沪」字寫作「」，銘文中從刀之「剌」字寫作「」，二者右側的形體並不相同，將「」釋爲從水刀聲之字，實有可議，應作「沪」字爲宜。《史記・越王句踐世家》所載，在位超過十九年者，如：句踐在位三十二年，朱句在位三十七年，翳在位三十六年，[註8] 句踐時値春秋、戰國之際，年代上可歸於戰國早期前段。又據馬承源考證，青銅器中的交體龍紋，又稱爲蟠虺紋，經過變形縮小者，則稱之爲蟠龍紋，此種紋飾盛行於春秋、戰國之際。[註9] 從器物上的紋飾，以及人名的觀察，此器應歸屬於句踐時期的作品，屬於戰國早期前段的越國器。越國所見的「者沪」諸器，其年代皆應屬戰國早期前段。

　　戰國中期後段（西元前 351 年至西元前 309 年）、戰國晚期前段（西元前 308 年至西元前 266 年）、戰國晚期後段（西元前 265 年至西元前 221 年）；再者，若無法明確歸屬於各期的前段或後段者，僅置於早期、中期或晚期，不再細分前後段；其次，若無法明確斷代者，將之歸屬在「戰國」，不再細分時代先後。

〔註 4〕陳玉寅、姚世英：〈者沪鎛的發現與考略〉，《文物》1992 年第 2 期，頁 96。

〔註 5〕郭沫若：〈者汈鐘銘考釋〉，《考古學報》1958 年第 1 期，頁 3～5。

〔註 6〕董楚平：《吳越文化新探》，頁 346，杭州，浙江人民出版社，1988 年。

〔註 7〕馬承源：《商周青銅器銘文選（四）》，頁 374，北京，文物出版社，1990 年。

〔註 8〕（漢）司馬遷撰、（劉宋）裴駰集解、（唐）司馬貞索隱、（唐）張守節正義、（日本）瀧川龜太郎考證：《史記會注考證》，頁 654，臺北，宏業書局有限公司，1992 年。

〔註 9〕馬承源：《中國青銅器（修訂本）》，頁 322，上海，上海古籍出版社，2003 年。

　　根據《史記・越王句踐世家》記載，句踐之父爲允常，允常曾與吳王闔廬交
戰，允常死，句踐即位；句踐死，子王鼫與即位，〈索隱〉云：「鼫音石，與音餘。……
越語謂鹿郢爲鼫與也。」又〈考證〉云：「鼫與，哀二十四年《左傳》作適郢，《吳
越春秋》名興夷，《越絕》作與夷」；王鼫與死，子王不壽即位，〈索隱〉云：「不
壽立十年見殺，是爲盲姑，次朱句立」；王不壽死，子王翁即位；王翁死，子王
翳即位，〈考證〉云：「《越絕》、《吳越春秋》並無王翳一代，而稱翁子不揚，不
揚字無彊」；王翳死，子王之侯即位；王之侯死，子王無彊即位。〔註10〕

　　句踐死於西元前 464 年，其年代爲戰國早期前段。其後由鼫與即位，鼫與
在不同文獻中又載作鹿郢、適郢、興夷、與夷；不壽死於西元前 448 年，其後
由朱句即位，不壽即爲盲姑，翁即朱句。其王位傳承爲：允常→句踐→鼫與（鹿
郢；適郢；興夷；與夷）→不壽（盲姑）→翁（朱句）→不揚（無彌）→之侯
→無彊，或言自翁（朱句）以下，爲翳→之侯→無彊。

　　以〈越王者旨於賜劍〉爲例，該器經諸多學者的考證，如：曹錦炎、馬承
源、李學勤、陳佩芬、柯俊、譚德睿、陳振裕、陳中行、趙豐等人的研究討論，
指出「者旨」讀爲「諸稽」，爲越王的氏，「於賜」爲名，文獻中作「與夷」乃
其同音通假，〔註11〕即爲《史記》所載的「鼫與」，爲句踐之子，年代上可定爲
戰國早期前段。越國所見的「者旨於賜」諸器，其年代皆應屬戰國早期前段。
又安徽省淮南市蔡家崗趙家孤堆二號墓出土的文物甚多，其中屬戰國時期者，
如：〈王刮刀〉、〈越王者旨於賜戈〉與〈蔡侯產劍〉，據報告表示，出土的矛，
其中一把的形制與壽縣蔡侯墓出土的矛相同，〔註12〕蔡侯墓屬春秋晚期的墓
葬；又〈越王者旨於賜戈〉的年代定爲戰國早期前段，墓葬的年代應歸屬於戰
國早期。

　　〈戉王矛〉與〈戉王劍（越王丌北古劍）〉銘文中的「丌北古」，經學者考
證，以爲當是「盲姑」〔註13〕，「盲姑」即「不壽」，爲鼫與之子。故此二器的

〔註10〕《史記會注考證》，頁 651～655。

〔註11〕曹錦炎等：〈浙江省博物館新入藏越王者旨於賜劍筆談〉，《文物》1996 年第 4 期，
　　　　頁 4～12。

〔註12〕安徽省文化局文物工作隊：〈安徽淮南市蔡家崗趙家孤堆戰國墓〉，《考古》1963 年
　　　　第 4 期，頁 204～212。

〔註13〕《商周青銅器銘文選（四）》，頁 378。

年代應與〈越王不壽劍〉相同〔註14〕，爲戰國早期前段。越國所見的「丌北古」諸器，其年代皆應屬戰國早期前段。

以〈戉王州句劍〉爲例，學者考證「州句」即爲朱句。〔註15〕「州」、「朱」二字上古音同屬「端」紐「侯」部，雙聲疊韻；朱句在位時間甚長，銘文中又無紀年，該劍的年代可定爲戰國早期後段。越國所見的「州句」諸器，其年代皆應屬戰國早期後段。

湖北省江陵張家山墓葬出土的〈戉王劍〉，曹錦炎從字形上分析，指出「不光」二字，並稱之爲〈越王嗣旨不光劍〉，又云「不光」爲人名，即史書記載的「不揚」。〔註16〕曹錦炎考證十分清楚，其言應可採信。不揚字無彌，爲翁（朱句）之子，從「嗣」字觀察，其鑄造的年代應爲曹錦炎所言，爲即位前所鑄，年代可定爲戰國早期後段。

（二）蔡　國

根據《史記‧管蔡世家》記載，蔡國的歷史十分久遠，悼侯三年去世，弟昭侯甲立，〈考證〉云：「張文虎曰：『甲，中統、游、毛本並作申，表亦作申』」，蔡昭侯時值春秋晚期，壽縣蔡侯墓的墓主，學者考證已確定爲蔡侯申，其墓葬年代爲春秋晚期；〔註17〕二十八年昭侯去世，子成侯朔即位，成侯十年（西元前 481 年），田常弒殺齊簡公，成侯十三年（西元前 478 年），楚滅陳；十九年成侯去世，子聲侯產即位；十五年聲侯去世，子元侯即位；六年元侯去世，子侯齊即位；齊侯四年（西元前 447 年），楚惠王滅蔡，蔡侯齊亡，蔡遂絕祀。〔註18〕聲侯產在位十五年，其時代已進入戰國早期，故知「蔡侯產」劍、戈應爲戰國早期前段之物。

據曹錦炎考證〈蔡公子從劍〉的文字表示，該戈的年代應當不早於蔡侯產

〔註14〕曹錦炎：〈新出鳥虫書越王兵器考〉，《古文字研究》第二十四輯，頁240～243，北京，中華書局，2002 年。

〔註15〕李學勤：〈古越閣所藏青銅兵器選粹〉，《文物》1993 年第 4 期，頁 19～20。

〔註16〕曹錦炎：〈越王嗣旨不光劍銘文考〉，《文物》1995 年第 8 期，頁 73～75。

〔註17〕中國科學院考古研究所：《壽縣蔡侯墓出土遺物》，頁 19～21，北京，科學出版社，1956 年；于省吾：〈壽縣蔡侯墓銅器銘文考釋〉，《古文字研究》第一輯，頁 40～54，北京，中華書局，1979 年。

〔註18〕《史記會注考證》，頁 573～576。

的時代，〔註19〕故亦可定爲戰國早期。蔡國所見的「蔡公子從」諸器，其年代皆應屬戰國早期前段。

　　據發掘簡報指出，湖北省襄陽縣蔡坡四號墓所出的銅簠與銅缶等器，在器形與花紋上皆與襄陽山灣所出春秋晚期器物相近，而其銅鼎與車書亦與曾侯乙墓所出之器相同，故其年代應可斷爲戰國早期。〔註20〕〈蔡公子缶〉上的銘文並不清晰，因此無法明確斷定所載的人名，但是從考古發掘所示，其鑄造時代應與墓葬的時期相差不大。

（三）宋　國

　　《史記・宋微子世家》云：「子景公頭曼立，……六十四年，景公卒。宋公子特殺太子而自立，是爲昭公。……昭公四十七年卒。」〈考證〉云：「梁玉繩曰：『案《人表》作兜欒，《左傳》作太子欒，與史異。』……今本《左傳》作得」，〈索隱〉云：「按《左傳》景公無子，取元公庶曾孫公孫周之子德及啓，畜于公宮，及景公卒，先立啓，後立德是爲昭公，與此全乖，未知太史公據何而爲此說。」〔註21〕又《左傳・哀公二十六年》云：「（宋景公四十八年）宋景公無子，取公孫周之子得與啓畜諸公宮，……大尹奉啓以奔楚，乃得立。」〔註22〕從史書記載可知，宋景公「頭曼」在不同文獻中又載作兜欒、太子欒，景公逝於西元前469年，其後昭公即位。〈宋公欒鼎蓋〉與〈宋公欒戈〉應爲宋景公時所造，銘文雖未見紀年，從後者的字形以及戈的形制觀察，與〈宋公得戈〉相近同，故將其列爲戰國早期前段。

　　西元前469年，宋景公崩，公子得即位，是爲宋昭公。〈宋公欒鼎蓋〉與〈宋公欒戈〉今列爲戰國早期前段，〈宋公得戈〉爲昭公時所製，年代明確可定爲戰國早期前段。

（四）許　國

　　〈鄦之造戈〉銘文云：「鄦（許）之造戈」，據學者考證，許國於西元前373

〔註19〕曹錦炎：《鳥蟲書通考》，頁144，上海，上海書畫出版社，1999年。

〔註20〕湖北省博物館：〈襄陽蔡坡戰國墓發掘報告〉，《江漢考古》1985年第1期，頁1～33。

〔註21〕《史記會注考證》，頁603～604。

〔註22〕楊伯峻：《春秋左傳注》，頁1729～1731，高雄，復文圖書出版社，1991年。

年至 371 年間爲楚國所滅。〔註23〕該器於西元 1977 年出土於湖北省當陽縣趙家湖金家山四十五號墓，屬長方形土坑豎穴木槨墓，據報告表示，墓中雖有陶器的殘片，可惜皆已殘破，無法復原，從墓葬器物的組合與器物觀察，與湖北省江陵太暉觀、拍馬山的早期墓相近，蓋弓帽則與洛陽中州路車馬坑所出相同，時代應爲戰國早期，其下限不當晚於戰國中期。〔註24〕

（五）曾 國

曾侯乙墓的中室出土編鐘一架，計有六十五件，其中鎛鐘一件，即〈楚王酓章鎛〉，一面鑄有銘文三十一字，銘文云：「惟王五十又六祀，返自西陽。楚王熊章作曾侯乙宗彝。奠之於西陽，其永持用享。」熊章爲楚惠王的名字，在位五十七年，此鐘當是楚惠王在位五十六年（西元前 433 年）時，送予曾侯乙的器物。據此可知，該墓葬的年代應在戰國早期後段。再者，甬鐘四十五件，鈕鐘十九件。鐘銘上共有銘文三千七百五十五字，分見於鐘體、鐘架、掛鐘構件上。從內容上可分爲銘記、標音與樂律關係三部分。〔註25〕

墓中共出土青銅禮器一百一十七件，如：鼎、鬲、甗、爐盤、簋、簠、豆、鼎形器、盒、匕、大尊缶、聯禁大壺、提鏈壺、鑒缶、尊盤、罐、過濾器、勺、小口鼎、匜鼎、盥缶、圓鑒、盤、匜、斗等，除兩件大型尊缶出自北室外，其餘全出自中室，據報告指出，其中八十三件有銘文，有八十二件的銘文同爲「曾侯乙作持用終」，僅一件過濾器作「曾侯乙作持」。兵器共出土四千七百七十七件，包括戈、戟、矛、殳、晉殳、弓、箭鏃、盾等，其中北室所出之戈共五十九件，出於東室者爲七件，有銘文者共四十八件；戟共出土三十件，皆出於北室，有銘文者共二十件；殳共出土七件，亦出自北室的北部或東部靠近槨壁處的底部，有銘文者三件。〔註26〕此外，〈錯金音律銘文劍〉的字形與曾侯乙墓所出編鐘的形體一致，應爲同出於曾國之器，故將年代定爲戰國早期後段。

〔註23〕何浩：《楚滅國研究》，頁 279～283，武漢，武漢大學出版社，1989 年。

〔註24〕湖北省宜昌地區文物工作隊：〈湖北當陽縣金家山兩座戰國楚墓〉，《文物》1982 年第 4 期，頁 46～48。

〔註25〕中國社會科學院考古研究所、湖北省博物館：《曾侯乙墓》，頁 86～130，北京，文物出版社，1989 年。

〔註26〕《曾侯乙墓》，頁 175～306。

銘文中除了曾侯乙外，尚見曾侯邸與曾侯逪，邸與逪應爲乙的先人，曾侯乙之器已定爲戰國早期後段，曾侯邸與曾侯逪應可定爲戰國早期前段。

（六）楚　國

以湖北省隨縣曾侯乙墓出土的〈楚王畬章鎛〉爲例，銘文云：「惟王五十又六祀，返自西陽。楚王熊章作曾侯乙宗彝。奠之於西陽，其永持用享。」此鐘爲楚惠王在位五十六年時，送予曾侯乙的器物，該器可定爲戰國早期後段。又楚國所見「楚王畬章」兵器，並無紀年資料，其年代應可定於戰國早期前段。

〈邵之飤鼎〉在西元 1980 年 3 月出土於四川省新都縣馬家公社，此鼎的形制，明顯爲楚式鼎的風格，其上的文字亦爲春秋戰國時期的文字風格，此鼎出現於該墓中，應是楚之邵氏所鑄而流傳入蜀；此外，墓中有兩枚印章，其上的印文，據報告稱之爲「巴蜀圖語」，整理者指出該墓的墓主應爲古蜀國的君王；再者，從墓葬所出的鼎、敦、盉、罍、缶、盤、匜、豆、勺等銅器的形制觀察，多與戰國早期楚地一帶流行的形制相類。〔註 27〕由此可知，該鼎的年代應可定於戰國早期。

〈邵王之諻鼎〉與〈邵王之諻簋〉中的「邵王之諻」，據張政烺考證，即楚昭王之母，劉彬徽進一步從器形觀察，以爲與淅川下寺一、二號墓所出的楚式簋相似，而其紋飾又有戰國時期的風格，年代應在春秋戰國之際，今將之定於戰國早期。〔註 28〕

據簡報指出，〈邵方豆〉器蓋花紋與特徵，和當地出土的春秋中晚期銅器相同，故應屬春秋中晚期的文物；文中又指出曾侯乙墓出土的銅冰（溫）酒器內方壺蓋、擂鼓墩二號墓出土的銅方尊缶（方壺）蓋與銅方豆蓋，皆與此器蓋的基本特徵相似。〔註 29〕曾侯乙墓屬戰國早期後段，〈邵方豆〉的年代應定在戰國早期較恰當。

〔註 27〕四川省博物館、新都縣文物管理所：〈四川新都戰國木槨墓〉，《文物》1981 年第 6 期，頁 1～15。

〔註 28〕張政烺：〈邵王之諻鼎及簋銘考證〉，《中央研究院歷史語言研究所集刊》第八本第三分，頁 371～378 ，臺北，中央研究院歷史語言研究所，1939 年；劉彬徽：《楚系青銅器研究》，頁 331，武漢，湖北教育出版社，1995 年。

〔註 29〕隨州市博物館：〈隨州均川出土銘文青銅器〉，《江漢考古》1986 年第 2 期，頁 101。

　　〈邥君戈〉於 1971 年出土於湖北省江陵拍馬山十號墓，據簡報指出，同墓所出的陶鬲與江陵太暉觀、葛陂寺早期楚墓所出相同，時代應屬春秋晚期。又據劉彬徽考證該陶鬲的使用情形，以爲此墓的年代下限亦可至戰國中期，今將〈邥君戈〉定於戰國早期。〔註 30〕

　　〈番仲戈〉於西元 1977 年出土於湖北省當陽縣趙家湖金家山四十三號墓，該墓葬爲長方形土坑豎穴木槨墓，據報告表示，雖有陶器的殘片，可惜皆已殘破，無法復原，但是從墓葬器物的組合與器物觀察，與湖北省江陵太暉觀、拍馬山的早期墓相近，蓋弓帽則與洛陽中州路車馬坑所出相同，因此時代應爲戰國早期，其下限不當晚於戰國中期。劉彬徽以爲此器應爲楚人所製，不當爲番國所有，從戈的形制與銘文實難分辨，故屬楚國器。〔註 31〕

　　〈鄨公戈〉、〈鄴戈〉、〈周旒戈〉分別出土於江陵雨臺山一六九號墓、一三三號墓、一零零號墓。據發掘報告記載，此三墓除見戈的出土外，尚見其他銅器或陶器組合，如：一六九號墓尚見陶豆，一三三號墓尚見仿銅陶禮器之鼎、敦、壺，一零零號墓尚見仿銅陶禮器之鼎、簠、壺，報告中依其形制比較，將前者列爲戰國中期，後二者列爲戰國早期。〔註 32〕觀察後二者形制皆爲「欄側四穿」，將之列爲同一時期應無疑義，故從報告之言。〈鄨公戈〉的年代，劉彬徽認爲其形制雖具有春秋戰國之際的特色，文字風格卻明顯偏晚，實宜列入戰國中期。〔註 33〕今綜合考古報告與劉彬徽之言，將此戈的時代列爲戰國中期。此外，湖南省常德德山一號墓出土遺物有銅鋪首與戈，以及陶製之鼎、壺、豆，〔註 34〕據高至喜研究指出，戰國早期至中期前段以鼎、敦、壺或加上豆的陶器

〔註 30〕湖北省博物館、荊州地區博物館、江陵縣文物工作組發掘小組：〈湖北江陵拍馬山楚墓發掘簡報〉，《考古》1973 年第 3 期，頁 151〜161；《楚系青銅器研究》，頁 351。

〔註 31〕〈湖北當陽縣金家山兩座戰國楚墓〉，《文物》1982 年第 4 期，頁 46〜48；《楚系青銅器研究》，頁 337。

〔註 32〕中國社會科學院考古研究所、湖北省荊州地區博物館：《江陵雨臺山楚墓》，頁 80〜81，頁 123，頁 125，北京，文物出版社，1984 年。

〔註 33〕《楚系青銅器研究》，頁 351〜352。

〔註 34〕常德市文物處：〈湖南常德德山戰國墓出土鳥篆銘文戈〉，《江漢考古》1996 年第 3 期，頁 27〜28，轉頁 44。

組合爲主，〔註35〕可知該墓葬時代應在戰國早期至中期之間。報告中又指出〈玄
鏐戈〉的形制及製作年代，基本上與〈番仲戈〉、〈周勮戈〉相同，後二者的年
代已定爲戰國早期，故此戈年代應與之相差不遠。

〈平夜君成之用戟〉與〈平夜君成之用戈〉二器在西元 1994 年 5 月出土於
河南省駐馬店市新蔡縣李橋鎮葛陵村東北部，其上的文字爲春秋戰國時期的文
字風格，據戟、戈上的銘文記載，墓主爲平夜君成。〔註36〕又據同出的竹簡觀
察，卜筮祭禱內容中提到楚文王、平王、昭王、惠王、簡王、聲王、平夜文君、
子西等人，又望山竹簡卜筮祭禱簡中出現柬大王、聖王、邵王三位楚先王的名
稱，將二者對照，平夜君成墓的年代應該在楚悼王時期，即戰國中期前段。

〈䣄篙鐘〉的年代問題多有爭議，郭沫若將之定在西元前 525 年，〔註37〕
顧鐵符定於西元前 491 年，〔註38〕馬承源定於楚昭王之時，〔註39〕劉彬徽定於
戰國中期，〔註40〕趙誠定在西元前 491 年之後。〔註41〕以上學者除劉彬徽外多
將銘文所載與文獻相對應，可是遍查文獻並無可與相比附者，故暫從劉彬徽之
說，定之於戰國中期。

〈正昜鼎〉出土於湖南省常德德山二十六號墓，據發掘報告指出，該墓是
一座二槨一棺的墓葬，內有銅戈、銅劍、銅鼎、銅盒、陶鼎、陶豆、陶壺、陶
敦、漆耳杯等，〔註42〕又據拙作的討論，自戰國中期前段即出現陶器之鼎、敦、
壺，或加上豆的組合，如：慈利石板村三十六號墓，此形式一直流傳到戰國中
期後段，如：信陽一號墓、藤店一號墓、望山一號墓、望山二號墓、馬山一號

〔註35〕高至喜：〈試論湖南楚墓的分期與年代〉，《中國考古學會第一次年會論文集》，頁
238，北京，文物出版社，1979 年。

〔註36〕河南省文物考古研究所、河南省駐馬店市文化局、新蔡縣文物保護管理所：〈河南
新蔡平夜君成墓的發掘〉，《文物》2002 年第 8 期，頁 4～19。

〔註37〕郭沫若：〈信陽墓的年代與國別〉，《文物參考資料》1958 年第 1 期，頁 5。

〔註38〕顧鐵符：〈信陽一號楚墓的地望與人物〉，《故宮博物院院刊》1979 年第 2 期，頁
76～80。

〔註39〕《商周青銅器銘文選（四）》，頁 426。

〔註40〕《楚系青銅器研究》，頁 341。

〔註41〕趙誠：〈〈䣄篙鐘〉新解〉，《江漢考古》1998 年第 2 期，頁 67。

〔註42〕湖南省博物館：〈湖南常德德山楚墓發掘報告〉，《考古》1963 年第 9 期，頁 463～
468。

墓、長沙子彈庫一號墓等，〔註43〕故可將此墓葬定爲戰國中期，該鼎的年代亦應與此相差不遠。

河南省洛陽市 74C1 之四號墓除出土〈繁湯之金劍〉外，亦見銅製之鏃、鐏、鈴、泡、環等，〔註44〕劍上的文字屬於楚系風格，劉彬徽以爲楚劍出土於洛陽，應是戰爭因素所致，而其年代當爲戰國中期偏晚。〔註45〕銘文中未見可資斷代的材料，故暫將之歸屬於戰國中期。

西元 1933 年於李三孤堆的墓葬中出土〈曾姬無卹壺〉，學者據銘文中所載的「聖」字，考證應指「楚聲王」，其器主爲聲王夫人，作於楚王二十六年，其年代應爲戰國中期。〔註46〕

〈陛生戈〉出土於鄂王故城遺址，簡報僅言鄂王故城遺址的年代屬東周時期，劉彬徽進一步指出〈陛生戈〉與〈陛咥戟〉中的人物應指同一人，從其形制與文字觀察，可定爲戰國中期。〔註47〕

《殷周金文集成》編號（12100）的〈王命龍節〉，據報告指出係出土於湖南省長沙市東郊黃泥坑的小型墓葬中，又據當時的挖掘者追憶，同墓尚有素面銅鏡與雙耳陶壺的出土，故學者將之斷代定爲戰國中期應是可信。〔註48〕將之與其他的龍節、虎符、虎節等對比文字，其形體相同，故亦列爲同時期。

據六安專區文物普查工作隊指出，〈鄂君啓車節〉與〈鄂君啓舟節〉，係於西元 1957 年 4 月在安徽壽縣距離城東門二里多的丘家花園取土時發現，〔註49〕銘文以事紀年，云：「大司馬昭陽敗晉師於襄陵之歲」，《史記・楚世家》云：「（楚

〔註43〕陳立：《楚系簡帛文字研究》，頁 42～48，臺北，國立臺灣師範大學國文研究所碩士論文，1999 年。

〔註44〕洛陽博物館：〈河南洛陽出土「繁陽之金」劍〉，《考古》1980 年第 6 期，頁 488～492。

〔註45〕《楚系青銅器研究》，頁 350。

〔註46〕《楚系青銅器研究》，頁 342～343。

〔註47〕大冶縣博物館：〈鄂王城遺址調查簡報〉，《江漢考古》1985 年第 3 期，頁 23～28；《楚系青銅器研究》，頁 350～351。

〔註48〕流火：〈銅龍節〉，《文物》1960 年第 8、9 期，頁 81。

〔註49〕殷滌非、羅長銘：〈壽縣出土的「鄂君啓金節」〉，《文物參考資料》1958 年第 4 期，頁 8。

懷王）六年，楚使杜國昭陽將兵而攻魏，破之於襄陵，得八邑。」〔註 50〕懷王六年為西元前 323 年，年代屬戰國中期後段。再者，同為丘家花園附近的李家墳發現的〈大廥之器銅牛〉，〔註 51〕其年代可能亦與前者相差不遠，故將之定為戰國中期後段。

湖南省桃源三元村一號墓，為長方形土坑豎穴墓，出土文物包括銅製之鼎、矛、戈、鐏、劍、壺、匜、盤等。〔註 52〕據拙作的整理發現，銅器組合為鼎、壺、匜、盤者，年代多屬戰國中期後段，如：馬山一號墓、藤店一號墓等。〔註 53〕故暫將〈中易鼎〉歸屬於此一時期。

安徽省壽縣朱家集曾經陸續為盜墓者所盜採出土幾批的文物，西元 1933 年於李三孤堆出土大批文物，計有七百八十七件，銘文中出現楚王酓忎、酓肯與酓章。李景聃、曹淑琴、殷瑋璋指出，「酓肯」即為楚考烈王熊元，酓肯與大廥組銅器的年代約為西元前 262 至 237 年；「酓忎」即楚幽王熊悍，酓忎、太子與王后組銅器的年代約為西元前 237 至 228 年。〔註 54〕「酓肯」與「酓忎」器上的銘文形體風格接近，應屬前後期的作品，可定為戰國晚期後段。

江蘇省無錫前洲公社前洲大隊，於西元 1973 年 12 月在高瀆灣蘆塘里挖掘出三件帶有「郱陵君」銘文的銅器。其中一件豆，器形屬高校盤豆，淺盤而平底，高校上粗下細，器形類似漢代的錠。據李零與劉雨指出，湖南長沙龍洞坡戰國楚墓曾出土同式的陶豆，湖北省江陵望山二號楚墓也出土過同式的陶燈台，又該墓出土一件未見銘文的銅匜，相同器形者亦見於湖南省瀏陽縣北嶺出土的戰國銅器，以及雲夢睡虎地十一號秦墓，據銘文研究，此三器的時代或作於西元前 306 年至 223 年。〔註 55〕從報告中出土物的記載，望山二號墓屬於戰國中期後段，而

〔註 50〕《史記會注考證》，頁 642。

〔註 51〕殷滌非：〈安徽壽縣新發現的銅牛〉，《文物參考資料》1959 年第 4 期，頁 1～2。

〔註 52〕常德地區文物工作隊、桃源縣文化局：〈桃源三元村一號楚墓〉，《湖南考古輯刊》第四輯，頁 22～32，長沙，岳麓書社，1987 年。

〔註 53〕《楚系簡帛文字研究》，頁 36～42。

〔註 54〕李景聃：〈壽縣楚墓調查報告〉，《田野考古報告》第一冊，頁 213～279，臺北，南天書局，1978 年；曹淑琴、殷瑋璋：〈壽縣朱家集銅器群研究〉，《考古學文化論集（一）》，頁 199～220，北京，文物出版社，1987 年。

〔註 55〕李零、劉雨：〈楚郱陵君三器〉，《文物》1980 年第 8 期，頁 29～34。

該盤的器形又與漢代的錠類似，則此三器的時代應可定爲戰國晚期後段。

〈郘大府量〉於西元 1976 年 4 月出土於安徽省鳳臺郊區，據報告表示，淮南市博物館亦徵集到一件相同類型的器物，亦爲鳳臺出土，無論在形制、大小上皆與此件相同。此外，西元 1933 年於安徽壽縣朱家集李三孤堆楚王墓亦出土兩件，大者與此相同，唯未見銘文，小者容量僅爲大者的六分之一。〔註 56〕李三孤堆楚王墓的年代經考證，定爲戰國晚期後段，則此銅量的年代應與之相差不遠，今將之定爲戰國晚期。

〈羕陵公戈〉爲武漢市文物商店所收集，本稱作〈伺戈〉，據簡報指出，其形制屬於戰國時期，劉彬徽進一步將之定爲戰國晚期，今從其意見。〔註 57〕

〈悍距末〉的銘文云：「悍作距末，永佐商國。」由於「商國」二字，學者或以爲此器爲宋國所有。西元 1999 年 1 月於湖南省常德市的德山經濟開發區河家坪村寨子嶺墓葬中，又出現二件距末。其中一件的銘文內容與文字，皆與〈悍距末〉相同，另一件作「光張上口，四堯是備。」該墓葬經考證，屬戰國時期楚國大夫的墓葬，〔註 58〕若〈悍距末〉爲宋器，楚國大夫使用它的可能性應該不高，故於此將之列爲楚國器物。

〈南君戈〉出土於江陵九店，據發掘報告記載，該墓葬出土文物有銅鼎與銅戈，從形制的比較，此墓應定爲戰國晚期。〔註 59〕今暫從其言。

〈襄城楚境尹戈〉的銘文爲「都壽之歲，襄城楚境尹所造。」前者爲以事紀年，爲楚簡常見的紀年法。據簡報指出，該墓已遭破壞，從尚存的灰黑陶罐殘片分析，應爲戰國晚期的墓葬；又據學者考證，從銘文所記載的年代觀察，可能爲楚考烈王二十二年。〔註 60〕銘文所載的年代，是否即爲考烈王二十二年，

〔註 56〕安徽阜陽地區展覽館文博組：〈安徽鳳臺發現楚國「郘大贗」銅量〉，《文物》1978年第 5 期，頁 96。

〔註 57〕武漢市文物商店：〈武漢市收集的幾件重要的東周青銅器〉，《江漢考古》1983 年第2 期，頁 36～37；《楚系青銅器研究》，頁 368。

〔註 58〕陳松長：〈湖南常德新出土銅距末銘文小考〉，《文物》2002 年第 10 期，頁 76～79。

〔註 59〕湖北省文物考古研究所：《江陵九店東周墓》，頁 224，頁 436，北京，科學出版社，1995 年。

〔註 60〕周曉陸、紀達凱：〈江蘇連雲港市出土襄城楚境尹戈讀考〉，《考古》1995 年第 1 期，頁 75～77。

尚無明確答案，從考古資料顯示，其言屬戰國晚期應可採信。

　　〈臨所偖鼎〉、〈右圣刃鼎〉、〈壽春鼎〉、〈東陸鼎蓋〉四器銘文未見紀年，《史記·楚世家》云：「（考烈王）二十二年，與諸侯共伐秦，不利而去。楚東徙都壽春，命曰郢。」時值西元前 241 年，可知稱「壽春」者，應在遷都之前。劉彬徽指出其形制相似，文字亦爲戰國晚期的風格。此外，〈巨萱十九鼎〉與〈巨萱王鼎〉的銘文亦未見紀年，劉氏以爲其年代應略早於壽縣楚幽王時的銅器，今從其言，故將之歸屬於戰國晚期。〔註61〕

　　舒城縣秦家橋鄉西北墓葬區，共發現三座戰國墓，皆爲長方形豎穴土坑墓，一號墓與二號墓同樣出土的遺物有陶製之鼎、壺、罐、盤等，銅製之鼎、壺、匜、盤、勺等，此外，尚見漆木器與玉器。〔註62〕據拙作的整理發現，陶器組合爲鼎、壺者，年代多屬戰國晚期，如：江陵九店五十六號墓、仰天湖二十五號墓等；銅器組合爲鼎、壺、匜、盤者，年代多屬戰國中期後段，如：馬山一號墓、藤店一號墓等。〔註63〕由此推測，該墓葬亦應屬戰國晚期，故將墓中出土的〈蔡長匜〉、〈余訓壺〉、〈李倚壺〉、〈南州壺〉等四件銅器歸屬於戰國晚期的作品。

二、簡　帛

（一）曾　國

　　曾侯乙墓位於湖北省隨縣城關鎮西北郊擂鼓墩附近的東團坡，於西元 1978 年 5 月由湖北省博物館主持進行發掘的工作。〔註64〕該批竹簡皆出自北室，合計二百四十枚，出土時與兵器、皮甲同置，由於編聯的繩索已腐爛，再加上墓內積水，出土時已經散亂。從內容觀察，它詳細記載殉葬的車馬與兵甲，以及少數陪葬的人俑。此外，另有二枚竹簽出土，二者皆以墨書上「鞏軒之馬甲」五字，故知曾侯乙墓竹簡屬遣策性質。〔註65〕

〔註61〕《史記會注考證》，頁 649；《楚系青銅器研究》，頁 354～357。

〔註62〕舒城縣文物管理所：〈舒城縣秦家橋戰國楚墓清理簡報〉，《文物研究》1990 年總第 6 輯，頁 135～146。

〔註63〕《楚系簡帛文字研究》，頁 36～48。

〔註64〕舒之梅、王紀潮：〈曾侯乙墓的發現與研究〉，《鴻禧文物——湖北先秦文化論集》第二期，頁 93，臺北，鴻禧藝術文教基金會，1997 年。

〔註65〕《曾侯乙墓》，頁 452～458。

墓葬中除了竹簡外，尚有大批的青銅器，其中的〈楚王酓章鎛〉，明確記載為楚惠王（熊章）五十六年送予曾侯乙之器物。該器的年代為戰國早期後段，與之入葬的遣策，其年代應相距不遠，甚或是同時。

（二）楚　國

雨臺山楚墓的發掘工作始於西元 1975 年 11 月中旬，位於江陵縣九店公社雨臺大隊境內。〔註66〕出土四支竹律管的二十一號墓，發掘於西元 1986 年。四件竹律管置於棺木的南端與棺木下方，二支殘管與兩截殘斷的殘片上出現文字。〔註67〕竹律管上的文字皆為墨書，屬於音律的內容。

雨臺山二十一號墓出土的陶鼎為仿青銅的禮器，形制為「帶蓋鼎、斂口、身腹圜底、三足外撇」，與曾侯乙墓出土的「帶蓋深腹鼎」較為接近。此外，據湖北省博物館指出，該墓出土的陶器與《雨臺山楚墓》所列的第四期陶器相似。〔註68〕《江陵雨臺山楚墓》第四期的年代，晚於擂鼓墩一號墓，而早於望山一號墓與藤店一號墓，由於望山一號墓與藤店一號墓的年代均屬戰國中期偏晚，所以該墓的時代應屬戰國中期偏早，故將之列為戰國中期前段。

慈利石板村楚墓發掘於西元 1987 年 5、6 月間，位於湖南省慈利縣城東 3.5公里處。〔註69〕竹簡出土於三十六號墓，清理後發現殘斷者為四千三百七十一片。據學者指出這批竹簡的內容為記事性質的古書，以記載楚國與吳、越兩國的史事為多，如：吳齊黃池之盟、吳越爭霸等，可能與《國語》、《戰國策》、《越絕書》等文獻資料某些記載相同。〔註70〕

〔註66〕《江陵雨臺山楚墓》，頁 1～2。

〔註67〕湖北省博物館：〈湖北江陵雨臺山 21 號戰國楚墓〉，《文物》1988 年第 5 期，頁 35～36；譚維四：〈江陵雨臺山 21 號楚墓律管淺論〉，《文物》1988 年第 5 期，頁 39～41，

〔註68〕〈湖北江陵雨臺山 21 號戰國楚墓〉，《文物》1988 年第 5 期，頁 38。

〔註69〕湖南省文物考古研究所、慈利縣文物保護管理研究所：〈湖南慈利石板村 36 號戰國墓發掘報告〉，《文物》1990 年第 10 期，頁 37；湖南省文物考古研究所、慈利縣文物保護管理研究所：〈湖南慈利縣石板村戰國墓〉，《考古學報》1995 年第 2 期，頁 173。

〔註70〕〈湖南慈利石板村 36 號戰國墓發掘簡報〉，《文物》1990 年第 10 期，頁 45～46；〈湖南慈利縣石板村戰國墓〉，《考古學報》1995 年第 2 期，頁 199～202。

慈利石板村三十六號墓的銅鼎形制爲「斂口，方耳外曲，深弧腹，圜底，蹄足。」與雨臺山出土的銅鼎第二式「方附耳或環耳直立，腹較淺，小平底，蹄足。」〔註71〕望山一號墓的 A 式鼎「口微斂，子母口承蓋，腹較深，圜底，三蹄足較高。」〔註72〕較爲接近。望山一號墓屬戰國中期後段，江陵雨臺山出土此類銅鼎者屬戰國中期前段，今據整理小組的分析，將之定爲戰國中期前段。

河南新蔡平夜君成墓在1994年5月出土於河南省駐馬店市新蔡縣李橋鎮葛陵村東北部，爲一座大型楚國的貴族墓葬。據簡報所示，墓葬在西漢、東漢與近代曾多次被盜，墓室內受到十分嚴重的破壞，隨葬品可分爲青銅器、木漆器、玉石器、竹簡等。竹簡出土於南室東南部的車傘蓋上，由於已遭受擾動，分布十分零散，簡上的墨書字跡清晰，卻多爲殘斷，清理時分爲甲、乙區，以及殘簡，甲區共計四百九十七枚，乙區共計二百九十八枚，殘簡共計七百餘枚，合計爲一千五百餘枚。內容可分爲卜筮祭禱與遣策二種，遣策僅十餘枚。〔註73〕

據報告指出，從墓葬的形制、葬俗與出土器物的造形特點分析，葛陵楚墓的年代大概相當於戰國中期前後，墓主人的身份應爲楚國的封君。李零進一步指出，葛陵楚墓竹簡又稱爲「新蔡楚簡」，他認爲年代應晚於曾侯乙墓，而早於信陽長臺關楚墓，簡文中載有「平夜君成」一詞，該墓墓主與包山楚墓的墓主可能是同一家族。〔註74〕又〈平夜君成之用戟〉與〈平夜君成之用戈〉已定於戰國中期前段，同墓所出的竹簡，年代應與之相同。

信陽楚墓於西元1956年春天發掘，位於河南省信陽市北20公里的長臺關西北小劉莊後的土崗。〔註75〕竹簡出土於一號墓，共計一百四十八枚，依據內容可分爲二組。第一組爲竹書，共計一百一十九枚，出自於前室東部，殘斷甚

〔註71〕《江陵雨臺山楚墓》，頁 72。

〔註72〕〈望山 1 號墓〉，《江陵望山沙塚楚墓》，頁 43。

〔註73〕〈河南新蔡平夜君成墓的發掘〉，《文物》2002 年第 8 期，頁 16～19。

〔註74〕宋國定：〈新蔡發掘一座大型楚墓〉，《中國文物報》，1994 年 10 月 23 日，第一版；李零：〈參加「新出簡帛國際學術研討會」的幾點感想〉，簡帛研究網站，2000 年 11 月 16 日。

〔註75〕中國社會科學院考古研究所、河南省文物研究所：《信陽楚墓》，頁 1，北京，文物出版社，1986 年。

為嚴重；第二組為遣策，共計二十九枚，出自於左後室，保存較為完好。〔註76〕

信陽一號墓出土一套銅編鐘，據劉彬徽考證發現，與天星觀出土的編鐘在形制與紋飾上基本相同，再加上「于」弧度大，故認定信陽一號墓出土的編鐘年代，應與天星觀楚墓出土的編鐘同屬於戰國中期。〔註77〕再者，將之與望山一號墓的銅器比較，二者大多為素面無紋飾、胎薄、清秀，與早期厚重的銅器大不相同，應屬戰國中期的風格；又望山一號墓的風格、形制，多與楚幽王墓相類似，信陽一號墓則與楚幽王墓有所距離，可知信陽一號墓的年代應早於望山一號墓。

信陽七號墓於西元 2002 年 10 月發掘，位於河南省信陽市北 20 公里的長臺關。該墓出土一組竹簡，由於尚未發表，內容不可確知。〔註78〕

信陽七號墓出土的陶器組合為鼎、鬲、敦、簠、簋、豆、壺、罐、盤等，而戰國楚墓早期至中期前段以鼎、敦、壺或加上豆的陶器組合為主；又據發掘簡報指出，其年代應與信陽一號墓相當。今已將一號墓定為戰國中期後段，七號墓的年代應與之相近。

天星觀一號墓發掘於西元 1978 年，位於江陵縣觀音當公社五山大隊境內，臨長湖，西邊距離楚國故都紀南城約 30 公里。〔註79〕天星觀一號墓出土的竹簡共計四百零一枚，完整者有七十多枚，其餘皆為殘斷，總字數約為四千五百多字。內容主要分為遣策與卜筮記錄二種。遣策殘損較為嚴重，係記載為墓主助喪者的姓名、官職、所贈的物品，以及送喪時所用的車輛與儀仗等；卜筮記錄的數量最多，約有二千七百多字，主要為墓主卜筮的記錄與祭祀的內容。〔註80〕

〔註76〕《信陽楚墓》，頁 67～68；河南省文化局文物工作隊第一隊：〈我國考古史上的空前發現信陽長臺關發掘一座戰國大墓〉，《文物參考資料》1959 年第 9 期，頁 21～22。

〔註77〕《楚系青銅器研究》，頁 236～237。

〔註78〕河南省文物考古研究所、信陽市文物工作隊：〈河南信陽長臺關七號楚墓發掘簡報〉，《文物》2004 年第 3 期，頁 31～41。

〔註79〕湖北省荊州地區博物館：〈江陵天星觀 1 號楚墓〉，《考古學報》1982 年第 1 期，頁 71。

〔註80〕〈江陵天星觀 1 號楚墓〉，《考古學報》1982 年第 1 期，頁 109～110；滕壬生：〈序〉，《楚系簡帛文字編》，頁 6，武漢，湖北教育出版社，1995 年。

天星觀竹簡以事紀年的簡文，云：「秦客公孫鞅問王於栽郢之歲」（卜筮），〔註81〕據《史記》記載公孫鞅爲「衛之諸庶孼子也，名鞅，姓公孫氏，其祖本姬姓。」〔註82〕史書又稱爲「衛鞅」，自秦孝公元年（西元前 361 年）入秦至二十一年（西元前 341 年），皆稱爲「衛鞅」，於孝公二十二年（西元前 340 年），因爲擊敗魏國有功，遂封爲列侯，號「商君」。〔註83〕可知卜筮簡的記載應爲西元前 361 年至西元前 341 年間的事情。又據《楚系簡帛文字編》所載資料發現，天星觀竹簡與望山竹簡的卜筮祭禱簡皆出現相同的人名——「軝膓志」，再加上二座墓葬的地望皆在紀南城附近，年代應該相去不遠，此墓葬亦應定於戰國中期後段。

藤店一號墓發掘於西元 1973 年 3 月，位於藤店公社藤店大隊。竹簡置於邊箱的西部，出土時皆已殘斷、散落。共計二十四枚，約四十七個字。內容不詳，可能屬於遣策。〔註84〕

藤店一號墓出土的青銅禮器爲「鼎、豆、壺、盤、匜」，整理小組指出與望山一號墓相近。〔註85〕此外，據考古學者多年的考證：「江陵藤店一號墓、望山一號墓經考古學界多年的研究，已成爲戰國中期晚段楚墓斷代標尺。望山一號墓經包山楚墓所出楚簡紀時材料的論證，推定其絕對年代爲公元前 332 年，藤店一號墓略早于望山一號。」〔註86〕可知藤店一號墓的年代爲戰國中期後段，並早於望山一號墓的年代。

江陵九店楚墓發掘工作始於西元 1978 年至 1989 年，僅見於五十六號墓、四一一號墓與六二一號墓出土竹簡。〔註87〕五十六號墓出土的竹簡，若僅計算竹簡枚數應有二百零五枚，據李家浩等人整理後，共計一百四十六枚，內容包

〔註81〕 天星觀一號墓竹簡尚未正式發表，文中所引簡文，悉出於滕壬生所編之《楚系簡帛文字編》的資料。

〔註82〕 《史記會注考證・商君列傳》，頁 868。

〔註83〕 《史記會注考證・秦本紀》，頁 94～96。

〔註84〕 荊州地區博物館：〈湖北江陵藤店一號墓發掘簡報〉，《文物》1973 年第 9 期，頁 7～17。

〔註85〕 〈湖北江陵藤店一號墓發掘簡報〉，《文物》1973 年第 9 期，頁 12。

〔註86〕 《江陵九店東周墓》，頁 407。

〔註87〕 《江陵九店東周墓》，頁 1，頁 415。

含與農作物有關的記載、日書等。〔註88〕

　　四一一號墓出土的竹簡現存二枚，出於棺槨間東側南部，一枚完整，一枚殘缺，二者的字跡皆漫漶不可識。〔註89〕

　　六二一號墓的竹簡出土於棺槨間東側中部，殘斷十分嚴重，雖有一百二十七枚竹簡，其中字跡清晰可辨者僅爲三十二枚，不可辨者有五十七枚，無字者多達三十八枚，清楚可辨識的字形僅爲九十五個。〔註90〕據李家浩等人整理後，共計八十八枚，惟三十五簡至八十八簡文字漫漶不清。〔註91〕

　　九店六二一號墓的陶鼎與藤店一號墓的陶鼎器形相同，其年代可斷爲戰國中期偏晚。五十六號墓出土的陶器爲鼎、壺，由於發掘報告過於簡略，僅從該報告將之列爲戰國晚期前段。

　　望山楚墓位於江陵縣裁縫鄉境內，於八岭山東北麓較爲平坦的崗地。竹簡主要出土於望山一、二號兩座楚墓，望山一號墓位於荊川公路旁與漳河水庫二幹渠渠道線上；二號墓位於一號墓東北約 500 多公尺處。發掘於西元 1965 年 10 月中旬，直至 1966 年 1 月中旬結束。〔註92〕

　　一號墓出土的竹簡，出土時放置在邊箱的東部，由於槨室積水造成竹簡的浮動，再加上與漆木器等器物相互疊壓，出土時已經完全殘斷。竹簡上記載卜筮的時間、工具、詢問的事項、結果，以及爲墓主求福去疾的祭禱內容，屬卜筮祭禱性質，共計二百零七枚。〔註93〕

　　二號墓出土的竹簡，屬遣策性質，出土時置於邊箱上層（WM2：B32），有一部分已掉落邊箱底部。經過綴合整理後，共計六十六枚竹簡，其中有五枚完整。〔註94〕

〔註88〕湖北省文物考古研究所、北京大學中文系：《九店楚簡》，頁 45～140，北京，中華書局，2000 年。

〔註89〕《江陵九店東周墓》，頁 340。

〔註90〕《江陵九店東周墓》，頁 340。

〔註91〕《九店楚簡》，頁 141～147。

〔註92〕湖北省文物考古研究所：《江陵望山沙塚楚墓》，頁 1，北京，文物出版社，1996 年。

〔註93〕《江陵望山沙塚楚墓》，頁 108～110。

〔註94〕《江陵望山沙塚楚墓》，頁 161～163。

　　望山竹簡卜筮祭禱簡中出現柬大王、聖王、邵王三位楚先王的名稱。《史記》記載楚惠王在位爲五十七年，繼承者依序爲簡王、聲王、悼王，〔註95〕先王的次序與簡文相同。從史書的記載可知望山一號墓的年代應該不會早於楚悼王時期，亦即西元前 401 至 381 年。又據陳振裕考證云：「關於望山一號墓主，武漢醫學院人體解剖教研室從牙齒、胸骨、顱骨、恥骨和盆骨等方面進行鑑定，認爲是 25 至 30 歲的男性，說明墓主死時很年輕，至少也應離悼王四、五十年時間。因此，他可能死于楚威王時期或者楚懷王前期。」〔註96〕其說應可採信。其次，從出土的青銅禮器觀察，學者以爲戰國時期有蓋圓腹鼎的變化係腹身朝向盒形發展，致使腹深與口徑的比例，隨著時代的晚近，產生比例的趨小或趨大，以望山一號墓的有蓋圓腹鼎爲例，其比例爲 1：1.63，包山二號墓爲 1：1.61，可知時代愈晚者數據比亦愈大；匜的變化在於流上翹的角度，隨著時代的晚近，使得角度趨小或趨大，以望山一號墓的銅匜爲例，其角度爲 2°，包山二號墓爲 13°〔註97〕，可知時代愈晚者角度愈大。將竹簡記載的史事、考古上的結論，與年代相配合，望山一號墓應屬於戰國中期後段的墓葬，望山一號墓的年代比包山二號墓早。

　　包山墓地發掘於西元 1986 年 11 月 8 日至 1987 年 1 月 25 日結束，位於湖北省荊門市十里鋪鎮王場村的包山崗地。〔註98〕二號墓出土的竹簡，共計四百四十八枚，分別出自東、西、南、北四室。東室共計八枚，除一枚完好，其餘皆斷裂成幾段，內容屬遣策；西室共計一百三十五枚，皆爲殘斷，綴合後僅復原二枚，除了一枚竹簡背後有字，屬於文書類外，其他均爲無字簡，或是遣策；南室共計十七枚，內容屬於遣策；北室共計二百八十八枚，分爲兩束交疊置於北室中部近北牆處，標號 2：439，共計五十七枚，內容屬於卜筮祭禱，標號 2：440，共計二百三十一枚，內容屬於司法文書，並見竹簽牌一枚。

　　竹簡呈黃褐色，書寫的卜筮祭禱簡與司法文書簡製作比較精良，遣策則較爲粗糙。卜筮祭禱簡內容多爲墓主貞問吉凶禍福之事，包括前辭、命辭、占辭、

〔註95〕《史記會注考證》，頁 641～642。

〔註96〕陳振裕：〈望山一號墓的年代於墓主〉，《中國考古學會第一次年會論文集》，頁 231，北京，文物出版社，1979 年。

〔註97〕《包山楚墓》，頁 330～331。

〔註98〕湖北省荊沙鐵路考古隊：《包山楚墓》，頁 1～5，北京，文物出版社，1991 年。

禱辭與第二次占辭。司法文書簡，主要是獨立的事件或案件的記錄，皆為各地官員向中央政府呈報的文件。〔註99〕

包山竹簡所見以事紀年的史事，可與史書相互印證者為「大司馬卲陽敗晉師於襄陵之歲」（103）。《史記・楚世家》云：「六年，楚使柱國昭陽將兵而攻魏，破之於襄陵，得八邑。」〔註100〕「六年」指楚懷王六年，劉彬徽指出該年為西元前 322 年；此外，又推算出其他竹簡所載以事紀年的絕對年代，依序為：「齊客陳豫訷王之歲」為西元前 321 年、「魯陽公以楚師後聾奠之歲」為西元前 320 年、「口客監臣逅楚之歲」為西元前 319 年、「宋客盛公慰聘楚之歲」為西元前 318 年、「東周客嚳絰歸胙於栽郢之歲」為西元前 317 年、「大司馬悊慯救郙之歲」為西元前 316 年，〔註101〕遂將此墓的下葬年限歸屬於大司馬救郙之年（西元前 316 年），其說應可採信。就其時代而論，應屬於戰國中期後段。

馬山一號墓發掘於西元 1982 年 1 月上旬，位於江陵西北的馬山公社沙塚大隊境內，滕壬生指出該墓出土一支僅有八個字的簽牌。〔註102〕

馬山一號墓出土的匜，形制為「橢圓形，短流，尾部內凹，平底，素面。」與望山一號墓的平面呈橢圓形、弧形壁、平底、前有流，較為接近，其年代應在望山一號墓之後。此外，該墓葬的陶器組合為鼎、敦、壺、盤、匜，據學者將墓葬之陶器分類，係屬戰國中期後段的形式，〔註103〕故可將之列為戰國中期後段。

楚帛書的出土地點與時間歷來雖有爭論，〔註104〕基本上，可以確定係在抗

〔註99〕《包山楚墓》，頁 265～277，頁 548，頁 556；湖北省荊沙鐵路考古隊包山墓地整理小組：〈荊門市包山楚墓發掘簡報〉，《文物》1988 年第 5 期，頁 1～14；包山墓地竹簡整理小組：〈包山 2 號墓竹簡概述〉，《文物》1988 年第 5 期，頁 25～29。

〔註100〕《史記會注考證》，頁 642。

〔註101〕《包山楚墓》，頁 277。

〔註102〕湖北省荊州地區博物館：《江陵馬山一號楚墓》，頁 1～2，北京，文物出版社，1985 年；〈序〉，《楚系簡帛文字編》，頁 7。

〔註103〕〈試論湖南楚墓的分期與年代〉，《中國考古學會第一次年會論文集》，頁 238。

〔註104〕關於楚帛書的出土年代與地點，蔡季襄指出為長沙東郊杜家坡的晚周墓，（蔡季襄：〈繒書考證〉，《晚周繒書考證》，頁 1，臺北，藝文印書館，1972 年；與〈繒書墓葬〉，《晚周繒書考證》，頁 13。）梅原末治認為係西元 1930 年代的後半，（梅原末治：〈近時出現的文字資料〉，《書道全集》第一卷，頁 35，日本東京都，平

戰的前後期出土，至於詳細的出土地點，則爲湖南長沙子彈庫楚墓。楚帛書出土後即流落海外，其間幾度易主，據曾憲通、陳茂仁考證，最後見存於沙可樂美術館。〔註105〕

出土的楚帛書分爲二類，一爲殘缺斷片者，一爲完整無缺二種。殘缺斷片者又可以分爲三類，一爲朱絲欄（指朱界行）的殘片，計有七片，共計文字二十五字；一爲烏絲欄（指墨界行）的殘片，計有六片，共計文字十一字；最後爲一小片的帛書，上面不見欄線，僅有一個「午」字。殘片帛書的內容，學者咸以爲是「占辭術語」。〔註106〕完整無缺者，即爲世人所知的楚帛書，據蔡季襄考證：縱長十五吋，橫長十八吋，係以墨書寫，一爲八行者，一爲十三行者，在四周均書有神名及註釋。〔註107〕

長沙子彈庫一號墓早已遭到盜墓者嚴重的盜掘，西元 1973 年進行發掘時，

凡社，1990 年。）董作賓指出爲抗戰前出土，（董作賓：〈論長沙出土之繒書〉，《大陸雜誌》第十卷第六期，頁 173。）安志敏、陳公柔以爲抗戰期間因修築道路而在湖南長沙東郊杜家坡發現，（安志敏、陳公柔：〈長沙戰國繒書及其有關問題〉，《文物》1963 年第 9 期，頁 48。）商承祚認爲出土時間爲西元 1942 年 9 月，地點在東郊子彈庫的紙源沖（又名王家祖山），（商承祚：〈戰國楚帛書述略〉，《文物》1964 年第 9 期，頁 8。）湖南省博物館指出係西元 1973 年 5 月在長沙市城東南子彈庫發掘的戰國木槨墓，該墓曾于西元 1942 年被盜，出土了有名的《繒書》，（湖南省博物館：〈長沙子彈庫戰國木槨墓〉，《文物》1974 年第 2 期，頁 36。）陳邦懷以爲是西元 1942 年 9 月出土於長沙東郊古墓，（陳邦懷：〈戰國楚帛書文字考證〉，《古文字研究》第五輯，頁 233，北京，中華書局，1981 年。）李零以爲帛書出土於 30 年代，（李零：《長沙子彈庫戰國楚帛書研究》，頁 9，北京，中華書局，1985 年。）何琳儀認爲出土於 30 年代的長沙子彈庫，（何琳儀：《戰國文字通論》，頁 146，北京，中華書局，1989 年。）陳茂仁指出楚帛書出土於民國 27 年商承祚入蜀後，蔡季襄離開長沙之前，（陳茂仁：《楚帛書研究》，頁 33，嘉義，國立中正大學中國文學研究所碩士論文，1996 年。）

〔註105〕曾憲通：〈楚帛書研究四十年〉，《楚帛書》，頁 154～162，香港，中華書局，1985年；《楚帛書研究》，頁 48。

〔註106〕自從商承祚於 1964 年發表〈戰國楚帛書述略〉一文，提及殘存的帛書狀況後，其後學者，諸如商志譚：〈記商承祚教授藏長沙子彈庫楚國殘帛書〉、饒宗頤：〈長沙子彈庫殘帛文字小記〉與李學勤：〈試論長沙子彈庫楚帛書殘片〉等，皆從其說，本文於此亦從諸家之言。

〔註107〕〈繒書考證〉，《晚周繒書考證》，頁 1。

除了出土陶製的鼎、敦、壺外，未見青銅禮器。據當時參與盜掘者指出：頭箱內亦出土泥金版。〔註108〕《長沙發掘報告》云：「西漢前期的隨葬品以陶器最多，……有泥錢，包括泥郢版、泥半兩、泥金餅等。」又云：「隨葬器物中有很多泥質的冥錢，都是模製的。……其種類有泥郢版、泥版、泥半兩、泥金餅等。」〔註109〕漢代墓葬裡放置泥質冥錢的習慣，應是沿襲戰國時期的楚國習俗。據二項出土陶製器物推測得知，長沙子彈庫一號墓的時代應定於戰國中期後段。

　　郭店一號墓發掘於西元 1993 年 10 月 18 日至 24 日，在此之前已於同年的 8 月 23 日，以及 10 月中旬遭盜墓者掠奪。該墓葬位於湖北省荊門市沙洋區四方鄉郭店村一組，整個墓地處於一個高出四周圍地面約 3～5 公尺的土崗上。出土的竹簡共計八百零四枚，出自頭箱，由於編聯的絲線早已腐爛，原本的次序已無法確知。有字的竹簡七百三十枚，一萬三千多字，除少部分殘斷外，大多完整無缺。〔註110〕竹簡的內容，屬竹書性質，如：《老子》、〈太一生水〉、〈緇衣〉、〈魯穆公問子思〉、〈窮達以時〉、〈五行〉、〈唐虞之道〉、〈忠信之道〉、〈成之聞之〉、〈尊德義〉、〈性自命出〉、〈六德〉、〈語叢一〉、〈語叢二〉、〈語叢三〉、〈語叢四〉等。

　　郭店一號墓出土一件匜，形制為「平面橢圓形，平沿，長流微上翹，圓底。」除了「平面橢圓形」與望山一號墓、馬山一號墓出土的匜相同外，其餘皆異，其年代應在二者之後。又據發掘報告云：「仿陶鼎與江陵雨臺山 M176、M179 第五期（戰國中期後段）出土的同類器物形制基本相同，……陶盃同江陵雨臺山第六期楚墓的 IV 式同類器接近。」〔註111〕其年代應為戰國中期後段。

　　上海博物館藏戰國簡收購自香港古玩市場，係經由張光裕介紹而購回。這批竹簡分別於西元 1994 年 5 月購入一千二百餘枚，西元 1994 年秋冬之際購入四百九十七枚。李零指出這批竹簡至少可分為一百零五種，〔註112〕其中一千二

〔註108〕湖南省博物館：〈長沙子彈庫戰國木槨墓〉，《文物》1974 年第 2 期，頁 40。

〔註109〕中國科學院考古研究所：《長沙發掘報告》，頁 73，頁 80，北京，科學出版社，1957年。

〔註110〕湖北省荊門市博物館：〈荊門郭店一號楚墓〉，《文物》1997 年第 7 期，頁 35～46；荊門市博物館：〈前言〉，《郭店楚墓竹簡》，頁 1，北京，文物出版社，1998 年。

〔註111〕〈荊門郭店一號楚墓〉，《文物》1997 年第 7 期，頁 46～47。

〔註112〕余謹：〈上博藏簡（一）討論會綜述〉，簡帛研究網站，2002 年 1 月 1 日。

百餘枚竹簡的內容，與哲學、文學、歷史、政論、宗教、軍事、教育、音樂、文字學等方面有關，〔註113〕如：〈孔子詩論〉、〈緇衣〉、〈性情論〉、〈民之父母〉、〈子羔〉、〈魯邦大旱〉、〈從政〉、〈容成氏〉、〈顏淵〉、〈子路〉、〈仲弓〉、〈孔子閒居〉、〈武王踐阼〉、〈周易〉、〈恆先〉等。〔註114〕據上海博物館表示，香港中文大學所藏的〈緇衣〉與《周易‧楑》皆可和該館的收藏繫聯，由此推測，二者可能同出於一源。此外，從發表的資料觀察，郭店與上海博物館皆見〈緇衣〉、〈性自命出〉二文，郭店之〈性自命出〉與上海博物館藏簡在用字、分章、文句繁簡上略異，故後者更名爲〈性情論〉。

上海博物館公佈的幾批竹簡形制、數量不一，如：〈孔子詩論〉完、殘者共計二十九枚，其中完整者僅有一枚；〔註115〕從圖版觀察，簡二至簡七的上下兩端皆爲空白，僅將文字書於其中，對於這種現象，文中稱爲「留白」，至於原本有無文字並未說明，周鳳五對此現象提出一個非常好的解釋，他將二十九枚竹簡全文通讀，並且根據前後文意，指出這幾枚竹簡的空白處本應有字，可能是在入葬前刮除部分文字，至於爲何如此作，或許與當時入葬的習慣有關。〔註116〕

關於上海博物館所藏竹簡的年代，以〈孔子詩論〉爲例，該批竹簡上多見「孔子曰」一詞。《論語》、《左傳》等書，記載孔子之個人言論，或是孔子與門人的對話，或是與上位者、前輩的對話，在記載上皆有不同的用詞，如：「子曰」、「孔子曰」、「孔子對曰」、「仲尼曰」等。《論語》一書的作者，《漢書‧藝文志》云：「論語者，孔子應答弟子、時人，及弟子相與言，而接聞於夫子之語也。當時弟子各有所記，夫子既卒，門人相與輯而論纂，故謂之論語。」〔註117〕據前

〔註113〕陳燮君：〈序〉，《上海博物館藏戰國楚竹書（一）》，頁 1～4，上海，上海古籍出版社，2001 年；馬承源：〈前言：戰國楚竹書的發現保護和整理〉，《上海博物館藏戰國楚竹書（一）》，頁 1～3。

〔註114〕廖名春：〈前言〉，《新出楚簡試論》，頁 9～10，臺北，臺灣古籍出版有限公司，2001 年；〈前言：戰國楚竹書的發現保護和整理〉，《上海博物館藏戰國楚竹書（一）》，頁 1～3；馬承源：〈孔子詩論〉，《上海博物館藏戰國楚竹書（一）》，頁 121～125。

〔註115〕〈孔子詩論〉，頁 121～122。

〔註116〕周鳳五：〈論上博〈孔子詩論〉竹簡留白問題〉，簡帛研究網站，2002 年 1 月 19 日。

〔註117〕（漢）班固撰、（唐）顏師古注、（清）王先謙補注：《漢書補注》，頁 883，臺北，

賢研究多指爲孔子弟子與再傳弟子編纂而成。由彼推此，〈孔子詩論〉的抄記者應爲其弟子或再傳弟子。就時代言，〈孔子詩論〉屬於戰國早期的作品；至於上海博物館所藏的〈孔子詩論〉，從文字言，通篇爲常見的戰國時期的楚國文字，與戰國中晚期竹簡所見文字相近同，其抄寫年代，應在戰國中晚期之際。〔註118〕

　　上海博物館所藏竹簡，除〈孔子詩論〉外，〈子羔〉、〈魯邦大旱〉、〈顏淵〉、〈子路〉、〈仲弓〉、〈孔子閒居〉等亦見「孔子曰」一詞，多爲孔門師生的對答，這些相關的資料年代皆可視爲戰國中晚期之際。再者，倘若上海博物館所藏與香港中文大學所藏的〈緇衣〉與《周易·楑》同出於一源，則後者的年代亦應與之相同。

　　香港中文大學所藏的戰國楚簡係購自香港的古董商，共有十枚，內容多爲竹書類的楚簡，因屬殘簡至今尚無法繫聯，《周易》與〈緇衣〉各有一枚。〔註119〕據饒宗頤發表的文章觀察，〈緇衣零簡〉與郭店所見〈緇衣〉簡的字形十分相同；〔註120〕又從其發表的〈在開拓中的訓詁學——從楚簡易經談到新編《經典釋文》的建議〉一文提到的「金門楚簡」，以及文後所附的圖片觀察，〔註121〕其文字與郭店楚簡的文字十分相同，至於其真正的出處，則不可得知。

　　秦家嘴楚墓發掘於西元 1986 年至 1987 年，在江陵廟湖魚場所轄的秦家嘴鐵路線段上發掘出一零五座墓。僅見於一號墓、十三號墓與九十九號墓出土竹簡。一號墓出土的竹簡，共計七枚，出自於邊箱的底層，上面堆置塌垮的分板與車馬器，出土時竹簡都已殘斷，主要的內容爲「祈福于王父」之類的祈禱文字；十三號墓出土的竹簡，共計十八枚，出自於邊箱靠近頭箱一端的底層，因

　　藝文印書館，1996 年。

〔註118〕陳立：〈〈孔子詩論〉的作者與時代〉，《上博館藏戰國楚竹書研究》，頁 62〜73 ，上海，上海書店出版社，2002 年。

〔註119〕陳松長：〈香港中文大學文物館藏簡牘的內容與價值淺說〉，《香港中文大學文物館藏簡牘》，頁 5，香港，香港中文大學文物館，2001 年。

〔註120〕饒宗頤：〈緇衣零簡〉，《學術集林》卷九，頁 66〜68 ，上海，上海遠東出版社，1996 年。

〔註121〕饒宗頤：〈在開拓中的訓詁學——從楚簡易經談到新編《經典釋文》的建議〉，《第一屆國際暨第三屆全國訓詁學學術研討會論文》，頁 1〜5 ，高雄，國立中山大學中國文學系，1997 年。

為槨室內積淤泥，竹簡上也堆積淤泥，出土時皆已殘斷，字跡漶漫不清，主要為「占之曰吉」之類的占卜內容；九十九號墓出土的竹簡，共計十六枚，一部分出自邊箱後端的底層，一部分散在棺室後端，出土時皆已殘斷，內容分為兩種，一為遣策，一為「貞之吉無咎」之類的占卜內容。〔註122〕

　　秦家嘴楚墓的發掘報告十分簡略，無法根據相關資料斷代，僅能單從「鼎、敦、壺」等青銅禮器的組合判斷，無法配合其形制相互觀察，故僅粗略的將之定為戰國中期。

　　臨澧九里楚墓發掘於西元 1980 年，位於湖南省臨澧九里茶場附近。該墓出土的竹簡約百餘枚，均已殘斷，由於尚未發表，內容不可確知。〔註123〕

　　臨澧九里一號墓出土的青銅器僅存一隻銅鼎的耳，在報告中只見錯金銅帶鉤，於此無法對於出土的銅器組合作出較為合理的年代分期，故從報告所言，將之列為戰國中期。

　　九連墩二號墓發掘於西元 2002 年，位於湖北省棗陽市。該墓出土一千餘枚竹簡，其間有漆書的圖案，由於尚未發表，內容不可確知。〔註124〕

　　九連墩二號墓出土的銅器組合為鼎、缶、盤、匜、馬，與藤店一號墓出土的「鼎、豆、壺、盤、匜」相近，其年代應與之相差不遠，由於無法配合其形制觀察，僅粗略的將之定為戰國中期。

　　德山夕陽坡二號墓發掘於西元 1983 年，據學者指出其年代應屬於戰國中晚期的記事簡。共出土竹簡二枚，其中一枚字數為三十二個字，另一枚為二十二個字，合計為五十四個字。二枚竹簡上下簡文連接，是一份完整的以事紀年的重要資料。三十二字的竹簡記載：「越涌君龘遲其眾以歸楚之歲腎屎之月己丑之日王居於戚郢之游宮士尹口王」，二十二字的竹簡記載：「之上與昭折王之悷造遜尹呂逸以王命賜舒方御歲祿」。〔註125〕

〔註122〕荊沙鐵路考古隊：〈江陵秦家嘴楚墓發掘簡報〉，《江漢考古》1988 年第 2 期，頁
　　　　36～43。

〔註123〕楚文化研究會編：《楚文化考古大事記》，頁 124，北京，文物出版社，1984 年。

〔註124〕湖北省文物考古研究所：〈湖北棗陽市九連墩楚墓〉，《考古》2003 年第 7 期，頁
　　　　10～14。

〔註125〕〈序〉，《楚系簡帛文字編》，頁 4；石泉：《楚國歷史文化辭典》，頁 368～369，武
　　　　漢，武漢大學出版社，1996 年；駢宇騫、段書安：〈本世紀以來出土簡帛概述〉，

　　楊家灣六號墓發掘於 1954 年 8 月，位於長沙市北郊的楊家灣，出土竹簡共計七十二枚，其中有二十七枚無文字，十枚文字漶漫難以辨識，內容屬於遣策性質。〔註126〕

　　從楊家灣六號墓出土的陶器組合觀察，鼎、匜、盒、盤、爐，屬於戰國晚期習見的隨葬品；再者，墓中亦出土黃灰胎而表面為黑色的方泥塊，長沙地區西漢前期的墓葬裡亦見無字泥版的冥錢，形狀、大小、顏色與之相近同，〔註127〕差別在於後者表面上有凹槽、繩紋等；又該報導資料云：「陶鼎形制與戰國墓中所出的鼎雖相同，但彩繪的稜形花紋等，卻與西漢墓中所出土的彩繪花紋相仿。陶薰爐的色、胎、花紋及形制，與西漢墓中所出土的陶薰爐完全相像。」〔註128〕楊家灣六號墓的年代應定為戰國晚期後段。

　　五里牌四零六號墓發掘於西元 1951 年 10 月，至 1952 年結束，據發掘報告指出，其地理位置在長沙城東大道的北面。〔註129〕四零六號墓出土的竹簡共計三十八枚，從內容觀察，屬於遣策性質。〔註130〕

　　五里牌四零六號墓在出土前已遭盜墓者掠奪，墓中較為重要的文物皆已被盜。今據《長沙發掘報告》云：「由棺槨形制及其殘餘隨葬器物推測，406 號墓當和長沙仰天湖、左家公山戰國墓相似，應是戰國較晚期的墓葬，仰天湖與左家公山兩戰國墓中均出同類形式的鼎、敦、壺，因此可以推知出鼎、敦、壺的墓葬較比出缽、鬲、罐的墓為晚。」〔註131〕將之列於戰國晚期。

　　仰天湖二十五號墓發掘於西元 1953 年，位於長沙市區南郊。據發掘報告

　　　　《本世紀出土思想文獻與中國古典哲學研究兩岸學術討論會論文集》，頁 62，臺北，私立輔仁大學哲學系，1999 年。

〔註126〕湖南省文物管理委員會：〈長沙楊家灣 M006 號墓清理簡報〉，《文物參考資料》1954年第 12 期，頁 20～30。

〔註127〕據《長沙發掘報告》記載（251：46）的無字泥版泥質冥錢的形制，云：「在一塊長方圓角的泥版上，用葫蘆形的印模壓成凹槽；槽面有繩紋。……各版的厚薄不一，最厚為 1 公分，顏色黑。」頁 81。

〔註128〕〈長沙楊家灣 M006 號墓清理簡報〉，《文物參考資料》1954 年第 12 期，頁 46。

〔註129〕《長沙發掘報告》，頁 1～2。

〔註130〕《長沙發掘報告》，頁 54～55。

〔註131〕〈戰國墓葬〉，《長沙發掘報告》，頁 37。

指出，出土竹簡共計四十二枚，主要記載隨葬品的數量與名稱，屬遣策性質。
〔註132〕該墓葬於出土前已遭盜墓者二次掠奪，僅存一隻銅鼎殘足，今據《長沙發掘報告》定於戰國晚期。

湘西里耶一號井發掘於西元 2002 年 6 月，位於湖南省里耶盆地戰國古城，出土楚簡十餘枚。與之同時出土者，尚見二萬餘枚的秦簡，據發掘簡報指出，該批秦簡所記載的事件，大多為秦王政與始皇時期，在年代上為戰國晚期至秦代，楚簡的年代應為戰國晚期。〔註133〕

范家坡楚墓發掘於西元 1993 年，位於湖北省江陵范家坡。僅見一枚竹簡出土於二十七號墓，由於尚未發表，詳細內容不可確知，〔註134〕竹簡的年代僅知為戰國時期。

磚瓦廠楚墓發掘於西元 1992 年，位於湖北省江陵磚瓦廠。竹簡出土於三七零號墓，共有殘簡六枚，內容為卜筮祭禱的記錄，〔註135〕竹簡的年代僅知為戰國時期。

江陵雞公山四十八號墓發掘於西元 1992 年，迄今尚未有進一步的資料發表，除從相關報告得知為遣策外，並無其他資訊。再者，據《望山楚簡》一書所示，湖北省老河口與黃州市的墓葬中發現的竹簡，其內容亦屬遣策。〔註136〕礙於未見相關報告，僅於此提出，無法作進一步的介紹。

三、璽　印

江蘇省蘇州市眞山 D1 的一號墓年代，由於墓室內的隨葬品多已被炸毀，因此十分難以與其他相關墓葬比較並予以分期。據發掘報告指出，其墓道與安徽省長豐戰國晚期的十一號墓相同，所以亦應屬戰國晚期的墓葬。此外，

〔註132〕湖南省文物管理委員會：〈長沙出土的三座大型木槨墓〉，《考古學報》1957 年第 1 期，頁 99～100。

〔註133〕張春龍、龍京沙：〈湘西里耶秦簡「復活」秦國歷史〉，《中國國家地理》第十八期，頁 36～45，臺北，故鄉出版社，2002 年。

〔註134〕〈序〉，《楚系簡帛文字編》，頁 9。

〔註135〕〈序〉，《楚系簡帛文字編》，頁 9；滕壬生、黃錫全：〈江陵磚瓦廠 M370 楚墓竹簡〉，《簡帛研究2001》，頁 218～221，桂林，廣西師範大學出版社，2001 年。

〔註136〕北京大學中文系、湖北省文物考古研究所編：〈江陵望山一、二號墓所出楚簡概述〉，《望山楚簡》，頁 10，北京，中華書局，1995 年。

報告更進一步指出該墓的墓主爲春申君，年代應爲考烈王二十五年（西元前238 年）。〔註137〕再者，〈上桓邦鉨〉於原書中釋爲〈上相邦鉨〉，王人聰以爲從文字的形體結構而言，不當作此釋讀，因爲「邦」、「相」字的寫法與楚文字不符，並且指出直到戰國結束楚國始終未曾置相，所以該墓的墓主絕非春申君；〔註138〕曹錦炎提出相反意見，他從璽印的佈置與結構，認爲「邦」、「相」二字的形體略作改變，是爲了布局上的考量；〔註139〕李學勤指出原釋爲「相」字者，應爲從木從豆從口的「桓」字，「桓」字可讀爲「柱」，故「上桓邦鉨」應爲「上柱國鉨」，「上柱國」係僅次於令尹的職官。〔註140〕從璽印的文字觀察，確屬楚文字，至於曹錦炎所釋之「相」字，與現今楚系文字之「相」字不同，應即李學勤所釋之「桓」字。墓主身分是否爲春申君？由於尚無其他相關材料以資佐證，僅將年代定爲戰國晚期。

　　湖南省常德縣德山寨子嶺一號墓，除了出土〈䁷宫大夫鉨〉外，尚見刻有「十七年太后詹事丞口，工師口、工季」的漆盒。〔註141〕「工師」二字未採取合書方式，「師」字亦未寫作「帀」；從文句言，與秦昭襄王時期的文物相近，如：〈六年漢中守戈〉之「六年漢中守運造，左工師齊，丞口，工牲」、〈廿九年漆匣〉之「廿九年太后詹事丞向，右工師象，工大人臺」等。可知此件漆盒應屬秦國之器物，文中之「十七年」應指秦昭襄王十七年。墓葬的年代，可定爲戰國晚期。

四、封泥與烙印

　　望山二號墓在外棺上有三處烙印的陰文文字，爲「於王既正」，第一處位於東擋板的外表面，兩塊擋板上各有兩個烙印，第二處位於南側板外表面，亦見

〔註137〕蘇州博物館：《眞山東周墓地》，頁 1～7，頁 70～73，北京，文物出版社，1999年。

〔註138〕王人聰：〈眞山墓地出土「上相邦璽」辨析〉，《故宮博物院院刊》1998 年第 2 期，頁 17～20。

〔註139〕曹錦炎：〈關於眞山出土的「上相邦璽」〉，《故宮博物院院刊》1998 年第 2 期，頁 79～80。

〔註140〕李學勤：〈「桓」字與眞山楚官璽〉，《國學研究》第八卷，頁 174～175，北京，北京大學出版社，2001 年。

〔註141〕龍朝彬：〈湖南常德出土「秦十七年太后」扣器漆盒及相關問題討論〉，《考古與文物》2002 年第 5 期，頁 64～67。

二個烙印，第三處位於底板東端側面，三塊底板東端側面各有一個烙印，烙印爲方形，每邊長 3 公分，共計有九個烙印；此外在中、外棺之間有兩塊木板，置於南邊的板上有十五個烙印，置於北邊的板上則見六個烙印，共計有二十一個烙印，皆爲「昭竿」。〔註 142〕望山二號墓據上列的考證，屬於戰國中期後段的墓葬，棺墓上烙印的文字，亦應定於戰國中期後段。

〈紋〉出土於包山二號墓，包山楚墓據上列的考證，屬於戰國中期後段的墓葬，墓葬中出土的封泥，亦應屬於戰國中期後段。

江陵九店四八三號墓出土「咸亭」二字烙印，據發掘報告記載，係烙印在筒形樽的器底，該墓葬尙見木鎭墓獸、陶壺與漆耳杯，從形制觀察，年代應屬戰國晚期後段；〈競人之鉨〉出土於七二八號墓，報告中未見其他文物，故僅從其言，定於戰國晚期。〔註 143〕

五、玉　石

曾侯乙墓的中室出土編磬一架，計有三十二塊石質的磬塊，出土時仍靠北壁立架置放，分上下兩層，每層爲十六件。在完整與殘破的磬塊裡，除了下.5素面無字外，多在鼓部的西面近鼓上邊處與首、尾、上、下四處端面出現文字，其中刻文六百九十六字，墨書十二字，共計有七百零八個字。內容可分爲三種：第一種爲編號，均刻在首端，用以表明各自在全套磬中的序數，編號係由磬體大者依序向小者排列；第二種爲標音，均刻在鼓部西面靠鼓上邊處，有的則另加墨書標在首或尾端；第三種爲樂律關係，均刻在上、下與尾端，文可連讀，上端刻文自成一句，下端與尾端刻文爲一句，其用意在記述該磬所發之音在不同韻的稱謂。〔註 144〕曾侯乙墓定爲戰國早期後段，墓中所見的石磬，其年代亦應與之相同。

六、漆　器

（一）曾　國

磬匣共有三件，出自曾侯乙墓北室，形制相同，匣蓋與匣身各用整木斫鑿

〔註 142〕《江陵望山沙塚楚墓》，頁 117。

〔註 143〕《江陵九店東周墓》，頁 257，頁 269，頁 436～437。

〔註 144〕《曾侯乙墓》，頁 144。

而成，並且髹上黑漆，其上文字皆爲數字，如：十二、十七等。〔註145〕

　　衣箱共計五件，出自曾侯乙墓東室，形制相同，大小略異，編號 E.39 未見文字，E.45 在頂部一凹形足之內側，陰刻「口圔」二字；E.61 箱面中部一側陰刻「紫錦之衣」四字，在箱面另一角落漆書二十個字，因筆劃脫落甚難辨識，據饒宗頤考釋爲「民祀佳房，日辰于維。興歲之駟，所尙若陳。經天常和。」E.66 於蓋面當中朱書一個篆文「斗」字，而環繞「斗」字四週，則有二十八星宿名稱依順時針方向排列；E.67 陰刻「狄圔」二字。〔註146〕曾侯乙墓定爲戰國早期後段，墓中所見的漆器，其年代亦應與之相同。

（二）楚　國

　　包山二號墓出土的馬甲中，除了在其左側北面以紅漆書「郙公」、「嬴」等字外，亦陰刻「郙公」二字。〔註147〕包山二號墓已定爲戰國中期後段，墓中所見的漆器，其年代亦應與之相同。

　　郭店一號墓所出的漆耳杯，其底部刻有「東宮之師」四字，〔註148〕由於該墓陪葬品多已遭毀壞，關於死者的身分，或有學者以爲應是曾擔任太子之師者。郭店一號墓已定爲戰國中期後段，墓中所見的漆器，其年代亦應與之相同。

　　筒形巵出土於江陵九店二六八號墓，在蓋內陰刻「五」字；圓盒出土於六四二號墓，在底部正中陰刻「几」字；耳杯出土於四四七號墓，在底部陰刻「大官」二字。〔註149〕據發掘報告的斷代，二六八號墓爲戰國中期後段，六四二號墓爲戰國晚期前段，四四七號墓爲戰國晚期後段，各墓中所見的漆器，其年代亦應與之相同。

　　楊家灣六號墓出土的漆盒，於盒蓋裡面陰刻「王二」二字。〔註150〕楊家灣六號墓已定爲戰國晚期後段，墓中所見的漆器，其年代亦應與之相同。

〔註145〕《曾侯乙墓》，頁 146～148。

〔註146〕《曾侯乙墓》，頁 353～359。

〔註147〕《包山楚墓》，頁 222～223。

〔註148〕〈荊門郭店一號楚墓〉，《文物》1997 年第 7 期，頁 41。

〔註149〕《江陵九店東周墓》，頁 262，頁 436～438。

〔註150〕湖南省文物管理委員會：〈長沙出土的三座大型木槨墓〉，《考古學報》1957 年第 1 期，頁 99。

從上列的斷代，可以知道楚系材料的時代分佈甚廣，早、中、晚三期，皆有相關的材料。以楚簡帛資料爲例，大多集中於戰國中期，早期的材料較爲少見。造成此種現象的因素，當是受到簡帛的製造原料影響所致，亦即竹子、絲織等器物，在長時間的保存下，容易少到空氣、濕度、溫度、細菌，甚或是其他的外在因素影響，致使其毀損、消失。據附錄之〈戰國出土文字材料表〉的分門別類，雖有銅器、簡帛、璽印、封泥與烙印、貨幣、玉石、漆器、陶器等八項，但是眞正可以進行斷代者，仍以銅器與簡帛爲主；其次，從本論文之〈戰國出土文字材料表〉所示，楚系材料中以銅器與簡帛最爲豐富，次爲璽印，又貨幣出土的數量雖爲龐大，其上的文字卻多相同，故整體上無法與前三者相較，至於漆器、陶器與玉石上所見的資料，相形之下也顯得稀少。雖然後四種材料上的文字資料爲數不多，卻仍可藉由這份材料與前面刻鑄或書寫的文字相較，了解在不同材料上的文字差異。

第三節　晉系出土材料之斷代分期

一、銅　器

（一）晉　國

〈令狐君嗣子壺〉銘文云：「唯十年四月吉日」，湯餘惠考證後認爲該器爲戰國早期之魏器；唐蘭考證其形制，以爲兩側有穿鼻形之環，年代當在〈趙孟疥壺〉之後，從書法言，又當在〈驫羌鐘〉之前，年代可定爲威烈王十年（西元前 416 年），此時三家尚爲分晉，故應視爲晉器。〔註151〕

〈驫羌鐘〉銘文云：「唯廿又再祀，驫羌作戎，厥辟韓宗徹，率征秦乍齊，入長城，先會於平陰」，所載爲二十二年驫羌輔佐其君，揮軍攻入長城之事，學者咸以爲該年爲周威烈王二十二年（西元前 404 年）。〔註152〕《史記・周本紀》云：「威烈王二十三年，九鼎震，命韓、魏、趙爲諸侯。」又《史記・魏世家》

〔註151〕湯餘惠：《戰國銘文選》，頁 1，長春，吉林大學出版社，1993 年；唐蘭：〈智君子鑑考〉，《唐蘭先生金文論集》，頁 49，北京，紫禁城出版社，1995 年。

〔註152〕劉翔、劉蜀永：〈驫羌鐘銘——我國目前最早和唯一記載長城歷史的金文〉，《考古與文物》1982 年第 2 期，頁 50～51；楊寬：《戰國史》（增訂版），頁 706，臺北，臺灣商務印書館，1997 年。

云：「十一年，與韓、趙三分晉地，滅其後。」〔註 153〕從銘文所示可知，屬羌為韓氏之家臣，二十二年之時，韓氏尚未立為諸侯，此器仍應屬於晉國之物。與之同出的〈屬氏鐘〉，其年代亦應相差不遠，就時代言，亦應屬戰國早期後段。

周威烈王二十三年，韓、趙、魏分晉，並列為諸侯，魏國建都於安邑，於魏惠王時遷都至大梁，〈魏公瓶〉中稱「魏公」，應是分晉前所製，故將之定為戰國早期，視為晉器。

（二）東　周

〈東周左自壺〉據唐蘭考證其字體書法屬於戰國後期，又銘文中明言「東周」二字，應為戰國時東周之器，並將此器與洛陽金村所出文物相較，指出此器亦應出於洛陽東周，年代應為周顯王二十九年（西元前 340 年）。〔註 154〕從年代言，當歸屬於戰國中期。將此器的文字與相關文物比對，得知〈滑斿子鼎〉等亦應屬於東周之器，由於東周之器多未見年份記載，故將之定為戰國時期而不再細分。

河南省汲縣山彪鎮曾於西元 1928 年因為修築汲輝馬路而破壞多座墓葬，其間出土銅帶鉤、小玉杯等陪葬品，該地區於西元 1931 年間又遭受到盜墓者的竊盜，直至西元 1935 年 8 月 5 日才正式開挖。一號墓出土銅器有編鐘兩組，以及鼎、鬲、簋、甗、豆、簠、壺、尊、鑑、戈等。報告中據發掘之物的比較，以為該墓葬的年代應在西元前 300 至 240 年之間，墓主可能是魏國的某位公子。此外，墓葬中出土十二件戈，其中一件即為〈周王段戈〉。此戈有銘文「周王」，應屬東周之物，不當屬於魏國之器，報告以為此戈應是墓主俘獲而隨之陪葬。〔註 155〕戈上未見紀年，難以斷定其時代，《殷周金文集成》將之視為戰國早期兵器，今將之定為戰國時期，不予以細分。

（三）鄭　國

哀成叔墓於西元 1966 年 5 月出土，其地理位置在河南省洛陽市玻璃場，除出土銅器，如：〈哀成叔鼎〉、〈哀成叔鋗〉、〈哀成叔豆〉外，更有玉器與骨貝。據趙振華考證，該鼎的形制與洛陽中州路二七一七號墓所出的銅鼎一致，由於

〔註 153〕《史記會注考證》，頁 77，頁 697。

〔註 154〕〈洛陽金村古墓為東周墓非韓墓考〉，《唐蘭先生金文論集》，頁 399～403。

〔註 155〕郭寶鈞：《山彪鎮與琉璃閣》，頁 2～47，北京，科學出版社，1959 年。

二七一七號墓屬戰國早期，故哀成叔墓的年代亦與之相差不遠；再者，〈哀成叔鼎〉銘文云：「余鄭邦之產，少去母父。」指出其出生於鄭國，從史事觀察，哀成叔鼎的年代不得早於鄭亡之時，即西元前 375 年。〔註156〕其言應可探信，故將之定爲戰國中期前段。

（四）韓　國

歷來對於三晉兵器的研究，以黃盛璋的成就最高，他曾對三晉兵器作過系列的研究，指出韓國兵器的銘刻格式約有四種，如：

1. 鄭武（左、右、生）庫，僅記地名與庫名，未見物勒工名。
2. 鄭╳庫冶╳。
3. ╳年鄭令╳、武（左、右、生）庫工師╳、冶（冶尹）╳，「尹」字於韓國兵器裡，多作從尹從肉之形。
4. ╳年鄭令╳、司寇╳、武（左、右、生）庫工師╳、冶（冶尹）╳，加上司寇爲監造者，其年代的上限不得早於韓桓惠王六年。

再者，從新鄭等地出土的兵器觀察，找出鄭、彘、安陽、侖氏、陽人、陽城、雍氏、長子等鑄造兵器之地，並將一系列的韓國兵器斷代。〔註157〕關於韓國兵器的年代問題，多據其意見。

此外，黃盛璋更將〈鄭東倉銅器〉、〈盛季壺〉、〈春成侯壺〉、〈眉脒鼎〉、〈右卜脒鼎〉、〈長陵盉〉等器，透過文字形體及文句，與兵器銘文相對照，指出其國別應屬於韓國。〔註158〕由於上列銅器未見紀年，故暫時將之列爲戰國時期，不再細分。

上海博物館藏〈眉脒鼎〉，鼎蓋刻銘與《殷周金文集成》（2103）相同，唯筆畫略有差異；此外，鼎口沿刻有「廿三年鑄襄平容少半齋」，〔註159〕與其相

〔註156〕洛陽博物館：〈洛陽哀成叔墓清理簡報〉，《文物》1981 年第 7 期，頁 65～67；〈哀成叔鼎的銘文與年代〉，《文物》1981 年第 7 期，頁 68～69。

〔註157〕黃盛璋：〈試論三晉兵器的國別和年代及其相關問題〉，《考古學報》1974 年第 1 期，頁 13～18。

〔註158〕黃盛璋：〈三晉銅器的國別、年代與相關制度問題〉，《古文字研究》第十七輯，頁 17～23，北京，中華書局，1989 年。

〔註159〕唐友波：〈新見頁脒鼎小識〉，《上海博物館集刊》第九期，頁 54～59，上海，上海書畫出版社，2002 年。

近同者，如：〈廿七年梁司寇鼎〉、〈卅五年鼎〉，後二者皆屬魏國器物。可知上海博物館所藏之器，其鼎蓋銘文爲韓國所刻，至於鼎口沿之銘文則爲魏國所有。何以產生此種現象，可能爲兩國爭戰所致，勝利者將之攜回作爲戰利品。該器爲上海博物館新購之物，來源未明，今暫將之置於韓國器物中。

　　山西省長治市分水嶺十四號墓爲一座大型墓葬，其形制爲南北長的豎穴大方坑，出土文物計有銅製之鼎、鬲、鑑、編鐘、劍、戈、矛、鐏、鏃等，以及玉器、鐵器、陶人、陶虎、陶碗等。〈吳庫戈〉、〈虞之戟〉與〈宜無戟〉即出土於此墓。據記載該墓之戈的形制爲「狹長，直內，曲脊，闌側有三穿」，簡報將此地出土的諸多墓葬分析比較，指出該墓葬的時代應爲戰國時期，黃盛璋進一步指出該墓葬的年代屬於戰國早期，〔註160〕今暫從黃盛璋之斷代。

　　山西省長治市分水嶺一二六號墓，出土隨葬器物達七百多件，有銅容器、樂器、兵器、車馬器、鐵器等，其中〈囗公戈〉上有「囗公之造戈」銘文，其形制爲「援短而寬，鋒刃銳利，中脊隆起，直內一穿，闌側三穿」，又據簡報指出，一二六號墓與十四號墓、二十六號墓位於同一墓地，在墓葬形制上亦相同，均爲仰頭狀，該墓的銅容器組合爲鼎、豆、鬲、鑑，在時代上應是自三家分晉至秦昭襄王四十五年（西元前 262 年）。〔註161〕十四號墓的年代，黃盛璋指出屬戰國早期，此墓的年代亦應與之相差不遠。

　　山西省潞城縣古城村北路河村七號墓，出土隨葬品達五百多件，有銅製之鼎、鑑、豆、壺、盉、罍、罐、甗、盤、匜、劍、戈、編鐘等，此外尚見一件〈露戈〉。據簡報指出，在銅匜等器物上，出現戰國時期常見攻戰與宴會場面的雕刻紋飾，再者從銅器的形制言，多與洛陽中州路的墓葬所出之器相近，既保有春秋晚期的風格，又具有戰國初期的特色，故應定爲戰國早期。〔註162〕

　　據發掘報告記載，韓鄭故城位於河南省新鄭縣城周圍，在西元 1971 年 11 月，於白廟范村北方約半公里處的農田整地時，發現一座不甚規則形的土坑，

〔註160〕山西省文物管理委員會：〈山西長治市分水嶺古墓的清理〉，《考古學報》1957 年第 1 期，頁 103～118；黃盛璋：〈新發現三晉兵器及其相關問題〉，《文博》1987 年第 2 期，頁 53～56。

〔註161〕邊成修：〈山西長治分水嶺126號墓發掘簡報〉，《文物》1972 年第 4 期，頁 38～44。

〔註162〕山西省考古研究所、山西省晉東南地區文化局：〈山西省潞城縣潞河戰國墓〉，《文物》1986 年第 6 期，頁 1～19。

坑中出土大量帶有銘文的銅戈，其銘文格式或爲「鄭╳庫」、「╳年鄭令╳」，
如：〈鄭左庫矛〉、〈鄭武庫戈〉、〈鄭坓庫戈〉、〈鄭右庫戈〉、〈王三年鄭令戈〉、
〈九年鄭令矛〉等，此外，尚有大批戰國時期的陶片。陶器經過復原，其陶
盆與鄭州二里崗戰國晚期的陶盆相近，陶豆、陶圓底罐則與鄭州二里崗戰國
墓葬中出土的同類器物相近，故將此土坑定之爲戰國晚期。〔註163〕據學者從
兵器銘文的考證，這座土坑雖屬戰國晚期，其中的兵器年代從戰國中期至晚
期後段皆有。

　　據學者考證〈關興戈〉的時代，其年代下限當在西元前 270 年之前，〔註164〕
時代可定於戰國晚期前段。從時代言，戰國晚期前段，應屬韓釐王或是韓桓惠
王之際。

　　〈十年洱陽令長疋戈〉在西元 1981 年出土於莒故城東北隅外一百米處，從
戈上的字形觀察，「寇」字從宀從人從戈，正爲晉系的寫法。據學者們的考釋，
從銘文的內容與地望言，此戈應屬韓國兵器，其年代爲韓桓惠王九年（西元前
263 年），至於出土於齊地，應是易其主而輾轉傳至齊地。〔註165〕戈上明載「十
年」二字，應斷爲桓惠王十年，屬戰國晚期前段。

　　〈荥陽上官皿〉收藏於香港中文大學文物館，銘文云：「十年九月廥嗇夫成、
左史狄，……」。李學勤考證指出，從文字形構與銘文格式言，應屬晉系；「史
狄」一名，又見於〈王三年鄭令戈〉，二者的職務性質相近，極可能爲同一人，
可知該器的年代應與之相距不遠，應爲桓惠王十年之物。〔註166〕〈王三年鄭令
戈〉爲桓惠王三年，屬戰國晚期前段，〈荥陽上官皿〉爲桓惠王十年，屬戰國晚
期後段。

　　〈十一年皋落戈〉銘文云：「十一年皋落大令少斤夜工師邱喜冶午」，銘文
格式與〈八年新城大令戈〉相近，後者的年代定於桓惠王八年，此戈的年代應
與之相差不遠，故將之定於桓惠王十一年。〔註167〕

〔註163〕郝本性：〈新鄭「韓鄭故城」發現一批戰國銅兵器〉，《文物》1972 年第 10 期，頁
　　　　32～37。

〔註164〕陶正剛：〈山西臨縣窯頭古城出土銅戈銘文考釋〉，《文物》1994 年第 4 期，頁 88。

〔註165〕孫敬明、蘇兆慶：〈十年洱陽令戈考〉，《文物》1990 年第 7 期，頁 39～42。

〔註166〕李學勤：〈荥陽上官皿與安邑下官鍾〉，《文物》2003 年第 10 期，頁 77～81。

〔註167〕蔡運章、楊海欽：〈十一年皋落戈及其相關問題〉，《考古》1991 年第 5 期，頁 413。

〈十九年冡子囗囗矛〉銘文云：「十九年冡子囗囗上庫嗇夫吏囗庫吏高冶」，據郝本性考證，當屬韓器，年代上屬韓桓惠王時期。〔註168〕

《史記‧韓世家》在位超過三十年者，僅見韓桓惠王在位三十四年，〔註169〕〈卅年鈹〉據學者考證，當屬戰國晚期後段的韓器，年代爲桓惠王三十年（西元前243年）。〔註170〕今從其考定。

〈宜陽戈〉上的銘文十分不清楚，據公佈的資料指出，銘文云：「囗囗囗緘宜陽庫工師張竦冶市」，「宜陽」一詞又見於〈宜陽右蒼鼎〉與〈宜陽右倉簋〉，〔註171〕「宜陽」爲韓國的都城，故此戈應屬韓器。蔡運章指出該戈的形制與鄭韓故城於西元1971年出土的戈相類，應是戰國中晚期常見的銅戈形制。〔註172〕由於尚未見銘文中出現紀年資料，在年代上將之定爲戰國時期，不再細分前後期。

（五）趙　國

黃盛璋指出趙國兵器的銘刻格式約有八種，今從其銘刻形式分類，如：

1. ╳（上、左、右、武）庫，僅記地名與庫名。
2. ╳年相邦建信君、邦（左、右）庫工師╳、冶尹╳執劑，「尹」字於趙國兵器裡，多作從尹從肉之形。
3. ╳年相邦╳、邦（左、右）庫工師╳、冶╳執劑。
4. ╳年相邦春平侯、邦（左、右）庫工師╳、冶╳執劑。
5. ╳年守相╳、邦（左、右）庫工師╳、冶╳執劑。
6. ╳年趙令邯鄲╳、（左、右）庫工師╳、冶╳。
7. 王立事╳令╳、邦（左、右）庫工師╳、冶╳執劑。
8. ╳年╳令╳、（左、右、下）庫工師╳、冶╳執劑。

再者，從出土的兵器觀察，找出邯鄲、葡陽、武平、上黨、䜌、平陶等鑄造兵器之地，且舉出貨幣中舊釋爲「平周」者應改釋爲「平陶」，並將一系列的趙

〔註168〕寇玉海：〈新鄭發現一件刻款戰國銅矛〉，《中原文物》1992年第3期，頁66。

〔註169〕《史記會注考證》，頁712。

〔註170〕朱京葛：〈河南長葛出土一件戰國銅鈹〉，《文物》1992年第4期，頁81。

〔註171〕程長新：〈北京市揀選的春秋戰國青銅器〉，《文物》1987年第11期，頁93～94。

〔註172〕蔡運章：〈論新發現的一件宜陽銅戈〉，《文物》2000年第10期，頁76～78。

國兵器斷代。〔註173〕關於趙國兵器的年代問題，多據其意見。又從〈十六年守相鈹〉的銘文觀察，〔註174〕應該是黃盛璋於〈試論三晉兵器的國別和年代及其相關問題〉所引的兵器，黃盛璋於文中考證其年代為孝成王十六年，今從其言。

此外，黃盛璋更將〈土勻瓶〉、〈屌氏扁壺〉、〈四年昌國鼎〉、〈十一年庫嗇夫鼎〉、〈司馬成公權〉、〈襄陰鼎〉等器，透過文字形體及文句，與兵器銘文相對照，並透過其上所記載的年份斷代，指出其國別應屬於趙國。〔註175〕

〈司馬成公權〉銘文中出現「五年」、「下庫工師」等詞，「工師」二字為合文，此為晉系文字特點，黃盛璋藉由兵器所見的特色，將之運用於此器的考證，發現文字、銘文內容、銘刻的格式皆屬於三晉系統，並且指出其年代可能為戰國中期。〔註176〕該器「五年」所指為何尚未知，故將之定為戰國時期，不再細分前後期。

河北省邯鄲百家村三號墓，出土許多陶器，如：鼎、豆、匜、壺、鑑、盆，銅器之鑑、戈、劍、矛、鐏、杯等，其中一件〈邯鄲上戈〉上有銘文「邯鄲上」，據發掘報告從墓葬形式、陪葬品的分析，以為其年代應為戰國中期。〔註177〕

〈王何戈〉上首先言「王何立事」，學者以為蒞事任職的君王為趙惠文王，〔註178〕惠文王年代為西元前 298 至 266 年，今將之定為元年，屬戰國晚期前段。

〈藺相如戈〉銘文為「廿年丞藺相如邦左口口智冶陽」、「趙」。據《史記》所載，藺相如於趙惠文王時出使秦國，秦昭王欲以十五城與之交換和氏璧，其後惠文王以其能不辱於諸侯而完成使命，故拜相如為上大夫，又惠文王二十年（西元前 279 年）曾與秦昭王於澠池相會修好，相如亦隨行，事後相如改拜為上卿，

〔註173〕〈試論三晉兵器的國別和年代及其相關問題〉，《考古學報》1974 年第 1 期，頁 18～28。

〔註174〕李學勤、艾蘭：《歐洲所藏中國青銅器遺珠》，頁 366～367，北京，文物出版社，1995 年。

〔註175〕〈三晉銅器的國別、年代與相關制度問題〉，《古文字研究》第十七輯，頁 23～29。

〔註176〕黃盛璋：〈司馬成公權的國別、年代與衡制問題〉，《中國歷史博物館館刊》1980 年總 2 期，頁 103～107。

〔註177〕河北省文化局文化工作隊：〈河北邯鄲百家村戰國墓〉，《考古》1962 年第 12 期，頁 613～634。

〔註178〕〈山西臨縣窯頭古城出土銅戈銘文考釋〉，《文物》1994 年第 4 期，頁 82～85。

位在廉頗之右。〔註179〕學者以爲藺相如爲「丞」，或在澠池會前，其後歸國爲上卿，可能即任相邦，故援本補刻「相邦」二字。〔註180〕其言或許有理。從史書記載言，戈上的二十年，極可能指惠文王二十年，今將之定爲戰國晚期前段。

〈十七年相邦春平侯劍〉與〈十八年相邦平國君劍〉皆收錄於加拿大的皇家安大略博物館，從其銘文觀察，爲趙國兵器習見的格式，故列爲趙器應無疑義。又據黃盛璋、許進雄考證，二器的年代應爲趙孝成王十七年與十八年，「平國君」可能即爲信平君。〔註181〕從其論證言，年代的推定應可採信。

據發掘簡報指出，〈二年邢令孟東慶戈〉的形制、銘文體例、文字特徵，基本上與〈十七年邢令戈〉相同，〔註182〕又據李學勤考證，應爲趙孝成王十七年（西元前249年）所鑄，〔註183〕〈二年邢令孟東慶戈〉的年代應該不會與之相差太遠，故將之列爲戰國晚期後段，即悼襄王二年。

〈二年邦司寇趙或鈹〉與〈六年相邦司空馬鈹〉爲保利博物館所藏，據李學勤考證文獻指出，司空馬相趙之年代應在趙悼襄王八年至趙王遷七年，〈六年相邦司空馬鈹〉的年代可定爲王遷六年；又此二鈹的形制完全相同，鑄造的年代應相差不遠，因此〈二年邦司寇趙或鈹〉可定爲王遷二年。〔註184〕

〈四年相邦春平侯鈹〉與〈四年弋阝相樂憲鈹〉爲高英士所收購，其銘文皆書有「四年」，高英士以爲應指戰國晚期，即趙國被秦所滅之前所鑄。〔註185〕經學者考證，〈四年弋阝相樂憲鈹〉之「弋阝相」一詞，所指爲代王嘉的相，故銘文

〔註179〕《史記會注考證》，頁965～967。

〔註180〕長白朝鮮族自治縣文物管理所：〈吉林長白朝鮮族自治縣發現藺相如銅戈〉，《文物》1998年第5期，頁91～92。

〔註181〕黃盛璋：〈關於加拿大多倫多市安大略博物館所藏三晉兵器及其相關問題〉，《考古》1991年第1期，頁57～63；許進雄：〈十八年相邦平國君銅劍——兼談戰國晚期趙國的相〉，《中國文字》新十七期，頁21～42，臺北，藝文印書館，1993年。

〔註182〕劉龍啓、李振奇：〈河北臨城柏暢城發現戰國兵器〉，《文物》1988年第3期，頁50～54，轉頁56。

〔註183〕李學勤：〈北京揀選青銅器的幾件珍品〉，《文物》1982年第9期，頁45～46。

〔註184〕李學勤：〈鈹〉，《保利藏金——保利藝術博物館精品選》，頁273～276，廣州，嶺南美術出版社，1999年。

〔註185〕高英士：〈朔縣趙家口發現戰國劍〉，《考古與文物》1989年第3期，頁20～21，轉頁19。

所載爲代王嘉四年（西元前 224 年）。〔註186〕〈四年相邦春平侯鈹〉，應爲戰國晚期後段（王遷四年）。此外，〈六年代劍〉銘文格式亦與〈四年邔相樂寏鈹〉相同，其年代應相差不遠，暫將之定於代王嘉六年。

〈嗀公上愨鼎〉銘文中出現「陽曲」一詞，「陽曲」又見於傳世文獻，如：《漢書・地理志》云：「陽曲」，〈補注〉云：「今陽曲縣東北。」〔註187〕地望即在今日山西省境內，戰國時屬趙國。從地望與字形言，歸屬於趙國器，應無疑義。

（六）魏　國

黃盛璋指出魏國兵器的銘刻格式約有六種，今從其銘刻形式分類，如：

1. ╳（左、右）庫工師╳，僅記地名、庫名與工師名。
2. ╳（左、右）庫冶╳，僅記地名、庫名與冶師名。
3. ╳年╳（左、右）庫，僅記年份與庫名。
4. ╳年邦司寇╳、（左、右、上）庫工師╳、冶╳，或加上「執劑」一辭。
5. ╳年╳令╳、（左、右）庫工師╳、冶╳。
6. ╳年╳令╳、（左、右）工師╳、冶╳。

再者，從出土的兵器觀察，找出高都、安成、焦、梁、朝歌、蒲子、陰晉、鄴、宅陽、咎奴、戈丘、頓丘、梧、州、雍等鑄造兵器之地，並將一系列的魏國兵器斷代。〔註188〕關於魏國兵器的年代問題，多據其意見。〈十四年鄴下庫戈〉出土於江陵張家山一帶，從文字言，實屬晉系，而「鄴」亦爲魏國鑄造兵器之地，又從其銘刻格式而論，與上面之「╳年╳（左、右）庫」相近同，此器應屬魏國。其年代則據學者考證定於惠王十四年（西元前 356 年），〔註189〕屬戰國中期前段。

此外，黃盛璋更將兵器銘文研究的結果，運用在其他青銅器，考定〈梁十九年亡智鼎〉、〈廿七年大梁司寇鼎〉、〈梁上官鼎〉、〈半稱幣權〉、〈梁府稱幣權〉、

〔註186〕王輝：〈跋朔縣揀選的四年邔相樂寏鈹〉，《考古與文物》1989 年第 3 期，頁 71～73。

〔註187〕《漢書補注》，頁 688。

〔註188〕〈試論三晉兵器的國別和年代及其相關問題〉，《考古學報》1974 年第 1 期，頁 28～35。

〔註189〕彭澤元：〈魏「十四年鄴兵庫」戈考釋〉，《江漢考古》1989 年第 3 期，頁 64～67。

〈半齋鼎〉、〈十年弗官容齋鼎〉、〈卅年鼎〉、〈卅五年盉〉、〈卅五年鼎〉、〈二年
窟鼎〉、〈廿七年鉶〉、〈上𡧑床鼎〉、〈上樂床鼎〉、〈安邑下官壺〉等皆屬於魏器，
並透過其上所記載的年份斷代。〔註190〕從銘文觀察，黃盛璋所言應可採信。

　　據黃盛璋考證〈十七年平陰鼎蓋〉，該鼎紀年為十七年，又鼎銘所見「眠吏」
一詞的寫法與〈卅五年鼎〉相同，二者應是惠王時期的物品，年代上分別為惠
王十七年與卅五年。〔註191〕文獻記載魏國稱王而在位十七年以上者，如：惠王
在位五十一年，襄王在位二十三年，昭王在位十九年，安釐王在位三十四年，
〔註192〕黃盛璋在斷代上應可採信，但是論及文字形體卻有問題。二者之「眠」
字，偏旁「目」的寫法，確為晉系文字特有，侯馬盟書從「目」偏旁者，亦習
見此種形體，但是二鼎所見的形體或異，實不可說是寫法相同，又「吏」字形
體亦不同，根本無法將之視為相同的寫法。

　　〈三十四年頓丘戈〉出土於湖北省江陵拍馬山五號墓，該墓葬出土陶鼎、
陶壺、銅矛、銅戈、銅鏃、漆盒等，又戈上銘文載「三十四年」，學者從其紀年、
工師、冶名的形式，以為當屬魏器，其年代為梁惠王三十四年（西元前336年）。
〔註193〕

　　〈信安君鼎〉銘文載「十二年」，黃盛璋考證後指出「信安君」即《戰國策·
魏策》所見之信安君，並認為其年代為襄王十二年，當屬魏器，裘錫圭亦持相
同看法；〔註194〕〈坪安君鼎〉出於秦墓，李學勤、何琳儀以為此器為衛國文物，
黃盛璋從字形、職官制度等方面考量，皆屬魏器常見的形式，認為該器應屬於
魏國。〔註195〕黃盛璋論證十分詳確，今從其說法。

〔註190〕〈三晉銅器的國別、年代與相關制度問題〉，《古文字研究》第十七輯，頁2～17，
　　　　頁30。

〔註191〕黃盛璋：〈新發現之戰國銅器與國別〉，《文博》1989年第2期，頁27～28。

〔註192〕《史記會注考證》，頁697～706。

〔註193〕〈湖北江陵拍馬山楚墓發掘報告〉，《考古》1973年第3期，頁151～161。

〔註194〕裘錫圭：〈《武功縣出土平安君鼎》讀後記〉，《考古與文物》1982年第2期，頁53
　　　　～54；黃盛璋：〈新出信安君鼎、平安君鼎的國別年代與有關制度問題〉，《考古與
　　　　文物》1982年第2期，頁55～56。

〔註195〕駐馬店地區文管會、泌陽縣文教局：〈河南泌陽秦墓〉，《考古與文物》1980年第9
　　　　期，頁15～24；李學勤：〈秦國文物的新認識〉，《文物》1980年第9期，頁27～
　　　　29；〈新出信安君鼎、平安君鼎的國別年代與有關制度問題〉，《考古與文物》1982

〈元年閏矛〉據李學勤考證，從字體言，當屬晉系的魏國兵器，其年代應為魏安釐王元年（西元前 276 年），屬戰國晚期前段。〔註196〕

遼寧省新金縣後元臺漢墓為一座石槨墓葬，發現時已經嚴重毀壞，出土遺物除〈二十一年啓封令癰戈〉外，尚見銅矛、銅劍、陶罐、石管、料珠、鐵鑼、五銖與貨泉等幣，故知該墓的年代應屬於漢代。戈的年代，簡報以為可能在魏襄王或是魏安釐王二十一年，〔註197〕經學者的討論，則定為戰國晚期後段（安釐王廿一年）。

西安市北郊尤家莊二十號墓，出土三十九件隨葬品，其中的〈龍陽燈〉刻有「龍陽庶子」等字。據簡報指出，部分銅鼎的形制與大荔朝邑、泌陽官莊所出之鼎相似，後二者的年代屬戰國晚期，尤家莊二十號墓亦應與之相近。〔註198〕

〈平安少府鼎足〉上有「坪安少府」四字，〔註199〕將之與〈坪安君鼎〉的文字相較，「坪安」二字寫法相同，〈坪安君鼎〉的年代在安釐王廿八年，屬於戰國晚期後段，此鼎未見紀年，故將之定為戰國時期。

（七）中山國

平山縣三汲公社位於石家莊市西約七十五公里，處於起伏的丘陵地帶。自西元 1974 年 11 月至 1978 年 6 月，開始進行考古調查與發掘的工作。該地墓葬裡出土大批的文物，其上或有銘文，或有墨書。〈中山王𩰱鼎〉、〈𡞞䇬壺〉、〈中山王𩰱方壺〉等器上記載燕王噲將王位禪讓與其相子之一事，據文獻所載，此事發生於西元前 316 年，二年後齊國曾趁燕國內亂舉兵攻燕，並且攻破燕都；此外，銘文又記載中山國的司馬賙亦趁燕國內亂之時，率領軍隊伐燕，奪取土地數百里、池城數十。由此可知，三器製作的年代應不會早於西元前 314 年。

年第 2 期，頁 55～61；何琳儀：〈平安君鼎國別補正〉，《考古與文物》1986 年第 5 期，頁 81～83。

〔註196〕于中航：〈「元年閏」矛〉，《文物》1987 年第 11 期，頁 88。

〔註197〕許明綱、于臨祥：〈遼寧新金縣後元臺發現銅器〉，《考古》1980 年第 5 期，頁 478～479。

〔註198〕西安市文物保護考古所：〈西安北郊尤家莊二十號戰國墓發掘簡報〉，《文物》2004 年第 1 期，頁 4～16。

〔註199〕《歐洲所藏中國青銅器遺珠》，頁 365。

據學者考證，一號墓的主人爲中山王𰯌，埋葬的時代約爲西元前 310 年左右，屬戰國中期後段。〔註200〕

陝西省鳳翔縣高莊於西元 1979 年 10 月中旬，發現兩座戰國時期的秦墓，共出土陶器十二件，銅器十七件，石器二件。〔註201〕其中一件銅器上的銘文字形與秦文字相異，《殷周金文集成》收錄之，並稱之爲〈右使車嗇夫鼎〉。將其銘文的字形與戰國時期其他系統的文字相較，與晉系之中山王𰯌墓上的字形最爲相近；再者，銘文云：「十四世右使庫嗇夫╳╳」，其形式又見於中山王𰯌墓出土的〈十年燈座〉之「十四世左使庫嗇夫╳╳」、〈十四年雙翼神獸〉之「十四世右使庫嗇夫╳╳」等器物上的銘文。由此可知，〈右使車嗇夫鼎〉亦應屬於中山國器。該器何以出土於戰國秦墓中？李學勤以爲可能是西元前 296 年中山國被趙國滅亡後，輾轉流入秦國，〔註202〕其說法應可採信。

〈師紿銅泡〉出土於山東省棗莊市劉莊東南小河東岸山坡下的墓葬，銘文云：「十四世十二月，師紿。」「世」字的寫法僅見於中山王𰯌墓出土的銅器銘文。《史記·趙世家》云：「（惠文王）三年，滅中山，遷其王於膚施。」又《史記·田敬仲完世家》云：「（湣王）二十九年，趙殺其主父，齊佐趙滅中山。」〔註203〕根據歷史記載，趙、齊二國當年聯手將中山滅亡，〈師紿銅泡〉應是戰爭時掠奪的戰利品，於戰後被攜帶回山東，因此才出現於山東省棗莊的墓葬裡。中山王𰯌墓的時代約爲西元前 310 年左右，屬戰國中期後段，〈師紿銅泡〉銘文之「世」字與中山王𰯌墓所見相同，其年代應相距不遠，惟該器未見紀年，僅定爲戰國中期。

（八）未識國別

韓、趙、魏三國係自晉國分出，在文字的風格上多相同。對於無法區別國屬的青銅器，惟有透過文字、銘文的內容等，將之收錄於晉系之下。

〔註200〕河北省文物管理處：〈河北省平山縣戰國時期中山國墓葬發掘簡報〉，《文物》1979 年第 1 期，頁 1～31。

〔註201〕雍城考古工作隊：〈鳳翔縣高莊戰國秦墓發掘簡報〉，《文物》1980 年第 9 期，頁 10～14，轉 31。

〔註202〕〈秦國文物的新認識〉，《文物》1980 年第 9 期，頁 27～28。

〔註203〕《史記會注考證》，頁 684，頁 721。

　　河南省洛陽市針織廠 C1 五二六九號墓，除了出土銅製的〈公賜鼎〉外，尚見具有相同銘文的玉鼎。從銘文的字形觀察，「鼎」字的形體與中山國出土文物上的文字近同，與非晉系文字頗有差異，故將之列爲晉系文物。據簡報指出，墓葬所出的隨葬品形制，與戰國早中期的陝縣東周墓、洛陽中州路墓葬相近，其年代應屬戰國中期偏晚。〔註204〕從墓葬言，河南省洛陽中州路的西工區段二一二號墓屬戰國中期墓葬；從文字言，中山王𰴗墓屬戰國中期後段，於此將針織廠 C1 五二六九號墓定爲戰國中期。

　　〈公夹鼎〉與〈公夹方壺〉銘文記載「公乘」二字，「公」字下半部寫作「▽」，上半部寫作「／＼」，與中山王𰴗墓葬出土玉器上的「公」字形體相近；「乘」字寫作「夹」，該字的形體與其他四系的寫法不同，而近於晉系的形體。從文字的形體言，應可歸屬於三晉的系統。

　　〈非釾戈〉銘文云：「非釾業邘口陽廿四」，「業」字的寫法，又見於魏國之〈三十三年業令戈〉，從字形言，此戈應屬戰國三晉的系統，至於國別與年代，則無法明確辨識。

二、璽　印

　　河南省洛陽市二五一七號墓位於洛陽市西工路區唐宮西路北側的市建公司福利區內，爲長方形豎穴土坑墓，出土物計有銅帶鉤一件，玉環三件，銅璜形飾四件，「安臧」平肩空首布四枚，銅璽一枚，璽印上有「之」字，字形與戰國璽印相同，〔註205〕又「安臧」布爲戰國貨幣，可知該墓的年代應可定爲戰國時期。

　　山西省榆次市錦綸廠十一號墓，出土的文物除了貨幣外，尚見陶罐、鐵刀、鐵帶鉤、銅鼎、銅鏡及兩方璽印等。璽印上分別有「公孫生口」、「正行」文字，其中的未識字，簡報以爲是從木從于之字，因所附的圖片不甚清楚，故暫時將之視爲未識字。據簡報的考證，無論是墓葬的形制或是隨葬品，皆與貓兒嶺的戰國墓葬相類，再加上鼎的形制屬於戰國晚期，故將墓葬的年代

〔註204〕洛陽市文物工作隊：〈洛陽市針織廠東周墓（C1M5269）的清理〉，《文物》2001年第 12 期，頁 41～59。

〔註205〕廖子中：〈洛陽市又發現一座隨葬空首布的東周墓〉，《文物》1992 年第 3 期，頁92～93。

定爲戰國晚期。〔註 206〕由於出土文物未見相關的紀年資料，暫將墓葬所出之璽印歸屬於戰國時期。

三、封　泥

河北省平山縣三汲鄉中山王𰯼墓，出土三塊封泥，出土時已殘缺，其上有文字，從每從山，寫作「𰯼」，據湯餘惠考釋指出，從〈繁邑劍〉、〈繁宮鼎〉等器以及該印文字的比對，應是一種漸次省簡的現象。〔註 207〕從文字的省減演變言，湯餘惠所言爲是。中山王𰯼墓的年代，屬戰國中期後段，墓葬所出的封泥，其年代亦應歸屬於戰國中期後段。

四、貨　幣

（一）東　周

河南省洛陽市二五一七號墓出土四枚〈安臧・平肩空首布〉，〔註 208〕該墓葬的年代，據發掘報告指出，屬於戰國時期，同墓所出的貨幣，應與之相距不遠。惟貨幣的使用期限較長，僅將之歸屬於戰國時期。

（二）韓　國

河北省易縣郎井村西北十號作坊遺址，出土四枚〈宅陽・平襠方足平首布〉；〔註 209〕易縣西貫城村北九號居住址，出土一枚〈𭏦・平襠方足平首布〉。〔註 210〕再者，此二處遺址又出土〈安陽・平襠方足平首布〉。與其同時出土〈安陽・平襠方足平首布〉者，尚見易縣武陽臺村西北二十三號作坊遺址。該遺址的年代屬於戰國晚期，可知郎井村西北十號作坊遺址、西貫城村北九號居住址，其年代應與武陽臺村西北二十三號作坊遺址相差無幾。惟貨幣的使用期限較長，僅將之歸屬於戰國時期。

〔註206〕榆次市文管所：〈榆次市錦綸廠戰國墓清理簡報〉，《文物季刊》1997 年第 3 期，頁 14～17，轉頁 40。

〔註207〕《𰯼墓——戰國中山國國王之墓（上）》，頁 442～443；湯餘惠：〈戰國文字中的繁陽和繁氏〉，《古文字研究》第十九輯，頁 502～508，北京，中華書局，1992 年。

〔註208〕〈洛陽市又發現一座隨葬空首布的東周墓〉，《文物》1992 年第 3 期，頁 92～93。

〔註209〕河北省文物研究所：《燕下都（上）》，頁 433，北京，文物出版社，1996 年。

〔註210〕《燕下都（上）》，頁 571。

（三）趙　國

河北省易縣武陽臺村西北二十三號作坊遺址，出土銅戈一百零八件，有銘文的銅戈共計一百件，據報告指出，這批兵器中所見的燕王如：郾王職、郾王戎人、郾王詈、郾王喜等。上列燕王名稱，「郾王喜」與史書記載相同，據《史記》所載「今王喜四年，秦昭王卒……，二十九年，秦攻拔我薊。」〔註211〕燕王喜四年為西元前 251 年，其二十九年為西元前 226 年，時代應屬戰國晚期，由此推知「安陽」幣的使用時代，於戰國中晚期。此外，易縣郎井村西北十號作坊遺址、西貫城村北九號居住址亦出「安陽」幣，可知其年代應與武陽臺村西北二十三號作坊遺址相差無幾。

山西省榆次市錦綸廠十一號墓，出土的文物除了〈甘丹・直刀〉、〈甘丹・尖足平首布〉、〈晉陽・尖足平首布〉、〈大陰・尖足平首布〉、〈陽曲・尖足平首布〉、〈平州・尖足平首布〉、〈茲氏半・尖足平首布〉等貨幣外，尚見陶罐、鐵刀、鐵帶鉤、銅鼎、銅鏡及兩方璽印等。據簡報的考證，該墓葬的年代屬於戰國晚期。〔註212〕由於出土文物未見相關的紀年資料，再加上貨幣的使用期限較長，僅將之歸屬於戰國時期。

（四）魏　國

河南省輝縣固圍村一號墓，發掘於西元 1950 年 10 月 25 日至隔年 1 月 8 日，出土物品甚多，如：陶器、銅器、玉器、鐵器等，亦見「梁正尚百當寽」與「垣」幣數枚；〔註213〕再者，河南省輝縣固圍村二號墓，發掘於西元 1950 年 11 月 6 日至隔年 1 月 17 日，亦見「梁正尚百當寽」幣一枚。〔註214〕魏國於魏惠王時遷都至大梁，貨幣上鑄有「梁」字，其年代應在遷都之後，即戰國中晚期的文物，由此推知，此二墓葬的年代應可從報告所言，定於戰國晚期。

〔註211〕《史記會注考證》，頁 570～571。

〔註212〕〈榆次市錦綸廠戰國墓清理簡報〉，《文物季刊》1997 年第 3 期，頁 14～17，轉頁 40。

〔註213〕中國科學院考古研究所：《輝縣發掘報告》，頁 69～83，北京，科學出版社，1956 年。

〔註214〕《輝縣發掘報告》，頁 84～95。

五、陶　器

（一）中山國

在河北省平山縣三汲鄉戰國時代的中山國靈壽故城遺址，發掘出土大批的陶量，共有八件陶器出現陶文，其中三件不清楚，據報告表示，大部分在器物內底印有戳記，或是在口沿上刻劃陶文，從陶量的形制觀察，與睡虎地秦墓所出之器相近。〔註215〕該報告十分簡略，今僅能從其言，將之定爲戰國中晚期。

（二）未識國別

據發掘報告指出，河南省洛陽洛陽中州路的西工區段一一一五號墓上層曾發現兩塊陶片，其上的印文屬戰國文字。第一塊爲罐片，其上印有「受」字；第二塊爲盆片，其上字跡雖不清楚，卻明顯可以看出在字的周圍有一圓圈。由於報告資料十分簡略，僅可得知此一墓葬屬豎穴，具有墓室，內有槨具，亦有棺的痕跡，出土物爲陶盆、陶釜、瓦屋模型等，陶盆的形制爲直唇，或微向外折。報告指出這種形制屬於晚期，與西漢初期的盆、碗相似。〔註216〕故僅從報告之言，將之定爲戰國時期。

此外，河南省洛陽中州路的二一二號墓中出土陶鼎、陶豆、陶壺，以及銅劍與玉質飾片，其陶製品的形制與《洛陽中州路》所載的第五、六期相當，年代屬於戰國中期。其中一件陶壺上面出現二個陶文，一字從兄從攵，一字爲事，另一件則有「＾」，或讀爲「入」，或讀爲「內」，或讀爲「六」，尚無明確的讀法。〔註217〕

六、玉　石

（一）中山國

據發掘報告指出，中山王嚳墓中出土大量的陪葬玉器，〔註218〕中山王嚳墓的年代，據上列的考證，約爲西元前 310 年左右，屬戰國中期後段，墓中所見

〔註215〕李恩佳：〈戰國時期中山國的陶量〉，《文物》1987 年第 4 期，頁 64～66，轉頁 75。

〔註216〕中國科學院考古研究所：《洛陽中州路（西工段）》，頁 24～35，北京，科學出版社，1959 年。

〔註217〕洛陽市文物工作隊：〈洛陽市西工區 212 號東周墓〉，《文物》1985 年第 12 期，頁 21～22。

〔註218〕《嚳墓──戰國中山國國王之墓（上）》，頁 437～443。

的玉器，其年代亦應與之相同。

（二）未識國別

河南省洛陽市針織廠 C1 五二六九號墓，出土同銘文的器物二件，一為銅製的〈公賜鼎〉，一為玉製的〈公賜鼎〉，據簡報指出，墓葬所出的隨葬品形制，與戰國早中期的陝縣東周墓、洛陽中州路墓葬相近，故其年代應屬戰國中期偏晚，銅鼎已定為戰國中期，玉鼎亦應為同一時期之物。

七、簡　牘

中山王舋墓出土兩件書有文字的小木條，編號 DK：84 者，正面豎書「寶重梸石」四字，並在兩側的上端各有一個「左」字；編號 XK：518 者，正面豎書「囗器金夫二」五字。〔註219〕中山王舋墓的年代，屬戰國中期後段，墓中所見的簡牘，其年代亦應與之相同。

八、骨　器

輝縣固圍二號墓的槨室內出土一件〈卅里鑲嵌器飾〉，在光面上有漆書篆文「卅＝里」二字，「卅」字後的「＝」應是合文符號。〔註 220〕固圍村二號墓的年代，定於戰國晚期，墓葬所出的〈鑲嵌器飾〉，亦應歸屬於戰國晚期。

由以上的分類觀察，與本論文之〈戰國出土文字材料表〉的分門別類，其間包括銅器、璽印、封泥、貨幣、陶器、玉石、簡牘、骨器等八項，楚系材料中習見的簡帛於此十分罕見。這種現象的產生，應是受到地理環境影響所致。換言之，楚地發掘的墓葬，簡策往往浸泡於水中，因而得以保存，三晉地區由於所處的環境並不適宜久存木簡製品，故於出土的隨葬品中十分罕見。此外，晉系之韓、趙、魏三國，係自晉國分出，在文字、銘文的格式上或有相同之處，倘若缺乏地望、人名、歷史事件等相關的資料以為判別依據，實在難以區別，致使少部分文物無法找到所屬的國別。

〔註219〕《舋墓──戰國中山國國王之墓（上）》，頁 442。

〔註220〕《輝縣發掘報告》，頁 95。

第四節　齊系出土材料之斷代分期

一、銅　器

（一）滕　國

〈滕侯昊敦〉銘文云：「滕侯昊之御敦」，「昊」字又見於〈滕侯昊戈〉，馬承源將之釋爲「吳」字，以爲即滕隱公虞母，故列爲春秋晚期之器。〔註221〕從字形觀察，馬承源所釋爲非。《左傳》滕國未見稱「昊」者，疑「滕侯昊」當爲戰國時人。又黃盛璋據〈滕侯昊戈〉之形制與字形，考證爲戰國兵器，並比較〈滕侯敦〉與〈陳侯因資敦〉、〈十四年陳侯午敦〉等器的形制，指出〈滕侯敦〉與〈陳侯因資敦〉最爲相近，其年代當爲戰國中期。〔註222〕史書之「因齊」，於銘文作「因資」，「資」字從肉次聲。「齊」字上古音屬「從」紐「脂」部，「次」字上古音屬「清」紐「脂」部，清從旁紐，疊韻。「因資」即齊威王「因齊」，齊威王時值戰國中期後段，將滕侯昊之器列爲戰國中期應無疑義。

此外，〈滕侯耆戈〉與〈滕司徒戈〉從《殷周金文集成》之圖片觀察，其形制與〈滕侯昊戈〉十分相近，黃盛璋以爲此三者或爲前後時期的器物。今已將滕侯昊之器定爲戰國中期，滕侯耆與滕司徒之器亦應屬戰國中期。

（二）魯　國

〈鄆戈〉銘文僅載「鄆」字，《說文解字》「鄆」字云：「河內沁水鄉，從邑軍聲，魯有鄆地。」段玉裁〈注〉云：「文公十二年、成公九年、襄公十二年、昭公元年之鄆，杜云：『莒別邑，在城陽姑幕縣，此在魯東者也。』成公十六年之鄆，杜云：『魯西邑，在東郡廩丘，此在魯西境者也。』東鄆當在今山東青州府諸城縣，西鄆在今山東曹州府鄆城縣，有鄆城故城。」〔註223〕東鄆爲莒國所有，西鄆爲魯國所有，黃盛璋從其形制比對，以爲應屬戰國晚期魯國所有，〔註224〕故

〔註221〕《商周青銅器銘文選（四）》，頁 515。

〔註222〕黃盛璋：〈燕齊兵器研究〉，《古文字研究》第十九輯，頁 59～61，北京，中華書局，1992 年。

〔註223〕（漢）許慎撰、（清）段玉裁注：《說文解字注》，頁 290，臺北，黎明文化事業股份有限公司，1991 年。

〔註224〕〈燕齊兵器研究〉，《古文字研究》第十九輯，頁 49～50。

知此「鄆」應指西鄆。

（三）齊　國

《左傳・哀公十一年》云：「陳子行命其徒具含玉」，〈注〉云：「子行，陳逆也。」又《左傳・哀公十四年》：「子我夕，陳逆殺之人，逢之，遂執以人。」〔註225〕魯哀公十四年爲西元前 481 年，陳逆所處時代爲春秋晚期至戰國初期之際，〈墬逆簋〉與〈陳逆簠〉之時代應可定爲戰國早期前段。

〈禾簋〉中記載「禾」一人，而《史記・田敬仲完世家》亦明言太公田和曾相齊宣公，並於康公十九年立爲齊侯。〔註226〕〈禾簋〉之「禾」所指爲田禾的可能性十分大，於此將之定爲戰國早期後段之器。

《史記・田敬仲完世家》云：「齊侯太公和立二年，和卒。子桓公午立。……六年，救魏，桓公卒。子威王因齊立。」〈索隱〉云：「案紀年，梁惠王十二年，當齊桓公十八年，後威王始見，則桓公十九年而卒，與此不同。」〔註227〕從〈十年墬侯午敦〉、〈墬侯午簋〉與〈十四年墬侯午敦〉的資料觀察，《史記》所載爲非。齊威王即位於西元前 356 年，可知桓公十年爲西元前 365 年，十四年爲西元前 361 年，屬戰國中期前段；因齊之器，由於無明確的紀年資料，從史書所載得知其在位三十六年，其器物可斷定爲戰國中期後段。

山東省諸城縣臧家莊墓葬，於西元 1970 年發掘，出土七件編鎛——〈公孫朝子鎛〉，九件編鐘——〈公孫朝子鐘〉，其間有銘文云：「墬囗立事歲十月己亥鄑公孫朝子造器」、「墬囗立事歲十月己亥鄑公孫朝子造器九」。「陳」字寫作「墬」，習見於田齊器物；「墬✕立事歲」一詞，亦習見於田齊器物上，如：銅器之「陳喜再立事歲」〈墬喜壺〉、「墬得再立事歲」〈墬璋方壺〉；陶文之「墬导（得）立事歲」、「平陵墬导（得）立事歲」；璽印之「墬竆立事歲」（0289）、「墬囗三立歲」（0290）等。可知此套編鐘與編鎛應屬戰國時期的田齊作品。據發掘簡報指出，隨葬的銅器風格與信陽長臺關一號墓、江陵望山一號墓的銅器近似。〔註228〕信陽楚墓與望山一號墓，屬戰國中期後段的墓葬，臧家莊墓葬與之相近

〔註225〕《春秋左傳注》，頁 1662，頁 1683。

〔註226〕《史記會注考證》，頁 716。

〔註227〕《史記會注考證》，頁 716～717。

〔註228〕山東諸城縣博物館：〈山東諸城臧家莊與葛布口村戰國墓〉，《文物》1987 年第 12

似，年代亦應與之相距不遠，將之定爲戰國中期後段。

〈鵬戈〉與〈闡丘爲鵬造戈〉的年代，據黃盛璋考證，其形制與銘刻的結構近同，從形制言，應爲戰國中期的兵器，從銘文言，應爲同一人所造，[註229]今從其說法。

〈墜璋方壺〉之「墜得」又見於〈子禾子釜〉，亦見於臨淄出土的陶文中，如：「墜旻（得）立事歲」、「平陵墜旻（得）立事歲口口」、「疱都墜旻（得）再左里殷亳豆」等。郭沫若指出銘文所載「唯王五年」，當指齊襄王五年齊軍打敗燕軍一事，[註230]馬承源以爲當指齊桓公田午五年伐燕一事。[註231]將陶文與銅器銘文對照，陶文之「墜旻（得）立事歲」與銘文之「墜得再立事歲」，應指同一人。齊襄王五年爲西元前279年，齊桓公五年爲西元前370年，今從所見的陶文資料而言，多屬於戰國中晚期之物，據此類推，〈墜璋方壺〉與〈子禾子釜〉應可歸於戰國晚期前段。與〈子禾子釜〉同時同地出土的〈左關之鋪〉與〈墜純釜〉，其年代應與之相差不遠，亦將之列爲同一時期。

〈墜璋罏〉的銘文內容與〈墜璋方壺〉十分相近同，皆記載「唯王五年，鄭陽墜得再立事歲，孟多戊辰……墜璋入伐匿亳邦之獲。」僅少數幾字不同，〈墜璋方壺〉的年代已定爲戰國晚期前段，〈墜璋罏〉的年代亦應與之相同。

山東省臨淄區永流鄉商王村墓葬群，於西元1992年9月至1993年1月間相繼發掘。據發掘報告指出，一號墓爲女性，二號墓爲男性。一號墓除了出土多件有銘文的銅、銀器外，尚見一方私璽，其間有「音子」二字，疑爲一號墓主之名；再者，二號墓中多件有銘器物上，出現「趫陵夫人」一詞，墓主可能即爲「趫陵」。而從出土的資料觀察，此二墓屬戰國晚期的士身分；墓中出現的兩件秦國的銀耳杯，以及一件瓶，瓶爲銅蒜口瓶，可能是戰國晚期秦國爲拉攏各國相關人員的品物，故出現於該墓葬中。[註232]商王村墓葬群出土之瓶作「蒜

期，頁47～56。

〔註229〕〈燕齊兵器研究〉，《古文字研究》第十九輯，頁47。

〔註230〕郭沫若：《兩周金文辭大系圖錄考釋（下）》，頁220～221，上海，上海書店，1999年。

〔註231〕《商周青銅器銘文選（四）》，頁560。

〔註232〕淄博市博物館、齊故城博物館：《臨淄商王墓地》，頁1，頁133～139，濟南，齊魯書社，1997年。

口」者，主要見於戰國晚期的秦國，如：天水西山坪一號墓、鳳翔高莊三十三號墓、咸陽塔兒坡二三一四五號墓、咸陽塔兒坡二四零八八號墓等墓葬出土的陶製蒜頭壺。〔註233〕以蒜頭爲造形的方式，悉見於戰國晚期的秦國，可知商王村一、二號墓歸屬於戰國晚期，應無疑義。

〈塦肪簋蓋〉銘文云：「肪曰：余陳仲峉孫，釐叔和之子。」「陳仲峉」未知爲何人，從銘文所示僅知道爲陳肪的祖先。「釐叔和」一人，郭沫若以爲當指「陳釐子乞」，馬承源以爲是「齊太公田和」〔註234〕，《史記‧田敬仲完世家》未見「田和」又稱爲「釐叔」，故知二人立論仍爲武斷，由於無法明確斷定所屬年代，於此僅將之列爲戰國時期。

〈齊陳曼鼎蓋〉與〈齊塦曼簠〉之「曼」字於銘文中寫作「𡡑」，與西周之〈曼龔父盨蓋〉的「曼」字作「」完全不同，疑〈齊塦曼簠〉之字非爲「曼」。「塦𡡑」未見於傳世文獻，無法明確斷定所屬年代，僅將之列爲戰國時期。

〈塦喜壺〉之「塦喜」，馬承源以爲即「陳僖子」，銘文所載爲陳僖子爲齊相執政的第二年，即西元前488年。〔註235〕從銘文「爲」字寫作「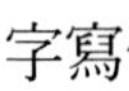」觀察，以剪裁省減的方式書寫者，習見於戰國時期的六國文字。從文字形體的角度言，將「塦僖」直接視爲春秋晚期的「陳僖子」並不適當，故僅將之視爲戰國時期之器。

〈郾戈〉上記載一字，從口從幸從邑，黃盛璋以爲該字爲從邑睪聲之字，即郲國之「繹」，從「口」者爲「目」之省變。〔註236〕從口從幸從邑之字是否爲「繹」字，仍有待考證，今暫將之歸於齊國之器。由於未見紀年，再加上此戈已殘，無法從圖片與相關資料比對，僅列爲戰國器。

二、璽　印

山東省臨淄區永流鄉商王村一號墓，出土一方私璽，其間有「音子」二字。一號墓的年代屬戰國晚期，墓葬所出之璽印，亦應爲戰國晚期。

〔註233〕滕銘予：《秦文化：從封國到帝國的考古學觀察》，頁163，頁193，頁196，北京，學苑出版社，2002年。

〔註234〕《兩周金文辭大系圖錄考釋（下）》，頁214～215；《商周青銅器銘文選（四）》，頁558。

〔註235〕《商周青銅器銘文選（四）》，頁552。

〔註236〕〈燕齊兵器研究〉，《古文字研究》第十九輯，頁54。

三、陶　器

　　西元 1970 年發掘的山東省諸城縣臧家莊墓葬，發現一件刻有「公」字的陶豆。據同墓葬出土的銅器資料觀察，此一墓葬應屬於戰國中期後段。墓葬所出之陶文，亦應為戰國中期後段。

　　《古陶文彙編》之「陞尋（得）立事歲」（3.18）的「陞得」又見於〈陞璋方壺〉與〈子禾子釜〉，〈陞璋方壺〉與〈子禾子釜〉已定於戰國晚期前段，則「陞尋（得）立事歲」應與之相距不遠，故將之定於戰國晚期。陶文中尚見「痀都陞尋（得）再左里殹亳豆」，「陞尋（得）」一人是否與「陞尋（得）立事歲」者同人，無法因繫聯而明確認定，僅將之定於戰國時期。

　　透過以上的分類觀察，以及本論文之〈戰國出土文字材料表〉的分門別類，雖有銅器、璽印、陶器、貨幣等四項，但是真正可以進行斷代者，仍以銅器為主；其次，從〈戰國出土文字材料表〉所示，齊系材料中以銅器、璽印與陶文最為豐富。陶文的內容多屬製陶業者的戳記，大多為製陶者的名字，或記為「╳鄉（里）╳」，相對的其間的內容大同小異，文字材料亦多重複。出土的資料雖豐富，在文字的數目上，卻不及楚、晉系資料。

第五節　燕系出土材料之斷代分期

一、銅　器

　　《史記・燕召公世家》云：「十五年，孝公卒，成公立。成公十六年卒。」〈索隱〉云：「成公名載」；又「易王立十二年卒，子燕噲立。……三年國大亂，百姓恫恐。將軍市被與太子平謀，將攻子之。……燕君噲死，齊大勝燕，子之亡。二年而燕人共立太子平，是為燕昭王。」《史記・趙世家》云：「齊破燕。燕相子之為君，君反為臣。十一年，王召公子職於韓，立以為燕王，使樂池送之。」又《史記・燕召公世家》云：「十四年，武成王卒，子孝王立。……三年卒，子今王喜立。」〔註237〕又《竹書紀年》云：「燕子之殺公子平，齊人擒子之而醢其身，趙立燕公子職。」〔註238〕《史記》與《竹書紀年》的記載，一為太子平與將軍

〔註237〕《史記會注考證》，頁 568～570，頁 680。

〔註238〕王國維：《古本竹書紀年輯校・今本竹書紀年疏證》，頁 34，臺北，藝文印書館，1974 年。

市被商謀攻打子之，其後太子平爲子之所殺；二爲子之身亡，燕立太子平爲昭王；三爲子之身亡，趙立公子職。《史記・趙世家》與《竹書紀年》的記載近同，皆言「公子職」立爲燕王，《史記・燕召公世家》則言「太子平」爲燕昭王。再者，部分出土的兵器銘文，記載爲「郾侯職」或「郾王職」。將出土文物與傳世文獻對照，若燕昭王爲太子平，何以現今出土的燕國兵器未見「郾王平」之器，而爲「郾王（侯）職」，可知昭王爲公子職，而非太子平，〈燕召公世家〉的記載應有失誤。進入戰國時期，燕國王位傳承爲：孝公→成公（載）→湣公→釐公→桓公→文公→易王→燕噲→昭王（職）→惠王→武成王→孝王→喜。

〈匽侯載器〉、〈郾侯奪戈〉等銘文記載「匽侯載」一詞，應指燕成公。成公在位十六年，時值戰國早期，由於銘文中未見紀年，故將之列爲戰國早期前段之器。

郾侯脮之器，據黃盛璋考證，其字體與〈郾侯奪戈〉相近，在時代上應與「載」相次，而遠於其他的燕王，〔註239〕成公之後仍稱「公」者，爲湣公、釐公、桓公、文公，其年代由戰國早期後段至中期後段，故將之歸於戰國早中期，置於郾侯載之後。

〈郾侯職戈〉或〈郾王職戈〉等器之「職」，當指燕昭王。昭王在位三十三年，時值戰國中期後段至晚期前段，今暫時將之歸屬於戰國晚期前段。〈郾王戎人戈〉的時代，黃盛璋以爲應與〈郾王職戈〉相近，在時代上應與「職」相次，可能爲易王，〔註240〕今將之歸於戰國中期後段。

〈郾王詈戈〉的年代應在燕王喜之前，將之歸於戰國晚期前段，置於郾侯職之後。燕王喜爲燕國最後一位君王，終爲秦國所滅，歸屬於戰國晚期後段。

燕系之〈重金絡壺〉與齊系之〈墜璋壺〉同時出土於江蘇省淮陰盱眙縣穆店鄉南窯莊窖藏，〔註241〕後者已據相關器物中「墜得」的繫聯，定爲戰國晚期前段之器物，同出的〈重金絡壺〉雖無紀年資料，或相關的人名繫聯，但是年代應與其相近，今將之歸於戰國晚期。

〔註239〕〈燕齊兵器研究〉，《古文字研究》第十九輯，頁 5。

〔註240〕〈燕齊兵器研究〉，《古文字研究》第十九輯，頁 10。

〔註241〕周曉陸：〈盱眙所出重金絡壺、陳璋圓壺讀考〉，《考古》1988 年第 3 期，頁 258～263。

河北省易縣燕下都辛莊頭墓區三十號，於西元 1977 年冬天至 1978 年春天進行發掘，隨葬品中有幾件帶有銘文的金器，其間的銘文屬於「記重」性質，如：圓形飾之「十兩十九朱」、帶孔半球形飾之「五兩十三朱」、半球形浮雕飾之「三兩十五朱半朱二分分」、熊羊浮雕飾之「二兩十一朱」、頭像飾之「四兩十七朱」等。報告中指出，該墓葬的隨葬品形制與洛陽中州路西工段的戰國晚期墓葬相近，應屬於戰國晚期墓。〔註242〕

二、璽　印

河北省易縣燕下都遺址，於老爺廟臺二十七號建築遺址發掘出二方璽印，一方爲銅印，其上有二字陽文，惟字形未識；另一方爲石印，印文爲「八十」。該遺址據發掘報告指出，屬戰國晚期，〔註243〕則遺址所出之璽印，其年代亦應與之相差不遠，將之定爲戰國晚期。

三、貨　幣

河北省易縣燕下都遺址，在發掘的過程中，陸續在不同的遺址區發現燕刀，如：郎井村西南十三號作坊遺址出土〈明‧弧背燕刀〉二枚〔註244〕、老爺廟臺西南二十七號建築遺址出土〈明‧弧背燕刀〉一枚〔註245〕、郎井村西北十號作坊遺址出土〈明‧弧背燕刀〉九十一枚與〈安陽‧平襠方足平首布〉十一枚〔註246〕、老爺廟臺西南二十五號建築遺址出土〈明‧弧背燕刀〉一枚。〔註247〕此外，在河北省興隆縣出土〈明‧弧背燕刀〉五千餘枚〔註248〕、天津市寶坻縣石橋鄉辛務屯南村秦城遺址東門口路出土〈明‧折背刀〉二枚。〔註249〕從發掘報告觀察，燕下都遺址所涵蓋的年代遍佈戰國早、中、晚三期，由於貨幣的使用

〔註242〕《燕下都（上）》，頁 715～721，頁 730～731。

〔註243〕《燕下都（上）》，頁 84。

〔註244〕《燕下都（上）》，頁 125。

〔註245〕《燕下都（上）》，頁 84。

〔註246〕《燕下都（上）》，頁 281，頁 431。

〔註247〕《燕下都（上）》，頁 68。

〔註248〕張雙峰：〈河北興隆發現窖藏明刀幣〉，《文物》1985 年第 6 期，頁 89～92。

〔註249〕天津市歷史博物館考古部、寶坻縣文化館：〈寶坻秦城遺址試掘報告〉，《考古學報》2001 年第 1 期，頁 125。

期限較長，僅將之歸屬於戰國時期。

經由以上的分類觀察，以及本論文之〈戰國出土文字材料表〉的分門別類，雖有銅器、璽印、貨幣、陶器等四項，但是眞正可以進行斷代者，仍以銅器爲主。其次，從〈戰國出土文字材料表〉所示，燕系材料中以銅器、貨幣與陶文最爲豐富。銅器多集中於兵器，多爲燕王所監造，銘文的內容大多相同；陶文的內容多記載「左（右）陶工╳」，或是作「╳年╳月左（右）陶尹╳段╳陶工╳」，或見數字，或見單一的文字，內容大同小異，文字材料亦多重複，數量雖多，可資使用的材料卻十分貧乏；貨幣上的文字，除了面文「明」字之外，背面大多爲數字，或是「左」、「右」、「中」等字。出土的材料雖多，在文字的數目上，仍不及楚、晉系資料。

第六節　秦系出土材料之斷代分期

一、銅　器

歷來對於秦國出土文物的研究，以王輝的成就最高，除了文字的釋讀外，並將一系列的秦國文物斷代。〔註250〕關於秦國文物的年代問題，多據其意見。

《史記・秦本記》云：「三年，衛鞅說孝公，變法修刑，內務耕稼，外勸戰死之賞罰，孝公善之。……乃拜鞅爲左庶長。……十年，衛鞅爲大良造，將兵圍魏安邑，降之。」〔註251〕商鞅本稱衛鞅，於秦孝公時入秦爲官，孝公三年爲左庶長之職，孝公十年又拜爲大良造，〈大良造鞅戟〉之「十三年」，當指秦孝公十三年，即西元前 349 年，屬於戰國中期後段；〈商鞅量〉之「十八年」，當指秦孝公十八年，即西元前 344 年，屬於戰國中期後段。〈十九年大良造庶長鞅之造殳〉之年代，兵器上的「十九年」，當指秦孝公十九年，即西元前 343 年，屬於戰國中期後段。

〈四年相邦樛斿戈〉與〈吾宜戈〉皆見於相同位置上出現「吾」字，又從《殷周金文集成》的圖片觀察，二者的形制相近同，應爲同一時期或是前後期鑄造之器。王輝以爲「樛斿」應即是秦惠文王時之「長游」，故將之定於惠文王四年之器，即西元前 334 年。將〈四年相邦樛斿戈〉定爲惠文王四年，則〈吾

〔註250〕王輝：《秦出土文獻編年》，臺北，新文豐出版公司，2000 年。

〔註251〕《史記會注考證》，頁 95。

宜戈〉的年代亦當與其相差不遠，同屬戰國中期後段。〈王五年上郡疾戈〉的年代，王輝將之定於惠文王後元五年，從其形制言，與〈四年相邦樛斿戈〉與〈吾宜戈〉相近同，其言應可採信。〔註252〕

《史記‧秦本紀》云：「（惠文君）十年，張儀相秦。……十四年，更爲元年。……三年，韓魏太子來朝，張儀相魏。五年，王游至北河。七年，樂池相秦。……八年，張儀復相秦。十二年，……張儀相楚。……惠王卒，子武王立。……（二年），張儀死於魏。」〔註253〕將之與〈十三年相邦義戈〉對照，戈中所見「義」應指「張儀」，「十三年」則爲惠文王十三年，即西元前325年，屬戰國中期後段。

〈高奴禾石權〉正面有十六字銘文，其中有「三年」一詞，又於側面加刻「秦始皇廿六年詔」與「二世元年詔」二段文字。據王輝考證，銘文所見之「三年」，當爲昭襄王三年，〔註254〕其言應可採信。

〈漆垣戈〉之「漆垣」一名，又見於〈十三年上郡守壽戈〉與〈十五年上郡守壽戈〉，據林清源考證，其「字體非常工整，筆劃方折的程度，比秦昭王十二年、十五年兩件上郡守壽戈的『漆垣』二字更接近隸書，時代可能與之相近或較晚，可以斷定屬於戰國晚期。」〔註255〕秦昭襄王十二年爲西元前295年，十五年爲西元前292年，屬戰國晚期前段，〈漆垣戈〉的年代無論與之相近或略晚，皆可定於戰國晚期前段。

《史記‧秦本紀》云：「（昭襄王）十二年，樓緩免，穰侯魏冄爲相。……十六年，冄免。」又《史記‧穰侯列傳》云：「魏冄謝病免相，以客卿壽燭爲相。其明年，燭免，復相冄，乃封魏冄於穰。……魏冄復相秦，六歲而免，免二歲復相秦。……昭王三十二年，穰侯爲相國。」〔註256〕從〈二十一年相邦冄戈〉的銘文觀察，「冄」應指魏冄，「二十一年」應爲昭襄王二十一年，屬戰國晚期前段。

〔註252〕《秦出土文獻編年》，頁57，頁59。

〔註253〕《史記會注考證》，頁97～98。

〔註254〕《秦出土文獻編年》，頁63。

〔註255〕林清源：〈《殷周金文集成》新收戰國秦戈考釋〉，《于省吾教授百年誕辰紀念文集》，頁99，長春，吉林大學出版社，1996年。

〔註256〕《史記會注考證》，頁100，頁910～911。

《史記‧魏世家》云：「(昭王)六年，予秦河東地方四百里。」〔註257〕〈二十二年臨汾守戈〉所見「臨汾」之地望，在今日山西省曲沃縣北，秦時屬河東郡。魏昭王六年，即秦昭襄王十七年，時值西元前290年。銘文之「二十二年」，應指昭襄王二十二年，即西元前285年，屬戰國晚期前段。

〈廿五年盉〉記載「廿五年」，戰國時期秦國在位者超過二十五年者，如：厲共公在位三十四年、惠文王在位二十七年、昭襄王在位五十六年。惠文王曾於十四年改元，所以記載「廿五」者，明顯非為惠文王；從銘文的文字觀察，又與戰國早期的形體不同，能符合「廿五年」與文字形體者，應為昭襄王。昭襄王二十五年為西元前282年，屬戰國晚期前段。〈卅六年私官鼎〉的年代，應屬於昭襄王三十六年，即西元前271年，屬戰國晚期前段。〈工師文罍〉記載「卅四年」，〔註258〕應屬於昭襄王三十四年，即西元前273年，屬戰國晚期前段。

山東省臨淄區永流鄉商王村一號墓，出土二件銀耳杯，其一為「四十年，左工，重一斤十二兩十四朱，名曰三」，其二為「四十一年，工右，口一斤六兩六朱，寅」。從文字形體觀察，屬秦系文字。〔註259〕戰國時期秦國在位者超過四十年者，惟昭襄王在位五十六年，能符合「四十年」與「四十一年」者，應為昭襄王。昭襄王四十年為西元前267年，四十一年為西元前266年，屬戰國晚期前段

《史記‧呂不韋列傳》云：「莊襄王元年，以呂不韋為丞相，封為文信侯，食河南雒陽十萬戶。莊襄王即位三年薨，太子政立為王，尊呂不韋為相國，號稱仲父。……秦王十年十月，免不相國呂不韋。」〔註260〕莊襄王於西元前249年即位，在位三年，此時呂不韋擔任丞相一職，直至秦王政即位，才尊為相國，從〈四年相邦呂戈〉銘文記載的「四年」與「相邦」觀察，其年代應為秦王政四年，即西元前243年，屬戰國晚期後段。

〔註257〕《史記會注考證》，頁701。

〔註258〕吳鎮烽：〈工師文罍考〉，《陝西歷史博物館館刊》第四輯，頁14～16，西安，西北大學出版社，1997年。

〔註259〕《臨淄商王墓地》，頁168～169。

〔註260〕《史記會注考證》，頁995～996。

　　「寺工讋」除見於〈口年寺工讋戈〉與〈二年寺工讋戈〉外，又見於〈四年相邦呂戈〉，〈四年相邦呂戈〉明確記載「呂不韋」，爲秦王政四年之兵器，透過銘文所載人名的繫聯，〈二年寺工讋戈〉應爲秦王政二年之兵器，〈口年寺工讋戈〉的年代應與之相距不遠。再者，從諸多秦國的器物觀察，刻有「寺工」者，多屬秦王政時期，故知「寺工」應可作爲秦國文物斷代的一項依據。

二、璽　印

　　山西省咸陽市塔兒坡墓葬中發掘出幾方璽印，如：二五二四六號墓的「士仁之印」，二六一一零號墓的「鄭印」，三八三五二號墓的「孱印」，四五二六零號墓的「安眾」。該墓葬群的年代，據二七零六三號墓出土的〈十九年大良造庶長鞅之造殳〉之年代考證，應在秦孝公十九年之後，即西元前 343 年之後。據該墓葬的報告，從陶器的組合觀察，其年代應在戰國晚期到秦統一。〔註261〕又據二三一四五號墓、二四零八八號墓等墓葬出土的陶製蒜頭壺觀察，蒜頭壺主要出現於戰國晚期的秦國，可知定於戰國晚期至秦統一之際，應無疑義。至於所出之璽印，將之列於戰國晚期。

三、貨　幣

　　貨幣使用的年限十分長，塔兒坡所發掘的秦墓，據〈十九年大良造庶長鞅之造殳〉之年代考證，應在西元前 343 年之後，又據該墓葬的報告，其年代應在戰國晚期到秦統一之間，故知〈半兩‧圜錢〉的鑄造年代，應可追溯至戰國晚期。

　　陝西省涇陽縣寶豐寺十號墓，除了出土「半兩」外，尚見刻有「杜市」與「高市」的陶片，據墓葬簡報，十號墓葬的形制與隨葬品與塔兒坡墓葬相近同，〔註262〕今已將塔兒坡歸於戰國晚期，則十號墓亦應屬戰國晚期。

四、陶　器

　　〈封宗邑瓦書〉云：「四年，周天子使卿大夫辰來致文武之胙，冬十壹月辛酉，大良造庶長游出命曰……。」〔註263〕《史記‧秦本紀》云：「（惠文君）四

〔註261〕咸陽市文物考古研究所：《塔兒坡秦墓》，頁 226～227，西安，三秦出版社，1998 年。

〔註262〕咸陽市文物考古研究所：〈涇陽寶豐寺秦墓發掘簡報〉，〈文博〉2002 年第 5 期，頁 3～6。

〔註263〕郭子直：〈戰國秦封宗邑瓦書銘文新釋〉，《古文字研究》第十四輯，頁 177～195，

年，天子致文武胙。」〔註264〕將之與瓦書記載比對，即秦惠文王四年發生之事，故〈封宗邑瓦書〉可定爲戰國中期後段。

　　甘肅省崇信縣出土的帶有戳記的陶器，共計爲四十二件，如：「鹵市」、「亭」等，其上的文字大多相同，報告中指出其年代可能介於戰國中期至秦統一階段，將之與戰國晚期所見的陶文資料相較，應可歸屬於戰國晚期。〔註265〕

　　陝西省鳳翔縣高莊墓葬，於西元 1977 年共發掘四十六座墓，據發掘報告指出，該墓葬區可分爲五期，即春秋晚期、戰國早期、戰國中期、戰國晚期、昭襄王至秦統一等五期。〔註266〕該墓葬群出土大批的陶文，如：六號墓的「隱成呂氏缶容十斗」、四十五號墓的「甲乙己火光」、四十六號墓的「下賈王氏缶容十斗」等，從陶器文字的形體觀察，應歸屬於第五期，今將之列爲戰國晚期。

　　塔兒坡出土大批的陶文，如：四七三九四號墓的「咸里甘周」、四一三四五號墓的「咸口里口」等，所發掘的秦墓年代，據該墓群之二七零六三號墓出土的〈十九年大良造庶長鞅之造殳〉之年代考證，應在西元前 343 年之後。該墓葬的報告指出，其年代應在戰國晚期到秦統一，今將之列於戰國晚期。

　　陝西省涇陽縣寶豐寺十號墓，出土刻有「杜市」與「高市」的陶片，據墓葬簡報，十號墓葬的形制與隨葬品與塔兒坡墓葬相近同，今已將塔兒坡歸於戰國晚期，則十號墓亦應屬戰國晚期。

五、漆　器

　　湖南省常德縣德山寨子嶺一號墓，出土刻有「十七年太后詹事丞口，工師口、工季」的漆盒。〔註267〕從文字觀察，「工師」二字未採取合書方式，「師」字亦未寫作「帀」，與楚、晉、齊、燕系統不同；從文句言，與秦昭襄王時期的文物相近，如：〈六年漢中守戈〉之「六年漢中守運造，左工師齊，丞口，工牲」、

　　　　北京，中華書局，1986 年。

〔註264〕《史記會注考證》，頁 96。

〔註265〕陶榮：〈甘肅崇信出土的秦戳記陶器〉，《文物》1991 年第 5 期，頁 90～94。

〔註266〕吳鎮烽、尚志儒：〈陝西鳳翔高莊秦墓地發掘簡報〉，《考古與文物》1981 年第 1 期，頁 12～35。

〔註267〕〈湖南常德出土「秦十七年太后」扣器漆盒及相關問題討論〉，《考古與文物》2002 年第 5 期，頁 64～67。

〈廿九年漆匳〉之「廿九年太后詹事丞向，右工師象，工大人臺」等。此件漆盒應屬秦國之器物，「十七年」應指昭襄王十七年。

　　〈廿九年漆匳〉本稱爲「楚柒匳」，上有「廿九年大后口造，吏丞向，右工帀象，工大人臺」十八字，商承祚以爲該物爲楚器，「非懷王即頃襄王時器」。〔註268〕從字形言，楚、晉、齊、燕等系統的文字，未見如此的形體。無論文句或是文字風格，皆與秦系相近同，疑此物應爲秦系的文物。戰國時期秦國在位者超過二十九年者，如：厲共公在位三十四年、昭襄王在位五十六年。又從銘文的文字言，與戰國早期的形體不同，能符合「廿九年」與文字形體者，應爲昭襄王。昭襄王二十九年爲西元前 278 年，屬戰國晚期前段。

六、簡　牘

　　青川墓地發掘於西元 1979 年 2 月，至 1980 年 7 月結束，位於四川省青川縣南的郝家坪。五十號墓出土的木牘，共計二枚，其中一枚文字已殘損不清，另一枚記載「二年十月己酉朔朔日，王命丞相茂、內史匽，口口更修爲田律」之事。〔註269〕《史記‧秦本紀》云：「（武王）二年，初置丞相，樗里疾、甘茂爲左右丞相。」又《史記‧樗里子甘茂列傳》云：「惠王卒，武王立。張儀、魏章去東之魏。蜀侯煇、相壯反，秦使甘茂定蜀。還而以甘茂爲左丞相，以樗里子爲右丞相。」〔註270〕木牘所記載的人物正與史書相符，木牘所載之事，應爲秦武王二年的事情，該木牘的年代，可能在武王二年之後，屬戰國中期後段。

　　睡虎地十一號墓發掘於西元 1975 年 12 月 18 日，至同月 29 日結束，位於湖北省雲夢縣城關西部的睡虎地墓葬。十一號墓出土的竹簡，共計一千一百五十五枚，分爲八組，除了少部分殘斷外，大多保存完整。〔註271〕內容可分爲：編年記、語書、秦律十八種、效律、秦律雜抄、法律答問、封診式、爲吏之道、

〔註268〕《長沙古物聞見記‧續記》，頁 33。

〔註269〕四川省博物館、青川縣文化館：〈青川縣出土秦更修田律木牘——四川青川縣戰國墓發掘簡報〉，《文物》1982 年第 1 期，頁 1～21。

〔註270〕《史記會注考證》，頁 98，頁 904～905。

〔註271〕孝感地區第二期亦工亦農文物考古訓練班：〈湖北雲夢睡虎地十一號秦墓發掘簡報〉，《文物》1976 年第 6 期，頁 1～14。

日書甲乙種等。〔註272〕

　　從簡文與報告資料觀察，除了〈編年記〉記載至秦始皇三十年之大事外，餘者應屬戰國晚期後段的文物。〈編年記〉的年代，若爲一次重新抄錄者，則應歸屬於秦統一六國後的文物，亦即屬秦代之物；若爲逐年抄錄者，則一部分爲戰國晚期後段，一部分屬秦代的文物。從資料顯示，應爲同一書手抄寫，屬於秦代文物的可能性較大，因此本文在文字材料的使用上，不予採用。

　　放馬灘一號墓發掘於西元 1986 年 6 月，至 9 月結束，位於甘肅省天水縣放馬灘。一號墓出土的木牘，共計四塊，皆爲地圖。竹簡共計四百六十枚，大多數保存完整，內容屬日書與紀年性質的文書。〔註273〕竹簡云：「三年，……與司命史公孫強北出趙氏之北。」《史記·秦本紀》云：「（莊襄王）三年，蒙驁攻魏高都，汲拔之。攻趙榆次、新城、狼孟，取三十七城。」〔註274〕將史事與竹簡記載比對，簡文所記載之事，應發生於莊襄王三年。墓葬的年代，應歸屬於戰國晚期後段。

　　王家臺十五號墓地發掘於西元 1993 年 3 月，位於湖北省江陵縣荊州鎭郢北村一座東西向的小土崗。十五號墓出土的竹簡，共計八百一十三枚。內容主要爲竹書與日書，竹書又可分爲易占與效律二種。該墓葬出土的隨葬品，主要爲簡牘、占卜用具、木器與陶器等，未見紀年資料。據簡報指出，從墓葬的陶器形制言，其年代應與江陵楚墓相距不遠，墓葬上限應不早於西元前 278 年，下限不晚於秦代，〔註275〕將之歸屬於戰國晚期後段。

　　除了上列已經確定並且公佈的戰國秦簡外，近年來亦有不少秦簡相繼出土，如：西元 2002 年 6 月於湖南省湘西龍山縣里耶古城一號井內出土的二萬餘枚竹簡，〔註276〕爲現今所知出土數量最多的一批秦簡。據發掘簡報，該批秦簡

〔註272〕睡虎地秦墓竹簡整理小組：《睡虎地秦墓竹簡》，北京，文物出版社，2001 年。

〔註273〕甘肅省文物考古研究所、天水市北道區文化館：〈甘肅天水放馬灘戰國秦漢墓群的發掘〉，《文物》1989 年第 2 期，頁 1～11，轉頁 31；何雙全：〈天水放馬灘秦墓出土地圖初探〉，《文物》1989 年第 2 期，頁 12～16。

〔註274〕《史記會注考證》，頁 103。

〔註275〕荊州地區博物館：〈江陵王家臺十五號秦墓〉，《文物》1995 年第 1 期，頁 37～43。

〔註276〕李政、曹硯農：〈關注里耶──「湘西里耶秦簡學術研討會」掃描〉，《中國文物報》2002 年 8 月 9 日，第五版；〈湘西里耶秦簡「復活」秦國歷史〉，《中國國家地理》

所記載的事件，大多在秦王政與始皇時期，在年代上屬於戰國晚期至秦代，惟尚未見詳細的報告，僅能於此提出，無法判定其確切的年代。

七、玉 石

〈秦惠文王禱詞華山玉版〉記載「駰」的禱辭，文中並云：「孟冬十月」，李零指出「駰」可能為惠文王或是武王的後裔，其年代應為西元前 256 年至 246 年之間；〔註277〕李學勤透過曆法分析，指出應屬秦惠文王晚期的器物；〔註278〕周鳳五指出史書之「駰」為「駰」字傳抄之訛，又從字體言，玉版上的部分文字形體與〈封宗邑瓦書〉相近，從字形結構與書寫的筆勢言，玉版與〈封宗邑瓦書〉的年代應該相近，屬於秦惠文王時期的作品；〔註279〕王輝從文字的風格角度分析，其時代應在昭襄王五十二年至秦始皇二十六年之間。〔註280〕從以上幾位學者的意見觀察，以周鳳五的分析立論最為詳確，故本文採取其說法，將之定為秦惠王時期的文物，屬於戰國中期後段。

〈詛楚文〉云：「昔我先君穆公及楚成王，是僇力同心，兩邦若壹，……今楚王熊相，康回無道，……十八世之詛盟，率諸侯之兵，以臨加我。」《史記·秦本紀》「穆公」以下十七世依序為：康公、共公、桓公、景公、哀公、惠公、悼公、厲共公、躁公、懷公、靈公、簡公、惠公、出子、獻公、孝公、惠文王等，從內容言，〈詛楚文〉應為秦惠文王時代的作品，故郭沫若以為當在惠文王之時；〔註281〕姜亮夫認為「成為一世者，必下一世人稱之」，由於對「世」的看法不同，遂認為應是秦昭襄王時代的作品。〔註282〕無論是惠文王或昭襄王時

第十八期，頁 36～45。

〔註277〕李零：〈秦駰禱病玉版的研究〉，《國學研究》第六卷，頁 525～548，北京，北京大學出版社，1999 年。

〔註278〕李學勤：〈秦玉牘索隱〉，《故宮博物院院刊》2000 年第 2 期，頁 41～45。

〔註279〕周鳳五：〈〈秦惠文王禱詞華山玉版〉新探〉，《中央研究院歷史語言研究所集刊》第七十二本第一分，頁 217～232，臺北，中央研究院歷史語言研究所，2001 年。

〔註280〕王輝：〈秦曾孫駰告華大山明神文考釋〉，《考古學報》2001 年第 2 期，頁 143～158。

〔註281〕郭沫若：〈詛楚文〉，《郭沫若全集·考古編》第九卷，頁 289，北京，科學出版社，1982 年。

〔註282〕姜亮夫：〈秦詛楚文考釋——兼釋亞駝、大沈久湫兩辭〉，《蘭州大學學報（社會科學版）》1980 年第 4 期，頁 66。

期，〈詛楚文〉的年代置於戰國中晚期之際，應無疑義。

由以上的分類觀察，明顯可知秦系材料中以銅器、簡牘最為豐富。銅器多集中於兵器，銘文的內容，往往可以依據人名繫聯，而且銘文記載的事項，又多可從史書中考證，再加上秦系文字與其他四系的文字大不相同，相較之下，在區分上較為容易；簡牘的內容雖然不及楚系簡帛材料具有多樣性，在數量上卻已經遠遠超過楚系材料，由於簡牘上的文字多屬秦隸，歷來學者對於秦系材料的研究，往往偏重於內容的分析。

第七節　小　結

戰國文字自王國維、唐蘭、李學勤至何琳儀等人的研究，在文字系統的分類上，由東、西土說，至六國、秦系文字說，到楚、晉、齊、燕、秦五系文字說的提出，益發精細。大致而言，秦系的文字，除了秦簡所見的秦隸外，大多為篆字，雖有少部分文字難以釋讀，仍可藉由《說文解字》找出解答。再者，秦兵器上習見「大良造鞅」、「相邦冉」、「相邦義」、「相邦呂不韋」等，這些人物均見於史書，從人名與年代的繫聯，即可知道所屬的時期，至於「寺工」一詞多見於戰國晚期後段，透過銘文所載，亦可分辨該物所屬的年代。戰國時期秦國璽印與封泥上的文字資料，往往與秦代所見的封泥、璽印材料相近同，在時代上又與秦代相承，是秦系材料辨識中最為困難的部分，惟一可靠的辨認方式，係透過墓葬的發掘報告。

燕系的文字雖亦難識，但是出土文物多集中於兵器、璽印、陶文等。以兵器為例，銘文格式往往為「郾侯（王）╳作╳」，現今兵器上所見的燕侯或燕王，為「載」、「胺」、「戎人」、「職」、「詈」、「喜」，其中之「載」為燕成公，「職」為燕昭王，「喜」為燕王喜，這些人物均見於史書，從人名的繫聯，即可知道所屬的時期。燕國璽印文字，多見地域風格，如：「都」、「中」等字，此外，長條形的璽印末字多為「鍴」。陶文的內容多為「左（右）陶工╳」，或是「╳年╳月左（右）陶尹╳殹╳陶工╳」。從內容、文字、人物等項目，可初步的辨識。

齊系的文字多見於銅器、陶文、璽印，一般而言，田齊之「陳」字多從土陳聲，寫作「墬」，為基本的辨識。銅器中習見的「逆」、「禾」、「午」、「因育」等，這些人物均見於史書，從人名與年代的繫聯，即可知道所屬的時期。此外，

「隊得」一人除了出現於銅器外，亦見於陶文，透過人名的繫聯，亦可知曉其所屬的年代。至於兵器銘文習見的地望，大多見於史書，可透過史籍所載，將之分別歸屬於齊系中的相關國家。璽印上的文字，多見地域風格，如：「馬」、「立」、「市」等字，從文字上可初步的辨識。

　　晉系文字材料多集中於韓、趙、魏、中山等四國，其中以銅器、貨幣、璽印最多。銅器中尤以兵器佔多數，由於韓、趙、魏係由晉國分出，在文字的風格與銘文上大多相近，亦造成部分銅器與璽印無法區分國別，僅能以「晉系」概括之。晉系的文物裡，以中山國出土的材料最爲特殊，無論是文字的風格、飾筆的種類等，皆較其他同一系統者更具藝術化。

　　楚系文字材料多見於銅器、簡帛、璽印，以銅器文字爲例，可以粗略分爲二大類，戰國早期的文字，除了筆畫彎轉、修長的美術字外，即爲將鳥形附於文字形體結構的鳥書。戰國中期以後的文字，深受簡帛文字的影響，早期的美術字不再流行，反而漸趨於扁平的字體。銅器與竹簡上或見以事紀年的資料，或見楚王的名稱，透過人名與史事的繫聯，可知曉所屬的年代。

　　戰國楚、晉、齊、燕、秦五系材料係豐富與多變。銅器上的文字非僅數量龐大，更有極度美術化的鳥書，在文字的辨識上誠屬不易。簡牘、帛書文字出於書手的抄寫，文字的形構多不固定，常隨著書手的書寫習慣，或是抄寫物品的質材而有所改變，甚者或受到方言的影響，出現諸多具有地域特色的字體，因此一個字往往有許多不同的形構。璽印文字常受到印面的影響，或作合文，或作析書，在辨識上原本不容易。部分貨幣文字因爲文字識讀的障礙，相對的亦無法分辨其國屬，造成學者們各持己見的現象。

　　總之，楚、晉、齊、燕、秦系文字的研究行之有年，並具一定的水準與基礎，可是其間仍有不少的文字無法得到詳確的解釋，進而影響相關內容的理解。所以，戰國五系文字的研究工作，猶須學界投入更多的人員參與研究討論的行列。

第三章　形體結構增繁分析

第一節　前　言

　　文字的創造是爲了記錄語言，隨著時間的推移，運用愈爲純熟。除了作爲語言的記錄外，爲了傳達當時的審美觀念，或是考慮文字形體結構的問題，如：對稱、協調、平衡、穩定等，遂在原本的結構上略作變化。

　　文字形體結構的增繁，大致受到幾個層面的影響。書寫工具的不同，往往使得文字形體產生不同的變化。以刀刻寫於材質堅硬之物質上的文字，其間飾筆的增添，多爲短橫畫「－」，此種現象的形成，係因爲在堅硬的物質表面，不易以其他的裝飾符號表現。青銅器上的文字，多爲鑄造而成，由於文字書寫的工作，多在鑄造之前完成，書手可以依據當時的審美觀，或引曳筆畫，使之具有婉轉盤曲的美感，或是增添小圓點，增加視覺的效果。增添的小圓點，往往會變爲短橫畫，隨著點、線的變化，文字的形體益加多變。小圓點、短橫畫、短斜畫，或單一或重複的增添於文字形體，甚者於文字上增添鳥的形體，呈現出璀璨之美。以筆墨書寫於簡牘的文字，爲了充分的運用空間，在裝飾性質之筆畫的增添上，往往捨棄複雜多變的筆畫，以簡單的小圓點、短橫線、短斜畫爲主，一方面可以省減書寫的時間，一方面也可以避免因繁複的裝飾筆畫，所引發形體的盤曲引曳，進而造成空間的浪費。

　　此外，文化背景的不同，也會造成形體結構增繁的差異。以楚系金文為例，春秋早期的文字形體，仍與中原地區無太大差異，發展至春秋中晚期、戰國早期，從楚、吳、越、宋、曾等國的文字資料顯示，其形體除了婉轉盤曲外，形構上增添鳥形的現象十分習見。以春秋、戰國之際流行於南方地域的鳥書言，此種增添鳥形於既有的文字形構上，造成極度美術化的書寫方式，大多集中於南方的地域，如：楚、吳、越、宋、蔡等國，由於當地對於美感的認知不同於其他地域，遂造成鳥書文字盛行於南方的楚地。

　　再者，社會流行的趨勢，也會使得形體結構增繁產生不同的現象。春秋中期以後，文字的形體結構，逐漸趨於狹長，為了避免因筆畫過長產生的單調，美術化的現象日趨明顯，也日益普遍。即為了避免筆畫過長，遂在其間增添點、畫，一方面有裝飾之效，一方面也可以避免筆畫過長產生的單調。此種書寫的方式，為時人所接受，在當時社會流行的風潮下，遂應時而起。

　　大體而言，增添裝飾性質的筆畫，並不影響文字的形體結構。然而某些裝飾性質的筆畫，如：短橫畫的增添，卻會造成文字形構的變異。以「望」字為例，甲骨文本象人張大眼睛站立遠望之形，後來人的形構下或可加上「土」，以示立於土堆之形，書手卻常在豎畫上添加小圓點或是短橫畫，後人不察其因，遂使從「人」之形改為從「壬」的形體。因此，明辨裝飾性質筆畫的增添，實為辨別古文字的基本工作。

　　春秋戰國時期社會發展快速，原本創造的文字已不敷語言的記錄，為了精確的表達其意義，更於原本的形構上增添表義的符號，或是為了明示其讀音，增添聲符以為識讀，形聲字遂大量的出現。由於各地的習俗不同、方言的差異，增添的形符與聲符也有所不同，故透過形、聲符的分析，可以瞭解戰國文字的相同與相異之處。

　　「增繁」係指在文字固有的形體上，增添新的筆畫、偏旁，或是重複其形體等，對於原本記錄的音義並未產生改變的繁化現象。對此現象的探討，筆者曾於拙作中已分類敘述〔註1〕，茲據之分述討論如下。

〔註1〕陳立：〈楚簡帛文字──增繁與省減考〉，《楚系簡帛文字研究》，臺北，國立臺灣師範大學國文研究所碩士論文，1999年。

第二節　增添鳥形

　　「鳥蟲書」分爲「鳥書」與「蟲書」，據文獻資料記載本稱爲「蟲書」，而後才稱之爲「鳥書」或「鳥蟲書」。《漢書・藝文志》云：

> 漢興，蕭何草律，亦著其法，……六體者，古文、奇字、篆書、隸書、繆篆、蟲書。[註2]

又《說文解字・敘》云：

> 自爾秦書有八體：一曰大篆、二曰小篆、三曰刻符、四曰蟲書、五曰摹印、六曰署書、七曰殳書、八曰、隸書。……及亡新居攝，使大司空甄豐等校文書之部，自以爲應制作，頗改定古文，時有六書：一曰古文，孔子壁中書也；二曰奇字，即古文而異者也；三曰篆書，即小篆，秦始皇使下杜人程邈所作也；四曰左書，即秦隸書；五曰繆篆，所以摹印也；六曰鳥蟲書，所以書幡信也。[註3]

段玉裁〈注〉於「鳥蟲書」下云：「謂其或像鳥或像蟲，鳥亦稱羽蟲也。」可知「鳥書」與「蟲書」應是兩種不同的紋飾現象，西漢時多稱之爲「蟲書」，新莽後則見「鳥」、「蟲」二字合稱爲「鳥蟲書」。此外，《後漢書・蔡邕列傳》云：

> 初，（靈）帝好學，自造《皇羲篇》五十章，因引諸生能爲文賦者，本頗以經學相招，後諸爲尺牘及工書鳥篆者，皆加引召，遂至數十人。[註4]

又《後漢書・酷吏列傳》云：

> 斗筲小人，依憑世戚，附託權豪，俛眉承睫，徼進明時，或獻賦一篇，或鳥篆盈簡，而位升郎中，形圖丹青。[註5]

[註 2] （漢）班固撰、（唐）顏師古注、（清）王先謙補注：《漢書補注》，頁 885〜886，臺北，藝文印書館，1996 年。

[註 3] （漢）許慎撰、（清）段玉裁注：《說文解字注》，頁 766〜769，臺北，黎明文化事業股份有限公司，1991 年。

[註 4] （劉宋）范曄撰、（唐）李賢注、（清）王先謙集解：《後漢書集解》，頁 707，臺北，藝文印書館，1996 年。

[註 5] 《後漢書集解》，頁 893。

從《鳥蟲書大鑑》收錄自秦漢魏晉南北朝的璽印觀察，璽印裡的鳥蟲書，其形體或宛轉盤曲，或宛轉盤曲而首筆仍具鳥形者〔註6〕，亦即鳥書與蟲書兼融爲一。由此可知，《後漢書》雖未提及「蟲書」，它並未消失，只是東漢後習以「鳥書」或「鳥篆」作爲「鳥蟲書」的通稱。

鳥蟲書的研究，發軔於容庚，其後多有學者加入研究的行列。歷來對於鳥書與蟲書的界定，說法甚眾，如容庚云：

> 蟲書之狀，宛轉盤屈，于璽印中時見之。〔註7〕

董作賓云：

> 「鳥書」於字旁或上下附加一鳥形，有時取其對稱左右各一爲二鳥，
> 鳥又有長尾短尾之異。有時僅作鳥首形，或一或二，皆爲裝飾美觀。
> 「蟲書」，蟲本爲蛇，凡增加筆畫之宛轉盤曲如蛇虺者，均爲蟲書。
>
> 〔註8〕

馬國權云：

> 所謂鳥書，指的是以篆書爲基礎，仿照鳥的形狀施以筆畫而寫成的
> 美術化的字體。……鳥書既以鳥形爲特點，不管是寓鳥形於筆畫之
> 中，或附鳥形於筆畫之外，只要有鳥的形狀，這都稱爲鳥書。……
> 蟲書，指的是筆道屈曲回繞狀如蟲形的變體篆書。……凡與鳥書同
> 一銘文而沒有鳥形特徵的字，大抵都可以歸在蟲書一類。〔註9〕

林素清云：

> 鳥蟲書是指以篆書爲基礎，加上鳥、蟲形繁飾，或變化字體筆畫使
> 之盤旋彎曲如鳥蟲形的美術字。〔註10〕

〔註6〕徐谷甫：《鳥蟲書大鑑》，頁1～106，上海，上海書店出版社，1994年。

〔註7〕容庚：〈鳥書考〉，《頌齋述林》，頁87，香港，翰墨軒出版有限公司，1994年。（又
收入《燕京學報》之〈鳥書考〉、〈鳥書考補正〉、〈鳥書三考〉，與《中山大學學報》
1964年第1期之〈鳥書考〉）。

〔註8〕董作賓：〈殷代的鳥書〉，《董作賓先生全集》乙編，頁710～711，臺北，藝文印
書館，1977年。（又收入《大陸雜誌》第六卷第十一期）

〔註9〕馬國權：〈鳥蟲書論稿〉，《古文字研究》第十輯，頁145～158，北京，中華書局，
1983年。

〔註10〕林素清：〈春秋戰國美術字體研究〉，《中央研究院歷史語言研究所集刊》第六十一

曹錦炎云：

> 所謂鳥蟲書，是指在文字構形中改造原有的筆畫使之盤旋彎曲如鳥
>
> 蟲形，或者加以鳥形、蟲形等紋飾的美術字體。〔註11〕

據此可知，凡於文字的偏旁或該字增添鳥形飾紋者，或是改變原有筆畫使其盤旋彎曲如鳥形者則可稱爲「鳥書」，而筆畫宛轉盤曲者則爲「蟲書」。

　　關於鳥書飾紋增添的形式，容庚指出以下幾種特色：一、在原字之外，添加一個鳥形於旁，去除鳥形仍可成字；二、添加一個鳥形於下；三、分別在左右兩旁添加一個鳥形；四、或添加一個鳥形，或添加二個鳥形；五、文字筆畫與鳥形混合不分；六、有筆畫作雙鉤鳥紋者。〔註12〕

　　馬國權從容庚研究的基礎出發，進一步的指出已知的鳥書形式有以下十三種：一、寓鳥形於筆畫者；二、寓雙鳥形於筆畫者；三、附鳥形於字上者；四、附鳥形於字下者；五、附鳥形於字左者；六、附鳥形於字右者；七、附雙鳥形於字上者；八、附雙鳥形於字之下者；九、附雙鳥形於字之上下者；十、附雙鳥形於字之左右者；十一、寓雙鉤鳥形筆畫者；十二、附雙鉤鳥形於字旁者；十三、附鳥形於二字之間者。〔註13〕

　　綜合容庚、馬國權的分類，條分縷析，筆者認爲：可分爲三大類，其間又可細分爲十六類，茲論述如下：

一、增添鳥形於文字者

　　增添鳥形於文字者，可細分爲十類，一爲增添鳥形於字上；二爲增添鳥形於字下；三爲增添鳥形於字左側；四爲增添鳥形於字右側；五爲置文字於鳥形中；六爲增添雙鳥形於字上；七爲增添雙鳥形於字下；八爲增添雙鳥形於字左右側；九爲增添雙鉤鳥形於字左側或右側；十爲增添雙鉤雙鳥形於字上。無論將鳥形增添於文字的上下左右側，皆無礙於文字的辨識。換言之，此種書寫的方式，僅是單純的在文字既有的形體結構上增添一個鳥形的裝飾符號，只要將增添的部分去除，即可知曉該字原本的形體。

　　本第一分，頁41，臺北，中央研究院歷史語言研究所，1991年。

〔註11〕曹錦炎：《鳥蟲書通考》，頁1，上海，上海書畫出版社，1999年。

〔註12〕〈鳥書考〉，《頌齋述林》，頁104。

〔註13〕〈鳥蟲書論稿〉，《古文字研究》第十輯，頁149～152。

　　一、增添鳥形於字上者，如：「不」字、「州」字、「矛」字，〈越王不壽劍〉將鳥形增添於「不」字的上方，寫作「⿰」，並將其筆畫引曳彎曲；〈戉王州句矛〉則將鳥形增添於「州」的形體上方，寫作「⿰」；〈戉王州句矛〉係將鳥形增添於「矛」的形體上方，寫作「⿰」。

　　二、增添鳥形於字下者，如：「月」字、「元」字，〈越王者旨於賜鐘〉的「月」字作「⿰」，〈越王其北古劍〉的「元」字作「⿰」，將鳥形增添於該字的下方。〔註14〕

　　三、增添鳥形於字左側者，如：「吉」字，兩周文字的形體與甲骨文不盡相同，係以簡單的筆畫取代，改作「吉」從士從口；惟〈玄鏐戈〉的「吉」字作「⿰」，將該字增添於鳥形的右側。又如：「產」字，將〈哀成叔鼎〉與〈蔡侯產劍〉之字相較，後者係將鳥形增添於該字的左方，寫作「⿰」。又將之與〈蔡侯產戈〉相較，後者的鳥形更為形象化，鳥首、羽、身皆明顯刻畫，把「產」字縮小，並且放在鳥首的右側，寫作「⿰」。〔註15〕

　　四、增添鳥形於字右側者，如：「之」字、「教」字，〈蔡侯產戈〉的「之」字作「⿰」，〈蔡公子從戈〉的「之」字作「⿰」，〈蔡侯產劍〉的「教」字作「⿰」，除了將筆畫彎曲外，並且將鳥形添加於右側。〔註16〕

　　五、置文字於鳥形中者，如：「日」字、「凡」字，〈越王者旨於賜鐘〉的「日」字作「⿰」，〈邳君戈〉的「凡」字作「⿰」，將該字置於鳥形之中。

　　六、增添雙鳥形於字上者，如：「王」字、「丌」字，〈戉王者旨於賜矛〉的「王」字作「⿰」，〈越王其北古劍〉的「丌」字作「⿰」，將簡化的鳥形添加於該字的上方，並將該字的豎畫彎曲，形成美術化的形體。

　　七、增添雙鳥形於字下者，如：「白」字、「劍」字，〈番仲戈〉的「白」字作「⿰」，將雙鳥形增添於該字的下方；〈戉王州句劍〉之「劍」字作「⿰」，

〔註14〕增添鳥形於字下的現象，於戰國文字裡，尚有諸多字例，如：〈楚王孫漁戈〉的「用」字，〈越王者旨於賜鐘〉的「丁」、「我」、「日」等字，〈楚王酓章戈〉的「乍」、「王」、「南」等字，〈蔡侯產戈〉的「之」、「侯」、「產」等字，〈蔡公子從戈〉的「從」等。

〔註15〕增添鳥形於字左側的現象，於戰國文字裡，尚有諸多字例，如：〈蔡侯產戈〉的「侯」、「戈」、「之」等字，〈玄鏐戈〉的「呂」字。

〔註16〕增添鳥形於字右側的現象，於戰國文字裡，尚有諸多字例，如：〈蔡侯產劍〉的「畏」字，〈戉王者旨於賜矛〉的「旨」字。

上半部爲「僉」，下半部則增添雙鳥形，寫作「僉」者，一方面可以視爲省減標義偏旁「金」，一方面亦可視爲文字的通假，「劍」字從「僉」得聲，可通假。

八、增添雙鳥形於字左右側者，如：「皇」字，〈番仲戈〉將該字上半部的形體省減若干筆畫，並將鳥形分列於豎畫的兩側，寫作「𩾌」。

九、增添雙鉤鳥形於字左側或右側者，如：「旨」字，〈戉王者旨於賜劍〉的「旨」字，將筆畫婉轉盤曲，並以雙鉤方式表現，將鳥形增添於左側或右側，寫作「𩾌」或「𩾌」。

十、增添雙鉤雙鳥形於字上者，如：「王」字，〈戉王者旨於賜劍〉的「王」字，將筆畫婉轉盤曲，並以雙鉤方式表現，將鳥形增添於上方，寫作「𩾌」。

表 3－1

字例	殷商	西周	春秋	楚系	晉系	齊系	燕系	秦系
不	《合》（6834 正）	〈沈子它簋蓋〉	〈蔡侯紐鐘〉	〈越王不壽劍〉				
州	《合》（659）	〈散氏盤〉		〈戉王州句矛〉				
矛		〈致簋〉		〈戉王州句矛〉				
月	《合》（120）	〈散氏盤〉		〈越王者旨於賜鐘〉				
元	《合》（14822）	〈虢叔旅鐘〉		〈越王其北古劍〉				
用	《合》（6）	〈大盂鼎〉		〈楚王孫漁戈〉				
丁	《合》（387）		〈王孫遺者鐘〉	〈越王者旨於賜鐘〉				

我	《合》 （376 正）	〈散氏盤〉 〈毛公鼎〉		〈越王者旨於賜鐘〉				
乍	《合》 （13542）	〈大盂鼎〉		〈楚王酓章戈〉				
南	《合》 （8748）	〈大盂鼎〉		〈楚王酓章戈〉				
侯	《合》 （6）	〈己侯簋〉		〈蔡侯產戈〉 〈蔡侯產戈〉				
從	《合》 （1131 正）	〈魚從鼎〉 〈从鼎〉		〈蔡公子從戈〉				
吉	《合》 （5250）	〈毛公鼎〉		〈玄鏐戈〉				
產				〈蔡侯產劍〉 〈蔡侯產戈〉 〈蔡侯產戈〉	〈哀成叔鼎〉			

戈	《合》（775 正） 〈戈匕辛鼎〉	〈伯晨鼎〉	〈蔡侯產戈〉			
呂	《合》（6567）	〈班簋〉	〈玄鏐戈〉			
之	《合》（137 正）	〈毛公鼎〉	〈蔡侯產戈〉 〈蔡侯產戈〉 〈蔡侯產戈〉 〈蔡公子從戈〉			
教	《合》（10）	〈散氏盤〉	〈蔡侯產劍〉			
畏	《合》（2832 反甲） 《合》（14173 正）	〈大盂鼎〉	〈蔡侯產劍〉			
日	《合》（5225）		〈越王者旨於賜鐘〉 〈越王者旨於賜鐘〉			

凡	《合》（13831）	〈天亡簋〉		〈邿君戈〉				
王	《合》（357） 《合》（36361）	〈散氏盤〉		〈楚王酓章戈〉 〈戉王者旨於賜矛〉 〈戉王者旨於賜劍〉				
丌				〈越王其北古劍〉		〈子禾子釜〉		
白	《合》（203反）		〈魯伯愈父鬲〉	〈番仲戈〉				
劍		〈師同鼎〉	〈吳季子之子逞劍〉	〈戉王州句劍〉				
皇		〈番生簋蓋〉		〈番仲戈〉				
旨	《合》（248正）		〈國差𦉜〉	〈戉王者旨於賜矛〉 〈戉王者旨於賜劍〉 〈戉王者旨於賜劍〉				

二、將鳥形與筆畫結合者

　　將鳥形與筆畫結合者，可細分為四類，一為寓鳥形於筆畫；二為寓雙鳥形於筆畫；三為寓雙鉤鳥形於筆畫；四為寓雙鉤雙鳥形於筆畫。無論是寓單一鳥形或是雙鳥形於筆畫者，或寓雙鉤鳥形或雙鉤雙鳥形於筆畫者，皆係將鳥的形體與書寫的文字緊密結合，以鳥的形體作為該字筆畫的一部分，或是以鳥形的部分形體取代文字的部分筆畫。此種書寫的方式，並非單純的裝飾，係圖畫與文字的結合。

　　一、寓鳥形於筆畫者，如：「乍」字，〈戉王州句劍〉的「乍」字，將該字寓於鳥形之中，以鳥形上半部的形體代替「乚」，將「止」省改為「匚」，寫作「𪱯」。又如：「句」字，兩周之「句」字大致承襲甲骨文的形體，惟將「口」的位置由中間改置於下方，寫作「𧉧」，〈戉王州句矛〉的「句」字作「𧉫」，將該字寓於鳥形之中，以鳥形上半部的形體代替「勹」。〔註17〕

　　二、寓雙鳥形於筆畫者，如：「宋」字，「宋」字從宀從木，〈宋公得戈〉將雙鳥形寓於筆畫，以此代替「宀」，寫作「𣏀」。又如：「亥」字，〈越王者旨於賜戈〉之「亥」字作「𣏁」，係將線條化的雙鳥寓於文字中。〔註18〕

　　三、寓雙鉤鳥形於筆畫者，如：「用」字，〈蔡公子從劍〉以雙鉤的方式書寫，並將「用」字寓於鳥形之中，以鳥形所見的豎畫，替代「用」字中間的豎畫，寫作「𣏂」。又如：「戉」字，〈戉王者旨於賜劍〉的「戉」字作「𣏃」，以雙鉤方式書寫，並將該字寓於鳥形之中，以鳥的形體代替該字上半部的形體。

　　四、寓雙鉤雙鳥形於筆畫者，如：「賜」字，〈越王者旨於賜戈〉的「賜」字作「𣏄」，以雙鉤的方式書寫，並將該字寓於鳥形之中，以鳥形下半部的形體，代替「易」右側的部件，並將「貝」置於左側省減的鳥形之下。

〔註17〕寓鳥形於筆畫中的現象，於戰國文字裡，尚有諸多字例，如：〈新鉨戟〉的「戟」字，〈越王不壽劍〉的「壽」字，〈越王者旨於賜鐘〉的「亡」字，〈宋公得戈〉的「得」字，〈蔡公子從戈〉、〈戉王州句劍〉的「用」字，〈番仲戈〉的「戈」字，〈蔡侯產劍〉的「蔡」字，〈戉王者旨於賜矛〉、〈戉王州句劍〉的「戉」字。

〔註18〕寓雙鳥形於筆畫中的現象，於戰國文字裡，尚有諸多字例，如：〈蔡公子從戈〉的「公」字，〈越王者旨於賜戈〉的「賜」字。

表 3－2

字例	殷商	西周	春秋	楚系	晉系	齊系	燕系	秦系
乍	《合》（13542）	〈大盂鼎〉		〈戉王州句劍〉				
句	《合》（9378）	〈三年壺〉		〈戉王州句矛〉				
戠				〈新卲戠〉			〈平阿左戠〉	
壽		〈沈子它簋蓋〉〈頌鼎〉		〈越王不壽劍〉				
亡	《合》（369）	〈天亡簋〉		〈越王者旨於賜鐘〉				
得	《合》（133 正）《合》（439）	〈冊得觚〉〈得觚〉〈大克鼎〉		〈宋公得戈〉				
戈	《合》（775 正）	〈師奎父鼎〉		〈番仲戈〉				
蔡			〈蔡侯鼎〉	〈蔡侯產劍〉				

宋	 《合》 （3808反）	 〈永盂〉		 〈宋公得 戈〉			
公	 《合》 （27149）	 〈毛公鼎〉		 〈蔡公子 從戈〉			
亥	 《合》 （5446正）	 〈天亡簋〉		 〈越王者旨 於賜戈〉			
用	 《合》 （6）	 〈大盂鼎〉		 〈蔡公子 從劍〉 〈蔡公子 從戈〉 〈戉王州 句劍〉			
戉	 《合》 （6567）	 〈師克盨〉		 〈戉王者旨 於賜劍〉 〈戉王者旨 於賜矛〉 〈戉王州 句劍〉			
賜		 〈虢季子 白盤〉	 〈庚壺〉	 〈越王者旨 於賜戈〉 〈戉王者旨 於賜劍〉			

三、將鳥爪形與筆畫結合者

將鳥爪形與筆畫結合者，可細分爲二類，一爲寓爪形於筆畫；二爲寓雙鉤爪形於筆畫。鳥形飾紋的形體十分多變，或具體將鳥形繪出，或將整個形體以簡單的筆畫表現，或以雙鉤的方式呈現。文字中所見的爪形，係鳥形簡化的現象。

一、寓爪形於筆畫者，如：「侯」字，〈曾侯乙三戈戟〉的「侯」字作「 」，將筆畫婉轉盤曲，並於豎畫與橫畫上增添小圓點與垂露點的飾筆，又將短橫畫添飾爪形。又如：「子」字，〈蔡公子從戈〉的「子」字作「 」，將筆畫婉轉盤曲，並於其上增添爪形，將爪形寓於筆畫。

二、寓雙鉤爪形於筆畫者，如：「蔡」字，該字下半部形體本作「 」，並不協調，爲了文字形構的平衡與協調，故將左右兩側的筆畫拉至等長，又爲了避免筆畫過長產生單調，遂增添兩道「∧」，〈蔡公子從戈〉的「蔡」字作「 」，並於短橫畫添飾爪形；〈蔡公子從劍〉的「蔡」字作「 」，以雙鉤的方式書寫，寓雙鉤爪形於筆畫。

表 3−3

字例	殷商	西周	春秋	楚系	晉系	齊系	燕系	秦系
侯	《合》（6）		〈蔡侯鼎〉	〈曾侯乙三戈戟〉				
子	《合》（94正）	〈虢季子白盤〉		〈蔡公子從戈〉				
蔡			〈蔡侯鼎〉	〈蔡公子從戈〉 〈蔡公子從劍〉				

總之，據上列的討論，目前所見以鳥書的書寫方式表現者，僅出現於南方的地域。從文獻資料觀察，《史記‧殷本紀》敘述殷人始祖，云：「見玄鳥墮其

卵，簡狄取吞之，因孕生契。」〔註19〕《詩經・商頌・玄鳥》亦云：「天命玄鳥，降而生殷，宅殷土芒芒。」〔註20〕可知殷人崇尚「玄鳥」應無置疑。又據《史記》所載，楚、宋、吳、越、蔡等諸侯國，皆於周武王或成王時所封。宋國立於周公代理朝政之時；「楚」字於殷商甲骨文中已出現，作爲地名使用，如：「于楚有雨」《合》（29984），其後爲周成王封於楚蠻；越吳太伯與仲雍遠赴荊蠻，自號句吳，爲吳國之始；武王克殷大業成功，封其弟叔度於蔡，是爲蔡國之始。這些國家與殷商的關係或親或疏，受其影響的程度不一。其次，據史書所示，楚國於春秋時爲五霸之一，戰國時期又爲七雄一員，其領土之廣，資源與財富之豐富，實爲難得一見。在豐厚的財力與武力爲後盾下，其影響力量十分巨大。

又從考古報告的記載觀察，楚地墓葬裡習見以鳥造形的陪葬器物，如：曾侯乙墓出土漆木鴛鴦形盒、鹿角立鶴、內棺左側壁板上繪有鳥形紋飾〔註21〕；信陽楚墓中曾出土彩繪鳳虎鼓座〔註22〕；包山楚墓曾出土鳥首車飾、虎座飛鳥、鳳鳥紋繡、二號墓內棺側板亦繪有鳥的紋飾等。〔註23〕此外，於九店、望山、雨臺山、馬山等楚墓裡亦見此現象，可知楚人崇尚鳥的習俗，或多或少受到殷商影響。由文獻與考古資料所示，南方楚文化區域盛行鳥書的風氣，除了崇尚鳥的習俗外，即是當時該地域的審美觀所致。

歷來研究蟲書者，皆以〈王子遷匜〉銘文所見從之從二虫的「之（　）」字爲蟲書的典形代表。綜觀現今所見於文字上增添蟲形者，僅見此一例，實難證明東周時期已盛行將蟲形飾紋增添於文字上；再者，從增添鳥形飾紋的現象言，不論其鳥形的減省或增繁，多能與文字分離進而辨識，可是學者們在蟲書的研究上，以爲凡形體宛轉彎曲者爲蟲書，如此將蟲的形體完全寓於文字形構中，非僅

〔註19〕（漢）司馬遷撰、（劉宋）裴駰集解、（唐）司馬貞索隱、（唐）張守節正義、（日本）瀧川龜太郎考證：《史記會注考證》，頁49，臺北，宏業書局有限公司，1992年。

〔註20〕（漢）毛公傳、（漢）鄭玄箋、（唐）孔穎達等正義：《毛詩正義》，頁793，臺北，藝文印書館，1993年。

〔註21〕中國社會科學院考古研究所、湖北省博物館：《曾侯乙墓》，北京，文物出版社，1989年。

〔註22〕中國社會科學院考古研究所、河南省文物研究所：《信陽楚墓》，北京，文物出版社，1986年。

〔註23〕湖北省荊沙鐵路考古隊：《包山楚墓》，北京，文物出版社，1991年。

無法辨識文字與蟲形，更與鳥書的增添現象迥異，如此的情形實難以解釋。

綜觀兩周金文，鳥書在東周之際確實存在並且流行於南方的楚文化區，其書寫的方式，因各國的書手不同，而有不同的表現；至於文字上增添爪形飾紋的現象，應爲鳥形的省減所致。何以言之？〈蔡侯產劍〉「蔡」字作「」、「侯」字作「」；〈宋公得戈〉「得」字作「」；〈楚王酓章戈〉「王」字作「」等，鳥形皆見爪的形體，若僅保留鳥爪之形，則與〈蔡公子從劍〉「蔡」字作「」相同。從文字發展的脈絡言，爪形飾紋發展至秦漢以後，更進一步的變形，遂產生了蟲形飾紋，甚者更將鳥、蟲飾紋同時添增，如：滿城漢墓出土銅壺上的鳥蟲書〔註24〕，當時之人遂以蟲書稱之，或謂之爲鳥書、鳥蟲書。

今據諸多材料觀察，可以確定東周時期南方楚文化區廣爲流行者爲鳥形飾紋，學者認定之眞正的蟲書僅見一例，純屬孤證，實難將之與鳥書並列。歷來學者在研究上，多以宛轉彎曲者爲「蟲書」的說法，應是受到秦漢以後蟲書形體的影響。換言之，蟲書眞正的流行與出現，應在秦、漢之後，至於東周時期所見字形筆畫引曳彎曲的現象，應是美術化的呈現，與後代的蟲書不可等同視之。

總之，先秦只見「鳥書」不見「蟲書」，直至秦漢才有「鳥書」與「蟲書」並作，或是「鳥」、「蟲」融合於一字之內，成爲眞正的「鳥蟲書」。

第三節　增添飾筆

從戰國五系的資料觀察，常見在原本的文字形構上，增添一筆、或是二筆以上的筆畫。這些筆畫的增添與否，並不影響原本承載的字音與字義，故謂之「飾筆」。凡在原本的形構增加一筆者，稱爲「單筆」；增加二筆或二筆以上者，稱爲「複筆」。茲分爲單筆與複筆兩項，分別舉例說明，論述如下：

一、單筆者

戰國文字單筆的增繁現象，大多屬於飾筆，可分爲四大類，其間又可細分爲二十三類，加以論述如下：

（一）增添小圓點於文字者

增添小圓點於文字者，可細分爲五類，一爲增添小圓點「‧」於較長豎畫

〔註24〕蕭蘊：〈滿城漢墓出土的錯金銀鳥蟲書銅壺〉，《考古》1972 年第 6 期，頁 49～52。

上；二爲增添小圓點「‧」於較長彎筆上；三爲增添小圓點「‧」於部件中；四爲增添小空心圓點「。」於較長豎畫上；五爲增添小空心圓點「。」於從「○」部件中。

一、增添小圓點「‧」於較長豎畫上者，如：「鮮」字，早期的「鮮」字多爲上下式結構，其上爲羊，其下爲魚，如：〈鮮鐘〉作「鮝」，〈奾盉壺〉「鮮」所從之「魚」的形構，下半部與「火」相近，產生增添小圓點飾筆的情形。又如：「筴」字，仰天湖竹簡「筴」字作「𥬇」，上半部所從之「竹」省減同形，並於豎畫上增添小圓點。古文字裡，從偏旁「竹」的形體，約可分爲三種，一爲不添加飾筆者，一爲添加短橫畫者，一爲添加小圓點者，後二者的形體多爲戰國時期楚系文字的寫法，據此地域性的形構表現，正可作爲判斷文字系統的依據。〔註25〕

二、增添小圓點「‧」於較長彎筆上者，如：「弋」字，金文「弋」字未見增添小圓點「‧」的現象，〈緇衣〉「弋」字作「弋」，所見的「‧」應屬飾筆性質，其作用係爲避免筆畫細長所產生的單調。又如：「羌」字，金文「羌」字多未見於下半部的部件增添筆畫，〈鴋羌鐘〉「羗」其間的小點，應爲飾筆的增添。〔註26〕

〔註25〕將小圓點「‧」增添於較長豎畫之上者，於戰國文字裡，尚有諸多字例，如：郭店竹簡〈老子〉甲本的「不」、「未」、「朿」、「爾」等字，郭店竹簡〈緇衣〉的「信」、「幣」等字，郭店竹簡〈五行〉的「贏」、「柬」等字，郭店竹簡〈唐虞之道〉的「年」字，郭店竹簡〈語叢一〉的「內」、「事」、「望」、「尔」等字，郭店竹簡〈語叢二〉的「狂」字，郭店竹簡〈語叢三〉的「用」、「葡」、「害」、「至」、「青」等字，上博簡〈孔子詩論〉的「雍」、「闈」、「兩」、「矢」等字，上博簡〈魯邦大旱〉的「山」、「帛」等字，上博簡〈子羔〉的「央」、「帝」、「母」等字，仰天湖竹簡的「布」字，〈鴋氏鐘〉的「氏」字，〈中山王𰯾鼎〉的「盧」、「䤇」、「光」、「燙」、「然」、「窓」、「克」、「宝」、「者」、「封」、「庶」、「害」等字，〈中山王𰯾方壺〉的「侯」、「詆」、「內」、「民」、「生」、「皇」、「冑」等字，〈奾盉壺〉的「十」、「邦」等字，〈兆域圖銅版〉的「眠」字，〈陸侯因資敦〉的「侯」字，〈陸純釜〉的「帀」字，《古陶文彙編》（3.660）的「壬」字。

〔註26〕增添小圓點「‧」於較長彎筆上的現象，於戰國文字裡，尚有諸多字例，如：郭店竹簡〈緇衣〉的「紙」字，〈中山王𰯾鼎〉的「考」字，〈齊陸曼簠〉的「考」字。

　　三、增添小圓點「‧」於部件中者，如：「國」字，「國」字外側的形體爲「口」，省減右側豎畫的現象，係自春秋時期開始，如：〈國差𦉜〉作「區」，即省減右側的豎畫，燕系文字寫作「圀」，「○」中的小圓點「‧」，應與〈國差𦉜〉所見的短橫畫「一」相同，屬於飾筆的性質，以爲補白之用。又如：「易」字，金文於西周時期已見小圓點的飾筆增添於部件之中，如：〈毛公鼎〉作「𧾷」，〈中山王𰯼鼎〉「𧾷」實爲承襲前代而來。〔註27〕

　　四、增添小空心圓點「。」於較長豎畫上者，如：「十」字，甲骨文作「｜」《合》（324），未見於豎畫上增添短橫畫或是小圓點，據此可知，兩周文字所見的字形，無論增添實心，如：〈虢季子白盤〉作「╪」，或是空心的小圓點，如：〈左使車嗇夫帳桿母扣〉作「中」，皆屬飾筆性質。

　　五、增添小空心圓點「。」於從「○」部件中者，如：「公」字，該字自甲骨文至兩周文字，多寫作「𠔼」，燕系陶文則寫作「公」，將之與〈鵙公劍〉的「公」形體相較，係將短橫畫「一」改爲小圓點「。」；又將春秋時期的〈鵙公劍〉與西周時期的〈大盂鼎〉相較，西周時期之「公」字所從之「○」中並未見「一」，可知後期所增添的「一」，應屬飾筆的性質。至於燕系陶文「○」中之「。」，與「一」的性質相同，皆屬飾筆的增添。

表3－4

字例	殷商	西周	春秋	楚系	晉系	齊系	燕系	秦系
鮮		𩵼〈鮮鐘〉			鮮〈姧蚉壺〉			
筏				𢽳〈仰天湖32〉				
不	𣎵《合》（6834正）	𣎵〈沈子它簋蓋〉	𣎵〈蔡侯紐鐘〉	𣎵〈郭店‧老子甲本8〉				

〔註27〕增添小圓點「‧」於部件中的現象，於戰國文字裡，尚有諸多字例，如：〈中山王𰯼鼎〉的「燮」、「賜」等字。

未	〈婞爵〉	〈利簋〉		〈郭店·老子甲本 14〉				
束				〈郭店·老子甲本 14〉				
爾		〈姛尊〉 〈癲鐘〉	〈洹子孟姜壺〉	〈郭店·老子甲本 30〉				
信				〈郭店·緇衣 25〉				
幣				〈郭店·緇衣 40〉				
囊				〈郭店·五行 13〉				
柬		〈新邑鼎〉		〈郭店·五行 35〉				
年	《合》（846）	〈士上卣〉		〈郭店·唐虞之道 18〉				
內		〈井侯簋〉		〈郭店·語叢一 20〉	〈中山王𪐴方壺〉			
事	《合》（3295）	〈天亡簋〉		〈郭店·語叢一 41〉				

介				〈郭店・語叢一59〉	〈中山王譽鼎〉		
望	《合》（546） 《合》（6182）	〈保卣〉 〈士上卣〉		〈郭店・語叢一104〉			
狂				〈郭店・語叢二3〉			
至	《合》（419反）	〈兮甲盤〉	〈繪鎛〉	〈郭店・語叢三26〉			
葡	〈葡亞作父癸角〉	〈毛公鼎〉		〈郭店・語叢三39〉			
青		〈史牆盤〉		〈郭店・語叢三44〉			
用	《合》（6）	〈大盂鼎〉		〈郭店・語叢三55〉			
昔		〈天亡簋〉		〈郭店・語叢三57〉	〈中山王譽鼎〉		
雍		〈毛公鼎〉	〈秦公鎛〉	〈上博・孔子詩論5〉			
闌				〈上博・孔子詩論10〉			

兩		<小臣守簋>		<上博‧孔子詩論 13>			
矢		<虢季子白盤>		<上博‧孔子詩論 22>			
山	<山父丁觚>	<善夫山鼎>		<上博‧魯邦大旱 2>			
帛	《合》（36842）	<五年召伯虎簋>		<上博‧魯邦大旱 2>			
帝	《合》（30592）	<井侯簋>	<秦公簋>	<上博‧子羔 1>			
母	<司母戊方鼎>	<靜簋>	<鈰鎛>	<上博‧子羔 10>			
央		<虢季子白盤>		<上博‧子羔 11>			
布		<作冊睘卣>		<仰天湖 11>			
氏		<散氏盤>	<杕氏壺>	<屬氏鐘>			
鬳		<兮甲盤>	<者瀘鐘>	<中山王䜌鼎>			
䤲				<中山王䜌鼎>			

光	《合》 （245 正）	〈癲鐘〉 〈虢季子 白盤〉	〈吳王光 鑑〉		〈中山王 𧱑鼎〉			
然					〈中山王 𧱑鼎〉			
寒					〈中山王 𧱑鼎〉			
克		〈番生簋 蓋〉	〈秦公鎛〉		〈中山王 𧱑鼎〉			
宔					〈中山王 𧱑鼎〉			
者		〈伯者父 簋〉	〈者𣱏鐘〉		〈中山王 𧱑鼎〉			
封		〈六年召 伯虎簋〉			〈中山王 𧱑鼎〉			
庶	《合》 （4292）	〈大盂鼎〉	〈鼄公華 鐘〉		〈中山王 𧱑鼎〉			
詆					〈中山王 𧱑方壺〉			
民		〈𤰈尊〉	〈秦公簋〉		〈中山王 𧱑方壺〉			

生		〈作冊大方鼎〉〈番生簋蓋〉	〈鈇鎛〉		〈中山王𰯼方壺〉			
冑		〈豦簋〉			〈中山王𰯼方壺〉			
皇		〈頌鼎〉	〈鈇鎛〉		〈中山王𰯼方壺〉	〈墜貯簋蓋〉		
侯	《合》（6）	〈康侯鼎〉			〈中山王𰯼方壺〉	〈墜侯因𦤦敦〉		
邦	《合》（595正）	〈史牆盤〉〈毛公鼎〉	〈鈇鎛〉		〈妌盉壺〉			
眠		〈員方鼎〉			〈兆域圖銅版〉			
市		〈師袁簋〉	〈蔡大師鼎〉		〈墜純釜〉			
壬	《合》（248）	〈公貿鼎〉〈縣妃簋〉			《古陶文彙編》（3.660）			
弋		〈癲鐘〉	〈郭店·緇衣13〉					

羌	《合》（163） 《合》（26907正）	〈慈作父己尊〉	〈鄭羌伯鬲〉		〈屬羌鐘〉		
紲				〈郭店·緇衣3〉			
考		〈沈子它簋蓋〉	〈龏公華鐘〉		〈中山王𧊒鼎〉	〈齊陳曼簠〉	
國		〈彔致卣〉	〈國差𦉜〉				《古陶文彙編》（4.1）
易	《合》（25）	〈靜簋〉 〈毛公鼎〉			〈中山王𧊒鼎〉		
戁					〈中山王𧊒鼎〉		
賜		〈虢季子白盤〉	〈庚壺〉		〈中山王𧊒鼎〉		
十	《合》（324）	〈虢季子白盤〉	〈秦公簋〉	〈鄂君啓舟節〉	〈好盗壺〉 〈左使車嗇夫帳桿母扣〉	〈十四年陳侯午敦〉	

公	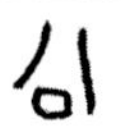 《合》 （27149）	 〈大盂鼎〉	 〈鵙公劍〉				 《燕下都》	

（二）增添橫畫於文字者

增添橫畫於文字者，可細分爲十一類，一爲增添短橫畫「－」於一般橫畫或是起筆橫畫上；二爲增添短橫畫「－」於起筆橫畫下；三爲增添短橫畫「－」於收筆橫畫下；四爲增添短橫畫「－」於較長豎畫上；五爲增添短橫畫「－」於偏旁或部件下；六爲增添短橫畫「－」於字或偏旁左側或右側；七爲增添短橫畫「－」於從「口」部件中；八爲增添短橫畫「－」於從「○」部件中；九爲增添短橫畫「－」於從「△」部件中；十爲增添短橫畫「－」於從「心」偏旁中；十一爲增添橫畫「—」於字下。

一、增添短橫畫「－」於一般橫畫或是起筆橫畫上者，如：包山竹簡的「百」字作「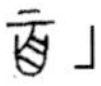」、「天」字作「」，〈厵羌鐘〉的「天」字作「」，皆將短橫畫「－」增添於起筆橫畫上。又如：「曾」字，甲骨文作「」《合》（489），尚未見增添短橫畫「－」於起筆橫畫之上，亦未見增添「口」或「甘」者。發展至兩周時期，於〈曾子斿鼎〉中增添「口」，寫作「」，古文字習見於「口」中增添短橫畫，〈曾伯霥簠〉增添之「甘」，寫作「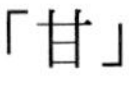」，應是「口」中增添短橫畫所致，至戰國時期則進一步將短橫畫「－」添加於起筆橫畫之上，如：〈曾姬無卹壺〉作「」。〔註28〕

〔註28〕於起筆橫畫或一般的橫畫上，增添短橫畫飾筆的現象，於戰國文字裡，尚有諸多字例，如：曾侯乙墓竹簡的「翻」、「鄭」、「紳」等字，信陽竹簡〈竹書〉的「猶」、「聞」等字，信陽竹簡〈遣策〉的「箕」字，天星觀竹簡〈卜筮〉的「攻」、「社」、「諆」、「亞」、「惡」等字，天星觀竹簡〈遣策〉的「伓」、「萁」、「賅」、「經」等字，〈噩君啓車節〉的「政」、「酉」、「下」等字，望山一號墓竹簡的「聖」字，望山二號墓竹簡的「酞」字，包山竹簡的「不」、「正」、「蹭」、「石」、「庶」、「牺」、「醉」、「酷」、「酯」、「莫」、「畬」、「酒」、「莤」、「酭」、「醆」、「取」、「緅」、「侯」、「鄇」、「定」、「其」、「期」、「閧」、「基」、「五」、「而」、「炣」、「鈳」、「徛」、「坷」、「倚」、「苛」、「坪」、「福」、「丙」、「返」、「户」、「啓」、「雇」、「所」、「房」、「帀」、「恆」、「亥」、「疾」、「中」、「尚」等字，楚帛書〈丙篇〉的「征」字，郭店竹簡〈老子〉甲本的「賨」、「可」等字，郭店竹簡〈太一生水〉的「成」字，郭店竹簡〈緇衣〉的「賜」字，郭店竹簡〈窮達以時〉的「柀」、「板」等字，郭店竹簡〈五行〉的「膞」

二、增添短橫畫「一」於起筆橫畫下者，如：「返」字，戰國時期之「返」字或從彳反聲，或從辵反聲。辵、彳皆與足有關，二者在意義上有一定程度的關係，作爲形旁時可因義近而替代。將〈楚王酓章鎛〉與〈中山王嚳方壺〉的「返」字相較，後者作「𢕳」，於起筆橫畫之下增添的短橫畫「一」，係屬飾筆的性質。又如：「板」字，楚系文字裡從偏旁「反」者，多將短橫畫飾筆增添於起筆橫畫之下，如：郭店竹簡〈緇衣〉「板」字作「杦」，這種短橫畫飾筆「一」的增添，在當時並無硬性規定放置之處，應是書手個人的審美觀或是習慣所致，產生的因素，應爲了補白的作用。

三、增添短橫畫「一」於收筆橫畫下者，如：「且」字，甲骨文與西周時期的〈散氏盤〉尚未見增添短橫畫的現象，〈王孫遺者鐘〉「𠁁」、望山竹簡「𠁁」在收筆的橫畫之下增加短橫畫「一」的現象，應爲飾筆的增添。〔註29〕

四、增添短橫畫「一」於較長豎畫上者，如：「內」字，甲骨文作「内」《合》（4475），未見飾筆的添加，楚系的字形作「内」，一致將短橫畫「一」增添於較長的豎畫之上。古文字中的圓點往往可以拉長，形成一短橫畫寫作「一」，楚

字，郭店竹簡〈成之聞之〉的「反」、「宅」等字，郭店竹簡〈性自命出〉的「耳」、「聚」等字，郭店竹簡〈六德〉的「馘」、「忠」、「佣」等字，郭店竹簡〈語叢一〉的「朋」、「即」、「容」等字，郭店竹簡〈語叢二〉的「恥」、「惡」等字，郭店竹簡〈語叢四〉的「恭」字，仰天湖竹簡的「紹」、「綱」等字，〈楚王酓忎鼎〉的「忎」字，〈中山王嚳鼎〉的「不」、「征」、「猶」、「而」等字，〈中山王嚳方壺〉的「焉」、「定」、「牺」等字，〈舒蜜壺〉的「師」字，〈兆域圖銅版〉的「其」字，〈私庫嗇夫鑲金銀泡飾〉的「正」字，〈離石‧尖足平首布〉的「石」字，〈圭形石片 XK：482〉的「壬」字，〈長方形石片 XK：377〉的「平」字，〈禾簋〉的「正」、「亥」等字，〈墜璋方壺〉的「王」字，〈墜喜壺〉的「酉」字，〈墜侯因資敦〉的「尚」字，〈子禾子釜〉的「其」字，〈齊墜曼簠〉的「不」字，《古陶文彙編》（3.274）的「恭」字，〈丙辰方壺〉的「其」字，《古陶文彙編》（4.2）的「倈」字，〈□年上郡守戈〉的「定」字，睡虎地竹簡〈日書乙種〉的「其」、「亥」等字。

〔註29〕將短橫畫「一」增添於收筆的橫畫之下者，於戰國文字裡，尚有諸多字例，如：信陽竹簡〈遣策〉的「砡」字，天星觀竹簡〈遣策〉的「題」字，望山二號墓竹簡的「屋」、「組」等字，包山竹簡的「上」、「至」、「桎」、「任」、「室」、「組」、「丘」等字，郭店竹簡〈老子〉甲本的「臺」、「虛」等字，郭店竹簡〈緇衣〉的「珏」、「立」、「位」等字，郭店竹簡〈成之聞之〉的「均」字，郭店竹簡〈性自命出〉的「堂」字，〈楚王酓忎鼎〉的「窒」字，仰天湖竹簡的「鈺」字。

系與齊系文字所見「一」的現象與「‧」無別。又如：「帝」字，甲、金文「帝」字之形，未見於從「↑」部件上增添短橫畫，九店竹簡作「帝」，於「↑」部件上的短橫畫「一」，應屬飾筆性質。〔註30〕

　　五、增添短橫畫「一」於偏旁或部件下者，如：「見」字，甲骨文之「見」字作「𠃜」《合》（6786）或「𠃜」《合》（20413），無論跪坐與否並無差異，上半部為眼睛的放大，金文雖然承襲之，在〈羌伯簋〉中則改變「目」的形體，寫作「𥃩」，郭店竹簡〈五行〉作「𥃩」或「𥃩」，下方所見的短橫畫「一」，無礙於原本所承載的音義，屬飾筆性質。又如：「相」字，甲骨文與早期金文皆未見於「目」的下方增添短橫畫「一」或是「＝」，增添筆畫的現象多見於春秋、戰國時期，如：〈庚壺〉作「𣏕」，郭店竹簡〈老子〉甲本作「𣏕」，無論增添

〔註30〕在豎畫上增添短橫畫飾筆的現象，於戰國文字裡，尚有諸多字例，如：曾侯乙墓竹簡的「秉」、「凡」、「姝」、「璜」、「墨」、「𣄰」、「𪔉」、「黑」、「十」等字，〈曾姬無卹壺〉的「聖」字，信陽竹簡〈竹書〉的「萊」、「彙」等字，信陽竹簡〈遣策〉的「納」、「朱」、「幕」、「屯」、「帛」、「帶」、「幦」、「帽」、「綿」等字，天星觀竹簡〈卜筮〉的「刺」、「強」、「集」等字，天星觀竹簡〈遣策〉的「英」、「袂」、「策」等字，望山一號墓竹簡的「束」、「然」、「慮」、「張」等字，，包山竹簡的「納」、「未」、「殺」、「株」、「東」、「寢」、「責」、「邾」、「央」、「歸」、「鞅」、「綵」、「戴」、「邨」、「春」、「戠」、「斷」、「驕」、「織」、「燭」、「赤」、「燒」、「䯏」、「臭」、「熬」、「戟」、「光」、「弓」、「常」、「帶」、「夜」、「羊」、「遷」、「祜」、「祥」、「豕」、「狂」、「黍」、「獵」、「異」、「在」、「宅」、「帀」、「睪」、「執」、「兩」、「南」等字，〈鄂君啟車節〉的「焚」字，楚帛書〈甲篇〉的「難」字，楚帛書〈丙篇〉的「火」、「燬」等字，郭店竹簡〈老子〉甲本的「生」、「溺」等字，郭店竹簡〈老子〉丙本的「信」字，郭店竹簡〈緇衣〉的「旨」字，郭店竹簡〈唐虞之道〉的「脂」字，郭店竹簡〈忠信之道〉的「養」字，郭店竹簡〈尊德義〉的「沫」字，郭店竹簡〈性自命出〉的「瀻」、「甬」等字，郭店竹簡〈六德〉的「遷」、「婦」、「煬」等字，郭店竹簡〈語叢一〉的「牙」、「膳」、「青」等字，郭店竹簡〈語叢二〉的「滯」字，郭店竹簡〈語叢三〉的「眚」字，郭店竹簡〈語叢四〉的「談」字，仰天湖竹簡的「緒」字，〈東周左自壺〉的「年」字，〈十四年方壺〉的「十」字，〈莆子‧平襠方足平首布〉的「子」字，〈共屯赤金‧圜錢〉的「赤」字，《古璽彙編》（0063）的「王」字，〈永用析涅壺〉的「用」字，〈廿年距末〉的「彊」字，《古璽彙編》（0365）的「聖」字，《古陶文彙編》（4.1）的「倈」字，〈明‧折背刀〉的「十」字，放馬灘簡牘的「夾」字，睡虎地竹簡〈秦律雜抄〉的「羊」字，睡虎地竹簡〈為吏之道〉的「聖」字，睡虎地竹簡〈日書甲種〉的「十」字。

一筆或是二筆，皆屬飾筆性質。〔註31〕

　　六、增添短橫畫「－」於字或偏旁左側或右側者，如：「夫」字，短橫畫除作爲飾筆外，又可作爲重文、合文、冒號、校讀、句讀、句號、平列名詞的間隔與標示脫文補正等使用〔註32〕，〈十年右使壺〉銘文爲「嗇夫」，「夫」字作「夫」，於此僅能作爲裝飾符號使用。

　　七、增添短橫畫「－」於從「口」部件中者，如：「周」字，甲、金文裡尚未見增添短橫畫飾筆，楚簡「周」字作「周」，在部件「口」中增添「－」，無礙於原本所承載的音義。又如：「否」字，〈中山王𱝁鼎〉「否」字作「否」，上半部所見的短橫畫、小圓點皆屬飾筆的性質，「口」中的短橫畫，亦爲飾筆。〔註33〕

　　八、增添短橫畫「－」於從「○」部件中者，如：「楚」字，甲骨文「楚」字從林從足，寫作「楚」《合》（32986），金文的形體大致相同，透過文字的比對，〈曾侯乙鐘〉作「楚」，「○」中增添的短橫畫「－」，應屬飾筆性質。又如：「公」字，「公」字自甲骨文至兩周文字，多寫作「公」，齊系陶文（3.685）的形體係承襲於春秋時期的〈鵬公劍〉，遂寫作「公」，「○」中的短橫畫「－」，應屬飾筆的性質。又如：「員」字，「員」字作「員」，從「鼎」，其上之「○」，應是該字的聲符，這類飾筆的增添，應是書手將「○」與「口」的形體視爲等同，習慣性的在「○」中增添短橫畫「－」飾筆。

　　九、增添短橫畫「－」於從「△」部件中者，如：「立」字，「立」字象一人

〔註31〕增添短橫畫「－」於偏旁或部件下的現象，於戰國文字裡，尚有諸多字例，如：郭店竹簡〈窮達以時〉的「㠯」字，〈中山王𱝁鼎〉的「亡」字，〈中山王𱝁方壺〉的「節」、「即」、「荒」等字，〈䀴蜜壺〉的「忘」、「狃」等字，《古璽彙編》（0045）的「苔」字，〈郙·平襠方足平首布〉的「郙」字，〈十四年陳侯午敦〉的「齊」字，〈陳侯因資敦〉的「孫」字，睡虎地竹簡〈秦律十八種〉的「臧」字。

〔註32〕陳立：〈楚系簡帛資料所見符號初撢〉（待刊稿）。

〔註33〕部件「口」中增添短橫畫飾筆的現象，於戰國文字裡，尚有諸多字例，如：〈曾侯乙鐘〉的「楚」字，曾侯乙墓竹簡的「綢」、「絢」等字，信陽竹簡〈遣策〉的「缶」字，天星觀竹簡〈遣策〉的「結」字，包山竹簡的「中」、「敭」、「合」、「事」、「舍」、「郜」、「占」等字，郭店竹簡〈老子〉乙本的「克」字，郭店竹簡〈緇衣〉的「向」字，郭店竹簡〈尊德義〉的「忠」、「旨」等字，郭店竹簡〈六德〉的「者」字，〈中山王𱝁鼎〉的「克」字，〈中山王𱝁方壺〉的「告」、「古」等字，〈䀴蜜壺〉的「孤」、「固」等字，《古璽彙編》（0368）的「中」字。

站立於地上之形，大多未見增添短橫畫於「△」部件中，今將兩周文字相較，〈齊法化・齊刀〉之「立」字作「𡘋」，將短橫畫增添於部件中，該橫畫仍屬飾筆的性質。又如：「竘」字，「竘」字從立句聲，寫作「𠣥」，置於下方之「立」作「𡘋」，部件「△」中所見的短橫畫，屬飾筆的性質，又上方的「句」則省減「口」。

　　十、增添短橫畫「一」於從「心」偏旁中者，如：「心」字、「思」字，甲、金文從心之字，皆未見於其中增添短橫畫飾筆，郭店竹簡〈緇衣〉「心」字作「𢜬」，〈魯穆公問子思〉「思」字作「𢝦」，所見的短橫畫，應屬飾筆性質。〔註34〕

　　十一、增添橫畫「一」於字下方者，如：「白」字，〈兆域圖銅版〉之字作「𣅀」，張守中以為是「旦」字，湯餘惠從辭例與字形考慮，指出該字即為「白」字而讀為「帛」，容庚認為是從白從一的「𣅀」字。〔註35〕從字形觀察，中山王器所見之字，應如湯餘惠所言，其下之橫畫「一」為飾筆的增添。又如：「並」字，甲骨文作「𡘋」《合》（4387）或「𣓀」《屯南》（68），「從二立，或從二大，同。象二人並立之形。」〔註36〕金文字形多承襲《合》（4387）而來，包山竹簡（153）的字形作「𡘋」係承襲於〈竝开戈〉，「並」字「象二大並立之形」，取二人正面並立的形象，甲骨文與兩周金文多未見於「並」的下方增添一道橫畫，包山竹簡「並」字下方的「一」，應屬飾筆的性質。

表 3-5

字例	殷商	西周	春秋	楚系	晉系	齊系	燕系	秦系
曾	《合》（489）		〈曾子斿鼎〉	〈曾姬無卹壺〉	〈中山王𧊝鼎〉			

〔註34〕增添短橫畫「一」於從「心」偏旁的現象，於戰國文字裡，尚有諸多字例，如：郭店竹簡〈緇衣〉的「惠」、「悲」、「惰」、「懂」、「惑」、「慾」「恭」等字，郭店竹簡〈五行〉的「息」、「悰」、「愛」、「德」等字，郭店竹簡〈窮達以時〉的「惇」、「衰」等字。

〔註35〕張守中：《中山王𧊝器文字編》，頁16，北京，中華書局，1981年；湯餘惠：〈關於全字的再探討〉，《古文字研究》第十七輯，頁 218～222，北京，中華書局，1989年。容庚：《金文編》，頁 552，北京，中華書局，1992年。

〔註36〕徐中舒：《甲骨文字典》，頁 281，成都，四川辭書出版社，1995年。

			 〈曾伯霥簠〉					
䎖				 〈曾侯乙43〉				
繒				 〈包山165〉				
百	 《合》（298）	 〈㝬鐘〉	 〈沇兒鎛〉	 〈包山115〉				
[illegible]				 〈郭店・老子甲本36〉				
絔				 〈仰天湖27〉				
天	 《合》（17985）  《合》（22055）	 〈天亡簋〉  〈頌鼎〉		 〈包山237〉	 〈厲羌鐘〉			
鄭				 〈曾侯乙151〉				
猶		 〈毛公鼎〉	 〈王孫遺者鐘〉	 〈信陽1.24〉	 〈中山王譽鼎〉	 〈塦純釜〉		
酉	 《合》（1777）  《合》（21554）	 〈酉父辛爵〉  〈遹簋〉		 〈噩君啓車節〉		 〈塦喜壺〉		

	《合》 （34417）					
酏			〈望山 2.48〉			
牆			〈包山 16〉 〈包山 144〉	〈中山王 䜤方壺〉		
酴			〈包山 18〉			
酷			〈包山 125〉			
醅			〈包山 138〉			
奠			〈包山 160〉			
酓		〈伯作姬 觶〉	〈包山 171〉			
酒		〈夂季良 父壺〉	〈國差鐺〉 〈包山 200〉			
茜			〈包山 255〉			
醋			〈包山 255〉			
醆			〈包山 256〉			

福		福〈沈子它簋蓋〉	福〈王孫誥鐘〉	祟〈包山205〉 祟〈望山1.51〉				
膒				賣〈郭店‧緇衣20〉				
隖				隖〈郭店‧五行22〉				
紳				紳〈曾侯乙131〉				
市		市〈師㝬簋〉	市〈蔡大師鼎〉	市〈包山2〉 市〈包山52〉				
師		師〈豆閉簋〉			師〈𡚶盍壺〉			
聞				聞〈信陽1.7〉 聞〈包山130反〉				
箕				箕〈信陽2.21〉				
諆		諆〈寧簋蓋〉	諆〈王孫遺者鐘〉	諆〈天星觀‧卜筮〉				
箕				箕〈天星觀‧遣策〉				

其	《合》（904 正） 《合》（34674）	〈大克鼎〉 〈虢季子白盤〉	〈王孫遺者鐘〉	〈包山 7〉	〈兆域圖銅版〉	〈子禾子釜〉	〈丙辰方壺〉	〈睡虎地・日書乙種 257〉
期			〈王子子申盞盂〉	〈包山 46〉				
闕				〈包山 119 反〉				
基			〈子璋鐘〉	〈包山 168〉				
惎				〈郭店・語叢四 13〉		《古陶文彙編》（3.274）		
攻			〈王孫誥鐘〉	〈天星觀・卜筮〉				
玒				〈天星觀・卜筮〉 〈楚王酓肯鼎〉				
亞	《合》（564 正）	〈瘭鐘〉 〈南宮乎鐘〉		〈天星觀・卜筮〉 〈郭店・性自命出 4〉				
惡				〈天星觀・卜筮〉				

賅				 〈天星觀 ・遣策〉				
經		 〈虢季子 白盤〉		 〈天星觀 ・遣策〉				
下	 《合》 (7552)  《合》 (32615)	 〈番生簋 蓋〉	 〈蔡侯盤〉	 〈鄂君啓 車節〉				
忑				 〈楚王酓 忑鼎〉				
伓				 〈天星觀 ・遣策〉				
不	 《合》 (6834 正)  《合》 (20023)	 〈沇子它 簋蓋〉	 〈蔡侯紐 鐘〉	 〈包山 27〉  〈包山 102〉	 〈中山王 譽鼎〉  〈兆域圖 銅版〉	 〈齊陸曼 簠〉		
政		 〈班簋〉	 〈𨰻鎛〉	 〈鄂君啓 車節〉				
正	 《合》 (644)	 〈彔伯𢦚 簋蓋〉  〈虢季子 白盤〉	 〈鼄公華 鐘〉	 〈包山 39〉	 〈私庫嗇 夫鑲金 銀泡飾〉	 〈禾簋〉		
定		 〈五祀衛 鼎〉	 〈秦王鐘〉	 〈包山 152〉	 〈中山王 譽方壺〉			 〈口年上 郡守戈〉

征		<班簋>	<曾伯霥簋>	<楚帛書·丙篇1.4>	<中山王響鼎>			
焉					<中山王響方壺>			
石	《合》（9552）		<鄭子石鼎>	<包山203>	<離石·尖足平首布>			
庶	《合》（4292） 《合》（6595）	<大盂鼎>	<沈兒鎛> <龏公華鐘>	<包山257>				
取	《合》（19890）	<毛公鼎> <楚簋>		<包山156> <包山89>				
緅				<包山·牘1> <天星觀·遺策>				
耳	《合》（13630）	<耳卣>		<郭店·性自命出44>				
聚				<郭店·性自命出53> <郭店·六德4>				

恥				〈郭店·語 叢二 4〉			
侯	《合》 （6）	〈康侯鼎〉	〈包山 251〉				
㗋			〈包山 132〉				
五	《合》 （137 正）	〈頌鼎〉	〈包山· 牘 1〉				
而	《合》 （286）	〈蔡侯墓 殘鐘四十 七片〉	〈包山 2〉	〈中山王 譽鼎〉			
恧				〈郭店·語 叢二 17〉			
㶥			〈包山 15〉				
羠			〈包山 38〉				
徛			〈包山 68〉 〈包山 137 反〉				
坷			〈包山 100〉				
倚			〈包山 135〉				

			〈包山 78〉			
苛			〈包山 216〉 〈包山 135 反〉			
可	《合》 （18888）	〈蔡大師 鼎〉	〈鱗鎛〉	〈郭店· 老子甲 本 30〉		
絈			〈仰天湖 2〉 〈包山 263〉			
坪		〈臧孫鐘〉	〈包山 83〉	〈卅二 年坪安 君鼎〉		
平		〈鄀公平 侯鼎〉		〈長方形 石片 XK ：377〉		
丙	《合》 （1098）	〈疴尊〉	〈包山 54〉			
敁			〈郭店·六 德 32〉			
戶	《合》 （26764）		〈包山·簽〉 〈郭店·語 叢四 4〉			〈睡虎 地·秦 律十八 種 168〉

啓	月《合》（9816反） 昬《合》（30194）	啓〈啓卣〉		曆〈包山13〉 𨡀〈曾侯乙155〉				
雇				雇〈包山123〉				
所			𠧢〈王子午鼎〉	𠧢〈包山154〉 𠧢〈包山3〉				
房				房〈包山266〉 房〈包山149〉				
恆	工《合》（14749正）	𫝀〈𣄨鼎〉 亙〈亘鼎〉		亙〈包山130〉 亟〈包山218〉				
亥	下《合》（5446正）	𠀐〈天亡簋〉	𠀐〈竉公華鐘〉	𠀐〈包山181〉		𠀐〈禾簋〉		𠀐〈睡虎地·日書乙種35〉
疾				疾〈包山218〉 疾〈包山220〉				

中	《合》（811 正） 《合》（29813 反）	〈七年趞曹鼎〉		〈包山 140〉 〈包山 269〉		《古璽彙編》（0368）	
忠				〈郭店・尊德義 33〉 〈郭店・六德 17〉	〈中山王 𰯮鼎〉		
尚		〈𢽤方鼎〉		〈包山 207〉		〈陳侯因 𣦼敦〉	
成		〈頌鼎〉	〈沇兒鎛〉	〈郭店・太一生水 2〉			
宅		〈𤔲尊〉	〈秦公簋〉	〈包山 58〉 〈郭店・成之聞之 34〉 〈郭店・成之聞之 33〉			
佣		〈羌伯簋〉	〈王孫遺者鐘〉	〈郭店・六德 28〉			
朋	《合》（11438）	〈裘衛盉〉		〈郭店・語叢一 87〉			

即	《合》（27460）	〈散氏盤〉	〈秦公鎛〉	〈郭店・語叢一97〉	〈中山王𧭯方壺〉			
容			〈晉公盆〉	〈郭店・語叢一109〉				
壬	《合》（248）	〈公貿鼎〉		〈圭形石片 XK：482〉				
王	《合》（357） 《合》（24457） 《合》（36361）	〈散氏盤〉				〈墜璋方壺〉 《古璽彙編》（0063）		
俫						《古陶文彙編》（4.1） 《古陶文彙編》（4.2）		
返				〈楚王酓章鎛〉 〈包山122〉	〈中山王𧭯方壺〉			

板				〈包山 43〉 〈郭店·緇衣 7〉 〈郭店·窮達以時 7〉				
恆				〈郭店·窮達以時 15〉				
反		〈九年衛鼎〉		〈郭店·成之聞之 12〉				
且	《合》（903 正）	〈散氏盤〉	〈王孫遺者鐘〉	〈望山 2.10〉				
俎				〈望山 2.45〉				
組		〈師袁簋〉		〈包山 259〉				
砠				〈信陽 2.8〉				
駔				〈天星觀·遣策〉				
屋				〈望山 2.15〉				
至	《合》（419 反）	〈兮甲盤〉	〈盠鎛〉	〈包山 16〉				

桎				〈包山144〉				
侄		〈智鼎〉		〈包山170〉				
室		〈豆閉簋〉		〈包山233〉				
銍				〈仰天湖18〉				
臺				〈郭店・老子甲本26〉				
咥		〈師湯父鼎〉		〈郭店・緇衣26〉				
堂				〈郭店・性自命出19〉				〈睡虎地・封診式76〉
窒				〈楚王酓忑鼎〉				
虛				〈郭店・老子甲本24〉				
丘	《合》（108）	〈商丘叔簠〉	〈包山90〉					
上	《合》（27815）	〈秦公鎛〉 〈蔡侯盤〉	〈包山・牘1反上〉					

立	⟨合⟩（811正）	⟨番生簋蓋⟩		⟨郭店·緇衣3⟩		⟨齊法化·齊刀⟩		
位				⟨郭店·緇衣25⟩ ⟨包山225⟩				
竘						⟨古璽彙編⟩（0037）		
均			⟨蔡侯紐鐘⟩	⟨郭店·成之聞之7⟩				
內	⟨合⟩（4475）	⟨毛公鼎⟩		⟨鄂君啓舟節⟩		⟨子禾子釜⟩		
姚				⟨曾侯乙11⟩				
瓔				⟨曾侯乙38⟩				
墨				⟨曾侯乙47⟩				
臭				⟨曾侯乙66⟩				
黻				⟨曾侯乙164⟩				
黑		⟨罩伯戲簋⟩	⟨鑄子叔黑臣簠⟩	⟨曾侯乙174⟩				

然				 〈望山 1.43〉			
虞				 〈望山 1.136〉			
焚		 〈多友鼎〉		 〈噩君啓 車節〉			
斷				 〈包山 82〉			
驪				 〈包山 98〉			
戠				 〈包山 139〉			
燭				 〈包山 163〉			
赤		 〈智鼎〉 〈頌鼎〉	 〈鼄公華 鐘〉	 〈包山 168〉	 〈共屯赤 金·圜錢〉		
燒				 〈包山 186〉			
爇				 〈包山 218〉			
臾				 〈包山 221〉 〈包山 71〉			
熬				 〈包山 257〉			

光	《合》（245 正）	〈瘋鐘〉〈虢季子白盤〉	〈吳王光鑑〉	〈包山 270〉〈包山 207〉			
戠				〈包山・牘 1〉〈包山 269〉			
難		〈弳季良父壺〉	〈齊大宰歸父盤〉	〈楚帛書・甲篇 4.25〉			
火	《合》（2874）			〈楚帛書・丙篇 2.4〉			
燬				〈楚帛・丙篇 10.2〉			
煬				〈郭店・六德 36〉			
十	《合》（137 正）	〈虢季子白盤〉		〈曾侯乙 159〉	〈十四年方壺〉	〈明・折背刀〉	〈睡虎地・日書甲種 67〉
聖	《合》（14295）	〈史牆盤〉〈大克鼎〉	〈王孫遺者鐘〉	〈曾姬無卹壺〉〈望山 1.88〉		《古璽彙編》（0365）	〈睡虎地・爲吏之道 45〉
秉		〈班簋〉		〈曾侯乙 43〉			

			象 〈楚帛書 ・丙篇 3.1〉			
柬			菜 〈信陽 1.24〉 菜 〈包山 86〉			
柬		束 〈新邑鼎〉	桼 〈望山 1.10〉			
帚			帚 〈信陽 2.21〉			
寢			寢 〈包山 146〉 寢 〈包山 166〉			
歸		歸 〈不嬰簋〉	歸 〈包山 206〉			
戕			戕 〈包山・ 牘 1〉 戕 〈楚帛書 ・丙篇 11.2〉			
瀻			瀻 〈郭店・ 性自命 出 30〉			
遊			遊 〈郭店・六 德 11〉			

婦	<婦婦觶>	<縣妃簋>	<郭店・六德20>			
㴔			<郭店・語叢二17>			
橐			<信陽1.27>			
朱		<廿七年衛簋>　<師克盨>	<信陽2.16>			
株			<包山117>　<包山108>			
邾			<包山156>　<包山94>			
絑			<包山269>　<包山170>			
剌	《合》(18514正)	<史牆盤>	<天星觀・卜筮>			
英			<天星觀・遣策>			

			〈天星觀·卜筮〉				
紲			〈天星觀·遣策〉 〈天星觀·遣策〉				
央	〈虢季子白盤〉		〈包山201〉				
鞅			〈包山268〉				
集	《合》（17867正）	〈小集母乙觶〉 〈集作父癸卣〉		〈天星觀·卜筮〉			
策				〈天星觀·遣策〉 〈包山260〉			
未	〈娜爵〉	〈利簋〉	〈包山8〉				
殺			〈庚壺〉	〈包山83〉 〈包山86〉			
東	〈曶鼎〉		〈包山121〉				

責			膌 〈包山 152〉 麻 〈包山 146〉			
帝	宋 《合》 （30592）	帝 〈訣簋〉	帝 〈九店 56.47〉			
屯	屯 《合》 （824）	屯 〈頌簋〉 屯 〈師望鼎〉	屯 〈信陽 2.13〉 屯 〈曾侯乙 193〉			
邨			殘 〈包山 166〉			
春	春 《合》 （18） 春 《合》 （8582 正） 春 《合》 （17314） 呼 《合》 （30851）		春 〈蔡侯墓 殘鐘四十 七片〉	春 〈曾侯乙 1 正〉 春 〈包山 203〉		
緒			緒 〈仰天湖 2〉			
納			納 〈信陽 2.28〉			

紟			〈包山 25〉			
帛	《合》（36842）	〈五年召伯虎簋〉	〈信陽2.15〉			
帶			〈信陽2.2〉　〈包山219〉			
帬			〈信陽2.15〉			
帽			〈信陽2.15〉			
綿			〈信陽2.19〉			
常			〈包山203〉			
帚			〈包山269〉			
弓	《合》（151 正）　《合》（9827）	〈弓父庚卣〉　〈靜卣〉	〈包山260〉			
強			〈天星觀・卜筮〉		《古璽彙編》（0336）	

			徑〈包山103〉				
張			疾〈望山1.1〉 疾〈包山95〉				
溺			溺〈郭店·老子甲本8〉				
彌						彌〈廿年距末〉	
夜		夜〈師望鼎〉 夜〈師酉簋〉	夜〈包山194〉				
羊	羊《合》（331）	羊〈小盂鼎	羊〈包山275〉			羊〈睡虎地·秦律雜抄31〉	
遲			遲〈包山25〉 遲〈包山19〉				
羛			羛〈包山237〉 羛〈包山214〉				
羘			羘〈包山237〉				

			〈包山243〉			
養			〈郭店・忠信之道4〉 〈郭店・忠信之道7〉			
豕	《合》（160反）	〈函皇父簋〉	〈包山146〉 〈包山277〉			
狅			〈包山227〉			
豙			〈包山240〉 〈包山248〉			
獵			〈包山244〉 〈包山210〉			
凡	《合》（13831）	〈天亡簋〉	〈曾侯乙121〉			
異		〈大盂鼎〉	〈包山55〉			

在			〈包山 12〉 〈包山 8〉				
罩	〈史牆盤〉 〈毛公鼎〉		〈包山 121〉 〈天星觀·卜筮〉				
執	《合》（122） 《合》（185）	〈師同鼎〉	〈包山 122〉 〈包山 120〉				
南	《合》（8748）	〈大盂鼎〉	〈包山 231〉 〈包山 154〉				
兩		〈敔敊方鼎〉	〈洹子孟姜壺〉	〈包山 237〉 〈包山 145〉			
信			〈郭店·老子丙本 1〉				
旨	《合》（248 正）		〈國差儋〉	〈郭店·緇衣 10〉			

			〈郭店・尊德義 26〉				
脂			〈郭店・唐虞之道 11〉				
沫			〈郭店・尊德義 35〉				
甬			〈郭店・性自命出 32〉				
牙		〈十三年瘊壺〉	〈魯大宰遣父簋〉	〈郭店・語叢一 9〉 〈郭店・語叢一 109〉			
膳			〈齊侯作孟姜敦〉	〈郭店・語叢一 15〉			
生		〈作冊大方鼎〉	〈鰰鎛〉	〈郭店・老子甲本 10〉			
青		〈史牆盤〉		〈郭店・語叢一 88〉			
眚		〈天亡簋〉		〈郭店・語叢三 71〉			
談				〈郭店・語叢四 23〉			

年	《合》（846）	〈頌鼎〉	〈洹子孟姜壺〉		〈東周左𠂤壺〉		
子	《合》（94 正）	〈虢季子白盤〉			〈莆子・平襠方足平首布〉		
用	《合》（6）	〈大盂鼎〉				〈永用析涅壺〉	
夾							〈放馬灘・地圖〉
見	《合》（6786）《合》（20413）	〈沈子它簋蓋〉〈羌伯簋〉		〈郭店・五行 24〉〈郭店・五行 25〉			
相	《合》（18410）	〈相侯簋〉	〈庚壺〉	〈郭店・老子甲本 16〉	〈中山王𰯼方壺〉		
嬰	《合》（2607）			〈郭店・窮達以時 12〉	〈中山王𰯼鼎〉		
亡	《合》（369）	〈大克鼎〉			〈中山王𰯼鼎〉		
節					〈中山王𰯼方壺〉	〈子禾子釜〉	
荒					〈中山王𰯼方壺〉		

忘			〈蔡侯鎛〉		〈郘子釜壺〉			
狐					〈郘子釜壺〉			
苔				〈天星觀・卜筮〉	《古璽彙編》（0045）			
郎					〈郎・平襠方足平首布〉			
齊	《合》（14356）		〈齊侯盤〉				〈十四年陳侯午敦〉	
孫	《合》（10554）	〈己侯簋〉	〈龜公華鐘〉				〈陳侯因育敦〉	
臧	《合》（3297反）		〈臧孫鐘〉					〈睡虎地・秦律十八種197〉　〈睡虎地・法律答問36〉
夫	《合》（1076甲正）	〈大盂鼎〉			〈十年右使壺〉			
周	《合》（1086正）	〈德方鼎〉　〈保卣〉		〈包山207〉				

		思〈虢季子白盤〉				
綑			緇〈曾侯乙128〉 緇〈曾侯乙123〉			
歔			鼓〈包山270〉 歔〈包山253〉			
楚	楚《合》（32986）	楚〈季楚簋〉	楚〈蔡侯紐鐘〉	楚〈曾侯乙鐘〉		
綯			綯〈曾侯乙137〉 綯〈曾侯乙123〉			
缶	缶〈小臣缶方鼎〉		缶〈蔡侯缶〉	缶〈信陽2.14〉 缶〈望山2.46〉		
紿			紿〈天星觀·遣策〉 紿〈天星觀·卜筮〉			

占			占〈包山 200〉 占〈包山 198〉				
合	《合》（1076甲正）		〈秦公鎛〉	〈包山 83〉			
事	《合》（3295）	〈豆閉簋〉	〈秦公簋〉	〈包山 16〉 〈包山 135 反〉			
舍		〈癲鐘〉	〈嘉賓鐘〉	〈包山 120〉 〈包山 133〉			
克	《合》（8952） 《合》（19673）	〈番生簋蓋〉	〈秦公鎛〉	〈郭店·老子乙本 2〉	〈中山王𗊼鼎〉		
向				〈郭店·緇衣 43〉			
者		〈伯者父簋〉	〈者𣅅鐘〉	〈郭店·六德 18〉			
卻				〈包山 181〉 〈包山 153〉			

古		〈大盂鼎〉			〈中山王霤方壺〉		
辜					〈妌盔壺〉		
固					〈妌盔壺〉		〈睡虎地·爲吏之道1〉
告	《合》(183) 《合》(13646正)	〈沈子它簋蓋〉			〈中山王霤方壺〉		
否		〈毛公鼎〉			〈中山王霤鼎〉		
公	《合》(27149)	〈大盂鼎〉	〈鵙公劍〉			《古陶文彙編》(3.685)	
員	《合》(10978)	〈員父尊〉		〈郭店·語叢三11〉			
心	《合》(6)	〈叡方鼎〉	〈王孫遺者鐘〉	〈郭店·緇衣8〉			
思				〈郭店·魯穆公問子思1〉	〈五年龏令思戈〉		
惠		〈訣簋〉	〈鎛〉	〈郭店·緇衣41〉			

悉				〈郭店・緇衣 2〉				
惽				〈郭店・緇衣 22〉				
懂				〈郭店・緇衣 33〉				
惑				〈郭店・緇衣 4〉	〈中山王 𧊒鼎〉			
慾				〈郭店・緇衣 6〉				
𢜗				〈郭店・緇衣 8〉				
㥯				〈郭店・五行 1〉				
德		〈珂尊〉〈虢叔旅鐘〉	〈秦公簋〉	〈郭店・五行 7〉				
悠				〈郭店・五行 12〉				
愛				〈郭店・五行 13〉〈郭店・五行 21〉				

衰				〈郭店·窮達以時10〉		
惇				〈郭店·窮達以時15〉		
白	《合》（203反）	〈虢季子白盤〉		〈兆域圖銅版〉		
並	《合》（4387） 《屯南》（68） 〈竝开戈〉	〈乃子克鼎〉	〈包山153〉			

（三）增添短斜畫於文字者

增添短斜畫於文字者，主要為增添短斜畫「ヽ」或「ノ」於字或偏旁左側或右側。如：〈陸喜壺〉的「客」字作「客」、曾侯乙墓竹簡的「客」字作「客」，將「ノ」增添於右側的筆畫上。又如：「今」字，〈中山王嚳鼎〉銘文為「至于今」，字形為「今」，從今從口，所從之「口」應屬無義偏旁性質，「口」上側的短斜畫為飾筆；郭店竹簡「今」所見的短斜畫，亦屬飾筆性質。〔註37〕

〔註37〕將短斜畫增添於字或偏旁的左側或右側的現象，於戰國文字裡，尚有諸多字例，如：曾侯乙墓竹簡的「璩」、「賭」等字，天星觀竹簡〈遣策〉的「欽」字，〈曾姬無卹壺〉的「後」字，包山竹簡的「周」、「事」、「得」、「倍」、「造」、「酷」、「鄒」等字，郭店竹簡〈緇衣〉的「卑」字，郭店竹簡〈魯穆公問子思〉的「退」字，郭店竹簡〈窮達以時〉的「莟」字，郭店竹簡〈唐虞之道〉的「受」字，郭店竹簡〈尊德義〉的「余」字，郭店竹簡〈性自命出〉的「戾」、「舍」等字，郭店竹簡〈語叢三〉的「弗」、「我」等字，郭店竹簡〈語叢四〉的「會」字，〈鄝陵君豆〉的「敓」字，〈哀成叔鼎〉的「弗」字，〈九年將軍戈〉的「張」字，〈匽侯載器〉

表 3－6

字例	殷商	西周	春秋	楚系	晉系	齊系	燕系	秦系
客			〈曾伯陭壺〉	〈曾侯乙171〉		〈陳喜壺〉		
今	《合》（37）	〈瘋鐘〉		〈郭店・唐虞之道17〉	〈中山王譻鼎〉			
瓗				〈曾侯乙5〉				
賠				〈曾侯乙139〉〈曾侯乙133〉				
佶				〈包山57〉				
造				〈包山137反〉				
酷				〈包山125反〉				
敓				〈郴陵君王子申豆〉				

的「允」字，《古璽彙編》（0015）的「夏」字，（0022）的「長」字，睡虎地竹簡〈為吏之道〉的「既」、「溉」等字。

欽			欽 欽 〈天星觀 ・遣策〉				
後	《合》 （18595）	〈師望鼎〉	〈杕氏壺〉	〈曾姬無 卹壺〉			
周	《合》 （1086）	〈德方鼎〉 〈毛公鼎〉		〈包山 12〉			
事	《合》 （3295）	〈天亡簋〉 〈番生簋 蓋〉	〈洹子孟 姜壺〉	〈包山 16〉			
得	《合》 （133 正） 《合》 （439）	〈丏得觚〉 〈大克鼎〉		〈包山 90〉			
卑		〈散氏盤〉	〈秦王鐘〉	〈郭店・緇 衣 23〉			
退				〈郭店・魯 穆公問子 思 2〉			
苦				〈郭店・ 窮達以 時 13〉			
受	《合》 （64）	〈冏尊〉	〈秦公簋〉	〈郭店・ 唐虞之 道 20〉			

余		余〈冠尊〉	余〈秦公鎛〉余〈齊公華鐘〉	余〈郭店·尊德義23〉			
叀				叀〈郭店·性自命出11〉			
舍		舍〈瘋鐘〉	舍〈嘉賓鐘〉	舍〈郭店·性自命出19〉			
弗	弗《合》（4855）	弗〈師袁簋〉		弗〈郭店·語叢三5〉	弗〈哀成叔鼎〉		
我	我《合》（376正）	我〈散氏盤〉		我〈郭店·語叢三5〉			
会				会〈郭店·語叢四16〉 会〈郭店·太一生水5〉			
張				張〈二十年鄭令戈〉		張〈九年將軍戈〉	
長	長《合》（29641）	長〈易長方鼎〉 長〈史牆盤〉				長《古璽彙編》（0022）	
允		允〈班簋〉	允〈秦公鎛〉			允〈匽侯載器〉	

夏	〈伯頵父鬲〉 〈伯夏父鼎〉	〈右戲仲曖父鬲〉			《古璽彙編》（0015）
溉					〈睡虎地·爲吏之道6〉
既	《合》（151反）	〈史牆盤〉			〈睡虎地·爲吏之道12〉

（四）增添特殊飾筆於文字者

增添特殊飾筆於文字者，可細分爲六類，一爲增添垂露點於某一筆畫上；二爲增添渦漩紋「◌」於字或偏旁左側或右側；三爲增添「◟」於字或偏旁左側或右側；四爲增添「∧」於較長筆畫上；五爲增添「◌」於字右側；六爲增添「丿」於字左側或右側。

一、增添垂露點於某一筆畫上者，據徐堅引王愔《文字志》云：「垂露書如懸針而字不遒勁，阿那若濃露之垂，故謂之垂露。」此外，唐蘭以爲「垂露點」是在文字的每一筆畫中間作肥筆，而首尾皆爲瘦筆，或是筆尾較肥，形狀宛如露珠垂掛之形。〔註38〕將垂露點添加於某一筆畫者，多見於楚系文字，如：〈楚王酓肯盤〉的「台」字作「◌」，〈者沪鐘〉的「聿」字作「◌」。〔註39〕

二、增添渦漩紋「◌」於字或偏旁左側或右側者，如：「馬」字，甲骨文的象形成分甚濃，金文亦多保留象形的成分，惟〈姧蚉壺〉作「◌」，在「馬」字右側，增添渦漩紋「◌」以爲飾筆，形成美術化的文字，究其作用，當爲補白之效。又如：「夕」字，〈中山王𰯼方壺〉作「◌」，在「夕」字左側，增添

〔註38〕（唐）徐堅：《初學記》，卷二一，頁1131，臺北，新興書局，1972年；唐蘭：《中國文字學》，頁120，臺北，臺灣開明書店，1991年。

〔註39〕增添垂露點於某一筆畫上的現象，於戰國文字裡，尚有諸多字例，如：〈者沪鐘〉的「九」、「剌」等字，〈楚王酓肯盤〉的「王」、「酓」、「肯」等字。

渦漩紋「ᕒ」以爲飾筆，形成美術化的文字。〔註40〕

　　三、增添「ヽ」於字或偏旁左側或右側者，如：〈中山王𧺫方壺〉的「身」字作「𦣻」、「誇」字作「𧩙」，從字形觀察，與〈中山王𧺫方壺〉形體相近者爲〈中山王𧺫鼎〉，寫作「𦣻」，增添渦漩紋或「ヽ」的作用，同是爲了補白。

　　四、增添「ᴧ」於較長筆畫上者，如：「民」字，「民」字本作「𤾸」〈冣尊〉，其後作「𤾸」〈班簋〉，戰國時期的郭店竹簡〈成之聞之〉「𤾸」，上半部從「目」，下半部爲一豎畫，添加小圓點、短橫畫與「ᴧ」的現象，由來已久，無論增添何種飾筆，皆爲避免筆畫細長進而產生的單調。

　　五、增添「𠂊」於字右側者，如：〈中山王𧺫鼎〉的「考」字作「𦮊」，〈中山王𧺫方壺〉的「孝」字作「𦮊」。在文字的右側增添一道「𠂊」的現象，目前僅見於中山國器，應屬中山國銅器文字特有的現象。〔註41〕

　　六、增添「ノ」於字左側或右側者，如：「保」字，甲骨文未見於偏旁「子」增添筆畫；金文多於右側增添一道飾筆，其作用除作爲補白效果外，亦應有穩定結構的目的；楚簡作「𠈃」，多於兩側各增添一道筆畫，其因素應是書手未察「保」字的構形，受金文影響下，又增添一筆以爲平衡之效。「平衡」與「對稱」是萬物習見的現象，亦是人類視覺美感的最初經驗，將之運用於文字，便發展出美術化一途。故知楚、晉、秦三系文字所見的兩道筆畫，應是承襲前代的文字形構而增添。又如：「遲」字，「遲」字所從偏旁「辛」，於早期金文中未見於右側增添筆畫，〈曾侯乙鐘〉作「𨒪」，不僅增添一道飾筆，更將之彎曲延長，形成美術性的筆畫。

〔註40〕增添渦漩紋「ᕒ」於字或偏旁左側或右側的現象，於戰國文字裡，尚有諸多字例，如：〈中山王𧺫鼎〉的「身」、「又」、「爲」等字，〈中山王𧺫方壺〉的「立」、「體」等字。

〔註41〕增添「𠂊」於字右側的現象，於戰國文字裡，尚有諸多字例，如：〈中山王𧺫鼎〉的「老」字，〈中山王𧺫方壺〉的「愛」字。

表 3－7

字例	殷商	西周	春秋	楚系	晉系	齊系	燕系	秦系
台			〈其台鐘〉	〈楚王酓肯盤〉				
聿	〈聿方彝〉			〈者汈鐘〉				
九	《合》（1651）	〈克鐘〉	〈斜鎛〉	〈者汈鐘〉				
剌	《合》（18514正）	〈史牆盤〉		〈者汈鐘〉				
王	《合》（357） 《合》（24457） 《合》（36361）	〈散氏盤〉		〈楚王酓肯盤〉				
酓		〈伯致觶〉		〈楚王酓肯盤〉				
肯				〈楚王酓肯盤〉				
馬	《合》（5711）	〈小臣宅簋〉			〈奼夋壺〉			

	〈九年衛鼎〉					
夕	《合》（634 反）	〈瘋鐘〉		〈中山王䇦方壺〉		
身	《合》（376 正）	〈瘋鐘〉		〈中山王䇦方壺〉〈中山王䇦鼎〉		
誃				〈中山王䇦方壺〉		
又	《合》（20350）	〈瘋鐘〉		〈中山王䇦鼎〉		
爲	《合》（13490）	〈散氏盤〉	〈曾伯陭壺〉	〈中山王䇦鼎〉		
立	《合》（811 正）	〈番生簋蓋〉		〈中山王䇦方壺〉		
體				〈郭店・緇衣 8〉 〈中山王䇦方壺〉		
民		〈冏尊〉〈班簋〉	〈王孫誥鐘〉	〈郭店・成之聞之 1〉 〈孖釜壺〉		
考		〈沈子它簋蓋〉	〈王孫遺者鐘〉	〈中山王䇦鼎〉		

孝		〈頌鼎〉			〈中山王 䳉方壺〉			
老	《合》 （17055 正）	〈弔季良 父壺〉			〈中山王 䳉鼎〉			
愛					〈中山王 䳉方壺〉 〈妶盇壺〉			
保	《合》 （6）	〈大盂鼎〉		〈郭店・ 老子甲 本2〉	〈中山王 䳉鼎〉			〈睡虎・ 封診式 86〉
遲		〈元年師 旋簋〉		〈曾侯乙 鐘〉				

二、複筆者

戰國文字複筆的增繁，亦多為飾筆的現象，可分為四大類，其間又可細分為十七類，茲條分縷析，分別舉例，加以論述如下：

（一）增添小圓點於文字者

增添小圓點於文字者，可細分為五類，一為分別增添小圓點「・」於較長豎畫上；二為分別增添小圓點「・」於較長筆畫上；三為分別增添小圓點「・」於部件中；四為分別增添半圓點「・」於短畫或豎畫上；五為分別增添小空心圓點「。」於一字或偏旁兩側、同側。

一、分別增添小圓點「・」於較長豎畫上者，如：「嗣」字，〈大盂鼎〉與〈中山王䳉方壺〉的形體相同，惟〈中山王䳉方壺〉「嗣」字作「」，所從之「冊」豎畫上的小圓點屬飾筆性質。又如：「經」字，「經」字從糸巠聲，〈虢季子白盤〉作「」，所從之「巠」下半部豎畫上的小圓點應為飾筆，將之與〈齊陳曼簠〉相較，後者作「」，於「巠」上半部之豎畫所見的小圓點，悉

屬飾筆的性質。〔註42〕

二、分別增添小圓點「‧」於較長筆畫上者，如：「年」字，「年」字本象人背負禾之形，寫作「」《合》（846），〈中山王嚳鼎〉「」小圓點置於二處，分別增添於較長的彎筆與豎畫上。又如：「醮」字，該字從酉齊聲，〈匽侯載器〉為上下式結構，將「齊」置於「酉」之上，寫作「」，二者皆未增添任何的飾筆，〈中山王嚳方壺〉作「」，為左右式結構，「酉」上的短橫畫，「齊」上的小圓點與「＝」，皆屬飾筆的性質。〔註43〕

三、分別增添小圓點「‧」於部件中者，如：「孫」字，「孫」字從子從糸，增添飾筆的現象，僅見於〈楚王孫漁戈〉「」，增添小圓點的作用為補白之效。又如：「茅」字，「茅」字從艸矛聲，「矛」字於西周金文作「」〈彧簋〉，部件中未見增添小圓點，〈姧蚉壺〉的「茅」字作「」，所見的「‧」應屬飾筆性質。〔註44〕

四、分別增添半圓點「‧」於橫畫或豎畫上者，如：〈者汈鐘〉的「念」字作「」、「朕」字作「」，此種飾筆的增添，目前僅見於楚系的〈者汈鐘〉，可作為判斷文字分域的依據。〔註45〕

五、分別增添小空心圓點「。」於一字或偏旁兩側者，如：「會」字，甲骨文「會」字作「」《合》（18553），下半部從口，古文字習見於「口」中增添短橫畫飾筆，遂與「甘」近同，故兩周金文多改從「甘」，寫作「」〈蔡子匜〉，又金文多未見於兩側增添小空心圓點「。」，〈驫羌鐘〉「」小空心圓點「。」，應屬飾筆的性質。又如：「道」字，該字中間的形體為「首」，〈中

〔註42〕分別增添小圓點「‧」於較長豎畫上的現象，於戰國文字裡，尚有諸多字例，如：郭店竹簡〈語叢三〉的「友」字，〈中山王嚳鼎〉的「侖」字。

〔註43〕分別增添小圓點「‧」於較長彎筆上的現象，於戰國文字裡，尚有諸多字例，如：〈中山王嚳鼎〉的「能」字，〈中山王嚳方壺〉的「濟」字，〈齊陸曼簠〉的「齊」字。

〔註44〕分別增添小圓點「‧」於部件中的現象，戰國文字裡，尚有諸多字例，如：〈者汈鐘〉的「慇」字，〈繁湯之金劍〉的「緐」字，〈中山王嚳方壺〉的「務」、「易」等字，〈鄆孝子鼎〉的「鄆」字。

〔註45〕分別增添半圓點「‧」於橫畫或豎畫上之現象，於戰國文字裡，尚有諸多字例，如：〈者汈鐘〉的「秉」、「王」、「台」、「曰」、「再」、「哉」、「慇」、「汈」、「虞」、「戉」等字。

山王嚳鼎〉「」於「首」的兩側增添小空心圓的作法，除具有飾紋的效果外，
亦具體的將「耳」的部位標示，使得該字更具體化。〔註46〕

表 3－8

字例	殷商	西周	春秋	楚系	晉系	齊系	燕系	秦系
嗣		〈大盂鼎〉			〈中山王嚳方壺〉			
經		〈虢季子白盤〉				〈齊陳曼簠〉		
友	《合》（3785）	〈毛公旅方鼎〉		〈郭店‧語叢三6〉				
侖					〈中山王嚳鼎〉			
年	《合》（846）	〈士上卣〉	〈龏公華鐘〉		〈中山王嚳鼎〉			
醬					〈中山王嚳方壺〉		〈匽侯載器〉	
能		〈毛公鼎〉			〈中山王嚳鼎〉			
濟					〈中山王嚳方壺〉			

〔註46〕分別增添小空心圓點「。」於一字或偏旁兩側的現象，於戰國文字裡，尚有諸多
　　　字例，如：〈中山王嚳鼎〉的「會」、「復」、「憂」等字，〈奸蛮壺〉的「獵」字。

齊	《合》（14356）		〈齊侯盤〉		〈鼄羌鐘〉	〈齊陳曼簠〉		
孫	《合》（10554）	〈虢季子白盤〉	〈鼄公華鐘〉	〈楚王孫漁戈〉				
茅					〈姧蚉壺〉			〈睡虎地・秦律十八種195〉
務		〈毛公鼎〉			〈中山王𧤠方壺〉			
𦼔		〈班簋〉		〈繁湯之金劍〉				
易	《合》（25）	〈靜簋〉 〈毛公鼎〉			〈中山王𧤠方壺〉			
鄲					〈鄲孝子鼎〉			
愻				〈者沪鐘〉 〈郭店・緇衣26〉				
念		〈沈子它簋蓋〉	〈蔡侯墓殘鐘四十七片〉	〈者沪鐘〉				
朕		〈毛公鼎〉		〈者沪鐘〉				

秉		象〈班簋〉		象〈者汈鐘〉				
王	大《合》（357）玉《合》（24457）王《合》（36361）	王〈散氏盤〉		王〈者汈鐘〉				
台			台〈其台鐘〉	台〈者汈鐘〉				
曰	曰《合》（586）	曰〈散氏盤〉		曰〈者汈鐘〉				
禹		禹〈趞簋〉		禹〈者汈鐘〉				
哉			哉〈龢公華鐘〉	哉〈者汈鐘〉				
汈				汈〈者汈鐘〉				
虘		虘〈番生簋蓋〉		虘虘〈者汈鐘〉				
戌	戌《合》（6567）	戌〈師克盨〉		戌〈者汈鐘〉				
會	會《合》（18553）		會〈蔡子匜〉			會〈鼄羌鐘〉		
道		道〈散氏盤〉				道〈中山王䝬鼎〉		

繪				繪〈中山王 譻方壺〉 繪〈中山王 譻鼎〉			
復		復〈曶鼎〉		復〈中山王 譻鼎〉			
憂		憂〈毛公鼎〉		憂〈中山王 譻鼎〉			
獵				獵〈好盗壺〉			獵〈睡虎地 ·秦律雜 抄27〉

（二）增添橫畫於文字者

增添橫畫於文字者，可細分為四類，一為分別增添短橫畫「－」於較長豎畫上；二為分別增添短橫畫「－」於偏旁或部件中；三為增添「＝」於某字或偏旁下方、中間；四為增添「＝」於從「△」部件中。

一、分別增添短橫畫「－」於較長豎畫上者，如：「北」字，〈左使車工豆〉的「北」字作「北」，其間的短橫畫，為飾筆性質。又如：「竹」字，包山竹簡的「竹」字作「竹」，將短橫畫「－」增添於豎畫之上，此種「－」飾筆的增添，僅見於楚系文字，飾筆添加與否，並未改變原本所載的音義，透過地域性的書寫方式，不僅可以判斷文字資料所屬的系統，亦可作為辨別文物真假的依據。〔註47〕

〔註47〕分別增添短橫畫「－」於較長豎畫上的現象，於戰國文字裡，尚有諸多字例，如：
〈曶篙鐘〉的「篙」字，信陽竹簡〈竹書〉的「笲」字，信陽竹簡〈遣策〉的「笙」、「籥」、「籲」、「邃」、「楚」、「籤」、「笡」、「篩」、「箕」、「艸」、「縈」等字，天星觀竹簡〈卜筮〉的「裟」字，天星觀竹簡〈遣策〉的「竿」、「簾」等字，望山一號墓竹簡的「篗」字，望山二號墓竹簡的「緂」、「埮」、「簟」等字，包山竹簡的「著」、「竽」、「笙」、「等」、「簋」、「竿」、「笋」、「鎬」、「答」、「籔」、「箕」、「篁」、「簽」、「策」、「簍」、「簮」、「郯」、「鑵」、「筆」等字，楚帛書〈甲篇〉的「炎」字，楚帛書〈丙篇〉

　　二、分別增添短橫畫「一」於偏旁或部件中者，如：「民」字，「民」字上半部所從爲「目」，其後將眼睛的形體省減，僅留其外框，〈姧盞壺〉的「民」字作「 」，上半部「目框」中，添增的短橫畫飾筆，應爲補白而添加。又如：「戰」字，「戰」字左側從單，〈姧盞壺〉「 」所從「單」的上半部「吅」中所見的短橫畫，屬飾筆性質，應爲補白而添加。

　　三、增添「＝」於某字或偏旁下方、中間者，如：「尙」字，西周金文尙未見增添「一」於「冂」的上方，亦未見增添「＝」於「口」的下方，據此可知，〈廿年距末〉「 」的「＝」，應爲飾筆。又如：「棄」字，甲骨文作「 」《合》（8451），正象棄子之形，雙手之間並無「＝」，〈中山王𰯼鼎〉「棄」字作「 」，下方所見的「＝」，應屬飾筆的增添。〔註48〕

　　四、增添「＝」於從「△」部件中者，如：「立」字，「立」字象一人站立於地上之形，大多未見增添「＝」於「△」部件中，今將兩周文字相較，「立」字多寫作「 」，〈陳璋鑰〉寫作「 」者，係將「＝」增添於部件中，「＝」屬飾筆的性質。

的「築」字，郭店竹簡〈老子〉甲本的「篤」、「篚」等字，郭店竹簡〈緇衣〉的「筮」字，郭店竹簡〈窮達以時〉的「管」字，郭店竹簡〈成之聞之〉的「箬」、「節」、「籔」等字，郭店竹簡〈六德〉的「籠」字，上博簡〈容成氏〉的「簣」字，仰天湖竹簡的「筍」、「笫」、「竺」等字。

〔註48〕增添「＝」於某字或偏旁下方、中間的現象，於戰國文字裡，尚有諸多字例，如：〈曾侯乙鐘〉的「齊」字，包山竹簡的「蠨」、「命」、「食」、「組」等字，郭店竹簡〈五行〉的「見」字，郭店竹簡〈唐虞之道〉的「且」字，郭店竹簡〈六德〉的「相」字，上博簡〈孔子詩論〉的「薺」字，上博簡〈性情論〉的「懤」、「臍」等字，〈郏陵君鑑〉的「祖」字，〈𩰬羌鐘〉的「再」字，〈中山王𰯼鼎〉的「弅」、「朕」、「閭」等字，〈中山王𰯼方壺〉的「醻」、「戒」、「與」、「彝」等字，〈姧盞壺〉的「送」字，〈元年春平侯矛〉的「相」字，〈十年陳侯午敦〉的「齊」字，〈陳璋方壺〉的「再」字，〈郘侯載豆〉的「相」字，〈郘侯𦥑作戎戈〉的「戒」字，〈王后鼎〉的「和」字。

表 3－9

字例	殷商	西周	春秋	楚系	晉系	齊系	燕系	秦系
北	《合》（8783）	〈大克鼎〉			〈左使車工豆〉			
竹	《合》（108）			〈包山260〉				〈睡虎地・封診式81〉
篙				〈夐篙鐘〉				
笲				〈信陽1.4〉				
笙				〈信陽2.3〉				
箖				〈信陽2.3〉				
簓				〈信陽2.4〉				
遂				〈信陽2.11〉				
笩				〈信陽2.11〉				
簦				〈信陽2.14〉				
筥				〈信陽2.18〉				
篛				〈信陽2.21〉				

箕				竹 〈信陽 2.21〉				
竿				竿 〈天星觀・遣策〉				
簾				簾 〈天星觀・遣策〉				
篗				篗 〈望山 1.23〉				
篁				篁 〈望山 2.13〉				
箸				箸 〈包山 1〉				
筵				筵 〈包山 70〉				
笭				笭 〈包山 80〉				
等				等 〈包山 132 反〉				
篕				篕 〈包山 133〉				
竿				竿 〈包山 157〉				
笋				笋 〈包山 180〉				
篁				篁 〈包山 190〉				

籂				籂〈包山204〉				
筓				筓〈包山223〉				
籔				籔〈包山255〉				
箕				箕〈包山257〉				
篓				篓〈包山260〉				
策				策〈包山260〉				
箅				箅〈包山262〉				
管				管〈包山277〉				
築				築〈楚帛書·丙篇2.2〉				
篤				篤〈郭店·老子甲本35〉				
籠				籠〈郭店·老子甲本23〉				

笙				箮 〈郭店・緇 衣 46〉				
笘				笘 〈郭店・ 窮達以 時 2〉				
箬				箬 〈郭店・ 成之聞 之 34〉				
節				節 〈郭店・ 成之聞 之 26〉 節 〈噩君啓 車節〉				
籔				籔 〈郭店・ 成之聞 之 34〉				
籨				籨 〈郭店・六 德 45〉				
簪			簪 〈簪大史 申鼎〉	簪 〈上博・容 成氏 25〉				
笱				笱 〈仰天湖 16〉				
筆				筆 〈仰天湖 16〉				
竺				竺 〈仰天湖 30〉				

艸			〈信陽2.19〉			
縈			〈信陽2.8〉			
褮		〈黏鎛〉	〈天星觀・卜筮〉 〈包山16〉			
綅			〈望山2.21〉 〈信陽2.15〉			
埱			〈望山2.56〉			
郯			〈包山81〉			
纕			〈包山265〉			
毛			〈包山269〉			
炎	〈作冊夨令簋〉		〈楚帛書・甲篇6.1〉			
民	〈冏尊〉	〈王孫誥鐘〉		〈妿盍壺〉		
戰				〈妿盍壺〉		〈睡虎地・秦律雜抄36〉

憚				〈中山王 醫鼎〉	
尚	〈戌方鼎〉				〈廿年距 末〉
棄	《合》 （8451）	〈散氏盤〉		〈中山王 醫鼎〉	
齊	《合》 （14356）	〈齊侯盤〉	〈曾侯乙 鐘〉		〈十年陳 侯午敦〉
躋			〈包山 89〉		
薺			〈上博· 孔子詩 論 28〉		
懠			〈上博·性 情論 15〉		
臍			〈上博·性 情論 29〉		
命		〈豆閉簋〉	〈秦公簋〉	〈包山 2〉	
食			〈仲義昌 鼎〉	〈包山 251〉	
組		〈師袁簋〉		〈包山 270〉	
且	《合》 （903 正）	〈散氏盤〉	〈王孫遺 者鐘〉	〈郭店·唐 虞之道 5〉	

祖			〈鱓鎛〉	〈郳陵君鑑〉			
立	《合》（811 正）	〈番生簋蓋〉				〈陳璋罐〉	
見	《合》（6786）　《合》（20413）	〈見作甗〉		〈郭店・五行 27〉			
相	《合》（18410）	〈作冊折尊〉	〈庚壺〉	〈郭店・六德 49〉	〈元年春平侯矛〉	〈鄩侯載豆〉	
再	《合》（7660）				〈屬羌鐘〉	〈陳璋方壺〉	
舁					〈中山王嚳鼎〉		
朕		〈大盂鼎〉	〈秦公簋〉		〈中山王嚳鼎〉		
關		〈大盂鼎〉			〈中山王嚳鼎〉		
醬					〈中山王嚳方壺〉		
與			〈無者俞鉦鋮〉		〈中山王嚳方壺〉		
彝		〈小夫卣〉	〈秦公簋〉		〈中山王嚳方壺〉		

送				 〈姧子釜壺〉	
戒	 〈戒作莽 宮鬲〉			 〈中山王 嚳方壺〉	 〈鄆侯 奪作 戎戈〉
和		 〈史孔和〉			 〈王后 鼎〉

（三）增添短斜畫於文字者

增添短斜畫於文字者，可細分為三類，一為分別增添短斜畫「﹨」或「ノ」於一字或偏旁兩側、同側；二為增添「八」於某字或偏旁或部件上方或左右兩側；三為增添短斜畫「〃」或「〃」於某字或偏旁同側、兩側。

一、分別增添短斜畫「﹨」或「ノ」於一字或偏旁兩側、同側者，如：「事」字，金文多承襲甲骨文，將之與包山竹簡的「事」字相較，後者作「彔」，部件「口」中所見的「一」、右側的斜筆，以及「↓」的左側所見的斜筆皆為飾筆的性質。又如：「玉」字，「半」《合》（7053 正）其上之「↓」應是將玉相連的繫繩，此一字形於金文未見，金文的「玉」字，係由「丰」《合》（34149）發展而來，楚系文字所見「玉」字作「玨」或「玨」，於同一側或兩側上增添短斜畫的情形，應可視作為求文字均衡與美感的飾筆現象。〔註49〕

二、增添「八」於某字或偏旁或部件上方或左右兩側者，如：「巾」字，增添飾筆現象，多出現於東周時期，如：包山竹簡作「巾」。無論是「八」、短橫畫，皆屬飾筆性質。又如：「豫」字，將〈蔡侯紐鐘〉與包山竹簡相較，後者作「豫」，係將「八」增添於既有的形體之上。〔註50〕

〔註49〕分別增添短斜畫「﹨」或「ノ」於一字或偏旁兩側、同側的現象，於戰國文字裡，尚有諸多字例，如：曾侯乙墓竹簡的「瑧」字，信陽竹簡〈遣策〉的「玓」、「珥」等字，天星觀竹簡〈卜筮〉的「玩」、「瑲」、「瑋」等字，望山二號墓竹簡的「璜」字，包山竹簡的「瑗」、「瑞」、「玨」、「玟」、「珞」、「環」、「琥」、「珊」等字，郭店竹簡〈緇衣〉的「珪」字。

〔註50〕增添「八」於某字或偏旁或部件上方或左右兩側的現象，於戰國文字裡，尚有諸多字例，如：包山竹簡的「牉」字，〈子禾子釜〉的「丙」字，〈平陽左庫戈〉的

　　三、增添短斜畫「ˋ」或「˃」於某字或偏旁同側、兩側者，如：「光」字，甲骨文「光」字作「ĝ」《合》（245 正），上半部所從為火，發展至東周時期逐將小圓點或短橫畫增添於豎畫之上，如：〈吳王光鑑〉作「 ˋ 」，並於該字下半部兩側各增添一道筆畫，〈中山王𦉲鼎〉作「 ˋ 」，並於該字下半部兩側各增添二道筆畫，以為補白與穩定結構之用。又如：「胃」字，金文「胃」字作「 ˋ 」〈少虞劍〉，尚未見增添短斜畫「ˋ」或「˃」的現象，僅於其上增添短斜畫，楚系文字作「 ˋ 」，飾筆現象，應是承襲金文而來，楚簡帛文字的「肉」、「月」、「舟」三字形體相近，除了從偏旁「肉」之「胃」字外，「月」字作：「 ˋ 」〈包山 214〉或「 ˋ 」〈楚帛書・乙篇 3.20〉，「舟」字作：「 ˋ，ˋ 」〈包山 168〉，從「肉」、「月」、「舟」的形體觀察，「肉」與「月」最為接近，有時書手為了區別其間的不同，便於「胃」字所從之「肉」的右側增添「˃」，以示二者的差別，「ˋ」或「˃」的增添，除了具有補白的作用，也可視為區分「肉」、「月」的區別符號。〔註51〕

表 3－10

字例	殷商	西周	春秋	楚系	晉系	齊系	燕系	秦系
事	《合》（3295）	〈天亡簋〉		〈包山 16〉				
玉	《合》（7053 正） 《合》（34149）	王 〈番生簋蓋〉		正 〈曾侯乙 123〉 王 〈信陽 1.33〉				

「平」字，〈丙辰方壺〉的「丙」字。

〔註51〕增添短斜畫「ˋ」或「˃」於某字或偏旁同側、兩側的現象，於戰國文字裡，尚有諸多字例，如：信陽竹簡〈竹書〉的「若」字，包山竹簡的「文」、「𪓵」、「膚」、「瘠」、「產」、「足」等字，郭店竹簡〈魯穆公問子思〉的「寡」字，郭店竹簡〈語叢三〉的「章」字，〈中山王𦉲鼎〉的「寡」字，〈兆域圖銅版〉的「若」字。

瓔				璪〈曾侯乙8〉			
珥				珥〈信陽2.2〉			
玓				玓〈信陽2.18〉			
玩				玩〈天星觀・卜筮〉			
璪				璪〈天星觀・卜筮〉			
琸				琸〈天星觀・卜筮〉			
璜				璜〈望山2.50〉			
瑗				瑗〈包山5〉			
瑞				瑞〈包山22〉			
珊				珊〈包山74〉			
玨				玨〈包山85〉			
玫				玫〈包山146〉			
珞				珞〈包山167〉			

環			〈包山213〉			
琥			〈包山218〉			
珪	〈多友鼎〉		〈郭店·緇衣35〉			
市	〈師袁簋〉	〈蔡大師鼎〉	〈包山232〉			
豫		〈蔡侯紐鐘〉	〈包山11〉			
牢			〈包山149〉 〈包山137反〉			
丙	《合》(1098)	〈冏尊〉			〈子禾子釜〉	〈丙辰方壺〉
平		〈鄱公平侯鼎〉			〈平陽左庫戈〉	
光	《合》(245正)	〈癲鐘〉	〈吳王光鑑〉	〈包山207〉	〈中山王䜌鼎〉	
胃			〈少廣劍〉	〈包山90〉		
若	《合》(151正)	〈大盂鼎〉	〈信陽1.5〉	〈兆域圖銅版〉		

		〈毛公鼎〉				
文	《合》（946 正）《合》（4611 反）	〈天亡簋〉	〈王孫遺者鐘〉	〈包山203〉		
覬				〈包山42〉〈包山120〉		
膚		〈九年衛鼎〉		〈包山84〉〈包山193〉		
瘠				〈包山171〉〈包山171〉		
產				〈包山116〉〈包山106〉	〈哀成叔鼎〉	
足		〈善鼎〉		〈包山155〉〈包山112〉		

章	𚟛	𚟜				
	〈頌簋〉	〈郭店·語叢三 10〉				

（四）增添特殊飾筆於文字者

增添特殊飾筆於文字者，可細分爲五類，一爲分別增添垂露點於某一筆畫上；二爲分別增添渦漩紋「℃」於字或偏旁左側、右側或同側；三爲分別增添「⌣」於字或偏旁左側、右側或同側；四爲分別增添「フ」於字或偏旁兩側；五爲增添「十」於部件中。

一、分別增添垂露點於某一筆畫上者，如：「共」字，〈楚王酓肯盤〉的「共」字作「𚟝」，在原本的形構上，將偏旁「廾」的筆畫引曳拉長，並將垂露點增添於筆畫中間。又如：「盤」字，「盤」字作「𚟞」，在原本的形構上，將上半部較長的筆畫引曳彎曲，使得「皿」置於其中，並將垂露點增添於筆畫中間。〔註52〕

二、分別增添渦漩紋「℃」於字或偏旁左側、右側或同側者，如：「余」字，「余」字於春秋時期才增添飾筆「／＼」，寫作「𚟟」〈黿公華鐘〉，渦漩紋的增添，係中山國文字的特色，遂寫作「𚟠」〈中山王嚳方壺〉。又如：「祀」字，〈中山王嚳方壺〉的「祀」字作「𚟡」，於同側增添渦漩紋的現象，應具有補白的作用，以及穩定其結構的用意。

三、分別增添「⌣」於字或偏旁左側、右側或同側者，如：「祀」字，〈中山王嚳方壺〉的「祀」字作「𚟢」，於同側增添「⌣」的現象，其作用應與增添渦漩紋者相同。

四、分別增添「フ」於字或偏旁的兩側者，如：「羊」字，〈中山王嚳方壺〉作「𚟣」，銘文爲「不祥莫大焉」，「羊」字通假爲「祥」，從字形觀察，中山王嚳墓出土的鼎、壺銘文，其字形大多修長，書手爲求視覺上的美感，以及補白作用，遂於該字兩側增添此一飾紋。

五增添「十」於部件中者，如：「亞」字，甲骨文作「𚟤」《合》（564 正），未見任何多餘的筆畫，金文作「𚟥」〈南宮乎鐘〉，其間的短橫畫，楚簡作「𚟦」，

〔註52〕分別增添垂露點於某一筆畫上的現象，於戰國文字裡，尚有諸多字例，如：〈楚王酓肯盤〉的「楚」、「爲」、「歲」等字。

部件中的「＋」，皆應屬飾筆的性質。

表 3－11

字例	殷商	西周	春秋	楚系	晉系	齊系	燕系	秦系
共		 〈禹鼎〉		 〈楚王酓肯盤〉				
盤		 〈虢季子白盤〉		 〈楚王酓肯盤〉				
楚	 《合》（32986）	 〈季楚簋〉	 〈蔡侯紐鐘〉	 〈楚王酓肯盤〉				
爲	 《合》（13490）	 〈散氏盤〉	 〈趙孟庎壺〉	 〈楚王酓肯盤〉				
歲	 《合》（13475）	 〈曶鼎〉		 〈楚王酓肯盤〉				
余		 〈散氏盤〉	 〈鼄公華鐘〉		 〈中山王嚳方壺〉			
祀	 《合》（2231）	 〈天亡簋〉			  〈中山王嚳方壺〉			
羊	 《合》（331）	 〈小盂鼎〉			 〈中山王嚳方壺〉			
亞	 《合》（564 正）	 〈癲鐘〉  〈南宮乎鐘〉		 〈郭店．老子甲本 15〉				

　　總之，戰國時期的飾筆，不外是小圓點、小空心圓點、垂露點、短橫畫、短斜畫、「ㄥ」、「＝」、「ㄹ」、「ㄴ」、「ㄑ」、「丿」、「ㄱ」、「八」、「ˋˋ」、「ˊˊ」、「＋」等十餘種，透過增添位置的不同，進而產生數十種不同的方式，也使得飾筆的發展，在戰國時期達到高峰。從五系文字的資料觀察，秦系文字在飾筆的表現上，相較於其他系統的文字，確實較為少見，此種現象與其文字形體的表現相同，具有一定程度的保守性，亦由於秦系文字相對的保守，變化不大，透過與該系文字的比較，即可明確看出其他四系文字的差異所在。

　　一般而言，戰國文字習見增添短橫畫、短斜畫。從西周至春秋時期的古文字觀察，其間除了短橫畫外，以小圓點作為裝飾符號者，亦不在少數。又從文字的發展觀察，小圓點往往可以拉長為短橫畫，將春秋、戰國文字相較，後者習見的短橫畫，一部分係由小圓點發展而成，在彼消此長下，使得戰國時期增添短橫畫飾筆的現象，大於增添小圓點飾筆者。除了受到小圓點拉長為短橫畫的影響，造成增添小圓點飾筆的減少外，小圓點增添之位置的侷限性，也令它逐漸為短橫畫所取代。大致而言，小圓點「‧」多增添於豎畫、較長的筆畫，或是從「口」、「○」的部件中，無法隨意地將之置於橫畫的上、下、左、右側，造成此一現象的因素，係因為在橫畫的上側、下側、左側、右側增添小圓點，容易產生視覺的突兀，形成不協調或是不對稱的感覺；相對地，短橫畫「－」則無此困擾，它與一般的橫、豎畫、或是多數的部件放在一起時，非僅不會產生視覺的突兀，相反地則具有對稱與協調的作用，所以在增添的位置上，其限制相對於小圓點或是其他的裝飾符號為小。

第四節　重複偏旁、部件

　　從古文字的資料觀察，或見某字重複原本形構的偏旁或是部件，其重複的形體不一，或為二，或為三，並無一定的限制，儘管形體發生變化，這些重複的部分多無損於該字原本承載的字音與字義。

一、重複偏旁

　　所謂重複偏旁，是在既有的結構上，重複某一個偏旁，而其重複的次數不一，雖然形體上有所改變，多無礙於原本所承載的字音與字義。

　　晉系〈武安‧斜肩空首布〉之「安」字，非僅將「女」的形體以收縮筆畫

的方式書寫，更將其形體重複，寫作「▣」。

「公」字自甲骨文至兩周文字，多寫作「▣」，晉系寫作「▣」者，係將「○」重複所致。

「惑」字於包山竹簡寫作二種形體，（106）作「▣」，簡文爲「少攻尹惑」，（138）作「▣」，爲「蔡惑」，不論重複或未重複偏旁者，多用爲人名，故可視爲「惑」字的重複偏旁。

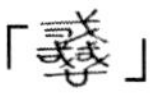

「息」字於郭店竹簡寫作「▣」，簡文爲「毋以嬖御息（塞）莊后」，從字形言，應爲重複偏旁「自」。

「翼」字或從飛異聲，如：〈秦公鎛〉作「▣」，或從羽異聲，如：曾侯乙墓竹簡作「▣」或「▣」。《說文解字》「飛」字云：「鳥翥也，象形」，「羽」字云：「鳥長毛也，象形」〔註53〕，二者皆與鳥類有關，古文字裡意義相近者，作爲偏旁使用時多可互代，羽、飛偏旁互代即屬此例。簡文皆爲「屯八翼之翿」。在字形相較下，應屬重複偏旁「羽」的現象。

「吾」字於西周時期或從口五聲，如：〈沈子它簋蓋〉作「▣」，或從口從二個五，五爲聲符，如：〈毛公鼎〉作「▣」，齊系文字所見重複「五」的形體，寫作「▣」，應承襲於〈毛公鼎〉，惟陶文的形體將兩個「五」並置，採取左右式的結構。〔註54〕

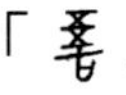

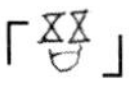

「從」字於甲骨文本作「从」，發展至西周時期，或寫作「从」，如：〈从鼎〉作「▣」，或寫作「從」，如：〈魚從鼎〉作「▣」，將之與〈詛楚文〉相較，後者作「▣」，係將「止」加以重複。

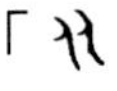

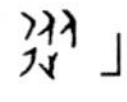

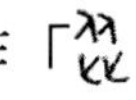

「芻」字象以手拔草之形，將金文與楚簡字形相較，包山竹簡作「▣」，爲重複「屮」的現象。

「霝」字於甲骨文從二口，寫作「▣」《合》（2864），兩周金文改從三口，寫作「▣」〈頌簋〉，至楚簡或從三口，或從四口，如：天星觀竹簡作「▣」、包山竹簡作「▣」，究其本源，楚簡所見現象，應屬重複偏旁現象。

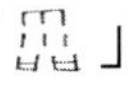

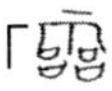

「�」字從邑厝聲，「厝」字從昔。「昔」字於兩周金文寫作：「▣」〈柯

〔註53〕《說文解字注》，頁139，頁588。

〔註54〕重複偏旁的現象，於戰國文字裡，尚有諸多字例，如：包山竹簡的「鄦」字，〈中山王囂鼎〉的「語」、「寤」等字。

尊〉、「」〈大克鼎〉、「」〈妤蚉壺〉，「昔」字下方所從爲日，楚系「鄱」字作「」，所見之二「日」，應屬重複的現象。

表 3－12

字例	殷商	西周	春秋	楚系	晉系	齊系	燕系	秦系
安		 〈戜方鼎〉	 〈國差𦉜〉		 〈武安・斜肩空首布〉			
公	 《合》（27149）	 〈大盂鼎〉	 〈鵙公劍〉		 《古璽彙編》（0112）			
惑				 〈包山106〉  〈包山138〉				 〈睡虎地・日書甲種32背〉
息				 〈郭店・緇衣23〉	 〈中山王𰯼方壺〉			
翼			 〈秦公鎛〉	 〈曾侯乙17〉  〈曾侯乙40〉				
吾		 〈沈子它簋蓋〉  〈毛公鼎〉				 《古陶文彙編》（3.251）		

郚			 〈包山 203〉 〈包山 206〉				
語		 〈余購逐 兒鐘〉	 〈郭店·五 行 34〉	 〈中山王 響鼎〉			
猜				 〈中山王 響鼎〉			
從	 《合》 （1131 正）	 〈从鼎〉 〈魚從鼎〉					 〈詛楚 文〉
絽	 《合》 （974 正）	 〈散氏盤〉	 〈包山 95〉				
霝	 《合》 （2864）	 〈沈子它 簋蓋〉 〈頌鼎〉	 〈天星觀 ·卜筮〉 〈包山 272〉				
鄙			 《古璽彙 編》 （0288）				

二、重複部件

　　所謂重複部件，是在既有的結構上，重複某一個部件，而其重複的次數不一，雖然形體上有所改變，多無礙於原本所承載的字音與字義。

　　「恆」字於西周金文或從二從月，寫作「」〈亙鼎〉，或從二從月從心，寫作「」〈智鼎〉。《說文解字》「恆」字云：「常也，從心舟在二之閒上下，

心以舟施恆也。」其下收錄一重文云：「古文恆，從月。」〔註55〕《說文解字》
「恆」字古文的形體與楚系文字「恆」相似，許慎收錄的古文應源於此。再者，
從楚簡字形及簡文觀察，字形如上所列，簡文多爲「恆貞吉」，包山竹簡（201）
作「亙」，爲重複短橫畫；〈六年格氏令戈〉作「亙」，爲重複豎畫。

　　「福」字於金文中，多採取左右式結構，如：〈沈子它簋蓋〉作「福」，
楚簡文字則採取上下式結構，寫作「景」。此外，〈成之聞之〉的「福」字作「景」，
重複上半部的偏旁，並且省減部分的部件。

表 3－13

字例	殷商	西周	春秋	楚系	晉系	齊系	燕系	秦系
恆	〈合〉（14749正）	〈曶鼎〉〈亘鼎〉		〈包山201〉〈包山218〉	〈六年格氏令戈〉			
福		〈沈子它簋蓋〉	〈王孫誥鐘〉	〈望山1.51〉〈郭店・成之聞之17〉				

　　總之，重複偏旁者，於西周、春秋文字中習見，如：「襲」字作「𤔲」〈致
方鼎〉，「吾」字作「𠱣」〈毛公鼎〉，「霍」字作「𩅀」〈叔男父匜〉，「敗」字
作「𢫪」〈南疆鉦〉，「陸」字作「陸」〈邾公釛鐘〉等，古文字的形體，往往
單複無別，戰國文字由於前有所承，因此使得重複偏旁的現象比重複部件多。
重複部件的情形，於現今所見資料中爲數最少，應是爲了避免部件的重複，導
致形體結構的變異，甚或發生形體訛誤所致。

〔註55〕《說文解字注》，頁687。

第五節　增添無義偏旁

所謂增添無義偏旁〔註 56〕，係指在原本的文字形體上增添偏旁，增添的部分，並不會改變、影響該字原本承載的字義與字音，其性質與飾筆相同。

根據現今所見的戰國文字資料，增添無義偏旁於文字者，可細分爲十例，一爲增添「口」旁；二爲增添「宀」旁；三爲增添「日」旁；四爲增添「甘」旁；五爲增添「心」旁；六爲增添「土」旁；七爲增添「止」旁；八爲增添「艸」旁；九爲增添「又」旁；十爲增添「肉」旁。

一、增添「口」旁者，如：「己」字。郭店竹簡〈成之聞之〉作「己」，簡文爲「故欲人之愛己也」。「己」字形體自商代至兩周時期多未改變，「己」字下方所從之「口」，應屬無義偏旁的性質。又如：「組」字，寫作「組」，簡文爲「屯璵組之綏」。「組」字於金文尚未見增添「口」者，「組」字下方所從之「口」，應屬無義偏旁性質。〔註 57〕

二、增添「宀」旁者，如：「家」字。郭店竹簡〈五行〉作「家」，簡文爲「邦家」。「家」字從宀從豕，「豕」於殷代金文爲形象濃厚的形體，發展至兩周時期，則以簡單的筆畫取代該形體，將楚文字與金文相較，〈五行〉「家」字上增添的「宀」，應屬無義偏旁的性質。又如：「躬」字，包山竹簡寫作「躬」或「躬」，簡文皆爲「躬身」。「躬」字於楚系文字出現增添與未增添「宀」的二種形體，（210）字上增添的「宀」，應屬無義偏旁的性質。〔註 58〕

〔註 56〕何琳儀：《戰國文字通論》，頁 196，北京，中華書局，1989 年。

〔註 57〕增添「口」旁的現象，於戰國文字裡，尚有諸多字例，如：曾侯乙墓竹簡的「組」、「顓」、「鎬」、「驕」、「還」等字，雨臺山竹簡的「文」字，信陽竹簡〈竹書〉的「請」字，天星觀竹簡〈卜筮〉的「精」、「巫」、「毋」等字，包山竹簡的「青」、「郜」、「臂」、「後」、「恆」、「脰」、「等」、「寺」等字，楚帛書〈甲篇〉的「精」字，楚帛書〈乙篇〉的「紀」、「桓」等字，楚帛書〈丙篇〉的「敘」字，郭店竹簡〈老子〉甲本的「靜」、「清」、「精」等字，郭店竹簡〈緇衣〉的「筮」字，郭店竹簡〈成之聞之〉的「婧」字，郭店竹簡〈尊德義〉的「訐」字，郭店竹簡〈性自命出〉的「霄」字，郭店竹簡〈語叢一〉的「情」字，上博簡〈容成氏〉的「涂」字，〈中山王響鼎〉的「今」、「念」、「後」等字，〈中山王響方壺〉的「請」、「退」等字，〈塦喜壺〉的「再」字，〈塦侯因資敦〉的「帝」字，〈八年五大夫弩機〉的「青」字，《古陶文彙編》（4.41）的「談」字。

〔註 58〕增添「宀」旁的現象，於戰國文字裡，尚有諸多字例，如：曾侯乙墓竹簡的「中」

三、增添「日」旁者，如：「柜」字。「柜」字從木巨聲，「巨」字於兩周金文寫作：「 」〈伯矩簋〉、「 」〈伯矩尊〉、「 」〈鄭侯少子簋〉，金文「巨」字未見增添「日」者。仰天湖竹簡於同一枚竹簡上出現該字二次，依序寫作「 」、「 」，雖有增添「日」的差異，其簡文皆相同，故知「日」應屬無義偏旁性質。

四、增添「甘」旁者，如：「合」字。「合」字於甲、金文中尚未見在「口」中增添短橫畫「一」，亦未見增添「甘」者，包山竹簡寫作「 」或「 」，「口」中的短橫畫「一」，應為單筆的飾筆，下半部的「甘」，應屬無義偏旁。〔註59〕又如：「巫」字，「巫」字中間部分本作「H」，發展至戰國時期寫作「^^」，應是將直筆彎曲所致，再者，甲、金文皆未見增添「甘」者，望山竹簡作「 」，所見之「甘」，應屬無義偏旁的性質。〔註60〕

五、增添「心」旁者，如：「訓」字，包山竹簡（210）作「 」，（217）作「 」，簡文皆為「叔外又不訓」。（217）增添偏旁「心」，應屬無義偏旁性質。

六、增添「土」旁者，如：「萬」字。「萬」字於甲骨文尚未見增添「土」者，〈緇衣〉作「 」的形體，應是承襲春秋時期〈鼄公牼鐘〉而來，添加的「土」，無礙於原本所承載的音義，應可視為無義偏旁的性質。〔註61〕

七、增添「止」旁者，如：「衛」字，郭店竹簡〈性自命出〉作「 」，簡文為「鄭衛之樂」，鄭、衛皆為國名。「衛」字於金文未見增添「止」者，古文字裡為表示地望名稱，或是國名，常增添偏旁「邑」，此處增添之「止」實無義可言，應屬無義偏旁性質。又如：「衡」字，竹簡寫作「 」或「 」，簡文皆為「衡厄」。金文「衡」字尚未見增添任何的符號，曾侯乙墓竹簡所見的「止」，應屬無義偏旁的性質。

字，包山竹簡的「集」字，《古陶文彙編》（4.20）的「中」字。

〔註59〕從偏旁「合」者，亦見相同的現象，如：〈中山王𰎲鼎〉的「弇」字。

〔註60〕增添「甘」旁的現象，於戰國文字裡，尚有諸多字例，如：包山竹簡的「劍」字，郭店竹簡〈老子〉甲本的「僉」字，〈中山王𰎲鼎〉的「弇」字，〈中山王𰎲方壺〉的「斂」字。

〔註61〕增添「土」旁的現象，於戰國文字裡，尚有諸多字例，如：天星觀竹簡〈遣策〉的「緟」字，包山竹簡的「臧」字，郭店竹簡〈唐虞之道〉為「堯」字。

　　八、增添「艸」旁者，如：「果」字。曾侯乙墓竹簡作「果」或「果」，簡文皆爲「二果」。「果」字於甲、金文皆未見增添「艸」者，曾侯乙墓竹簡（62）所見之「艸」，應屬無義偏旁的性質。又如：「夏」字，望山竹簡作「夏」，包山竹簡作「夏」，簡文皆作「夏月」，作爲月名使用。「夏」字下半部所從爲「火」，楚簡帛文字中「火」作爲偏旁或是部件，習見於豎畫上增添短橫畫「－」，故「夏」字所從「火」形體的「－」屬飾筆的性質。又從「艸」之例亦僅見於望山竹簡（1.8），故知增添的「艸」，應屬無義偏旁性質。〔註62〕

　　九、增添「又」旁者，如：「祖」字。〈中山王譽鼎〉作「祖」，銘文爲「先祖」，〈陳逆簋〉作「祖」，爲「皇祖」。〈中山王譽鼎〉與〈陳逆簋〉的字形相近，惟偏旁位置不同，前者將「示」置於「且」的左側，後者則置於「且」的下方，其間所見偏旁「又」應屬無義偏旁的增添。又如：「韋」字，〈七年相邦呂不韋戈〉作「韋」，銘文爲「呂不韋」。「韋」字自甲骨文至兩周文字大多未見從「又」者，又〈三年相邦呂不韋戈〉、〈四年相邦呂不韋戈〉等器銘，其「韋」字皆未見增添「又」者，故知〈七年相邦呂不韋戈〉所見偏旁「又」應屬無義偏旁的增添。

　　十、增添「肉」旁者，如：「尹」字。〈八年相邦劍〉作「尹」，銘文爲「大工尹」，〈鄆王昬戈〉作「尹」，爲「右工尹」，爲職官名。再者，《說文解字》「尹」字云：「治也」〔註63〕，已明確表義，該字增添「肉」，實屬無義偏旁性質。「尹」字於韓國、趙國兵器裡多寫作從尹從肉之形，據此可作爲判斷戰國時期兵器的國別依據。

表3－14

字例	殷商	西周	春秋	楚系	晉系	齊系	燕系	秦系
己	《合》（3187）	〈沈子它簋蓋〉		〈郭店·成之聞之20〉				

〔註62〕增添「艸」旁的現象，於戰國文字裡，尚有諸多字例，如：郭店竹簡〈老子〉甲本的「怒」字，郭店竹簡〈成之聞之〉的「澡」字。

〔註63〕《說文解字注》，頁116。

組		組〈師袁簋〉		緒〈曾侯乙2〉				
粗				粗〈曾侯乙214〉				
頸				頸〈曾侯乙9〉 頸〈包山16〉				
稛				稛〈曾侯乙45〉				
騆				騆〈曾侯乙146〉				
遟				遟〈曾侯乙162〉				
文	文《合》（946正） 文《合》（4611反）	文〈天亡簋〉 文〈毛公鼎〉	文〈王孫遺者鐘〉	文〈雨臺山2〉				
請				請〈信陽1.10〉	請〈中山王譽方壺〉			
情				情〈天星觀‧卜筮〉				
青		青〈史牆盤〉		青〈包山256〉			青〈八年五大夫弩機〉	

鄁			〈包山 50〉				
䎺			〈包山 28〉				
精			〈楚帛書·甲篇 5.35〉				
靜	〈靜簋〉	〈秦公簋〉	〈郭店·老子甲本 5〉				
清			〈郭店·老子甲本 10〉				
精			〈郭店·老子甲本 34〉				
猜			〈郭店·成之聞之 35〉				
䵜			〈郭店·性自命出 62〉				
情			〈郭店·語叢一 31〉				
巫	《合》（946 正）	〈齊巫姜簋〉	〈天星觀·卜筮〉　〈望山 1.119〉				

笩				簪〈郭店・緇衣46〉				
毋				〈天星觀・卜筮〉				
後	〈合〉（18595）	〈師望鼎〉	〈杕氏壺〉	〈包山152〉	〈中山王䥺鼎〉			
恆	〈合〉（14749正）	〈亙鼎〉 〈恒簋蓋〉		〈包山233〉 〈包山199〉				
胻			〈吳王孫無土鼎〉	〈包山278反〉				
桓				〈楚帛書・乙篇2.10〉				
等				〈包山9〉 〈包山132反〉				
寺			〈吳王光鑑〉	〈包山209〉				
紀				〈楚帛書・乙篇4.13〉				

敘			〈楚帛書·丙篇 10.3〉　〈包山 211〉			
訏			〈郭店·尊德義 15〉			
涂			〈上博·容成氏 25〉			
今	《合》（37）	〈瘋鐘〉		〈中山王𧭲鼎〉		
念	〈沈子它簋蓋〉	〈蔡侯墓殘鐘四十七片〉		〈中山王𧭲鼎〉		
退				〈中山王𧭲方壺〉		
再	《合》（7660）				〈陳喜壺〉	
帝	《合》（30592）	〈井侯簋〉　〈寡子卣〉	〈秦公簋〉			〈陳侯因資敦〉
談						《古陶文彙編》（4.41）

家	〈家戈爵〉	〈趞簋〉		〈郭店・五行29〉			
躬			〈郑䢹尹譬鼎〉	〈包山210〉 〈包山226〉			
中	《合》（811正） 《合》（29813反）	〈七年趞曹鼎〉		〈曾侯乙18〉		《古陶文彙編》（4.20）	
集	《合》（17867正）	〈小集母乙觶〉 〈集作父癸卣〉		〈包山212〉			
柜				〈仰天湖22〉		《古璽彙編》（0051）	
合	《合》（1076甲正）	〈五年召伯虎簋〉	〈秦公鐘〉	〈包山83〉 〈包山166〉			
弇				〈中山王䤾鼎〉			
劍		〈師同鼎〉	〈吳季子之子逞劍〉	〈包山18〉			

僉				〈郭店・老子甲本 5〉				
斂					〈中山王 𧧒方壺〉			
訓				〈包山 210〉 〈包山 217〉				
萬	《合》（9812）	〈噩侯簋〉	〈鼄公牼鐘〉	〈郭店・緇衣 13〉				
繃				〈天星觀・遣策〉 〈包山 230〉				
臧	《合》（3297 反）		〈臧孫鐘〉	〈包山 177〉				
堯	《合》（9329）			〈郭店・唐虞之道 1〉				
衛		〈班簋〉 〈𤔲攸从鼎〉		〈郭店・性自命出 27〉				
衡		〈毛公鼎〉		〈曾侯乙 64〉				

			衡〈天星觀・遣策〉				
果	〈合〉（13625正）	〈果簋〉	〈蔡公子果戈〉	果〈曾侯乙37〉 菓〈曾侯乙62〉			
夷				莫〈望山1.8〉 象〈包山73〉			
怒				蓉〈郭店・老子甲本34〉 帑〈郭店・語叢二25〉			
㵾				蕩〈郭店・成之聞之11〉 汸〈郭店・成之聞之14〉			
祖	〈合〉（150反）	〈大盂鼎〉	〈䚄鎛〉		〈中山王譽鼎〉	〈陸逆簋〉	
韋	〈合〉（634正）	〈韋作父丁鼎〉	〈黃韋俞父盤〉				〈七年相邦呂不韋戟〉
尹	〈合〉（3473）	〈頌鼎〉			〈八年相邦劍〉		〈鄅王䇦戈〉

　　總之，增添無義偏旁的作用，或具有補白與平衡的效果，或僅爲裝飾之用。這種書寫的方式，分見於楚系、晉系、齊系、燕系與秦系文字中，如：晉系的兵器裡，「尹」字習慣增添「肉」，楚系的「中」字常將「宀」增添於上，由於多具地域特色，透過這些特殊的形體，即可初步的進行文字分域工作；其次，增添無義偏旁者，秦系文字僅見一例，此種情形正表現出該系文字的穩定性。

第六節　增添標義偏旁

　　所謂增添標義偏旁〔註64〕，係指在文字原本的結構上，再增加一個義符，透過這個新添的義符，突顯該字的意義。

一、象形＋義符

　　根據現今所見的戰國文字資料，於象形字上增添標義偏旁者，可細分爲十三例，一爲增添「心」旁；二爲增添「土」旁；三爲增添「石」旁；四爲增添「又」旁；五爲增添「邑」旁；六爲增添「艸」旁；七爲增添「肉」旁；八爲增添「𢆶」旁；九爲增添「木」旁；十爲增添「馬」旁；十一爲增添「人」旁；十二爲增添「死」旁；十三爲增添「大」旁。

　　一、增添「心」旁者，如：「我」字。甲骨文作「𢦏」《合》（376正），「象兵器之形，以其柲似戈，故與戈同，非從戈也。器身作，左象其內，右象三銛鋒形。」〔註65〕郭店竹簡〈語叢三〉「」從心我聲。郭店竹簡〈語叢一〉簡文爲「我（義）生於道」，〈語叢三〉爲「我（義），德之進也。」「我」字通假爲「義」。儒家思想中習談仁、義，仁、義既然與心性攸關，增添的「心」旁，應屬標義偏旁。增添「心」的「我」字，本爲表示「仁義」之「義」字，卻形成從心我聲的形聲字。

　　二、增添「土」旁者，如：「丘」字。甲骨文「丘」字爲象形，兩周文字雖承襲其形體發展，卻以線條取代原有的象形成分。將〈商丘叔簠〉與包山竹簡相較，後者作「坴」，增添偏旁「土」。原本係表示「丘」爲土所形成，卻形成

〔註64〕《戰國文字通論》，頁198。

〔註65〕李孝定：《甲骨文字集釋》第十二，頁3799，臺北，中央研究院歷史語言研究所，1991年。

從土丘聲的形聲字。又如：「缶」字，甲骨文與金文屬象形字，發展至戰國時期，包山竹簡從土缶聲，寫作「䍃」。隨著社會的發展，品物器用的材質逐漸有所不同，有時文字爲了反映質材的差異，遂在原本的形構上增添某些偏旁。「缶」字增添偏旁「土」，未改變原本所載的音義，只是更明確的表現該器的製作材料。增添偏旁「土」，原本係反映該器的製作材料，卻形成從土缶聲的形聲字。

三、增添「石」旁者，如：「缶」字。包山竹簡從石缶聲，寫作「䃑」。增添偏旁「石」，只是更明確的表現該器的製作材料。增添偏旁「石」，本爲反映該器的製作材料，卻形成從石缶聲的形聲字。

四、增添「又」旁者，如：「克」字。郭店竹簡〈老子〉乙本「𡰥」、〈中山王䤜鼎〉「䤜」，皆從又克聲。〈中山王䤜鼎〉銘文爲「克敵大邦」。「克」字於此爲動詞，故知下半部之「又」，表示動詞之用。增添偏旁「又」的用意，原本作爲動詞的詞性使用，卻形成從又克聲的形聲字。

五、增添「邑」旁者，如：「齊」字。楚、晉二系或增添偏旁「邑」。〈曾侯乙鐘〉作「𪒥」或「𪑅」，銘文皆爲「其在齊爲呂音」，「齊」字多與「楚」字對舉，故知增添偏旁「邑」者，是爲了表明此爲國名；〈十四年雙翼神獸〉作「𨛮」，銘文爲「嗇夫鄭印工疥」，此爲表示人名。增添偏旁「邑」，原本係表明該字作爲國名或是人名使用，卻形成從邑齊聲的形聲字。又如：「蔡」字，〈鄂君啓車節〉作「𨛜」，銘文爲「下蔡」，〈蔡侯鼎〉作「𦰩」，銘文爲「蔡侯䍃」，前者爲地望名稱，後者爲國名，無論增添偏旁「邑」與否，皆未改變其意義。增添偏旁「邑」，原本係表明該字作爲地望或是國名使用，卻形成從邑蔡聲的形聲字。

六、增添「艸」旁者，如：「瓜」字。上博簡「瓜」字從艸瓜聲，寫作「𦿸」。上博簡之簡文爲「因木瓜之報」。「木瓜」爲植物，增添偏旁「艸」，原本係反映該品物的質材，卻形成從艸瓜聲的形聲字。

七、增加「肉」旁者，如：「虎」字。甲、金文皆爲象形字，未見增添偏旁「肉」者。曾侯乙墓竹簡作「𧆞」或「𧆞」，簡文皆爲「虎韔」。《說文解字》「皮」字云：「剝取獸革者謂之皮」，「肉」字云：「胾肉也」〔註66〕，二者在意義上有其關聯，增添偏旁「肉」者，原本係反映該器爲虎皮所製，卻形成從肉虎聲的形聲字。

〔註66〕《說文解字注》，頁 123，頁 169。

　　八、增添「齒」旁者，如：「牙」字。「牙」字於兩周時期的形體變異不大，惟於戰國時期的楚、晉二系中增添偏旁「齒」，寫作「齒」《古陶文彙編》（6.102），「齒」即爲「齒」字下半的形體。《說文解字》「齒」字云：「口齗骨也，象口齒之形，止聲。」「牙」字云：「壯齒也，象上下相錯之形。」其下收錄一個古文，從牙從𦥑，段玉裁〈注〉云：「從齒而象其形也，𦥑古文齒。」〔註67〕在文字演變的過程，有時會受到同一詞組中意義相同或相近者的影響，而將義類相同或相近的字增添同一個義符。增添偏旁「齒」者，係受到「齒」字作「齒」的影響，而以「牙」爲基礎增添一個義符「齒」，形成從齒牙聲的「齒」字。

　　九、增添「木」旁者，如：「戶」字。「戶」字於甲骨文裡尚未見增添偏旁「木」者，發展至戰國時期，包山竹簡於「戶」字上增添偏旁「木」，寫作「梓」。《說文解字》「戶」字下有一從木的古文〔註68〕，與楚簡所見從木之「戶」字相符。以《說文解字》所收的重文「鬲」字爲例，其下云：「鼎屬也，實五觳，斗二升曰觳，象腹交文三足。」該字收錄一個從瓦的重文，云：「鬲或從瓦」。〔註69〕言「鬲或從瓦」，表示其器爲瓦製，增添偏旁「瓦」，是爲了明示其材質。「戶」字加上偏旁「木」，其目的與「鬲」字之例相同，亦是爲了明示製作「戶」的材質，卻產生從木戶聲的形聲字。

　　十、增添「馬」旁者，如：「匹」字。「匹」字有二種形體，一爲從匹者，寫作「匹」，一爲從馬匹聲，寫作「駟」。簡文依序爲「三匹騂甲」、「三匹駠」，多作爲計算馬匹的單位詞。楚簡中增添偏旁「馬」，是爲了突顯此字的用法，並且作爲馬匹的專字，卻形成從馬匹聲的形聲字。

　　十一、增添「人」旁者，如：「弟」字。甲、金文尚未見增添偏旁「人」者，惟發展至戰國時期的包山竹簡增添偏旁「人」，寫作「俤」。簡文皆爲「兄弟」。《說文解字》「弟」字云：「韋束之次弟也，從古文之象。」段玉裁〈注〉云：「以韋束物，如輈五束、衡三束之類，束之不一，則有次弟也。引申之爲凡次弟之弟、爲兄弟之弟、爲豈弟之弟。」〔註70〕增添偏旁「人」，原本係反映「弟」字

〔註67〕《說文解字注》，頁79，頁81。

〔註68〕《說文解字注》，頁592。

〔註69〕《說文解字注》，頁112。

〔註70〕《說文解字注》，頁239。

是使用於人類的長幼稱謂，卻形成從人弟聲的形聲字。又如：「兄」字，〈郑陵君王子申豆〉作「㲋」，銘文爲「以會父兄」。增添偏旁「人」，原本係反映「兄」字是使用於人類的長幼稱謂，卻形成從人兄聲的形聲字。

十二、增添「死」旁者，如：「喪」字。甲骨文象一棵桑樹上懸掛採桑的籃筐〔註71〕；金文裡桑樹的形體日漸訛變，下半部表示桑樹根部的形體，與「亡」相近；郭店竹簡「喪」字作「𣶒」，省減下半部樹根的形體，並且增添偏旁「死」。簡文爲「喪事尚右」。增添偏旁「死」者，既作爲「喪事」而言，故知係爲界定該字的使用範圍，以及該字的意義，因而形成從死桑聲的形聲字。

十三、增添「大」旁者，如：「言」字。簡文依序爲「六者各行其職而訟言亡由作也」、「此六者各行其職而訟言蔑由作也」。(24)「會」從文從言，(36)「𩰫」從大從言。《古文四聲韻》卷二「誇」字作：「𩰫」〈崔希裕纂古〉，下半部的偏旁與（36）的形體相近。又該書卷一「言」字作：「𠅃」《汗簡》〔註72〕，將三者比對，〈六德〉之字下方所從偏旁應爲「言」字。(36) 的字形與《古文四聲韻》的「誇」字十分近同。《說文解字》「誇」字云：「譀也。」「譀」字云：「誕也。」「誕」字云：「詞誕也。」又段玉裁於「誕」字下〈注〉云：「此三字，蓋有誤。〈釋詁〉、〈毛傳〉皆云：誕，大也。」〔註73〕由此可知，「誇」字應有「詞大」之意。若將該字釋爲「誇」，與其簡文相互對照，則又難以解釋，故於此亦不當作爲「誇」字。據陳偉之說，則將此字釋爲「言（從大）」。〔註74〕楚簡帛文字裡，某些文字爲了使其表述的字義愈爲清楚，常在文字原本的結構之上，再增添一個形符，透過這個新添的形符，突顯該字的意義，由此可知，從大從言之字，亦即「言」字，簡文中所欲表達之意，應爲「大言」，亦即「大聲說話」。增添偏旁「大」，原本係爲界定該字的意義，卻形成從大言聲的形聲字。從文從言之「言」字，其上之「文」，應是「大」字，寫作「文」者，是書手的筆誤所致。

〔註71〕 邱德修：〈甲骨文「喪」字考〉，《中等教育輔導叢書》，頁 194～196，臺北，國立臺灣師範大學，1996 年。

〔註72〕 （宋）夏竦：《古文四聲韻》，頁 100，頁 70，臺北，學海出版社，1978 年。

〔註73〕 《說文解字注》，頁 99。

〔註74〕 陳偉：〈郭店楚簡別釋〉，《江漢考古》1998 年第 4 期，頁 71。

表3－15

字例	殷商	西周	春秋	楚系	晉系	齊系	燕系	秦系
我	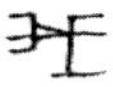 《合》（376正）	 〈散氏盤〉		 〈郭店・語叢一22〉  〈郭店・語叢三24〉				
丘	 《合》（108）		 〈商丘叔簠〉	 〈包山241〉				
缶	 《合》（6571正）		  〈蔡侯䍃缶〉	  〈包山255〉  〈包山260〉				
克	 《合》（8952）  《合》（19673）	 〈小克鼎〉		 〈郭店・老子乙本2〉	 〈中山王䇂鼎〉			
齊	 《合》（14356）		 〈齊侯盤〉	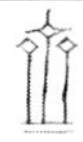  〈曾侯乙鐘〉	 〈十四年雙翼神獸〉			
蔡			 〈蔡侯鼎〉	 〈鄂君啓車節〉				
瓜				 〈上博・孔子詩論18〉	 〈令狐君嗣子壺〉			

虎	《合》（10196）	〈九年衛鼎〉		〈曾侯乙13〉〈曾侯乙62〉				
牙		〈十三年癲壺〉	〈魯大宰邎父簋〉	〈曾侯乙165〉	《古陶文彙編》（6.102）			
戶	《合》（26764）			〈包山·簽〉				〈睡虎地·秦律十八種168〉
匹		〈兮甲盤〉		〈曾侯乙129〉〈曾侯乙179〉				
弟	《合》（22258）	〈沈子它簋蓋〉		〈包山138反〉〈包山227〉				
兄	《合》（2870）		〈曾子仲宣鼎〉	〈䣄陵君王子申豆〉				
喪	《合》（27782）	〈旅鼎〉	〈洹子孟姜壺〉	〈郭店·老子丙本8〉				
言	《合》（440正）	〈伯矩鼎〉		〈郭店·六德24〉				

			〈郭店·六德36〉			

二、指事＋義符

　　增添「臼」旁者，如：「本」字。郭店竹簡〈成之聞之〉「志」、〈劍珌〉「志」，皆從臼本聲。〈成之聞之〉簡文爲「不反其本」。《說文解字》「本」字云：「木下曰本」，其下收錄一從木從三口的古文，段玉裁〈注〉云：「此從木，象形也。根多竅，似口，故從三口。」〔註75〕「本」字從木，豎畫之「一」表示爲地，郭店竹簡所從偏旁「臼」，係爲更明確表達「根本」之義，卻形成從臼本聲的形聲字。

表 3－16

字例	殷商	西周	春秋	楚系	晉系	齊系	燕系	秦系
本		〈本鼎〉		〈郭店·成之聞之12〉	〈劍珌〉			

三、會意＋義符

　　根據現今所見的戰國文字資料，於會意字上增添標義偏旁者，可細分爲九例，一爲增添「邑」旁；二爲增添「車」旁；三爲增添「爪」旁；四爲增添「辵」或「止」旁；五爲增添「戈」旁；六爲增添「土」旁；七爲增添「臣」旁；八爲增添「韋」或「糸」旁；九爲增添「羽」旁。

　　一、增添「邑」旁者，如：「正」字。包山竹簡（150）作「邼」，增添偏旁「邑」。（150）、（193）簡文皆爲「正易」。無論增添偏旁「邑」與否，皆未改變其意義。增添偏旁「邑」，原本係爲了明示該字所指爲地望，卻形成從邑正聲的形聲字。又如：「奠」字，「從酋從丌並省，象尊有薦，乃奠字也。從酋之字，古金文多從酉，如：陣從酉，鄭作奠之類；從丌之字，古金文或省從一，如：

〔註75〕《說文解字注》，頁251。

其字作「🔲」，從一之類。」〔註76〕發展至戰國時期，楚、晉二系文字或增添「邑」，寫作「鄭」。曾侯乙墓竹簡作「🔲」，簡文爲「鄭禓白爲左驂」，作爲人名使用，包山竹簡作「🔲」，簡文爲「一鄭弓」，作爲地望或國名使用，〈鄭武庫戈〉作「🔲」，銘文爲「鄭武庫」，〈鄭左庫戈〉作「🔲」，銘文爲「鄭左庫」，作爲國名使用。「邑」旁的增添，原本係爲了明示該字所指爲地望，卻形成從邑奠聲的形聲字。〔註77〕

二、增添「車」旁者，如：「乘」字。甲骨文與西周金文皆未見增添偏旁「車」者，增添偏旁的現象多見於戰國楚系文字。從簡文觀察，多作爲計算馬車的單位詞，如：包山竹簡作「🔲」，爲「一乘羊車」。增添偏旁「車」的目的，應爲突顯其意義與車馬相關，卻形成從車乘聲的形聲字。

三、增添「爪」旁者，如：「保」字。甲骨文作「🔲」《合》（6），未見於偏旁「子」增添筆畫；殷商金文「保」字作「🔲」〈保鼎〉，象人懷抱小孩之形，其形體比甲骨文更爲具體；金文多於右側增添一道飾筆，作「🔲」〈大盂鼎〉，其作用除作爲補白效果外，亦有穩定結構的目的。此外，〈中山王䜌鼎〉所見從偏旁「爪」的「保」字作「🔲」，應是承襲〈保鼎〉發展，惟前者以簡單的豎畫與橫畫書寫，遂成爲從人從子的形體，並於「子」的兩側各增添一道筆畫。至於〈保鼎〉中所見的「手」，原本應在形體改爲「人」後，一同隨著本有的形體消失，卻在〈中山王䜌鼎〉中出現，由於「手」與主體割裂，遂以「爪」的形體呈現。〈中山王䜌鼎〉從偏旁「爪」的「保」字，一方面承襲殷商金文而發展，一方面亦具有明示作爲動詞之詞性的作用，卻形成從爪保聲的形聲字。又如：「加」字，金文裡未見增添偏旁「爪」者，〈蔡公子加戈〉之「口」字形體，係美術化的結果，楚系銅器文字，大凡形體筆畫拉長彎曲者，「口」多寫作此一形體。郭店竹簡〈窮達以時〉作「🔲」，簡文爲「非其德加」，〈語叢三〉作「🔲」，簡文爲「不義而加諸己」。增添偏旁「爪」，本有明示作爲動詞之詞性的作用，卻形成從爪加聲的形聲字。

〔註76〕羅振玉：《殷虛書契考釋》，卷中，頁73，臺北，藝文印書館，1981年。

〔註77〕增添「邑」旁的現象，於戰國文字裡，尚有諸多字例，如：曾侯乙墓竹簡的「秦」字，〈鄂君啓車節〉的「灋」字，包山竹簡的「恆」、「付」、「夷」、「義」等字，上博簡〈容成氏〉的「殷」字。

　　四、增添「辵」或「止」旁者，如：「去」字。郭店竹簡〈成之聞之〉從辵去聲，寫作「從」，〈鈇鉴壺〉從止去聲，寫作「意」。〈成之聞之〉簡文爲「其去人弗遠矣」，〈鈇鉴壺〉銘文爲「大去刑罰」，二者皆作爲動詞。「來去」之「去」本爲動詞，於此增添偏旁「辵」應是強調其動作。增添偏旁「辵」的用意，原本作爲動詞的詞性使用，卻形成從辵去聲，或是從止去聲的形聲字。又如：「降」字，甲骨文「從𨸏示山陵形，𢀛象兩足由上而下。」〔註78〕楚、晉二系文字增添偏旁「止」，寫作「𢓊」〈中山王𰯼鼎〉，燕系文字增添偏旁「土」，寫作「𡏡」。郭店竹簡〈五行〉簡文爲「既見君子，心不能降。」〈中山王𰯼鼎〉銘文爲「天降休命于朕邦」，增添偏旁「止」的用意，原本強調動詞的詞性，卻形成從止降聲的形聲字；〈不降矛〉銘文爲「不降棘余子」，「✕✕」加上「余子」者，又見於《古璽彙編》（0109）的「左邑余子嗇夫」，「左邑」一詞係指地望，「不降」亦爲地望。「降」字增添「土」的現象，正符合古文字於某字上增添偏旁「邑」或「土」，以爲地望之字的情形。「土」旁的增添，原本係爲了明示該字所指爲地望，卻形成從土降聲的形聲字。

　　五、增添「戈」旁者，如：「奇」字。郭店竹簡〈老子〉甲本從戈奇聲，寫作「奇戈」。郭店竹簡〈老子〉甲本簡文爲「以正之國，以戠甬兵，以亡事取天下。」今本《老子》第五十七章作「以正治國，以奇用兵，以無事取天下。」從「以奇用兵」言，「奇」字增添偏旁「戈」，本爲表示其與戰爭有關，卻形成從戈奇聲的形聲字。又如：「囂」字，曾侯乙墓竹簡寫作從戈囂聲的「囂戈」，包山竹簡作「囂戈」。曾侯乙墓竹簡與包山竹簡的簡文同爲「大莫囂」，「莫囂」一詞即傳世文獻所見之「莫敖」。《淮南子・脩務》云：「吳與楚戰，莫囂大心撫其御之手。」〔註79〕又從《左傳》記載得知，早期楚國的莫敖一職多屬軍事將領。「戈」爲兵器名，增添偏旁「戈」，本爲表示其爲領軍作戰的「莫囂」，卻形成從戈囂聲的形聲字。

　　六、增添「土」旁者，如：「疆」字。「疆」字從二田比鄰，即有疆界之意。〈中山王𰯼方壺〉增添偏旁「土」者，寫作「疆土」，銘文爲「以靖燕疆」，未增添者爲「創闢封疆」。《說文解字》「畺」字云：「界也，從畺，三其界畫

〔註78〕《殷虛書契考釋》，卷中，頁65。

〔註79〕（漢）高誘注：《淮南子》，頁590，臺北，藝文印書館，1974年。

也。」其下收錄一重文，云：「畺或從土彊聲」。段玉裁〈注〉云：「今則疆行而畺廢矣。」〔註80〕增添偏旁「土」者，本爲明確的表示所指爲疆土，卻形成從土彊聲的形聲字。

七、增添「臣」旁者，如：「僕」字。甲骨文「僕」字，羅振玉云：「爲俘奴之執賤役瀆業之事者，故爲手奉糞棄之物以象之。」〔註81〕徐中舒云：「象身附尾飾，手捧糞箕以執賤役之人，其頭上從辛，辛爲剞剧，以示其人曾受黥刑。」〔註82〕手持畚箕的形象，於兩周文字裡已消失，轉而爲簡單的筆畫所取代，如：包山竹簡作「僕」。《說文解字》「僕」字下收錄一個從「臣」的古文〔註83〕，「臣」字有屈服事君之義，於「僕」字結構上增添「臣」，本欲使其意義益加彰顯，卻形成從臣僕聲的形聲字。

八、增添「韋」或「糸」旁者，如：「冒」字。包山竹簡（277）從冒，寫作「冒」，（259）從韋冒聲，寫作「韗」，仰天湖竹簡從糸冒聲，寫作「冕」。包山竹簡與仰天湖竹簡的簡文皆爲「帽子」。「冒」字增添偏旁「韋」或「糸」，原本係反映該器的製作材料，卻形成從韋冒聲，或是從糸冒聲的形聲字。

九、增添「羽」旁者，如：「巠」字。金文「巠」字多作「經」，郭店竹簡多作「輕」。郭店竹簡〈緇衣〉作「巠」，〈性自命出〉作「巠」，簡文依次爲「輕爵」、「毋輕」，「巠」字皆通假爲「輕」。「羽」爲「鳥長毛」，羽毛爲輕盈之物，故知增添偏旁「羽」之「巠」字，其作用本爲表示「輕」義，卻形成從羽巠聲的形聲字。

表 3-17

字例	殷商	西周	春秋	楚系	晉系	齊系	燕系	秦系
正	《合》（644）	〈彔伯戜簋蓋〉	〈黿公華鐘〉	〈包山150〉				

〔註80〕《説文解字注》，頁 704。

〔註81〕《殷虛書契考釋》，卷中，頁 24。

〔註82〕《甲骨文字典》，頁 236。

〔註83〕《説文解字注》，頁 104。

字						
	〈虢季子白盤〉	〈包山193〉				
奠	《合》（780）	〈智鼎〉	〈秦公鎛〉	〈曾侯乙176〉〈包山260〉	〈鄭武庫戈〉〈鄭左庫戈〉	
秦	《合》（299）	〈史秦鬲〉	〈秦公簋〉	〈曾侯乙3〉〈包山133〉		
噩		〈噩侯簋〉		〈噩君啓車節〉〈包山76〉		
恆	《合》（14749正）	〈智鼎〉		〈包山163〉〈包山218〉		
付		〈散氏盤〉		〈包山34〉〈包山39〉		
夷		〈南宮柳鼎〉		〈包山118〉〈包山124〉		

義		 〈史牆盤〉	 〈蔡侯盤〉	 〈包山 40〉  〈包山 84〉				
殷		 〈大盂鼎〉		 〈上博・容成氏 53 正〉				
乘	 《合》（32 正）	 〈虢季子白盤〉		 〈曾侯乙 120〉  〈包山 275〉				
保	 《合》（6）  〈保鼎〉	 〈大盂鼎〉			 〈中山王䜌鼎〉			
加		 〈虢季子白盤〉	 〈蔡公子加戈〉	 〈郭店・窮達以時 9〉  〈郭店・語叢三 5〉				
去	 《合》（169）			 〈郭店・成之聞之 21〉	 〈好盗壺〉			
降	 《合》（808 正）	 〈史牆盤〉		 〈郭店・五行 12〉	 〈中山王䜌鼎〉		 〈不降矛〉	
奇				 〈郭店・老子甲本 29〉	 〈奇氏・平襠方足平首布〉			
嚚		 〈嚚伯盤〉		 〈曾侯乙 1 正〉				

			〈包山7〉			
彊		〈散氏盤〉〈兮甲盤〉	〈吳王光鑑〉	〈包山87〉	〈中山王𧊒方壺〉	
僕	《合》（17961）	〈幾父壺〉〈五年召伯虎簋〉		〈包山15〉		
冒		〈九年衛鼎〉		〈包山259〉〈包山277〉〈仰天湖11〉		
巠		〈大克鼎〉		〈郭店·緇衣28〉〈郭店·性自命出65〉		

四、形聲＋義符

　　根據現今所見的戰國文字資料，於形聲字上增添標義偏旁者，可細分為十一例，一為增添「心」旁；二為增添「土」旁；三為增添「山」旁；四為增添「又」旁；五為增添「邑」旁；六為增添「止」旁；七為增添「攵」旁；八為增添「幽」旁；九為增添「貝」旁；十為增添「臣」旁；十一為增添「欠」旁。

一、增添「心」旁者，如：「哀」字。「哀」字之義爲「閔」，段玉裁〈注〉云：「閔，弔者在門也。引申之凡哀皆曰閔。」〔註 84〕親朋死喪而問之，內心必爲哀傷，這是發自內心的情感，郭店竹簡作「」，增添偏旁「心」者，更能突顯其意義。郭店竹簡有不少文字，採取增添偏旁「心」者，藉以更精確的強調該字所表現的意義。關於此種現象，林素清云：「這類變異偏旁，或增添某種意符，仍見原來字義，只是更強調各字精確含義的作用，在戰國文字中見得最多。」〔註 85〕從郭店竹簡的內容言，該批資料爲先秦儒家的著作，先秦儒家思想主要討論心性的問題，爲了能詳確的記錄語言資料，在原本的形構上增添偏旁「心」者，於郭店竹簡十分常見。

二、增添「土」旁者，如：「阿」字。〈平阿左戈〉作「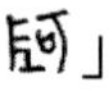」，銘文之「平阿」爲地望。《史記・田敬仲完世家》云：「（宣王）七年，與魏王會平阿南。」〈正義〉云：「沛郡平阿縣也。」〔註 86〕〈平阿左戈〉的「阿」字增添偏旁「土」，其作用應與增添偏旁「邑」相同。〔註 87〕又如：「陽」字，〈平陽高馬里戈〉作「」，「平陽」爲地望。「陽」字增添偏旁「土」，其作用應與增添偏旁「邑」相同，顯示該字所指爲地望。

三、增添「山」旁者，如：「陽」字。〈成陽辛城里戈〉作「」，銘文之「成陽」爲地望。「陽」字增添偏旁「山」，作用應與增添偏旁「邑」相同，用以明白顯示該字所指爲地望。

四、增添「又」旁者，如：「祚」字。包山竹簡「祚」字從示乍聲，寫作「」，「乍」字於兩周金文作：「」〈𨻰伯𡚬簋〉，將之與楚簡「祚」字所從之「乍」相較，楚簡增添偏旁「又」者，係表示動作之用。

五、增添「邑」旁者，如：「梁」字。〈梁伯戈〉從水乃聲，寫作「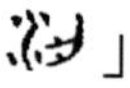」，包山竹簡（157）從禾乃聲，寫作「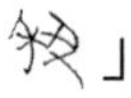」，（165）從邑從禾乃聲，寫作「」。包山竹簡（157）簡文爲「大梁」，（165）作「梁人╳╳」。作「大梁」者，應指

〔註 84〕《說文解字注》，頁 61。

〔註 85〕林素清：〈楚簡文字綜論〉，「中央研究院第三屆國際漢學會議」，頁 6，臺北，中央研究院，2000 年。

〔註 86〕《史記會注考證》，頁 720。

〔註 87〕戰國文字裡，增添偏旁「土」，以明示地望者，如：〈墜純釜〉的「陳」、「陵」等字，〈坪陰・平襠方足平首布〉的「陰」字。

魏之都邑，作「梁人」之「梁」者，亦應爲地望名稱，無論增添偏旁「邑」與否，皆未改變其意義，加上「邑」旁者，更明白顯示該字所指爲地望。〔註88〕

六、增添「止」旁者，如：「往」字。郭店竹簡〈尊德義〉作「徃」，簡文爲「反之，此往矣。」「往」字爲動詞，於此添加「止」，其作用應是強調作爲動詞的詞性使用。

七、增添「攴」旁者，如：「迲」字。〈𤼈大史申鼎〉銘文爲「用征以迲」，〈䣜羌鐘〉爲「率征秦迲齊」。〈䣜羌鐘〉之「迲」字作「迲」，馬承源解釋爲「迲迫」，是一種軍事的行動。〔註89〕「攴」字之義爲「小擊」，於此增添偏旁「攴」，除了表示作動詞使用，亦顯示該字用於軍事戰爭。

八、增添「𠚕」旁者，如：「邪」字。〈邪・尖足平首布〉的「邪」字有二種形體，一爲從邑牙聲，寫作「邪」，一爲從𠚕從邑牙聲，寫作「邪」。據「牙」字的考證，增添古文齒之偏旁，其本意乃求意義的彰顯，「邪」字增添偏旁「𠚕」，應是受到「牙」字的影響，亦有彰顯之目的。

九、增添「貝」旁者，如：「府」字。〈鄂君啓舟節〉從貝府聲，寫作「府」，《說文解字》「府」字云：「文書臧也」，段玉裁〈注〉云：「文書所藏之處曰府」〔註90〕；又《說文解字》「貝」字云：「古者貨貝而龜寶，周而有泉，至秦廢貝行錢。」〔註91〕「貝」本爲古代的貨幣，故得小心收藏，所以「府」字添加偏旁「貝」，應有其意義。

十、增添「臣」旁者，如：「樸」字。郭店竹簡從木從臣菐聲，寫作「樸」。據「僕」字的考證，「臣」字有屈服事君之義，故於「僕」字結構上添加「臣」，其意義益加彰顯。「樸」字增添偏旁「臣」，應是受到「僕」字的影響。

十一、增添「欠」旁者，如：「猷」字。「猷」字作「猷」，嚴一萍釋爲「敢」字；林巳奈夫釋爲「敌」；饒宗頤、曾憲通、李零、何琳儀與陳茂仁皆釋爲「猷」字。〔註92〕諸多解釋中，以曾、何二人的說法較爲可信。「猷」字所見偏旁「欠」，

〔註88〕增添「邑」旁的現象，於戰國文字裡，尚有諸多字例，如：望山一號墓竹簡的「宅」字，包山竹簡的「昱」、「沙」、「㮂」、「襄」、「吾」等字。

〔註89〕馬承源：《商周青銅器銘文選（四）》，頁590，北京，文物出版社，1990年。

〔註90〕《說文解字注》，頁447。

〔註91〕《說文解字注》，頁281。

〔註92〕嚴一萍：〈楚繒書新考〉，《中國文字》第二十七冊，頁24，臺北，國立臺灣大學文

係屬標義偏旁性質。

表 3－18

字例	殷商	西周	春秋	楚系	晉系	齊系	燕系	秦系
哀	〈沈子它簋蓋〉			〈郭店・語叢二 31〉				
陽	〈虢季子白盤〉	〈蔡侯墓殘鐘四十七片〉				〈平陽高馬里戈〉 〈成陽辛城里戈〉		
阿				〈阿・三孔平首布〉	〈平阿左戈〉			
陳	〈九年衛鼎〉	〈陳侯鼎〉				〈陞純釜〉		
陵	〈散氏盤〉					〈陞純釜〉		
陰				〈壽陰・尖足平首布〉		〈坪陰・平襠方足平首布〉		

學院中國文學系，1968 年。（又收入《甲骨古文字研究》第三輯）；林巳奈夫：〈長沙出土戰國帛書考〉，《東方學報》第三十六冊第一分，頁 77，日本京都，京都大學人文科學研究所，1964 年；饒宗頤：〈楚繒書疏證〉，《中央研究院歷史語言研究所集刊》第四十本，頁 24，臺北，中央研究院歷史語言研究所，1967 年；曾憲通：〈楚帛書文字編〉，《楚帛書》，頁 267～268，香港，中華書局，1985 年。李零：《長沙子彈庫戰國楚帛書研究》，頁 77，北京，中華書局，1985 年；何琳儀：〈長沙帛書通釋〉，《江漢考古》1986 年第 2 期，頁 84～85；陳茂仁：《楚帛書研究》，頁 278，嘉義，國立中正大學中國文學研究所碩士論文，1996 年。

祚			〈包山 129〉				
梁		〈梁伯戈〉	〈包山 157〉 〈包山 165〉				
宅	〈爾尊〉	〈秦公簋〉	〈望山 1.114〉 〈包山 171〉				
昱			〈包山 41〉 〈包山 48〉				
沙			〈包山 78〉 〈包山 59〉				
羕	〈羕史尊〉	〈鄅子妝簋蓋〉	〈包山 107〉 〈包山 86〉				
襄	〈穌甫人盤〉		〈包山 189〉 〈鄂君啓舟節〉				
吾	〈沈子它簋蓋〉		〈包山 203〉				

		〈毛公鼎〉	〈包山 248〉			
往		〈吳王光 鑑〉	〈郭店‧尊 德義 31〉			
迋		〈簡大史 申鼎〉		〈屬羌鐘〉		
邪				〈邪‧尖足 平首布〉		〈睡虎 地‧語 書 6〉
府			〈鄂君啓 舟節〉			〈睡虎地 ‧秦律雜 抄 23〉
樸			〈郭店‧ 老子甲 本 32〉			
猷			〈楚帛 書‧丙 篇 5.1〉			

　　總之，於既有的形體結構上，增添一個義符，以為標義的作用，在戰國時期大量的出現。從文字的形體結構觀察，當時的器物製造技術應趨於成熟，在材料的應用上，亦非一成不變，為了正確的記錄語言，遂將之逐一增添義符；此外，將之與先秦諸子思想史比對，明確可知儒者在戰國時期習言心性，在文字的使用上，也大量的增添偏旁「心」。透過增添義符的方式，形聲字大量的產生，亦成為文字聲化的一大來源。

　　無論是象形、指事、會意字，增添義符之後，往往多會改變原本的性質，將既有的形體轉變為聲符，而以後增的偏旁取代已有的部分，成為一形一聲的形聲字。這種增添標義偏旁的方式，往往是為了反映某種品物的製造材質，或

是藉著偏旁的增添而彰顯字義，或是區別詞性，或是爲某種事物製造專屬的文字，或是詳實的記錄語料，遂使得形聲字大量的出現。此外，當象形、指事、會意字新增義符之後，其間偏旁位置的經營，或採取上下式結構，如：「丘」字爲上丘下土；或採取左右式結構，如：「缶」字爲左石右缶，仍然符合方塊的概念，使其偏旁組合得以協調。

透過五系文字的資料觀察，秦系文字在增添標義偏旁的表現上，相較於其他系統的文字，顯得較爲穩定，這種現象與其文字形體的表現相同，具有一定程度的穩定性，相對地，亦可透過其文字形體，作爲瞭解其他系統文字的參考依據。

第七節　增添標音偏旁

所謂增添標音偏旁〔註93〕，係指在該字原本的形體結構上，增加一個聲符，添增的標音聲符，必須與原字所載的字音，具有音同或音近的關係。

一、象形＋聲符

根據現今所見的戰國文字資料，於象形字上增添標音偏旁者，可細分爲十例，一爲增添「丌」聲；二爲增添「彡」聲；三爲增添「止」聲；四爲增添「主」聲；五爲增添「彔」聲；六爲增添「求」聲；七爲增添「必」聲；八爲增添「勹」聲；九爲增添「坒」聲；十爲增添「北」聲。

一、增添「丌」聲者，如：「其」字。甲骨文「其」字象畚箕之形，發展至兩周時期則增添聲符「丌」，戰國時期多寫作「亓」或「丌」，從文字發展言，戰國文字所反映的現象，係因社會的進步，文字的使用頻繁，在追求迅速與便利下，將「𠀠」的形體省減，轉而書寫作「丌」，又受到當時審美觀的影響，在「丌」的起筆橫畫上增添短橫畫「一」，寫作「亓」。「其」、「丌」二字上古音同屬「見」紐「之」部，雙聲疊韻。「其」字增添聲符「丌」，因該字的讀音不夠彰顯，或是日漸模糊所致，故由「𠀠」寫作「𠀠」。又如：「丘」字，「丘爲高阜，似山而低，故甲骨文作兩峰以象意」〔註94〕，發展至兩周時期，逐漸線條化，取代原有

〔註93〕《戰國文字通論》，頁200。

〔註94〕商承祚：《殷契佚存》，頁86上，北京，北京圖書館出版社，2000年。

的象形成分，〈三十四年頓丘戈〉寫作「𠀒」，增添偏旁「丌」，屬聲符的性質。「丘」字上古音屬「溪」紐「之」部，「丌」字上古音屬「見」紐「之」部，二者發聲部位相同，見溪旁紐，疊韻。「丘」字增添聲符「丌」者，除了〈三十四年頓丘戈〉外，尚見於〈九年𢦏丘令癰戈〉，此二器皆屬晉系之魏國器，寫作「𠀒」者，應是爲了使該字得以繼續使用，惟有增添一個相近的聲符，以爲標音之用。

　　二、增添「彡」聲者，如：「參」字。「參」字於西周始見增添聲符，寫作「𢦏」〈裘衛盉〉，於戰國時期作「𢦏」〈魚鼎匕〉。「參」、「彡」二字上古音同屬「山」紐「侵」部，雙聲疊韻。爲了明示讀音，於「參」字上增添聲符「彡」，以爲識讀之用。

　　三、增添「止」聲者，如：「齒」字。甲骨文「齒」字尚未見增添「止」作爲聲符，發展至戰國時期，「齒」字多增添「止」爲聲符，寫作「𠚬」〈中山王𰯼方壺〉。「齒」字上古音屬「昌」紐「之」部，「止」字上古音屬「端」紐「之」部，疊韻。「齒」字增添聲符「止」，係該字的讀音不夠彰顯，或是日漸模糊，遂由「𤔲」寫作「𠚬」。

　　四、增添「主」聲者，如：「斗」字。甲骨文「斗」字作「𠦝」《合》（21340），象具有持柄的容器，兩周文字承襲甲骨文而發展，形體未作太大的變化，惟於曾侯乙墓出土的衣箱上出現增添偏旁「主」的「斗」字，寫作「𠦝」。「斗」、「主」二字上古音同屬「端」紐「侯」部，雙聲疊韻。「斗」字增添聲符「主」，僅見於楚系之曾國，爲了使該字得以繼續使用，惟有增添一個相近的聲符，以爲標音之用。

　　五、增添「彔」聲者，如：「鹿」字。上博簡〈孔子詩論〉「𪊨」上半部之「鹿（𪊨）」，省略下方的形體。「鹿」、「彔」二字上古音同屬「來」紐「屋」部，雙聲疊韻。「鹿」字增添聲符「彔」，係因「鹿」省減形體後，無法確知該字的讀音，惟有增添一個相近的聲符，以爲標音之用。

　　六、增添「求」聲者，如：「裘」字。甲骨文作「𧚨」《合》（7921），「象已製成裘，獸毛在外之形」[註95]，發展至西周時期，則有不同的形體，第一種作「裘」，省減「皮毛外露」之形，改以「衣」取代，並於其間增添聲符「求」，

[註95] 李孝定：《甲骨文字集釋》第八，頁2736，臺北，中央研究院歷史語言研究所，1991年。

如：〈大師虘簋〉，曾侯乙墓竹簡從衣求聲的形體，寫作「🔲」，係由此一系統發展而來，甚者從求省聲，如：〈羌伯簋〉作「🔲」；第二種作「🔲」，省減「皮毛外露」之形，僅保留聲符「求」的形體，如：〈曶鼎〉。「裘」字上古音屬「群」紐「之」部，「求」字上古音屬「群」紐「幽」部，雙聲。「裘」字增添聲符「求」，係因「🔲」省改成「衣」的形體後，原本的特徵消失，再加上無法確知該字的讀音，惟有增添一個相近的聲符，以爲標音之用。

　　七、增添「必」聲者，如：「瑟」字。「瑟」字或從厽必聲，寫作「🔲」；或從二丌，寫作「🔲」；或從三丌，寫作「🔲」；或從三亓，寫作「🔲」；或從三亓必聲，寫作「🔲」。據劉信芳指出，信陽竹簡（2.3）與包山竹簡（260）之字，皆應釋爲「瑟」字〔註96〕；又據李家浩考證，望山竹簡中從三亓之字，包山竹簡中從三亓從必之字，皆爲「瑟」字〔註97〕；再據郭店竹簡與上博簡的簡文觀察，二者皆爲「琴瑟」之「瑟」，足證劉信芳、李家浩之說爲是。至若「瑟」字作「🔲」者，將之與作「🔲」相較，上半部的形體，實無差異；又據顏世鉉考證，無論包山或是信陽竹簡之「瑟」字，其上半部的形體，應爲三個瑟柱之形。〔註98〕「瑟」字上古音屬「山」紐「質」部，「必」字上古音屬「幫」紐「質」部，疊韻。「瑟」字增添聲符「必」，僅見於楚系之信陽竹簡與包山竹簡，應是「瑟」字的讀音不夠彰顯，或是日漸模糊，爲了使該字得以繼續使用，逐增添一個相近的聲符，以爲標音之用。

　　八、增添「勺」聲者，如：「電」字。甲骨文「電」字作「🔲」《合》（12628），「象雨挾電粒之形」〔註99〕，發展至戰國楚系文字則增添聲符「勺」，寫作「🔲（🔲）」。金祥恆指出「🔲」字從「勺」得聲，即「電」字，「電壺」即爲「包

〔註96〕劉信芳：〈楚簡文字考釋（五則）〉，《于省吾教授百年誕辰紀念文集》，頁186，長春，吉林大學出版社，1996年；劉信芳：〈楚系文字「瑟」以及相關的幾個問題〉，《鴻禧文物》第二期，頁37～40，臺北，鴻禧藝術文教基金會，1997年。

〔註97〕李家浩：〈信陽楚簡「樂人之器」研究〉，《簡帛研究》第三輯，頁11～13，南寧，廣西教育出版社，1998年。

〔註98〕顏世鉉：〈考古資料與文字考釋、詞義訓詁之關係舉隅〉，「楚簡綜合研究第二次學術研討會——古文字與古文獻爲議題」，頁7～8，臺北，中央研究院歷史語言研究所，2002年。

〔註99〕何琳儀：《戰國古文字典——戰國文字聲系》，頁237，北京，中華書局，1998年。

犧」。〔註100〕「黽」字上古音屬「並」紐「覺」部，「勹」字上古音屬「幫」紐「幽」部，二者發聲部位相同，幫並旁紐，幽覺對轉。「黽」字增添聲符「勹」，係因該字的讀音不夠彰顯，或是日漸模糊，遂由「𪓑」寫作「𪓣」。

　　九、增添「生」聲者，如：「兄」字。增添聲符「生」的現象，多出現於春秋、戰國時期。「兄」字上古音屬「曉」紐「陽」部，「生」字上古音屬「群」紐「陽」部，疊韻。「兄」字增添聲符「生」，春秋時期已出現，如：〈王孫遺者鐘〉，寫作「𤯓」者，應是為了使該字得以繼續使用，惟有增添一個相近的聲符，以為標音之用。

　　十、增添「北」聲者，如：「畐」字。〈八年鳥柱盆〉「畐」字寫作「𣲂（𣲂）」，上半部的形體與〈北方·平襠方足平首布〉的「北（𠕋）」字相同，下半部的形體與〈曾子㠯簠〉的「福（畐示）」字左側形體相同，應為「畐」；「福」字於西周金文中已見增添聲符「北」者，如：「𥜨」〈周乎卣〉，倘若將〈周乎卣〉「福」字下半部的「示」省略，即與〈八年鳥柱盆〉寫作「𣲂」的「畐」字相近同。「畐」字上古音屬「並」紐「職」部，「北」字上古音屬「幫」紐「職」部，二者發聲部位相同，幫並旁紐，疊韻。「畐」字增添聲符「北」，僅見於晉系之中山國，此一現象可從二方面解釋，一、是「畐」字的讀音，於中山國發生變化，為了使該字得以繼續使用，惟有增添一個相近的聲符，以為標音之用；二、係「酉」字的形體作「酉」〈酉父辛爵〉、「酉」〈遹簋〉、「酉」〈睡虎地·日書乙種113〉，與「畐」字相近，為了區別二字的差異，遂增添「北」聲。

表 3－19

字例	殷商	西周	春秋	楚系	晉系	齊系	燕系	秦系
其	🝤《合》（904 正）🝤《合》（34674）	🝤〈大克鼎〉🝤〈虢季子白盤〉	🝤〈王孫遺者鐘〉	🝤〈曾侯乙鐘〉	🝤〈哀成叔鼎〉			其〈睡虎地·效律41〉

〔註100〕金祥恆：〈楚繒書「黽盧」解〉，《金祥恆先生全集》第二冊，頁 643～660，臺北，藝文印書館，1990 年。

丘	Ⓜ《合》（108）		〈商丘叔簠〉		〈三十四年頓丘戈〉		
參	〈蒲父乙盉〉	〈裘衛盉〉		〈楚帛書·甲篇2.21〉	〈魚鼎匕〉	《古陶文彙編》（3.6）	〈睡虎地·秦律十八種55〉
齒	《合》（94反）《合》（419正）			〈仰天湖25〉	〈中山王𗊧方壺〉		〈睡虎地·為吏之道17〉
斗	《合》（21340）		〈秦公簋〉	〈曾侯乙衣箱〉			
鹿	《合》（153）	〈命簋〉		〈包山181〉〈上博·孔子詩論23〉			
裘	《合》（7921）	〈曶鼎〉〈大師虘簋〉〈次卣〉〈羌伯簋〉	〈𨤲鎛〉〈庚壺〉	〈曾侯乙167〉			〈睡虎地·秦律雜抄38〉〈睡虎地·日書乙種189〉
瑟				〈信陽2.3〉			

			〈望山 2.49〉 〈包山 260〉 〈郭店·性自命出 24〉 〈上博·孔子詩論 14〉			
電	《合》（12628）		〈楚帛書·甲篇 1.5〉			
兄	《合》（2870）	〈曾子仲宣鼎〉 〈王孫遺者鐘〉	〈包山 63〉 〈包山 138 反〉			
畐		〈士父鐘〉		〈八年鳥柱盆〉		

二、會意＋聲符

　　根據現今所見的戰國文字資料，於會意字上增添標音偏旁者，可細分為十二例，一為增添「胃」聲；二為增添「缶」聲；三為增添「歺」聲；四為增添「丌」聲；五為增添「予」聲；六為增添「文」聲；七為增添「午」聲；八為增添「之」聲；九為增添「翼」聲；十為增添「勹」聲；十一為增添「戶」聲；十二為增添「丁」聲。

　　一、增添「胃」聲者，如：「立」字。「立」字從甲骨文至兩周文字形體幾無變化，惟於〈中山王響方壺〉增添偏旁「胃」，寫作「　」。〈中山王響方壺〉

前者的銘文爲「而臣主易立（位）」，後者爲「遂定君臣之媦　（位）」，皆通假爲「位」。「立」字上古音屬「來」紐「緝」部，「位」字上古音屬「匣」紐「物」部，「胃」字上古音屬「匣」紐「物」部，「位」、「胃」爲雙聲疊韻的關係。「立」字通假爲「位」，從語言學角度言，實難發現二者在語言上的關係，針對此一現象，曾昱夫認爲是表現更早期的語言現象。〔註101〕從出土材料所見資料顯示，楚系文字「立」多通假爲「位」，晉系之中山國文字或見「立」通假爲「位」，或見於「立」旁增添「胃」的聲符，表示該字當讀爲「位」。從西周金文觀察，「立」字多通假爲「位」，如：〈師晨鼎〉、〈袁鼎〉、〈趞鼎〉等器之「即立」一詞讀爲「即位」，據此可知，楚系之現象係表現早期的語言情形，中山國一方面表現早期的語言現象，一方面又受了方音的影響，遂於「立」字上增添聲符「胃」，以爲該字的讀音，明示「媦」字應讀爲「位」。「立」字增添聲符「胃」，寫作「媦」，除了可與「立」字區別外，亦可爲「位」字新造一個字形，使「立」、「位」各自有其所屬的形、音、義。

　　二、增添「缶」聲者，如：「保」字。殷商金文象對小孩呵護之形，發展至戰國時期，或增添偏旁「缶」，如：〈十年陳侯午敦〉作「」。〈十年陳侯午敦〉與〈十四年陳侯午敦〉銘文皆爲「保有齊邦」。「保」字上古音屬「並」紐「幽」部，「缶」字上古音屬「幫」紐「幽」部，二者發聲部位相同，幫並旁紐，疊韻。「保」字增添聲符「缶」，僅見於齊系之〈十年陳侯午敦〉，應是「保」字的讀音發生變化，遂增添一個相近的聲符，以爲標音之用。

　　三、增添「歹」聲者，如：「世」字。〈容成氏〉的「世」字從歹從枼，寫作「」，從上古音韻言，歹、枼聲、韻關係皆遠，若該字係在「枼」字上增添聲符「歹」，可能性不大，所見之「枼」，本應寫作「世」，其後增添「木」，遂寫成「枼」的形體。「世」字增添偏旁的現象，十分習見，如：〈且日庚簋〉增添「竹」旁，寫作「」或「」；〈獻簋〉增添「木」旁，寫作「」；〈趞觶〉增添「求」旁，寫作「」；〈十年陳侯午敦〉增添「立」旁，寫作「」等。〈容成氏〉之字右側作「枼」的形體，應與〈且日庚簋〉、〈十年陳侯午敦〉相同。再者，將〈獻簋〉的「世」字與〈容成氏〉之字相較，若將〈獻

〔註101〕曾昱夫：《戰國楚地簡帛音韻研究》，頁22，臺北，國立臺灣大學中國文學研究所碩士論文，2001年。

簋〉增添的「木」，改置於「世」之下方，則與〈容成氏〉右側的形體相同，由此可知，〈容成氏〉右側寫作「枼」者，應爲「世」字。時人爲了區別該字的讀音，遂增添「歺」聲，以明該字應讀爲「世」。上博簡〈容成氏〉簡文爲「各得其世」，〈中山王嚳鼎〉銘文爲「及三世亡不若」。「世」字上古音屬「書」紐「月」部，「歺」字上古音屬「疑」紐「月」部，疊韻。「世」字增添聲符「歺」，分見於楚系上博簡〈容成氏〉與晉系中山國。從上博簡的文字觀察，其間或見楚系文字，或見晉系文字〔註102〕，竹書的來源非出於一處，可能自晉、齊等地傳入楚國。今於「世」字增添聲符「歺」，應是增添一個相近的聲符，以爲標音之用。

四、增添「丌」聲者，如：「國」字。「國」字外側的形體爲「囗」，省減右側豎畫的現象，係自春秋時期開始，寫作「 」〈王孫遺者鐘〉，燕系「國」字作「 」，將「囗」寫作「匚」者，應是承襲前代而來，此外，更在既有的形構上，增添聲符「丌」。「國」字上古音屬「見」紐「職」部，「丌」字上古音屬「見」紐「之」部，雙聲，職之對轉。「國」字增添聲符「丌」，僅見於燕系文字，爲了使該字得以繼續使用，惟有增添一個相近的聲符，以爲標音之用。

五、增添「予」聲者，如：「野」字。甲、金文皆從林從土，發展至戰國時期，秦系之「野」字作「 」，於既有的形體上，增添聲符「予」，形成從埜予聲的形聲字。「野」、「予」二字上古音同屬「余」紐「魚」部，雙聲疊韻。「野」字增添聲符「予」，僅見於秦系文字，爲了使該字得以繼續使用，惟有增添一個相近的聲符，以爲標音之用。

六、增添「文」聲者，如：「奻」字。「奻」字作「 」〈中山王嚳鼎〉，「從文吅聲，吅，古文鄰」〔註103〕，董蓮池以爲「奻」即是「鄰」字，以「○」作爲城邑或居住處所區劃的象形符號，兩相比次以爲會意，故「○」應與「囗」相同，下半部的「文」爲追加的聲符〔註104〕；邱德修觀察甲骨文的字形，指出「奻」字上半部所從二口的形體，象二穴居並鄰之形，爲「鄰」的本字，增添

〔註102〕陳立：〈試由上博簡〈緇衣〉從「虍」之字尋其文本來源〉，「新出土文獻與古代文明研究國際學術研討會」，頁1～4，上海，上海大學中國古代文明研究所，2002年。

〔註103〕張政烺：〈中山王嚳壺及鼎銘考釋〉，《古文字研究》第一輯，頁231，北京，中華書局，1979年。

〔註104〕董蓮池：《金文編校補》，頁264，長春，東北師範大學出版社，1995年。

「文」聲係爲了與「宮」字區別。〔註105〕「宮」字於甲骨文可寫作「凸」《合》（721正）、「吕」《合》（811正）、「呂」《合》（4423）、「宫」《合》（10985）。從文字形體言，邱德修以爲區別字形而增添聲符的現象，以及董蓮池以爲該字之「文」爲聲符，應無疑義。「文」字上古音屬「明」紐「文」部，「鄰」字上古音屬「來」紐「眞」部，眞文旁轉。「㚒」字增添聲符「文」，除了因該字的讀音不夠彰顯，或是日漸模糊所致外，亦應如邱德修所言，係爲了與「宮」字區別字形，故由「口口」寫作「㚒」。

七、增添「午」聲者，如：「馭」字。甲骨文與兩周文字的形體略有差異，董作賓、嚴一萍皆釋爲「馭」字〔註106〕；金文作「馭（𩰊）」者，象手持馬鞭以駕馭馬形，右側上半部本不從「午」，曾侯乙墓竹簡作「𩰊」，右側上半部從午。「馭」、「午」二字上古音同屬「疑」紐「魚」部，雙聲疊韻。「馭」字增添聲符「午」，僅見於楚、晉二系，〈𡫽盉壺〉與曾侯乙墓竹簡（67）從「午」得聲，係因爲形體的變異，爲了明示該字的讀音，遂在既有形構上增添聲符「午」。

八、增添「之」聲者，如：「哉」字。甲骨文「哉」字從戈從言，或從戈從▽，作「▽」者應爲「言」之省減；早期金文「哉」字右側從戈，左側從「𤔉」，〈免簋〉將偏旁「戈」與「𤔉」共用一道筆畫，並於「口」中增添一道飾筆性質的短橫畫；將金文與楚系文字相較，包山竹簡從哉從之，「之」字收筆爲橫畫，「哉」字起筆亦爲橫畫，遂共用其中一筆橫畫，（248）的形體由〈免簋〉發展而來，「𤔉」兩側的短斜畫相接連，寫作「𤔉」，形成楚系文字獨特的字形；「日」或寫作「田」者，係受到上方的「｜」或是「＼」影響所致，遂產生訛字，如：包山竹簡（243）作「𢦏」。「哉」字上古音屬「端」紐「職」部，「之」字上古音屬「端」紐「之」部，雙聲、之職對轉。「哉」字增添聲符「之」，僅見於楚系文字，爲了使該字得以繼續使用，惟有增添一個相近的聲符，以爲標音之用。

九、增添「翼」聲者，如：「哉」字。曾侯乙墓竹簡（44）從音從戈，寫作「𢦏」，（81）從哉從翼，寫作「𧰲」，（44）簡文爲「屯哉㲋羽」，（81）爲「𧰲

〔註105〕此說法爲邱德修於2002年2月22日在臺灣師範大學之「中國文字綜合研究」中提出。

〔註106〕董作賓：〈殷曆譜・日譜一・武丁日譜〉，《董作賓先生全集》乙編，頁635，臺北，藝文印書館，1977年；嚴一萍：〈婦好列傳〉，《中國文字》新三期，頁2，臺北，藝文印書館，1981年。

白翠」，「龞」字應爲「戠」字的異體。「戠」字上古音屬「端」紐「職」部，「翼」字上古音屬「余」紐「職」部，疊韻。「戠」字增添聲符「翼」，僅見於楚系文字，爲了使該字得以繼續使用，惟有增添一個相近的聲符，以爲標音之用。

十、增添「勹」聲者，如：「墨」字。「墨」字從土從黑，惟齊系之「墨」字，於既有的形體上，增添聲符「勹」，寫作「墨」，形成從土從黑勹聲的形體。「墨」字上古音屬「明」紐「職」部，「勹」字上古音屬「幫」紐「幽」部，二者發聲部位相同，幫明旁紐。「墨」字增添聲符「勹」，僅見於齊系文字，「節墨」一詞於今山東省青島讀作「即墨（音密）」〔註107〕，爲了明確表示鑄幣的地望，惟有增添一個相近的聲符，以爲標音之用。

十一、增添「戶」聲者，如：「灋」字。早期金文「灋」字從去從水從廌，寫作「灋」〈大盂鼎〉，發展至戰國時期的〈中山王𰯼方壺〉又增添偏旁「戶」，寫作「灋」。「灋」字上古音屬「幫」紐「葉」部，「戶」字上古音屬「匣」紐「魚」部。從音韻的關係言，「葉」、「魚」二部的關係遠，本應不當以「戶」爲聲符。又「業」字在兩周金文即增添「去」爲聲符，如：「業」〈九年衛鼎〉、「業」〈瘣鐘〉、「業」〈秦公簋〉、「業」〈昶伯業鼎〉，「業」、「去」二字亦分屬於葉、魚二部，可知「灋」字增添「戶」爲聲符應非特例。「灋」字增添聲符「戶」，僅見於晉系之中山國，應是「灋」字的讀音，於中山國發生變化，爲了使該字得以繼續使用，惟有增添一個相近的聲符，以爲標音之用。

十二、增添「丁」聲者，如：「延」字。從彳從止的「延」字，自甲骨文至兩周文字形體幾無差異，惟於〈魚鼎匕〉增添偏旁「丁」，寫作「延」。「延」字上古音屬「透」紐「元」部，「丁」字上古音屬「端」紐「耕」部，二者發聲部位相同，端透旁紐。「延」字增添聲符「丁」者，僅見於晉系之趙國，應是「延」字的讀音，於趙國發生變化，爲了使該字得以繼續使用，惟有增添一個相近的聲符，以爲標音之用。

〔註107〕陳章太、李行健：〈青島同音字表〉，《普通話基礎方言基本詞匯集‧語音卷上》，頁780，北京，語文出版社，1996年。

表 3-20

字例	殷商	西周	春秋	楚系	晉系	齊系	燕系	秦系
立	《合》（811 正）	〈毛公鼎〉			〈中山王譻方壺〉			
保	《合》（6）〈保鼎〉	〈大盂鼎〉				〈十年墮侯午敦〉〈十四年墮侯午敦〉		
世		〈師遽簋蓋〉		〈上博·容成氏 5〉	〈中山王譻鼎〉			
國		〈彔致卣〉	〈王孫遺者鐘〉				《古陶文彙編》（4.1）	
野	《合》（18006）	〈大克鼎〉						〈睡虎地·爲吏之道 28〉
妟	《合》（2607）			〈郭店·窮達以時 12〉	〈中山王譻鼎〉			
馭	《合》（10405 正）	〈大盂鼎〉		〈曾侯乙 67〉	〈奻鎛壺〉			
戠	《合》（22835）	〈馘尊〉		〈曾侯乙 44〉				

《合》（29699）	〈豆閉簋〉 〈免簋〉	〈曾侯乙81〉 〈包山243〉 〈包山248〉			
墨				〈節墨之法化・齊刀〉	〈睡虎地・日書甲種155背〉
灋	〈大盂鼎〉		〈中山王䥽方壺〉		
延	《合》（158）	〈智鼎〉	〈王孫遺者鐘〉	〈魚鼎匕〉	

三、形聲＋聲符

　　根據現今所見的戰國文字資料，於形聲字上增添標音偏旁者，可細分為七例，一為增添「兄」聲；二為增添「東」聲；三為增添「丌」聲；四為增添「勹」聲；五為增添「早」聲；六為增添「共」聲；七為增添「小」聲。

　　一、增添「兄」聲者，如：「龏」字。「龏」字從廾龍聲，「龍」的形體在甲骨文與早期金文中尚未見割裂，至〈大克鼎〉作「」，則見形體的誤分，自此以後「龍」字由不可分割的形體，轉變為左右式的結構，發展至春秋時期，又見於從廾龍聲的形構上增添「兄」，如：〈秦公簋〉作「」。「龏」字上古音屬「見」紐「東」部，「兄」字上古音屬「曉」紐「陽」部，旁紐。於從廾龍聲的形構上，再增添「兄」，其作用可能為聲符的追加，亦即「龏」字到了東周時期，後人已無法明確的讀出該字的讀音，惟有依據當地的方言再增添一個聲符。

　　二、增添「東」聲者，如：「繡」字。「繡」字本從肅田聲，發展至西周晚

期又增添東旁〔註108〕，「東」字或可省寫爲「圖」，〈蔡侯紐鐘〉所見從四「東（圖）」之字，或是〈曾侯乙鐘〉所見從二「東（圖）」、從二「田」之字，皆爲「繡」字〔註109〕，郭店竹簡〈緇衣〉作「圖」，從糸田聲、東聲，「東」字省減部分的形體，寫作「圖」。「繡」字所從之「田」字上古音屬「定」紐「眞」部，「東」字上古音屬「端」紐「東」部，二者發聲部位相同，端定旁紐。爲了使該字得以繼續使用，惟有增添一個相近的聲符，以爲標音之用，遂在從糸田聲的形聲字上，再增添一個聲符「東」，寫作「繡」。

三、增添「丌」聲者，如：「冀」字。甲骨文「冀」字從己從其，於〈冀侯弟鼎〉中增添聲符「丌」，寫作「圖」，上博簡〈從政甲篇〉「冀」字從己從丌，寫作「圖」，省略義符「其」。「其」、「丌」、「己」三字上古音同屬「見」紐「之」部。不論「冀」字從己得聲，或是從其得聲，皆與疊加的聲符具有雙聲疊韻的關係。爲了使該字得以繼續使用，遂在已具有讀音的甲骨文「圖」字上，再增添標音偏旁「丌」，形成現今所見的「冀」字。

四、增添「勹」聲者，如：「絣」字。「絣」字從糸朋聲，天星觀竹簡作「圖」，所從偏旁「朋」字，承襲自甲、金文的形體，如：「圖」《合》（11438）、「圖」〈裘衛盉〉，「朋」字下方的「土」，屬無義偏旁的性質，曾侯乙墓竹簡所從偏旁「朋」字，係增添聲符「勹」，寫作「圖」。「絣」字所從之「朋」上古音屬「並」紐「蒸」部，「勹」字上古音屬「幫」紐「幽」部，二者發聲部位相同，幫並旁紐。係在從糸朋聲的形聲字上，再增添標音偏旁「勹」。〔註110〕

五、增添「早」聲者，如：「慇」字。金文「慇」字從心卲聲，包山竹簡（267）「慇」字寫作「慇（圖）」，「召」字上半部本爲「刀」，卻訛寫爲「尸」，並且將「卩」省減，又增添偏旁「早」。「慇」字所從之「卲」字上古音屬「禪」紐「宵」部，「早」字上古音屬「精」紐「幽」部，幽宵旁轉。係在從心卲聲的形聲字上，再增添標音偏旁「早」。

六、增添「工」聲者，如：「悫」字。「悫」字作「圖」，從心共聲、工聲。

〔註108〕裘錫圭：〈史墻盤銘解釋〉，《古文字論集》，頁 382～383，北京，中華書局，1992 年。

〔註109〕裘錫圭、李家浩：〈談曾侯乙墓鐘磬銘文中的幾個字〉，《古文字論集》，頁 422～425，北京，中華書局，1992 年。

〔註110〕從偏旁「朋」者，亦見相同的現象，如：包山竹簡的「䣙」字。

簡文爲「非其止之，共唯王菳」，今本〈緇衣〉作「匪其止共，惟王之邛」。「菳」字所從之「工」字上古音屬「見」紐「東」部，「共」字上古音屬「群」紐「東」部，二者發聲部位相同，見群旁紐。又「邛」字從邑工聲，將之與郭店竹簡之「菳」字相較，「菳」字或在從心工聲的形聲字上，增添標音偏旁「共」，或是在從心共聲的形聲字上，增添標音偏旁「工」。

七、增添「小」聲者，如：「嶣」字。〈韓氏冒鼎〉的「嶣」字從女焦聲，寫作「」，「焦」字於兩周金文作：「」〈匽侯載器〉，將之與〈韓氏冒鼎〉所從之「焦」相較，後者係於「焦」上增添偏旁「小」。「嶣」字所從之「焦」字上古音屬「精」紐「宵」部，「小」字上古音屬「心」紐「宵」部，二者發聲部位相同，精心旁紐。係在從心焦聲的形聲字上，再增添標音偏旁「小」。〔註111〕

表 3－21

字例	殷商	西周	春秋	楚系	晉系	齊系	燕系	秦系
龏	《合》（6816）	〈冏尊〉 〈大克鼎〉	〈秦公簋〉	〈上博・緇衣2〉		〈禾簋〉		
緟	〈作冊𡢊卣〉 〈毛公鼎〉	〈蔡侯紐鐘〉 〈蔡侯鼎〉	〈曾侯乙鐘〉 〈郭店・緇衣37〉					
異	《合》（9571）	〈亞異侯矣父乙簋〉 〈異侯弟鼎〉		〈上博・從政甲篇18〉				

〔註111〕從偏旁「焦」者，亦見相同的現象，如：〈三年修余令韓謹戈〉的「譙」字。

綳				![字形]〈曾侯乙9〉 ![字形]〈天星觀・遣策〉				
郉				![字形]〈包山165〉				
恖				![字形]〈鄂君啓舟節〉 ![字形]〈包山267〉				
慈				![字形]〈郭店・緇衣8〉				
爑				![字形]〈韓氏昌鼎〉				
鐎				![字形]〈三年修余令韓譙戈〉				

　　總之，在既有的形體結構上，增添一個聲符的現象，在戰國時期大量的出現。此種現象的產生，是受到原有的聲符之表音功能未能發揮，或是爲了區別借字與被借字的形體等，導致書手或是使用者在原有的形構上增添新的聲符。無論是象形字增添聲符，或是指事字增添聲符，或是會意字增添聲符，原本屬於象形、指事或是會意者，皆變爲從某、某聲，某亦聲的文字。此外，於形聲字上增添聲符的現象，也可以反映出官方音與地方音的差異，以從「焦」得聲之字爲例，增添聲符「小」者，現今僅見於〈韓氏昌鼎〉、〈三年修余令韓譙戈〉的「爑」、「鐎」字，此二器皆屬於晉系之韓國器，由於受到方音影響所致，致使「焦」字的讀音，於韓國發生變化，遂在形聲字上再增添一個相近的聲符，

藉以標示讀音，亦從中區分官方與地方音的不同。

　　一般而言，增添的聲符應與原本文字的音韻相近或是相同，然而透過上列的分析與討論，其間並無絕對的關係，如：「灋」字增添聲符「戶」，爲葉部與魚部的接觸；「立」字增添聲符「胃」，爲物部與緝部的接觸。據當今上古音的研究，此種情形爲異於常態的特例。從出土的材料觀察，無論是西周甚或是戰國時期的材料，葉部與魚部的接觸，或是物部與緝部的接觸，十分常見，此一現象意味著現今所謂的上古音，仍有必要重新釐清。其次，象形、指事、會意字原本即具有讀音，新增聲符之後，雖將原本的形體，改爲形符的性質，基本上仍不失其讀音，從聲音的表現言，可將之視爲二者皆具聲符性質的文字。此外，當象形、指事、會意增添聲符之後，其間偏旁位置的經營，或採取上下式結構，如：「墨」字爲上墨下勹；或採取左右式結構，如：「兄」字爲左兄右生；或採取內外式結構，如：「裘」字爲外裘內求，仍然符合方塊的概念，使其偏旁組合得以協調。

第八節　小　結

　　爲了使文字的表意或是表音的功能彰顯，遂在原有的形體結構上增添某些偏旁，此種增繁的情形，有時出現於西周時期，如：〈曩侯弟鼎〉的「曩」字增添「丌」聲，有時則出現於春秋時期，如：〈秦公簋〉的「羣」字增添「兄」聲。這些增繁後的字形，多爲戰國文字所承襲。當時不同地域的文字使用者，也在某些字形上增添標音偏旁，如：〈中山王𬺣方壺〉的「立」字增添「胃」聲、〈節墨之法化・齊刀〉的「墨」字增添「勹」聲等，有時爲了凸顯某字的字義，也會增添標義的偏旁，如：〈不降矛〉增添「土」旁、〈成陽辛城里戈〉增添「山」旁等。由於偏旁的增添，原本的象形、指事、會意字，轉變爲形聲字，使得戰國時期的形聲字大增。此外，西周、春秋中期之前的文字，飾筆的增繁多爲短橫畫或是小圓點，添加的位置多在豎畫或橫畫間，隨著時代的變遷，飾筆的種類日趨多變，不同的地域，發展出各自的特色，甚者出現美術化的鳥書文字。其次，西周、春秋時期常見之重複某字偏旁的寫法，在戰國文字中甚少出現，造成此種現象的因素，應與文字的使用有關，換言之，戰國時期在日常生活中大量的使用文字，或載記遣策，或傳抄竹書，或登錄司法等，爲了書寫之便，

逐化繁爲簡，不再沿襲前代重複偏旁的作法。

漢字係由一筆一畫所組成，在造字之時，每一個筆畫，皆有其考量，並非隨意增減，使其組合成爲一個文字。隨著時代的變遷，文字的增繁現象，日漸地出現，增繁的部分，非任意爲之，自有其添置的理由。造成文字增繁的因素，有以下幾項原因：

1、爲了使文字的結構，得以協調、對稱，在某些筆畫上，增添裝飾性質的符號，或是在既有的形體結構上，增添一個無義的偏旁，使其達到補白、平衡等效果。

2、爲了強化文字的視覺美觀，在既有的形體結構上，增添某些特殊的裝飾符號。

3、倘若既有的文字形體結構，上下或左右不對稱，將既有的偏旁、部件等重複，疊加於其間。

4、避免某些偏旁因形近而產生誤識，在某特定的偏旁上增添短斜畫，以爲區別之用。

5、倘若某字所從偏旁的意義未能彰顯，再增添一個義符。

6、倘若某字的讀音，受到時間或是空間的影響，使其音讀不夠明顯，再增添一個聲符。

7、爲了區別借字與被借字的不同，在被借字的形構上增添一個聲符。

此外，裝飾符號的增添，無論是位置的選擇，或是符號的添置，有其一定的考量，並非隨興增繁，須符合文字形體結構的對稱、平衡、協調、補白等作用，避免視覺感受的突兀。在符號與位置的搭配上，自有其規律存在，如：

1、採取鳥書的方式書寫，只要不破壞該字原有的形體結構，即將鳥形與文字相結合。

2、垂露點大多增添在盤曲、修長的筆畫。

3、小圓點「・」增添於豎畫、較長的筆畫，或是從「口」、「○」的部件中。

4、小空心圓點「。」大多增添於豎畫或是較長的筆畫。

5、半圓點增添於豎畫或是較長的筆畫。

6、短橫畫「－」增添於橫畫的上、下側，或是豎畫、較長的筆畫，或是從「口」、「○」、「△」的部件中。

7、「＝」大多增添於某字、偏旁的下方或是中間，或是「△」部件中。

8、短斜畫「ʹ」增添於某偏旁或是部件的左、右側。

9、短斜畫「ʺ」或是「ˋˋ」大多增添於某偏旁或是部件的左、右側。

10、渦漩紋「ᴄ」，或是「ξ」、「ㄱ」、「ㄴ」、「ノ」等，大多增添於字或偏旁的左、右側。

在文字既有的形體結構上，增添一個標義或是標音偏旁，將使得象形、指事、會意字轉變爲形聲字，因增添偏旁而造成聲化的因素，約略可以分爲以下四點：

1、戰國時期的文字使用者，時常爲了區別某字在某處的字義、詞性有所不同，往往會在既有的形構上，增添某些標義性質的偏旁，遂使得原本屬於象形、指事、會意者，由於義符的增添，轉變爲聲符的性質。此種現象，多見於楚系竹簡。以郭店竹簡爲例，其中儒家著作多言心性，故簡文中常見增添偏旁「心」者。

2、某些文字的起源甚早，使用年代既久，或因古今音的差異，使得表音的作用日漸模糊，後人爲了繼續使用它，遂在既有的形構上，增添某些標音性質的偏旁，使得原本屬於象形、指事、會意之字，由於聲符的增添，轉變爲形聲字。

3、文字的形體省減過甚，常會使得原本的特徵消失，爲新的特徵所取代，因而無法確知該字原有的讀音。爲了解決讀音的問題，惟有增添一個相近同的聲符，以爲標音之用，遂使得原本屬於象形、指事、會意之字，由於聲符的增添，轉變爲形聲字。

4、文字的使用，並不限於某時某地，它會因爲政治、經濟、文化等活動，由甲地傳遞到乙地或是丙地，此種傳遞的方式，並不一定採取「甲→乙→丙」的漸遞方式，亦可能以擴散的形式由甲地傳遞到其他不同的地域。正因爲文字的來源不同，倘若甲地的文字，傳到乙地時，乙地的使用者無法正確的念出該字的讀音，便會在既有形構上，增添一個屬於乙地的方音偏旁。此種標音偏旁的增添，會將象形、指事、會意之字轉變爲形聲字，也可能使得原有的形聲字轉變爲一形多聲或是多形多聲的形聲字。

第四章　形體結構省減分析

第一節　前　言

　　造字之始，往往取諸於天地萬物，故云：「黃帝之史倉頡，見鳥獸蹄迒之迹，知分理之可相別異也，……倉頡之初作書，蓋依類象形，故謂之文，其後形聲相益，即謂之字。」[註1] 從殷商甲骨文字言，部分文字深具圖畫性質，非僅刻寫不易，也佔據不少空間。從兩周銘文觀察，文字的發展，已由圖畫書寫的方式，改為線條組成，從書寫的便利性言，更勝於甲骨文字。戰國時期文字大量的使用，或用以登載遣策中的品物，或記錄法律條文，或載錄卜筮祭禱的內容，或傳抄竹書之用，為了追求書寫的便利，以及快速的完成，遂於書寫時省減若干筆畫，或是沿襲前人之文字，逐以簡化的方式表現。

　　簡化的方式，非僅將圖畫文字改為線條所取代，也可以省減文字的某一筆畫或部件。以文字書寫的角度言，朝向簡化發展，應可達到書寫的便利與迅速。此外，行款、方塊字觀念的興起，亦使得文字朝向省減發展。兩周銘文的書寫，一個字大多只佔一個空間，有時或可在器銘中發現排列整齊的方格線，藉以達到一個方格書寫一字的目的，如：〈小克鼎〉、〈宗婦都嬰盤〉、〈䲉羌鐘〉、〈䲉氏

〔註 1〕　（漢）許慎撰、（清）段玉裁注：《說文解字注》，頁 761，臺北，黎明文化事業股份有限公司，1991 年。

鐘〉等。爲了符合行款、方塊字的要求，勢必將部分圖畫文字簡化，在省減的過程裡，相對地也節省了不少書寫的空間。

所謂省減，係指在原本的字形結構上，減少一個筆畫，或是一個偏旁，或是將偏旁間相近同的筆畫共用或借用，甚至把重複的形體、偏旁或是部件省減，在不破壞該字原本所承載的音義的前提下將之簡化。關於戰國文字省減的現象，條分縷析，論述如下：

第二節　筆畫省減

從古文字的形體觀察，將原本不該有缺筆的文字省略一個橫畫、豎畫或斜畫，省略後的形體，並不影響文字的識讀。

一、單筆省減

單筆省減，何琳儀稱之爲「單筆簡化」〔註2〕，係指對於某一文字的形體，在不破壞其基本形構的前提下，省減一個筆畫。

將〈西都・尖足平首布〉與兩周文字的「西」字相較，前者係省減一道斜畫「╱」，遂寫作「⌂」。

「固」字從囗古聲，將秦簡與楚簡文字相較，望山竹簡（1.17）作「⿷」、上博簡〈從政甲篇〉作「⿷」，省減右側一個筆畫。又細審望山竹簡的字形，該字右側的筆畫，與竹簡右側邊緣十分接近，或因書寫不易，遂省略右側的豎畫。〔註3〕

「斗」字於甲、金文的形體未作太大的變化，寫作「⿱」〈秦公簋〉，〈半斗鼎〉將「⿱」的斜畫「╱」省減，寫作「⿱」，形體雖有差異，仍爲「斗」字。

「甲」字於甲骨文裡有二種不同的形體，《合》（183）作「十」，爲「大甲」之「甲」，《合》（248 正）作「⊞」，爲「上甲」之「甲」，發展至金文時亦作二種形體，惟楚簡文字承襲「⊞」之形。簡文依序爲「甲戌之日」、「甲辰之日」、「甲辰」，皆爲干支紀日。將文字相較，包山竹簡（12）作「⿱」、（46）作「⿱」，皆屬省減單筆現象。

〔註 2〕何琳儀：《戰國文字通論》，頁 185，北京，中華書局，1989 年。

〔註 3〕從偏旁「囗」者，亦見相同的現象，如：曾侯乙墓竹簡的「國」、「圓」等字，《古陶文彙編》（4.1）的「國」字。

「廣」字本從广黃聲，將〈廣衍戈〉與兩周文字相較，前者作「」，省減「田」中的一道豎畫「｜」。又以〈廣衍戈〉為例，其上的銘文為刻寫，古文字中習見缺刻筆畫者，「廣」字省減一道豎畫，可能為缺刻所致。

表 4－1

字例	殷商	西周	春秋	楚系	晉系	齊系	燕系	秦系
西	《合》（14295）	〈散氏盤〉	〈國差𦉢〉		〈西都・尖足平首布〉			
固				〈望山1.17〉 〈上博・從政甲篇5〉				〈睡虎地・為吏之道1〉
囝				〈曾侯乙4〉 〈望山2.48〉				
國		〈彔䮚卣〉	〈國差𦉢〉 〈王孫遺者鐘〉	〈曾侯乙174〉			《古陶文彙編》（4.1）	
斗	《合》（21340）	〈秦公簋〉						〈牟斗鼎〉
甲	《合》（183） 《合》（248正）	〈利簋〉 〈兮甲盤〉		〈包山12〉 〈包山46〉 〈包山185〉				

廣		 〈班簋〉						 〈青川・木牘〉 〈廣衍戈〉

二、共筆省減

所謂共筆省減，係指構成文字時，甲偏旁具有的某一筆畫，乙偏旁亦具有，甲、乙二偏旁共用相同的某一筆畫。

「聖」字發展至西周後期又增添「土」，寫作「」〈大克鼎〉，以示人立於土堆之形。東周時期「聖」字作「」〈鎛鎛〉，下半部多寫作近似「壬」的形體，即人立於土堆之形上；或增添一道短橫畫，使得該字下半部的形體近同於「壬」，寫作「」〈王孫遺者鐘〉。燕系「聖」字作「」，上半部採取省減的方式書寫，將「口」改置於「耳」中，由於「口」右側的豎畫與「耳」右側的豎畫相同，再加上「耳」的橫畫與「口」的橫畫相同，二者共用同一筆豎畫、橫畫。

金文「集」字本從三鳥棲息於木上，〈毛公鼎〉作「」，係承襲甲文的字形，又包山竹簡與〈虎形佩 XK：358〉皆承襲金文而來。簡文皆爲「集歲」，「集」字本未增添「宀」，故知「宀」屬無義偏旁。再者，〈虎形佩 XK：358〉作「」，天星觀竹簡作「」，「集」字之偏旁「木」與「隹」共用筆畫〔註4〕，當「隹」上「木」下時，「木」的豎畫若與「隹」的兩個豎畫其中之一重疊相連，容易共用一個筆畫。〔註5〕

郭店竹簡〈老子〉乙本「早」字作「」，從早從棗省；〈中山王嚳鼎〉「早」字作「」，從早從棗。「棗」字於兩周金文作：「」〈宜無戟〉，將之與郭店竹簡與〈中山王嚳鼎〉之字相較，後二者上半部的「早」字收筆橫畫，與下半部的「棗」字起筆橫畫相同，再加上二者皆具有豎畫，當二者採取上下式結構時，共用相同的一道橫畫與中間的豎畫。

〔註4〕朱德熙：〈壽縣出土楚器銘文研究〉，《朱德熙古文字論集》，頁 5～6，北京，中華書局，1995 年。

〔註5〕從偏旁「集」者，亦見相同的現象，如：包山竹簡的「藜」字。

甲骨文「區」字所從之「匸」一律寫作「凵」,惟形體不固定,所從三口多作上一下二的安排,僅少數作上二下一的形體,發展至兩周文字,「匸」悉作「匸」,尚未見作「凵」;〈子禾子釜〉的「區」字作「🔲」,因「口」與「匸」具有相同的筆畫,故以共用筆畫的方式書寫。〔註6〕

「青」字於金文未見共用筆畫現象;包山竹簡作「🔲」,〈八年五大夫弩機〉作「🔲」,上半部之「生」的末筆與其下偏旁共用一個筆畫。〔註7〕

〈中山王𧊀鼎〉的「奮」字作「🔲」,從隹從田從攵,由於「隹」、「田」中間的豎畫相同,遂共用一個筆畫。又從〈中山王𧊀鼎〉「奮」字的形體觀察,「隹」與「攵」皆爲修長之形,倘若於「隹」之下再書寫「田」,寫作「🔲」,勢必使得形構產生不協調,故將「田」拉至「隹」的形體中,一方面可以省略一個筆畫,另一方面又能避免形構的不協調。

「郮」字作「🔲」,左側從氏從示,「氏」字於兩周金文作:「🔲,🔲」〈散氏盤〉、「🔲」〈杕氏壺〉,從「示」之「福」字於兩周文字作:「福」〈睡虎地‧秦律十八種66〉,故裘錫圭隸釋爲從祇從邑之字。〔註8〕「氏」與「示」的豎畫相同,當二者採取上下式結構時,遂共用相同的筆畫。

「檕」字作「🔲」,從木齊聲,「齊」字於兩周金文作:「🔲」〈魯嗣徒仲齊盤〉、「🔲」〈十四年墜侯午敦〉,「齊」字中間部件下方爲一豎畫,當「木」與「齊」採取上下式結構時,由於二者具有相同的一筆豎畫,遂共用相同的筆畫。

「議」字從言義聲,「義」字於兩周文字作:「🔲」〈睡虎地‧日書甲種72背〉,「義」字上半部從「羊」,下半部從「我」,「我」的橫畫與「羊」相同,燕系文字作「🔲」,係因二者具有相同的一筆橫畫,遂共用相同的筆畫。〔註9〕

〔註6〕從偏旁「區」者,亦見相同的現象,如:〈柀里瘋戈〉的「瘋」字。

〔註7〕從偏旁「青」者,亦見相同的現象,如:天星觀竹簡〈卜筮〉的「精」字,包山竹簡的「郬」字,楚帛書〈甲篇〉的「梠」字,郭店竹簡〈老子〉甲本的「靜」、「清」、「精」等字,郭店竹簡〈成之聞之〉的「婧」字,郭店竹簡〈性自命出〉的「青」字,郭店竹簡〈語叢一〉的「情」字。

〔註8〕裘錫圭:〈戰國貨幣考(十二篇)〉,《古文字論集》,頁439,北京,中華書局,1992年。

〔註9〕共筆省減的現象,於戰國文字裡,尚有諸多字例,如:信陽竹簡〈竹書〉的「善」字,包山竹簡的「瘴」、「歲」等字,郭店竹簡〈太一生水〉的「忌」字,郭店竹簡

表 4－2

字例	殷商	西周	春秋	楚系	晉系	齊系	燕系	秦系
聖	《合》（14295）	〈史牆盤〉 〈大克鼎〉	〈鱻鎛〉 〈王孫遺者鐘〉				《古璽彙編》（0365）	
集	《合》（17867正）	〈小集母乙觶〉 〈毛公鼎〉		〈天星觀・卜筮〉 〈包山234〉	〈虎形佩XK：358〉			
蕻				〈包山・簽〉				
早				〈郭店・老子乙本1〉	〈中山王譻鼎〉			
區	《合》（34676） 《合》（34679）						〈子禾子釜〉	
瘋							〈杕里瘋戈〉	

〈尊德義〉的「𩆜」、「愼」等字，〈中山王譻鼎〉的「語」、「䚯」等字，〈中山王譻方壺〉的「載」字，〈武安・斜肩空首布〉的「安」字，《古陶文彙編》（3.412）的「善」字，〈坪陰・平襠方足平首布〉的「陰」字，《古陶文彙編》（4.104）的「善」字，〈廿五年盉〉的「年」字，睡虎地竹簡〈秦律十八種〉的「繕」字。

青	〈史牆盤〉		〈包山256〉		〈八年五大夫弩機〉	
犉			〈天星觀・卜筮〉			
觕			〈包山50〉			
靖			〈楚帛書・甲篇5.35〉			
靜	〈靜簋〉	〈秦公簋〉	〈郭店・老子甲本5〉			
清			〈郭店・老子甲本10〉			
精			〈郭店・老子甲本34〉			
婧			〈郭店・成之聞之35〉			
靗			〈郭店・性自命出62〉			
情			〈郭店・語叢一31〉			
奮	〈令鼎〉		〈中山王嚳鼎〉			

鄍					 〈鄍・平襠方足平首布〉			
櫅						 《古陶文彙編》（3.27）		
議							 〈左行議率戈〉	
善		 〈善鼎〉		 〈信陽1.45〉		 《古陶文彙編》（3.412）	 《古陶文彙編》（4.104）	
瘖				 〈包山173〉				
繕								 〈睡虎地・秦律十八種 86〉
歲	 《合》（13475）  《合》（22560）	 〈利簋〉  〈曶鼎〉  〈毛公鼎〉		 〈包山130〉				
忌			 〈鼄公牼鐘〉	 〈郭店・太一生水 7〉  〈郭店・語叢一 26〉				

慎				 〈郭店·尊德義 1〉				
㝵	 《合》（9571）	 〈無㝵簋〉		 〈郭店·尊德義 5〉  〈上博·從政甲篇 18〉				
語			 〈余贎逐兒鐘〉	 〈郭店·五行 34〉	 〈中山王鼎〉			
㹧					 〈中山王鼎〉			
載				 〈噩君啓車節〉	 〈中山王方壺〉			
安		 〈𢦏方鼎〉	 〈國差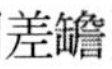〉		 〈武安·斜肩空首布〉			
險					  〈坪險·平襠方足平首布〉			
年	 《合》（846）	 〈士上卣〉						 〈廿五年盨〉

三、借筆省減

借筆省減，何琳儀稱之爲「借用筆畫」〔註 10〕，係指構成文字時，甲偏旁具有的某一筆畫，乙偏旁裡亦見相近者，甲、乙二偏旁借用相近的筆畫。

〔註 10〕《戰國文字通論》，頁 190。

　　「器」字從犬從四口，齊系〈陳逆簋〉的「器」字作「✦」，將「犬」下半部右側的長筆畫與右下方的「口」合用一個筆畫，晉系〈十七年相邦春平侯鈹〉的「器」字作「✦」，除了省減下半部的二「口」外，更將「犬」上半部右側的筆畫與右上方的「口」合用一個筆畫，此二字皆屬借用筆畫的書寫方式。

　　「奴」字從女從又，晉系〈咎奴‧平襠方足平首布〉的「奴」字作「✦」，採取上下式結構，「女」之長畫與「又」之豎畫相近，遂以借用筆畫的方式書寫。

　　「堂」字下半部或從立，或從土，並未固定；〈木比當斤‧平襠方足平首布〉第一個例字，寫作「✦」，係「木」與「堂」字合用筆畫，亦即「堂」字上半部的形體，其左側的筆畫與「木」字借用一個「丿」，並省減「尚」之「口」。

　　「吳」字於春秋時期已出現借用筆畫的現象，如：「✦」〈吳王夫差矛〉，郭店竹簡〈唐虞之道〉作「✦」，即承襲此一書寫的方式，由於「口」上半部的橫畫與其左側的「丶」相近，遂以借用筆畫的方式書寫。

　　楚系之「僕」字作「✦」或「✦」，從人從臣業聲，在偏旁位置經營上，採取「人」上「臣」下結構時，二者若重疊相連，容易發生借用筆畫現象。

　　「名」字從夕從口，借用筆畫的現象，金文中或見於〈竉公華鐘〉「✦」，包山竹簡（32）作「✦」，郭店竹簡〈成之聞之〉作「✦」，皆採取借用筆畫的方式書寫，前者為「口」與「夕」借用一筆，後者為「口」與「月」借用一筆。「夕」、「月」作為偏旁使用時，替代的現象，自甲骨文至戰國文字或有所聞，如：「外」字或從月作「✦」〈靜簋〉，或從夕作「✦」〈子禾子釜〉；「夙」字或從月作「✦」〈毛公鼎〉，或從夕作「✦」〈史牆盤〉，「月」、「夕」二字的差異，在於「✦」中短豎畫「｜」的有無，有短豎畫者為「月」，無短豎畫者為「夕」。

　　將秦系「畝」字的二個形體「✦」、「✦」相較，後者無論「✦」或「✦」，皆與「十」的豎畫借用一個筆畫，形成近似「田」的形體。《說文解字》「畮」字寫作「✦」，其下收錄一個重文「畝」，寫作「✦」〔註11〕，篆文應源於〈賢簋〉的形體，重文形體或源於秦系文字。由秦系文字至《說文解字》重文形體的變化，秦系「畝」字左側所見之「✦」，當為〈賢簋〉所見的「田（田）」，若將「✦」省改則變為「十」，若拉直則形成「十」，亦即將「十」改作「十」，

─────────────

〔註11〕《說文解字注》，頁702。

將「⊟」視作「田」，把「⼰」的形體誤視爲「久（⼽）」，遂形成增添聲符「久」之「畝」字。

〈尊德義〉的「灘」字作「⿰氵⿱隹貝」，從水脽聲，「脽」字於兩周金文作：「⿰肉隹」〈鄂君啓舟節〉，「脽」又可分析爲從肉從隹，當「肉」置於「隹」的左下方，因二者的筆畫相近，遂採取借用筆畫的方式，借用一個筆畫。

「琴」字於〈性自命出〉作「⿱亓金」，從一亓，〈性情論〉作「⿱亓亓金」，從二亓，「亓」下半部的形體爲「╱＼」，與「金」的上半部形體「∧」相近。郭店竹簡〈性自命出〉「琴」字所從之「亓」借用「金」上半部之「∧」左側的筆畫，遂寫作「⿱亓金」。

「圖」字從口者聲，「者」字於楚系文字作：「⿱者」〈郭店・老子甲本 6〉、「⿱者」〈郭店・老子甲本 27〉、「⿱者」〈郭店・五行 19〉、「⿱者」〈上博・孔子詩論 5〉。上博簡〈魯邦大旱〉作「⿴囗者」，「者」的形體與〈孔子詩論〉相同，「者」字之「口」的收筆橫畫作「⌣」，與「囗」的收筆橫畫相近，書寫時遂採取借用筆畫的方式。

「鉌」字從金和聲，未見於《說文解字》，所從之「和」於金文中從木從口，馬承源以爲「古籍無鉌字，鉌或是某些容器在一定地區內的通名。」〔註12〕「禾」、「木」作爲形旁時，可因義近而替代。將〈子禾子釜〉與〈左關之鉌〉的形體相較，後者作「⿰金禾」，所從之「和」，將「口」的形體置於「木」的右上側，「口」收筆的一畫與「木」右側上半部的「╱」相近，遂以借用筆畫的方式書寫。

「踵」字從立重聲，「重」字於殷周金文作：「⿰重」〈重爵〉、「⿱人東」〈井侯簋〉，「重」字本象人背負囊橐之形，〈井侯簋〉則將「人」疊加於「東」，由於「人」與「東」的豎畫相近，遂借用一個筆畫〔註13〕，〈中山王𧻚鼎〉的「踵」字作「⿰立重」，屬借用筆畫的現象。〔註14〕

「昉」字從日方聲，《古璽彙編》收錄一方私璽，其間亦見「昉」字，如：「⿰日方」《古璽彙編》（0248），「日」中爲一筆豎畫，當「日」與「方」採取上下式結構時，遂以借用筆畫的方式書寫，以「方」之較長的筆畫，取代「日」中的豎畫，寫作「⿱日方」《古璽彙編》（0074）。

<hr>

〔註12〕 馬承源：《中國青銅器》，頁 257，臺北，南天書局，1991 年。

〔註13〕 邱德修：〈《金文編・附錄》「倲」字考〉，《第十三屆全國暨海峽兩岸中國文字學學術研討會論文集》，頁 226，臺北，萬卷樓圖書有限公司，2002 年。

〔註14〕 從偏旁「重」者，亦見相同的現象，如：〈𪉇羌鐘〉的「鐘」字，〈重金扁壺〉的「重」字，《古璽彙編》（0054）的「湩」字，〈商鞅量〉的「重」字。

「嘗」字從旨尚聲，將睡虎地竹簡〈封診式〉「」與齊系「」相較，前者係將「匕」與「甘」緊密結合，由於「匕」、「甘」的左側豎畫與其間的橫畫相近，遂採取借用筆畫的方式書寫。

「瞘」字據整理小組考釋，本作「瞘」，云：「羊瞘，草實可食也」，「羊瞘」即「羊軀」，為可食用的草籽〔註 15〕；陳振裕、劉信芳將之釋為「瞘」。〔註 16〕《廣韻》「瞘」字云：「深目皃」。〔註 17〕「目」字於睡虎地竹簡作：「」〈為吏之道〉(39)，「耳」字於睡虎地竹簡作：「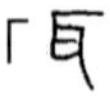」〈日書乙種〉(255)，「目」的右側筆畫，與「區」的左側筆畫較相近，二者可採取借用筆畫的方式書寫。今從陳振裕與劉信芳的意見，將寫作「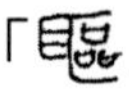」者，釋為「瞘」字。〔註 18〕

表 4－3

字例	殷商	西周	春秋	楚系	晉系	齊系	燕系	秦系
器		 〈散氏盤〉			 〈十七年相邦春平侯鈹〉	 〈陳逆簠〉		
奴		 〈弗奴父鼎〉			 〈咎奴・平襠方足平首布〉			
堂				 〈鄦君啓車節〉	 〈木比當斤・平襠方足平首布〉			

〔註 15〕睡虎地秦墓竹簡整理小組：《睡虎地秦墓竹簡》，頁 144，北京，文物出版社，2001 年。

〔註 16〕陳振裕、劉信芳：《睡虎地秦簡文字編》，頁 121，武漢，湖北人民出版社，1993 年。

〔註 17〕（宋）陳彭年等，《校正宋本廣韻》，頁 213，臺北，藝文印書館，1991 年。

〔註 18〕借筆省減的現象，於戰國文字裡，尚有諸多字例，如：〈宜陽右倉簋〉的「陽」字，〈中都・平襠方足平首布〉的「都」字，〈成陽辛城里戈〉的「陽」字，《古璽彙編》(0013) 的「都」字，睡虎地竹簡〈日書乙種〉的「陽」字。

吳		夫〈班簋〉	犬〈蔡侯盤〉 杙〈吳王夫差矛〉	杙〈郭店·唐虞之道 1〉			
僕	菐《合》（17961）	僕〈幾父壺〉 僕〈五年召伯虎簋〉		僕〈包山 15〉 僕〈包山 137 反〉			
名	凵《合》（2190 正）	召〈六年召伯虎簋〉	名〈鼄公華鐘〉	名〈包山 32〉 名〈郭店·成之聞之 13〉			
畞		畮〈賢簋〉		畞〈上博·子羔 8〉			畞〈青川·木牘〉
灘				灘〈郭店·尊德義 1〉			
琴				琴〈郭店·性自命出 24〉 琴〈上博·性情論 15〉			
圉				圉〈上博·魯邦大旱 1〉			
鋪					鋪〈哀成叔鋪〉	鋪〈子禾子釜〉	

				𨥀 〈左關之 鉰〉	
鍾				樥 〈中山王 嚳鼎〉	
鐘			鐘 〈洹子孟 姜壺〉	鐘 〈䣄羌鐘〉	
重	𤯓 〈重爵〉	重 〈井侯簋〉			重 〈重金扁 壺〉	重 〈商鞅量〉
湩					湩 《古璽彙 編》 （0054）	
昉				昉 《古璽彙 編》 （0074）		
嘗					嘗 〈陳侯因 育敦〉	嘗 〈睡虎地 ·封診式 93〉
聑						聑 〈睡虎地 ·法律答 問 210〉
陽		陽 〈虢季子 白盤〉	陽 〈蔡侯墓 殘鐘四十 七片〉	陽 〈宜陽右 倉簋〉	陽 〈成陽辛 城里戈〉	陽 〈睡虎地 ·日書乙 種 15〉
都		都 〈猷鐘〉	都 〈綸鎛〉	都 〈中都·平 襠方足平 首布〉		都 《古璽彙 編》 （0013）

							昨比《古璽彙編》（0016）	

　　總之，單筆省減現象多發生於楚系文字，尤以省減偏旁「口」之筆畫最為常見。此種情形的發生，一、為求書寫上的便利與迅速所致；二、受到竹簡的形制影響。從材料觀察，這些省減「口」左側或右側筆畫的文字，其省減之處，往往與竹簡的邊緣相近，或許因竹簡的寬度有限，未能完全將該字書寫，遂省減一個筆畫。再者，省減「口」筆畫的現象，在春秋時期已經出現，如：「國」字作「　」〈王孫遺者鐘〉，再加上楚簡帛文字省略的筆畫並無固定，可知一方面係承襲前代文字而來，一方面應是受到竹簡的寬度影響所致。此外，從戰國銅器銘文觀察，某些銅器上的文字，係以刻寫的方式書寫，在刻寫過程中，由於一時的疏忽，因而使得某一筆畫缺刻，造成筆畫省略的現象。

　　採取共筆省減模式書寫者，並無地域上的差異，凡是由兩個或兩個以上的形體構成的文字，只要其間的橫畫或是豎畫相同，無論採取左右式結構，或是上下式結構，皆可因筆畫的相同，而以共用筆畫的方式書寫。此外，這種書寫的方式，一方面係考慮文字形體結構的協調與平衡，避免某些偏旁形體過於狹長，於組合成字時，產生視覺的突兀；相對地，由於文字形體過於狹長或是過寬，也容易浪費書寫的空間，遂利用偏旁間相同的筆畫，採取共用筆畫的方式書寫。再者，共用筆畫的書寫，本為文字省減的方式，基本上，仍可達到書寫便捷的作用。

　　採取借筆省減時，其間的橫畫或是豎畫必須相近，才能以借用筆畫的方式書寫。此種書寫的形式，與共用筆畫相同，除了考慮避免浪費書寫的空間外，也以省減的方式書寫，達到書寫便捷的目的。在抄寫的過程裡，書手不可能時時注意哪些文字的筆畫、部件相近，甚至細心的考慮何者可以借用，從上列的例字觀察，此種現象是偶一為之，並非書寫的習慣。

第三節　邊線借用

　　所謂邊線借用，係指構成文字時，某字的一個筆畫，或是部分筆畫，與其書寫於該器物上的邊、線相近同，遂以器物的邊、線作為文字構形的筆畫。

將前後兩枚〈武‧平肩空首布〉的「武」字相較，後者作「▨」，於面上明顯有一道豎線，前者作「▨」，「武」字的豎畫，以貨幣的豎線爲筆畫，致使「戈」、「止」的形體比率相差甚大。

將前後兩枚〈宅陽‧平襠方足平首布〉的「陽」相較，後者作「▨」，「陽」字從阜易聲，前者作「▨」，僅見「＝」與易，今將貨幣左側的邊框與「＝」一併觀察，即爲「阜」的形體，故知前者的「陽」字以貨幣邊框爲筆畫，取代原本的豎畫。

〈平州‧尖足平首布〉的「州」字寫作「▨」，左右兩側皆爲豎畫，又以〈平匋‧尖足平首布〉爲例，該貨幣作「▨」，將之與〈平州‧尖足平首布〉相較，前者於面上明顯有一道豎線，〈平州‧尖足平首布〉的「州」字之右側的豎畫，以貨幣的豎線爲筆畫，使得「州」字的形體較「平」字爲大。

〈容‧異形平首布〉之「容」字原書未釋[註19]，鄭家相釋爲「公」[註20]，皆以爲無地名可考。何琳儀指出：「古璽文字有借用印面邊框爲筆畫的現象，貨幣文字亦偶見借用幣緣爲筆畫者。」[註21] 貨幣習見鑄上地望名稱，《古陶文彙編》（6.83）記載「容城」一詞，可能與貨幣所見有關。「容」字作「▨」，其寫法誠如何琳儀所言，係以貨幣邊框爲筆畫。

楚系與晉系之「地」字皆從土從它，「土」字於兩周金文作：「▨」〈大盂鼎〉、「▨」〈鈇鐘〉、「▨」〈土勻瓶〉，將之與〈貝地‧平襠方足平首布〉之「地」字偏旁「土」相較，後者作「▨」，係以貨幣中間豎線爲筆畫，使得「地」字所從偏旁「土」的豎畫格外長，使該字的結構顯得奇特。

「雾」字自甲骨文至戰國文字形體並無太大的差異，惟〈雾‧平襠方足平首布〉的第二例字作「▨」，以貨幣中間豎線爲筆畫，使得偏旁「各」的形體分離，各置左右二側。

「閃」字從門從火，〈閃‧平襠方足平首布〉作「▨」，以貨幣中間豎線爲筆畫，致使「閃」字所從偏旁「火」的豎畫格外長，又從偏旁「火」者多於豎

〔註19〕《中國錢幣大辭典》編纂委員會：《中國錢幣大辭典‧先秦編》，頁 227，北京，中華書局，1995 年。

〔註20〕鄭家相：《中國古代貨幣發展史》，頁 63，香港，龍門書店，1978 年。

〔註21〕何琳儀：〈銳角布幣考〉，《古幣叢考》，頁 87～88，臺北，文史哲出版社，1996 年。

畫上增添一道短橫畫，此一橫畫屬飾筆性質。

表4－4

字例	殷商	西周	春秋	楚系	晉系	齊系	燕系	秦系
武		〈史牆盤〉			〈武・平肩空首布〉			
陽		〈虢季子白盤〉	〈蔡侯墓殘鐘四十七片〉		〈宅陽・平襠方足平首布〉			
州	《合》（659）	〈散氏盤〉			〈平州・尖足平首布〉			
容			〈晉公盆〉		〈容・異形平首布〉			
地				〈郭店・語叢四22〉	〈貝地・平襠方足平首布〉			
零	《合》（24257）			〈郭店・老子甲本19〉	〈零・平襠方足平首布〉			
閔	《合》（27160）				〈閔・平襠方足平首布〉			

					門木 〈閃・尖足 平首布〉		

總之，以器物的邊、線為筆畫者，多見於晉系之貨幣文字。貨幣的面積不大，難以容下許多文字，以此種方式表現的幣文，多僅見一字借用邊線，無法將所有的文字皆採取借用邊線的方式書寫；再者，貨幣的面上有豎線，鑄造者可以利用其邊線或是既有的豎線，作為文字構形所需的筆畫。故以此種方式書寫者，除因鑄工取巧，便利行事，使其工省，生產加快外，應是考慮貨幣可供書寫的面積有限，為了容納所需的文字，遂採取借用邊線的方式書寫。

利用既有的豎線與邊線鑄寫文字，雖然可以省減若干筆畫，卻容易造成今人識讀的不便，除非透過其他貨幣上的文字相較，否則甚難馬上辨識；再者，從貨幣之「雾」、「閃」、「地」等字例觀察，因為受限於幣面上的豎線，使得文字結構產生不協調，甚至不得不將完整的構形分割，並且分置於兩側。

第四節　部件省減

所謂部件省減，係指構成文字時，省減一筆或是部分的筆畫，而被省減者屬於不成文的部分。

除了秦系「戟」字的形體與《說文解字》篆文相同外，餘者皆從戈丰聲；將〈平阿左戟〉與〈四年雍令矛〉的「戟」字相較，後者作「臤」，省減「戈」部分的部件，造成形體發生變異。

將〈毛公旅方鼎〉的「是」字與戰國文字相較，以〈哀成叔鼎〉之字為例，係省去「日」下部件，寫作「 」。〔註22〕

「奇」字從大從可，將〈奇氏・平襠方足平首布〉與兩周文字相較，前者省減所從「大」之若干部件，寫成「 」。

「重」字象人背負囊橐之形，在〈井侯簋〉中將偏旁「人」疊加於「東」，由於「人」與「東」的豎畫相近，遂借用一個筆畫；〈春成侯壺〉作「 」，進

〔註22〕從偏旁「是」者，亦見相同的現象，如：曾侯乙墓竹簡的「珶」字，信陽竹簡〈遣策〉的「緹」字，天星觀竹簡〈遣策〉的「題」字，望山二號墓竹簡的「鍉」字，〈兆域圖銅版〉的「鍉」字，青川木牘的「隄」字。

一步省減「東」下半部的部件。

　　早期金文「於」字本作「烏」，在〈禹鼎〉中完整的形體發生割裂的現象，代表鳥首的筆畫與主體分離，寫作「𠃉」；在〈䡇鎛〉裡將消失的鳥首重新補寫，寫作「𪆴」。將〈於疋・平襠方足平首布〉與兩周文字相較，前者省減「鳥羽之形」的筆畫，寫作「𣱩」。〔註23〕

　　金文「學」字或見增添偏旁「攵」，卻少見省減部件者。郭店竹簡〈老子〉乙本簡文依序爲「學者日益」、「絕學無憂」，與今本《老子》相符，釋爲「學」字應無問題。將文字相較，郭店竹簡「學」字省減的部分不一，（3）「𡥈」將「爻」簡省爲「丨」，並省略「子」上的「冖」（象家形）；（4）「𡥈」省略部件「冖」與「爻」。

　　「惠」字從心從叀，將兩周文字相較，睡虎地竹簡作「叀」、郭店竹簡作「叀」、〈中山王嚳方壺〉作「叀」，皆屬省減部件的現象。

　　甲骨文至金文「舊」字，多未省減上半部的部件。郭店竹簡〈老子〉乙本簡文爲「長生舊視之道也」，今本《老子》爲「長生久視之道也。」將字形相較，郭店竹簡「舊」字作「舊」，應是省減部件的現象。

　　〈曾侯乙鐘〉之「肄」字從先從聿，「先」字於兩周金文作：「先」〈沈子它簋蓋〉、「先」〈毛公鼎〉，從「聿」之「建」字於兩周金文作：「建」〈中山侯鉞〉，將文字相較，「肄」省減「先」上半部「止」的部件，又省減「聿」上半部「手」的部件，寫作「肄」的形體。

　　西周金文「冑」字大抵承襲甲骨文的字形，楚系之「冑」字皆從革從冑形，寫作「鞏」或「鞏」，除包山竹簡採取左右式的結構外，其餘皆爲上下式的結構。《說文解字》「冑」字云：「從冃由聲」，其下重文「韗，司馬法冑從革。」〔註24〕該字的形體與楚簡的字形相符。再者，天星觀竹簡「冑」字作「鞏」者，係將下半部之「革」的部件「凵」省略。

　　「縱」字從糸從聲，兩周時期從「糸」之「經」字作：「經」〈虢季子白盤〉，「紫」字作：「紫」〈蔡侯墓殘鐘四十七片〉，「組」字作：「組」〈師袁簋〉，「縱」字所從之「糸」，寫作「朶」者，係省減同形的「△」所致，形成「縱」的形

<hr />

〔註23〕從偏旁「鳥」者，亦見相同的現象，如：〈鄢・平襠方足平首布〉的「鄢」字。

〔註24〕《說文解字注》，頁357～358。

體。〔註25〕

表 4-5

字例	殷商	西周	春秋	楚系	晉系	齊系	燕系	秦系
戠					〈四年雍令矛〉	〈平阿左戠〉		〈睡虎地·法律答問 85〉
是	〈毛公旅方鼎〉			〈包山 4〉	〈哀成叔鼎〉			〈睡虎地·效律 30〉
瑅				〈曾侯乙 138〉				
緹				〈信陽 2.2〉				
題				〈天星觀·遣策〉				
鍉				〈望山 2.6〉				

〔註25〕部件省減的現象，於戰國文字裡，尚有諸多字例，如：信陽竹簡〈遣策〉的「砡」字，〈鄂君啓舟節〉的「晉」字，望山一號墓竹簡的「室」字，望山二號墓竹簡的「至」、「屋」等字，包山竹簡的「柾」、「侹」等字，郭店竹簡〈老子〉甲本的「臺」字，郭店竹簡〈緇衣〉的「體」、「砮」等字，郭店竹簡〈窮達以時〉的「桱」字，上博簡〈緇衣〉的「緩」、「縉」、「索」、「絲」等字，上博簡〈民之父母〉的「喪」字，〈楚王酓志鼎〉的「窨」字，仰天湖竹簡的「鉦」字，〈驫羌鐘〉的「侹」、「晉」等字，〈中山王礜鼎〉的「敬」字，〈中山王礜方壺〉的「懲」字，〈兆域圖銅版〉的「至」、「堂」等字，〈三年壺〉的「彎」字，〈左使車工壺〉的「蟲」字，〈十二年邦司寇矛〉的「癘」字，〈壽陰·尖足平首布〉的「壽」字，〈山陽·弧襠方足平首布〉的「陽」字，〈坴城·尖足平首布〉的「坴」字，〈墜喜壺〉的「歲」字，〈王后左和室鼎〉的「室」字，〈廿四年銅桱〉的「蟄」字，睡虎地竹簡〈爲吏之道〉的「屈」字。

椳				 〈兆域圖 銅版〉			
隄							 〈青川 ・木牘〉
奇				 〈包山 75〉	 〈奇氏・平 襠方足平 首布〉		
重	 〈重爵〉	 〈井侯簋〉			 〈春成侯 壺〉		
於	 〈妸尊〉 〈禹鼎〉	 〈黏鎛〉 〈余購遜 兒鐘〉			 〈於疋・平 襠方足平 首布〉		
鄔					 〈鄔・平襠 方足平首 布〉		
學	 《合》 （952 正） 《合》 （3511） 《合》 （20098）	 〈沈子它 簋蓋〉 〈靜蓋〉		 〈郭店・ 老子乙 本 3〉 〈郭店・ 老子乙 本 4〉			
惠		 〈趞簋〉	 〈黏鎛〉	 〈郭店・尊 德義 32〉	 〈中山王 嚳方壺〉		 〈睡虎地 ・爲吏 之道 2〉

舊	 《合》 （30686）	 〈盉駒尊〉	 〈鼄公華 鐘〉	 〈郭店· 老子乙 本3〉			
肄				 〈曾侯乙 鐘〉			
胄		 《周原》 （H11： 174） 〈小盂鼎〉		 〈曾侯乙1 正〉 〈天星觀 ·遣策〉 〈包山· 牘1〉			
縱						 〈亡縱熊 節〉	
硈				 〈信陽 2.8〉			
室		 〈豆閉簋〉		 〈望山 1.75〉			 〈王后 左和 室鼎〉
屋				 〈望山 2.15〉			
至	 《合》 （419反）	 〈兮甲盤〉	 〈齡鑄〉	 〈望山 2.38〉	 〈兆域圖 銅版〉		
晉	 《合》 （19568）	 〈格伯作 晉姬簋〉	 〈晉公車 曺〉	 〈噩君啓 舟節〉	 〈屬羌鐘〉		

桎				 〈包山 144〉			
侄	 〈曶鼎〉			 〈包山 170〉	 〈屬羌鐘〉		
臺				 〈郭店· 老子甲 本 26〉			
姪	 〈師湯父 鼎〉			 〈郭店·緇 衣 26〉			
袿				 〈郭店· 窮達以 時 3〉			
窒				 〈楚王酓 忑鼎〉			
銍				 〈仰天湖 18〉			
犂							 〈廿四年 銅梲〉
堂				 〈兆域圖 銅版〉			 〈睡虎 地·封診 式 76〉
昆				 〈左使車 工壺〉			
瘝				 〈十二年 邦司寇 矛〉			

繀				𧢳〈上博・緇衣 10〉　𧰨〈郭店・緇衣 18〉				
緟				𧰦〈上博・緇衣 15〉　𦃆〈郭店・緇衣 29〉				
索				𥿡〈上博・緇衣 15〉　𥿟〈郭店・緇衣 29〉				
絲				𢇁〈上博・緇衣 15〉　𢇁〈郭店・緇衣 29〉				
縊		𢆶〈公貿鼎〉			軎〈三年壺〉　軎〈左縊簺〉			
桎					𢆶〈桎城・尖足平首布〉			
體				體〈郭店・緇衣 8〉				體〈睡虎地・日書乙種 246〉

碧			〈郭店‧緇衣36〉〈上博‧緇衣18〉			
喪	《合》（27782）	〈毛公鼎〉	〈洹子孟姜壺〉	〈上博‧民之父母6〉〈上博‧民之父母9〉		
敬		〈對罍〉〈大克鼎〉	〈吳王光鑑〉		〈中山王璺鼎〉	
懿					〈中山王璺方壺〉	
壽		〈沈子它簋蓋〉〈豆閉簋〉〈頌鼎〉	〈王孫遺者鐘〉〈子璋鐘〉		〈壽陰‧尖足平首布〉	
陽		〈虢季子白盤〉	〈蔡侯墓殘鐘四十七片〉		〈山陽‧弧襠方足平首布〉	
歲	《合》（13475）《合》（22560）	〈利簋〉〈智鼎〉			〈陸喜壺〉〈陸璋方壺〉	

屈						尾〈北屈・平襠方足平首布〉		居〈睡虎地・爲吏之道34〉 屄〈睡虎地・日書甲種51背〉

　　總之，部件省減的現象，多見於戰國文字，而且無地域上的差異，由於省減的筆畫屬不成文者，並不影響原本所承載的音義。這種省減的方式，除了少部分受到偏旁位置的經營影響，爲了避免上下式結構的組合，使其形體結構過於狹長，而不得不省去部分的部件外，大多不涉及空間的考量，僅是將幾個筆畫省略，或是將複雜的筆畫省減而以簡單的幾筆取代，基本上是透過部件省減的方式，達到書寫便捷的目的。

第五節　同形省減

　　同形省減，何琳儀稱之爲「刪簡同形」〔註26〕，係指構成文字形體的偏旁或部件，具有二個或二個以上的相同形體，書寫時省減一個或一個以上的同形偏旁或是部件。

　　甲骨文「星」字所從之「日」多在二個或二個以上，寫作「◊◊◊」《合》（6063反）或「⚊」《合》（11488），楊樹達云：「星字甲文作◊◊或加聲旁作⚊，其爲天上星宿之象形字甚明」〔註27〕又姚孝遂云：「『晶』本象羣星之形，復增『生』爲聲符。」〔註28〕金文與簡帛「星」字承襲甲骨文發展，將文字的形體相較，楚帛書與睡虎地竹簡「星」字作「星」者，係省減同形。

　　《說文解字》「絕」字云：「斷絲也。從刀糸，卪聲。」其下收錄古文，云：「古文絕，象不連體絕二絲。」〔註29〕《說文解字》的篆文，應源於秦系文字

〔註26〕《戰國文字通論》，頁189。

〔註27〕楊樹達：〈釋星〉，《積微居甲文說》，卷上，頁11，臺北，大通書局，1974年。

〔註28〕于省吾：《甲骨文字詁林》第二冊，頁1109，北京，中華書局，1996年。

〔註29〕《說文解字注》，頁652。

的系統，古文則源於東方之晉、楚等地的系統。又將郭店竹簡與兩周文字相較，前者的「絕」字作「㿝」，以省減同形的方式書寫。

「宜」字的字形，容庚云：「象置肉于且上之形」〔註30〕，徐中舒云：「從且從肉，象肉在俎上之形。所從之肉或一或二或三，數目不等。」〔註31〕金文多固定爲從二肉，寫作「　」〈秦公簋〉，將金文與戰國文字相較，〈姧蚉壺〉、〈宜陽右倉簋〉、睡虎地竹簡作「　」或「　」者，皆屬同形省減的現象。

「鐸」字本從金睪聲，〈曾侯乙鐘〉或從金從卄睪聲，寫作「　」，或從金從卄省睪聲，寫作「　」，〈曾侯乙鐘〉銘文皆爲「無鐸」，將其字例相較，第二例字應爲同形省減的現象，將所從之「卄」省減同形，寫作「十」。

「筍」字從竹句聲，仰天湖竹簡所從「竹」之豎畫上的短橫畫，屬飾筆的性質，「竹」字增添飾筆的現象，爲戰國時期楚系文字的特色；睡虎地竹簡〈日書乙種〉作「　」，以省減同形的方式書寫，將所從之「竹」省減其一。

金文「幾」字上半部從絲，將之與楚簡相較，後者作「　」，省略二個同形的幺，改爲一個幺。〔註32〕

早期金文的「競」字多沿襲甲骨文的形體，戰國文字的形體則承襲〈𪓊鐘〉發展。包山竹簡（81）作「　」，係省減同形。將「競」字上半部相同的部分省略，應是受到結構的平衡與對稱影響。倘若將「競」字下半部相同的部分省略，僅保留上半部的形體，勢必造成形構上的不對稱與不協調。

「隋」字於戰國時期見於楚系文字，簡文依序爲「里公隋得受期」、「隋過」。將兩周金文與包山竹簡的字形相較，（167）「　」相較於（22）「　」言，爲省減右側同形。

《說文解字》「堯」字下收錄一重文，「　，古文堯。」〔註33〕形體與郭店竹簡〈六德〉「堯」字相同，《說文解字》收錄的古文「堯」字，來源應爲戰國楚系文字。此外，將字形相較，楚帛書的「堯」字作「　」，應是省減同形所致。

〔註30〕容庚：《金文編》，頁527，北京，中華書局，1992年。

〔註31〕徐中舒：《甲骨文字典》，頁806，成都，四川辭書出版社，1995年。

〔註32〕從偏旁「幾」者，亦見相同的現象，如：郭店竹簡〈窮達以時〉的「譏」字。

〔註33〕《說文解字注》，頁700。

　　甲骨文、兩周金文的「曹」字，上半部多從二東，寫作「㗊」〈曹公子沱戈〉，惟〈中山王嚳方壺〉改從一東，將之與〈中山王嚳方壺〉相較，後者作「㗊」，省減同形「東」。〔註34〕

　　甲骨文「晉」字從日從臸，該字形體未作太大變異，〈晉陽・圓足平首布〉將「臸」字省減同形改爲「至」，寫作「㗊」，透過其他貨幣的記載相較，可確定省減者仍爲「晉」字。〔註35〕

表4－6

字例	殷商	西周	春秋	楚系	晉系	齊系	燕系	秦系
星	《合》(6063反) 《合》(11488)	〈麓伯星父簋〉		〈楚帛書・乙篇1.21〉				〈睡虎地・日書乙種92〉
絕				〈郭店・老子甲本1〉	〈中山王嚳方壺〉			〈睡虎地・日書甲種17背〉

〔註34〕從偏旁「曹」者，亦見相同的現象，如：〈十八年戈〉的「敷」字，《古璽彙編》(0304) 的「鄪」字。

〔註35〕同形省減的現象，於戰國文字裡，尚有諸多字例，如：曾侯乙墓衣箱的「茅」字，望山一號墓竹簡的「能」字，望山二號墓竹簡的「紃」字，包山竹簡的「戠」、「蕳」、「善」、「瘥」、「臨」、「訓」等字，郭店竹簡〈緇衣〉的「芒」字，郭店竹簡〈五行〉的「藥」字，郭店竹簡〈尊德義〉的「蕉」字，郭店竹簡〈六德〉的「艸」、「茆」等字，郭店竹簡〈語叢一〉的「苲」字，郭店竹簡〈語叢四〉的「廟」字，上博簡〈緇衣〉的「虁」字，上博簡〈子羔〉的「皆」字，上博簡〈民之父母〉的「樂」字，九店五十六號墓竹簡的「昔」字，〈楚王酓肯鉈鼎〉的「楚」字，〈中山王嚳鼎〉的「體」字，〈中山王嚳方壺〉的「豊」字，〈十四年雙翼神獸〉的「鄭」字，〈十七年相邦春平侯鈹〉的「器」字，〈廿三年稾朝鼎〉的「鼐」字，《古陶文彙編》(3.726) 的「區」字，《古陶文彙編》(4.7) 的「器」、(4.104) 的「善」等字，睡虎地竹簡〈語書〉的「善」字，睡虎地竹簡〈秦律雜抄〉的「秦」、「繕」等字，睡虎地竹簡〈日書乙種〉的「體」字。

宜	《合》（318）《合》（13282正）	〈天亡簋〉	〈秦公簋〉		〈姧蚉壺〉〈宜陽右倉鼎〉		〈睡虎地・秦律十八種185〉
鐸				〈曾侯乙鐘〉	〈中山王䦉鼎〉		
筍				〈仰天湖16〉			〈睡虎地・日書乙種157背〉
幾		〈幾父壺〉		〈五里牌5〉			
驕				〈郭店・窮達以時10〉			
競	《合》（106正）《合》（4339）	〈競作父乙卣〉〈𩰚鐘〉		〈包山81〉〈包山90〉			
隋		〈遂公盨〉〔註36〕		〈包山22〉〈包山167〉			

〔註36〕「隋」字形體引自周鳳五〈遂公盨銘初探〉之〈附圖二〉。周鳳五：〈遂公盨銘初探〉,「楚簡綜合研究第二次學術研討會——以古文字與古文獻爲議題」,頁9,臺北,中央研究院歷史語言研究所,2002年。

堯	《合》（9329）			〈楚帛書・乙篇9.7〉 〈郭店・六德7〉			
曹	《合》（36828）	〈七年趙曹鼎〉	〈曹公子沱戈〉	〈中山王譻方壺〉			
敷				〈十八年戈〉			
鄺				《古璽彙編》（0304）			
晉	《合》（19568）	〈晉人簋〉	〈晉公車書〉	〈晉陽・圓足平首布〉			
茅				〈曾侯乙墓衣箱〉 〈郭店・唐虞之道16〉			〈睡虎地・秦律十八種195〉
茝				〈包山169〉			
芒				〈郭店・緇衣9〉			
藥				〈郭店・五行6〉			

蕒							
蕒			<郭店・尊德義 39> <包山・簽>				
艸			<郭店・六德 12> <信陽 2.13>				
茻			<郭店・六德 12>				
茬			<郭店・語叢一 73> <曾侯乙 71>				
廟		<大克鼎>	<郭店・性自命出 20> <郭店・語叢四 27>	<中山王𰰀方壺>			
能		<沈子它簋蓋> <毛公鼎>	<望山 1.37> <望山 1.38>				
紃			<望山 2.6> <包山 268>				

訓				〈包山 199〉 〈包山 210〉				
戠				〈包山 85〉 〈包山 243〉				
善		〈毛公鼎〉		〈包山 168〉		《古陶文彙編》（4.104）	〈睡虎地·語書 11〉	
瘥				〈包山 173〉				
繕							〈睡虎地·秦律雜抄 41〉	
臨		〈毛公鼎〉		〈包山 53〉 〈包山 185〉				
鼻	《合》（6816）	〈痀尊〉	〈龏公華鐘〉	〈上博·緇衣 2〉				
皆	《合》（27749） 《合》（31771）			〈上博·子羔 1〉				

樂	 《合》 （36900） 《合》 （36905）	 〈樂作旅鼎〉 〈癲鐘〉	 〈王孫誥鐘〉 〈王孫遺者鐘〉	 〈上博・民之父母2〉			
昔	 《合》 （137反） 《合》 （301） 《合》 （1111反） 《合》 （16930）	 〈冏尊〉		 〈天星觀・遣策〉 〈九店56.44〉			
楚	 《合》 （32986）	 〈季楚簋〉	 〈蔡侯紐鐘〉	 〈楚王酓肯鉈鼎〉			
體			 〈郭店・緇衣8〉	 〈中山王𰂝鼎〉			 〈睡虎地・日書乙種246〉
豊				 〈中山王𰂝方壺〉			
鄦				 〈曾侯乙鐘〉	 〈十四年雙翼神獸〉		
器		 〈散氏盤〉			 〈十七年相邦春平侯鈹〉	 《古陶文彙編》 （4.7）	

齋	〈原方趮鼎〉			〈廿三年桑朝鼎〉 〈半齋鼎〉		
區	《合》（34676） 《合》（34679）			《古陶文彙編》（3.726）		
秦	《合》（299）	〈史秦鬲〉	〈秦公簋〉			〈睡虎地·秦律雜抄 5〉

　　總之，以省減同形方式書寫者，在戰國文字中並無地域系統的不同，惟從出土材料觀察，以書於簡帛的文字多見省減同形的現象，此種情形的發生，實與書手求便利、迅速有關。正因爲省減之後並不影響原本所承載的音義，省略構形中相同的部分，不僅可求快求便利，又能不破壞文字的識讀，於書寫時可利用此一方式表現。

第六節　剪裁省減

　　「剪裁省減」的方式，前人多已論述，如：梁東漢稱之爲「截取原字的一部分」〔註37〕，高明稱之爲「截取原字的一部分代替本字」〔註38〕，林澐稱之爲「截取性簡化」〔註39〕，王世征、宋金蘭稱之爲「以局部代替整體」〔註40〕，林清源稱之爲「音義完整且無法再行分解的偏旁或單字，在書寫時只截取其中一部份形體作爲代表，其餘部份則省略不寫。」〔註41〕從戰國文字的剪裁方式

〔註37〕梁東漢：《漢字的結構及其流變》，頁48，上海，上海教育出版社，1991年。

〔註38〕高明：《中國古文字學通論》，頁137，臺北，五南圖書出版有限公司，1993年。

〔註39〕林澐：《古文字研究簡論》，頁75，長春，吉林大學出版社，1986年。

〔註40〕王世征、宋金蘭：《古文字學指要》，頁28，北京，中國旅遊出版社，1997年。

〔註41〕林清源：《楚國文字構形演變研究》，頁47，臺中，私立東海大學中國文學研究所

觀察，書手一般多保留其較爲重要的部分，如：「馬」字僅保留部分的形體，「爲」字保留「手」與「象頭」的部分。故知「剪裁省減」，係指省減某一字的形體、偏旁，雖然文字已經省略，但其基本的部分依舊保留，仍然可藉著主要的部分，與未省減的本字繫聯。在省減的過程中，表義或表音的部分，有時會作部分的減省，但是其原本所承載的音義不變。

甲骨文「得」字基本係從手持貝之形，寫作「𠂤」《合》（133 正）或「得」《合》（439），金文「得」字所從之「貝」，多省略而改作「目」，此現象於戰國時期十分多見。「貝」不再保留象形成分，透過剪裁省減的方式，改爲與「目」相近的形體，寫作「𡨋」〈陳璋方壺〉或「得」《古陶文彙編》（4.75）。〔註42〕

甲骨文「爲」字以手牽象服勞役，象形成分較濃，早期金文尚保留象形成分，發展至戰國時期，晉系與楚系文字多採取剪裁省減的方式書寫。楚簡帛之「爲」字作「𤔲」、「𤔲」或「𤔲」，大多採取剪裁省減的方式，保留手與象首之形，或於省體的下方增添「＝」，或將「＝」增添於上方，表示此爲省減之形，或未增添任何符號；晉系文字或於省體的下方增添「＝」，或增添「－」。「＝」或「－」符號的增添，雖未硬性規定置於省體的下方，從該符號增添的現象觀察，仍以置於下方者爲常態。〔註43〕

「業」字下半部或從去，如：〈中山王𦥑方壺〉作「𤬃」，或從木，如：〈郾王職劍〉作「𤬃」。兩周金文裡，形體與〈中山王𦥑方壺〉「業」字近同者，如：「𤬃」〈九年衛鼎〉、「𤬃」〈㽙鐘〉、「𤬃」〈秦公簋〉。〈九年衛鼎〉之字於《金文編》隸釋作「𤬃」，〈昶伯𤬃鼎〉之字則列爲未釋字〔註44〕，董蓮池進一步指出〈昶伯𤬃鼎〉之字當爲「業」。〔註45〕從字形的發展觀察，董蓮池之隸釋十分可信。〈九年衛鼎〉銘文爲「𤬃舄𢓜皮二，胐帛金一反，㽙吳喜皮二」，「𤬃」

博士論文，1997 年。

〔註42〕從偏旁「貝」者，亦見相同的現象，如：〈中山王𦥑方壺〉的「賞」字，〈舒螫壺〉的「賃」、「賢」等字，〈安邑下官壺〉的「賸」字，〈右廩𩵋象尊〉的「賸」字。

〔註43〕從偏旁「爲」或「象」者，亦見相同的現象，如：曾侯乙墓竹簡的「喙」字，包山竹簡的「㥯」字，郭店竹簡〈老子〉甲本的「蠱」字，郭店竹簡〈唐虞之道〉的「蝸」字，郭店竹簡〈忠信之道〉的「譌」字，郭店竹簡〈語叢三〉的「𪏛」字。

〔註44〕《金文編》，頁 348，頁 1186。

〔註45〕董蓮池：《金文編校補》，頁 401，長春，東北師範大學出版社，1995 年。

字於此應爲人名；〈秦公簋〉爲「保𤔲氒秦」，即「安治秦國」之意，「𤔲」字學者多釋爲「業」，係古文「業」字。〔註46〕〈秦公簋〉的字形與〈九年衛鼎〉、〈癲鐘〉相近同，故亦應隸釋爲「業」字。〈九年衛鼎〉之字從二業從去，〈秦公簋〉則將二「丵」的部件「口」省略，〈𥚃伯𢽾鼎〉則省略偏旁「去」，〈中山王嚳方壺〉將二「丵」省減同形，並將其下半部的形體省略，又將偏旁「去」改置於下方，〈郾王職劍〉則省減偏旁「去」。〔註47〕

西周金文「倉」字尚未見省減「口」，戰國時期楚、晉二系文字則將「口」省減，並將上半部的形體省改，寫作「」或「」。其書寫方式，應屬剪裁省減。再者，《古陶文彙編》（6.199）之「倉」字作「」，增添偏旁「厂」。《說文解字》「倉」字云：「穀藏也。蒼黃取而臧之，故謂之倉。」「厂」字云：「山石之厓巖人可凥」，「广」字云：「因广爲屋也。從广，象對剌高屋之形。」〔註 48〕兩周金文裡，「宀」、「厂」、「广」作爲偏旁時，多可替換，如：「安」字作「」〈格伯簋〉或「」〈哀成叔鼎〉，「宕」字作「」〈五年召伯虎簋〉或「」〈不𡢁簋〉，「倉」字爲收藏穀物之建物，增添偏旁「厂」實應爲「广」。〔註49〕

「曲」字從甲骨文至兩周文字的形體變化差異不大，《古璽彙編》（2317）與〈陽曲．尖足平首布〉作「」者，則過於省略。李零於〈鳥書箴銘帶鉤〉已明確考證「」即「曲」字，並指出晉系貨幣之字形相同者，皆應釋爲「曲」。〔註 50〕將字形相較，璽印文字的基本部分仍然保留，可藉著主要的「」，與未省減之本字繫聯，即可知該字爲「曲」的省形。

將〈九年衛鼎〉與〈膚虒．尖足平首布〉的「膚」字相較，後者作「」，所從之「虍」、「胃」，係以剪裁省減的方式書寫，又透過與〈膚虒．平襠方足平首布〉的文字比對，可以明確知曉「虍（）」經過省減後，可以寫作「」，

〔註46〕洪家義：《金文選注繹》，頁 187，頁 540，南京，江蘇教育出版社，1988 年；馬承源：《商周青銅器銘文選（四）》，頁 609，北京，文物出版社，1990 年。

〔註47〕從偏旁「業」者，亦見相同的現象，如：〈中山王嚳鼎〉的「𢡱」字。

〔註48〕《說文解字注》，頁 226，頁 447，頁 450。

〔註49〕從偏旁「倉」者，亦見相同的現象，如：天星觀竹簡〈卜筮〉的「滄」字，望山一號墓竹簡的「愴」字，包山竹簡的「蒼」字。

〔註50〕李零：〈戰國鳥書箴銘帶鉤考釋〉，《古文字研究》第八輯，頁 61，北京，中華書局，1983 年。

「胃」可以寫作「」，「膚（）」字爲剪裁省減的結果。

甲骨文「皆」字爲一虎或二虎陷於阱中，包山竹簡與〈皆作障壺〉字形相近。曾憲通云：「秦故道詔版有𧇧字，從二虎從甘，義與皆同，帛文之，即詔版𧇧字省去一虎頭（虍）。中山王壺之，又較帛文之略去一虎足（），即詔版所從雙虎省去其一。金文皆壺之，江陵楚簡之，信陽楚簡之，又較帛文之省去形。」〔註51〕又《金文編》「皆」字云：「秦殘陶量皆明壹之，皆字作，從虤與從虘同。」〔註52〕從文字的發展言，一則由甲骨文從二「虎」，或是一「虎」，走向金文的一「虎」，如：〈中山王𰯌鼎〉作「」；一則爲了書寫的便利，以剪裁省減的方式將虎頭省略，僅保留下半部的形體，走向「」，如：〈皆作障壺〉、包山竹簡（16）。此外，周鳳五從楚簡文字的結構分析，指出「」字下方所見的「甘」，屬增添聲符現象，故由會意轉爲形聲，從甘聲之「僉」字省減上半部的倒口與二小口，則爲楚簡中習見的「皆」字。〔註53〕現今所見的楚竹書，從文字、內容等方面言，其來源十分複雜，並非完全源於楚地，再者，楚系文字的形構，異於其他系統，周鳳五從該系統本身討論文字的演變，亦可備一說。

郭店竹簡〈成之聞之〉的「鳥」字作「」，與甲骨文、金文大不相同，郭店竹簡整理者未將之釋出〔註54〕，周鳳五指出該字當釋爲「鳥」。〔註55〕兩周金文從偏旁「鳥」之「難」字作：「」〈殳季良父壺〉，楚簡帛從偏旁「鳥」之「雖」字作：「」〈曾侯乙46〉，楚系鳥書之「我」字作：「」〈越王者旨於賜鐘〉，將〈殳季良父壺〉與曾侯乙墓竹簡之「鳥」的形體相較，後者的形體一旦省減鳥頭，並將筆畫略作變動，即爲〈成之聞之〉所見之字形；又〈越王者旨於賜鐘〉下半部之「鳥」，若將部分彎曲的筆畫拉直，則與〈成之聞之〉的

〔註51〕曾憲通：〈楚帛書文字編〉，《楚帛書》，頁269，香港，中華書局，1985年。

〔註52〕《金文編》，頁245。

〔註53〕周鳳五：〈《盦睪命案文書》箋釋——包山楚簡司法文書研究之一〉，《文史哲學報》第四十一期，頁10～11，臺北，國立臺灣大學出版委員會，1994年。

〔註54〕荊門市博物館：〈成之聞之釋文注釋〉，《郭店楚墓竹簡》，頁167，北京，文物出版社，1998年。

〔註55〕周鳳五：〈郭店楚簡識字札記〉，《張以仁先生七秩壽慶論文集》，頁357，臺北，臺灣學生書局，1999年。

「鳥」字無別。甲骨文與金文仍保留象形的成分，發展至戰國時期，以郭店竹簡〈成之聞之〉爲例，則以剪裁省減的方式，剪裁出一部分的形體作爲代表，其餘部分則省略不寫。郭店竹簡〈成之聞之〉簡文爲「唯鳥不喜禹德」，今本《尚書・君奭》作「惟冒丕單稱德」。〔註56〕「鳥」字上古音屬「幽」部「端」紐，「冒」字上古音屬「幽」部「明」紐，爲疊韻關係。

　　與〈六德〉（24）所見「狱」字形體相同者，又見於（36）、（42）、（43）、（44），簡文依序爲：「六者各行其職而狱言亡由作也」、「此六者各行其職而狱言蔑由作也」、「下修其本可以斷狱」、「然後可以斷狱」、「是以其斷狱」。〈六德〉「狱」字多接在「斷」字之後，《周易・賁》云：「君子以明庶政，无敢折獄。」〔註57〕陸德明《經典釋文・周易音義》引鄭玄〈注〉云：「斷也」。〔註58〕「折獄」即「斷獄」。陳偉以爲從犬從山之字可能爲「岳」字的別體，而借作「獄」。〔註59〕從簡文言，從犬從山之字於（42）、（43）、（44）中應釋作「獄」字。從文字形體言，「狱」不當直接作爲「獄」字。又「嶽」字小篆寫作「嶽」，楚簡帛文字習見以剪裁省減的方式書寫，亦即「嶽」字省減偏旁「言」與一「犬」，並將上半部偏旁「山」移至「犬」的下方，遂形成該字的形體。「嶽」、「獄」二字上古音同屬「疑」紐「屋」部，雙聲疊韻。「狱言」一詞，李零指出上字從犬從山，下字從言從彥省，可讀爲「讒諂」〔註60〕；顏世鉉隸釋爲「訕謗」，釋爲「誇大不實的誹謗言論」。〔註61〕據本論文「第三章、形體結構增繁分析」「言」字下考證，已知從大從言之字應爲「言」字；「嶽（獄）言」一詞，以爲即是「訟言」。

〔註56〕（漢）孔安國傳、（唐）孔穎達等正義：《尚書正義》，頁247，臺北，藝文印書館，1993年。

〔註57〕（魏）王弼注、（晉）韓康伯注、（唐）孔穎達等正義：《周易正義》，頁62，臺北，藝文印書館，1993年。

〔註58〕（唐）陸德明：《經典釋文》，頁23，臺北，鼎文書局，1972年。

〔註59〕陳偉：〈郭店楚簡別釋〉，《江漢考古》1998年第4期，頁71。

〔註60〕李零：〈郭店楚簡校讀記〉，《道家文化研究》第十七輯，頁519，北京，生活・讀書・新知三聯書店，1999年。

〔註61〕顏世鉉：〈郭店楚簡淺釋〉，《張以仁先生七秩壽慶論文集》，頁395，臺北，臺灣學生書局，1999年。

〔註62〕「嶽（獄）」字上古音屬「疑」紐「屋」部，「訟」字屬「邪」紐「東」部，陽入對轉，二者具有聲韻的關係。

　　《古璽彙編》收錄幾方私璽，其間亦見「觺」字，如：「𪗙」（0484）、「𪗗」（1111），朱德熙將之與璽印文字相較，指出即為《說文解字》收錄之從𥅀從角的「觺」字，璽印所見字形為「觺」字的簡體〔註63〕；《侯馬盟書》將之釋為從𥅀從角之字。〔註64〕從字形觀察，該字本從𥅀從角，「𥅀」字之二口可省減為一口，或是全部省減；璽印文字將「𥅀」省減同形，在貨幣文字裡，更進一步將「戈」省略，僅保留「口」與「角」的部份，寫作「𢀷」。

　　從「虍」之「虔」字於兩周金文作：「𧆞」〈番生簋蓋〉、「𧆛」〈者沪鐘〉，「虍」的寫法與貨幣文字甚異。上博簡〈緇衣〉從「虍」之「盧」字作：「𧇄」〈上博・緇衣14〉，「慮」字作：「𧇆」〈上博・緇衣17〉，「虛」字作：「𠀁」〈上博・緇衣23〉，形體正與貨幣文字相同，何琳儀將之釋為「虍」的說法應可採信。〔註65〕從「虍」之字於楚簡帛中多寫作「𠂤」、「𠂤」、「𡕾」，偶作「𠂤」〔註66〕，惟於上博簡〈緇衣〉出現特例，以剪裁省減的方式書寫，故作「十」。由此現象思考，該簡的原始抄本可能非楚地所有，係自他處傳入楚地，幾經文字的傳抄、馴化後〔註67〕，才出現今日的面貌。〔註68〕

〔註62〕〈郭店竹書〈六德〉文字零拾〉，「第一屆出土文獻學術研討會」，頁15～17。

〔註63〕朱德熙：〈關於侯馬盟書的幾點補釋〉，《朱德熙古文字論集》，頁57～58，北京，中華書局，1995年。

〔註64〕山西省文物工作委員會：〈侯馬盟書字表〉，《侯馬盟書》，頁353，北京，文物出版社，1976年。

〔註65〕何琳儀：〈趙國方足布三考〉，《古幣叢考》，頁133～136，臺北，文史哲出版社，1995年。

〔註66〕關於「虍」的寫法，參看《楚系簡帛文字編》，頁391～395；《郭店楚簡研究》第一卷（文字編），頁358～361。

〔註67〕關於「馴化」一詞，係採用周鳳五之說法。周鳳五：〈郭店竹簡的形式特徵及其分類意義〉，《郭店楚簡國際學術研討會論文集》，頁59，武漢，湖北人民出版社，2000年。

〔註68〕剪裁省減的現象，於戰國文字裡，尚有諸多字例，如：〈曾姬無卹壺〉的「無」字，信陽竹簡〈遣策〉的「皇」、「裏」、「衵」、「襡」等字，天星觀竹簡〈卜筮〉的「禡」字，包山竹簡的「馬」、「欂」、「裏」、「蒍」、「謹」、「篁」、「嘉」、「瘳」、「鼎」、「廏」、

表4－7

字例	殷商	西周	春秋	楚系	晉系	齊系	燕系	秦系
得	《合》（133 正）《合》（439）	〈毌得觚〉〈大克鼎〉		〈包山 102〉	〈中山王嚳鼎〉	〈陳璋方壺〉	《古陶文彙編》（4.75）	〈睡虎地·秦律十八種 62〉
賸				〈包山·牘一反下〉	〈安邑下官壺〉		〈右賸君象尊〉	
賞		〈智鼎〉			〈中山王嚳方壺〉			
賃					〈姧盙壺〉			
賢		〈賢簋〉			〈姧盙壺〉			
爲	《合》（13490）《合》（15180）	〈散氏盤〉	〈趙孟𠂤壺〉	〈曾侯侯乙 142〉〈包山 86〉〈郭店·老子乙本 3〉	〈東周左𠂤壺〉〈廿七年鈚〉	〈陳喜壺〉		

「鄯」、「蕪」、「敏」、「裘」、「被」、「卒」等字，郭店竹簡〈老子〉甲本的「則」、「側」等字，郭店竹簡〈窮達以時〉的「驥」、「裡」等字，郭店竹簡〈成之聞之〉的「馭」字，郭店竹簡〈六德〉的「袒」字，上博簡〈民之父母〉的「夏」字，〈悊行〉的「悊」字，〈䲷羌鐘〉的「䲷」字，〈五年邦司寇劍〉的「瑪」字，〈七年宅陽令矛〉的「賜」字，〈三年修余令韓謹戈〉的「瘳」字，〈半䔧鼎〉的「䔧」字，〈安臧·平肩空首布〉的「臧」字，〈肅庀·平襠方足平首布〉的「肅」字，《古璽彙編》（0057）的「構馬」字，〈匡侯載器〉的「馬」字，〈九年將軍戈〉的「肅」字。

喋				〈曾侯乙1正〉			
慫				〈包山220〉			
蠢				〈郭店·老子甲本32〉			
蝎				〈郭店·唐虞之道21〉			
譌				〈郭店·忠信之道4〉			
賵				〈郭店·語叢三60〉			
業		〈昶伯戣鼎〉		〈中山王𰯒方壺〉		〈郾王職劍〉	
僕				〈中山王𰯒鼎〉			
倉	〈𪔂鐘〉		〈楚帛書·丙篇7.1〉	〈宜陽右倉簋〉 《古陶文彙編》（6.199）			
滄				〈天星觀·卜筮〉			

愴			〈望山 1.1〉			
蒼			〈包山 176〉			
曲	《合》（1022甲）	〈曾子斿鼎〉	《古璽彙編》（2317）〈陽曲·尖足平首布〉			
膚		〈九年衛鼎〉	〈膚虒·平襠方足平首布〉〈膚虒·尖足平首布〉			
皆	《合》（27749）《合》（31771）	〈皆作障壺〉	〈包山16〉〈上博·子羔1〉	〈中山王譽鼎〉		
鳥	《合》（116正）	〈子之弄鳥尊〉	〈郭店·成之聞之22〉			
狌			〈郭店·六德24〉			

虘			![字形]《侯馬盟書》（91.5） ![字形]《侯馬盟書》（156.20） ![字形]《侯馬盟書》（156.23） ![字形]《侯馬盟書》（194.4） ![字形]《侯馬盟書》（194.11）		![字形]〈卩虘·三孔平首布〉			![字形]〈睡虎地·秦律十八種183〉
虎					![字形]〈廥虎·平襠方足平首布〉			
齋		![字形]〈原方趙鼎〉			![字形]〈半齋鼎〉			
廥					![字形]〈廥虎·平襠方足平首布〉		![字形]〈九年將軍戈〉	
無	![字形]〈作冊般甗〉	![字形]〈大盂鼎〉 ![字形]〈虢季子白盤〉	![字形]〈秦公簋〉 ![字形]〈子璋鐘〉	![字形]〈曾姬無卹壺〉				

禰			〈天星觀·卜筮〉			
庶			〈包山 53〉			〈睡虎地·日書甲種21背〉
鄦	〈鄦子妝簠蓋〉	〈包山 87〉				
鮫			〈包山 164〉			
蕪			〈包山 263〉			
皇	〈番生簋蓋〉	〈蔡侯墓殘鐘四十七片〉	〈信陽 2.25〉 〈望山 2.45〉			
諻			〈包山 60〉			
篁			〈包山 190〉			
裏	〈吳方彝蓋〉		〈信陽 2.9〉 〈信陽 2.13〉			
裀			〈信陽 2.19〉			

襡				<信陽 2.19>				
裝				<包山16> <包山189>				
被				<包山203> <包山214>				
卒				<包山‧簽>				
袿				<郭店‧窮達以時3>				
祖				<郭店‧六德28>				
馬	《合》（5711） 《合》（5712） 《合》（5716）	<小臣宅簋> <九年衛鼎>		<包山8>	《古璽彙編》（0057）		<匽侯載器>	
櫋				<包山23>				

裏				全〈包山 72〉			
薦				薦〈包山 267〉			
驥				驥〈郭店・窮達以時 10〉			
馭				馭〈郭店・成之聞之 16〉			
鴐					鴐〈鴐羌鐘〉		
馬					馬〈五年邦司寇劍〉		
隖					隖〈七年宅陽令矛〉		
嘉	嘉《合》（181）	嘉〈伯嘉父簋〉	嘉《侯馬盟書》（1.41）嘉《侯馬盟書》（36.3）嘉《侯馬盟書》（152.3）嘉《侯馬盟書》（194.4）	嘉〈包山 164〉嘉〈包山 166〉			

		《侯馬盟書》（200.8）			
瘳			〈包山174〉〈包山188〉	〈三年修余令韓謹戈〉		〈睡虎地・日書乙種108〉
鼎	《合》（171）《合》（1363）	〈函皇父鼎〉	〈蔡侯鼎〉	〈包山265〉		
則	〈盠駒尊〉〈五年召伯虎簋〉		〈信陽1.1〉〈郭店・老子甲本35〉			
惻			〈郭店・老子甲本1〉			
悉	〈師望鼎〉〈大克鼎〉	〈王孫遺者鐘〉	〈悉行〉	《古陶文彙編》（6.170）		
夏	〈伯夏父鼎〉	〈右戲仲瞾父鬲〉	〈包山115〉〈上博・民之父母1〉			

臧	𦥯《合》（3297反）		𦥯〈臧孫鐘〉		𦥯𦥯𦥯𦥯〈安臧·平肩空首布〉			

　　總之，戰國文字裡，採用剪裁省減方式書寫者，原本多爲象形成分濃厚的文字，或是構形複雜之字，書手爲了書寫上的便利，遂剪裁該字部分的形體以代表全部，僅保留構形中較爲重要或是基本的部分。此外，凡從同一偏旁之字，亦見相同的省減現象，如：鼎、則諸字，邱德修稱此種情形爲「漢字變化的連鎖反應」〔註69〕，從戰國文字言，此種文字內部變化的情形，與類化現象相同，亦即某字發生形體變化時，凡從此偏旁之字即跟著變化，因而使得一系列文字的形構發生相同的改變。又從上列資料顯示，此種書寫的方式，多見於楚系文字，對於這種現象，可從二方面解釋，一爲楚國出土材料爲五系之冠，相對地在字例的呈現上，較其他四系爲多；二爲採取剪裁省減者多見於簡帛文字，竹簡爲當時慣用的書寫材料，書手爲求書寫的便捷，遂將結構複雜的文字，省略部分形體。

第七節　義符省減

　　義符省減，何琳儀稱之爲「刪簡形符」〔註70〕，係指書寫時省減具有標示意義作用的偏旁的一種現象。

　　根據現今所見的戰國文字資料，省減義符者，可細分爲十九例，一爲省減「𦥯」；二爲省減「木」；三爲省減「手」；四爲省減「象」；五爲省減「老」；六爲省減「春」；七爲省減「广」；八爲省減「日」或「艸」；九爲省減「門」；十爲省減「宀」；十一爲省減「林」；十二爲省減「刀」；十三爲省減「羽」；十四爲省減「攴」；；十五爲省減「人」；十六爲省減「斤」；十七爲省減「廾」；

〔註69〕邱德修：〈春秋〈子軺編鐘銘〉考釋〉，《第十屆中國文字學全國學術研討會論文集》，頁 67，臺中，逢甲大學中國文學系，1999 年。

〔註70〕《戰國文字通論》，頁 187。

十八爲省減「阜」；十九爲省減「辵」或「象」。

　　一、省減偏旁「⿰」者，如：「其」字。「其」象畚箕之形，屬象形之字，其後則增添聲符「丌」。書手爲求迅速與便利，又將「⿰」的「⿰」省減，僅保留聲符部分，轉而書寫作「丌（兀）」，又受到當時審美觀的影響，在「丌」的起筆橫畫上增添短橫畫「一」，寫作「亓（元）」。〔註71〕

　　二、省減偏旁「木」者，如：「乘」字。「乘」字於西周金文寫作「⿰」〈虢季子白盤〉，象一人張腿站立於木上。發展至戰國時期，各地的文字產生不同的形體。楚系之「乘」字作「⿰」或「⿰」，上半部像人張腿站立之形，由於中間豎畫的省減，再加上誤將足形與省減後的形體連接，產生形體的訛誤，寫作「⿰」，下半部又以「几」或「車」取代「木」；晉系之「乘」字作「⿰」，省減下半部的「木」；齊系之「乘」字作「⿰」，將下半部的「木」改爲「來」，上半部仍保持「人」形；燕系之「乘」字作「⿰」，亦以「几」取代「木」，惟「几」的形體與楚系的寫法不同；秦系之「乘」字作「⿰」，下半部仍保持「木」形，惟上半部不復見一人張腿站立於木上的形體。

　　三、省減偏旁「手」者，如：「亂」字。簡文依序爲「治之於其未亂」、「是故小人亂天常以逆大道」，二者皆爲「亂」字應無疑義。〈老子〉甲本、〈成之聞之〉係承襲〈六年召伯虎簋〉的字形，惟郭店竹簡所見字形將「手」省減，〈成之聞之〉更重複二個幺。「亂」字象雙手理絲之形，「手」爲該字的義符，〈老子〉甲本「⿰」、〈成之聞之〉「⿰」應屬義符省減的現象。又如：「爲」字，甲骨文至金文皆爲從手從象，無論書寫全形或是以剪裁省減方式表現，偏旁「手」大多不予省略。從文字形體的相較，〈曾侯乙鐘〉第一例之「爲」字作「⿰」，係將偏旁「手」省略。

　　四、省減偏旁「象」者，如：「爲」字。甲骨文至金文皆爲從手從象，將睡虎地竹簡〈日書甲種〉與兩周文字相較，前者省減偏旁「象」，寫作「⿰」。

　　五、省減偏旁「老」者，如：「壽」字。金文「壽」字多未省減上半部的「老」，

〔註71〕從偏旁「其」者，亦見相同的現象，如：曾侯乙墓竹簡的「旗」字，信陽竹簡〈遣策〉的「箕」字，天星觀竹簡〈卜筮〉的「淇」字，天星觀竹簡〈遣策〉的「箕」字，包山竹簡的「期」、「基」、「闙」等字，郭店竹簡〈六德〉的「恭」字，〈卅五年鼎〉的「期」字，《古陶文彙編》（3.188）的「期」、（3.274）的「恭」等字。

又該字本不從「口」,「口」中所見的短橫畫,屬飾筆性質;包山竹簡(94)「䖝」省減「老」,(26)「䖝」一方面省減「老」,一方面又將兩個「口」省減,改以二畫取代。《說文解字》「壽」字云:「久也,從老省𠤕聲。」〔註72〕故知包山竹簡省減之「老」應屬義符。

六、省減偏旁「舂」者,如:「秦」字。甲骨文作「𣫚」《合》(299),從午從廾從二禾,象雙手抱杵舂米之形,「秦」字發展至戰國中期,開始省減「舂」。楚、燕二系的「秦」字,寫作「秝」或「秝」,偏旁「舂」只見「杵」,「廾」已省略。《說文解字》「秦」字云:「從禾舂省」,其下收錄一個重文云:「籀文秦,從秝」〔註73〕,可知楚、燕二系的字形,為省減義符「舂」的現象。

七、省減偏旁「疒」者,如:「廫」字。「廫」字或從「疒」作「廫」,或省略「疒」作「𦏰」或「𦏰」,形體不一。望山竹簡(1.69)簡文為「壬、癸大有廫」,又望山竹簡(1.67)記載「己、未有閒,辛、壬瘥」,前後皆有關疾病的記載。滕壬生將(1.69)之字釋為「祿」字,朱德熙等人釋為「廫」字〔註74〕,就簡文記載言,應以朱德熙等人說法為是,「廫」字於此為「病」義,係省減與疾病有關的偏旁「疒」。包山竹簡的「廫」字,黃錫全以為該字下方的「=」為飾筆,釋為「羽」字〔註75〕;李天虹認為雪花似羽毛,「雪」與「羽」字形近易混,再加上該字形體與羽字相近,可能為「雪」字〔註76〕;何琳儀認為「廫」與「翏」同為一字,「羽」是「翏」的省形,又二字皆為人名使用,應讀為「廖」〔註77〕;劉釗認為「羽」為「翏」的省形,此字應釋為「廫」,於簡文中作為姓氏字。〔註78〕包山竹簡的簡文為「廫亞夫」,「廫」字應讀為姓氏之「廖」。楚簡「廫」字多以剪裁省減的方式書寫,將下半部省減,並於該部位增添「=」,表示該字為剪裁後的形體。根據字形與簡文的觀

〔註72〕《說文解字注》,頁402。

〔註73〕《說文解字注》,頁330。

〔註74〕《楚系簡帛文字編》,頁22;《望山楚簡》,頁74。

〔註75〕黃錫全:〈《包山楚簡》部分釋文校釋〉,《湖北出土商周文字輯證》,頁191,武漢,武漢大學出版社,1992年。

〔註76〕李天虹:〈《包山楚簡》釋文補正〉,《江漢考古》1993年第3期,頁88。

〔註77〕何琳儀:〈包山竹簡選釋〉,《江漢考古》1993年第4期,頁55。

〔註78〕劉釗:〈包山楚簡文字考釋〉,「中國古文字研究會第九屆學術研討會」,頁2。

察，包山竹簡「瘳」字的考釋，以何琳儀、劉釗二說爲是。

八、省減偏旁「日」或「艸」者，如：「春」字。甲骨文多見省減「日」者，作爲聲符之「屯」，不論甲骨文、金文，甚或楚簡帛書皆未見省減。「春」字象草木於陽光中欣欣向榮生長，「艸」與「日」本身具有表義的作用，楚系與晉系文字，基本上保留「屯」，或省減「日」作「」，或省減「艸」作「」，此現象應爲省減義符。此外，從文字的比較得知，曾侯乙墓竹簡作「」、〈春成侯壺〉作「」，將「屯」與「日」的位置作上下調換。

九、省減偏旁「門」者，如：「閒」字。〈𡊄鐘〉之「閒」字從門從月，寫作「」，楚系之「閒」字，爲具有地域特色之字，可寫作全形「」，亦可省減「門」作「」。《說文解字》「閒」字云：「隙」，段玉裁〈注〉云：「隙者，壁際也。引申之凡有兩邊、有中者皆謂之隙。隙謂之閒，閒者門開則中爲際。」〔註 79〕此外，該字下收錄一個古文，字形與〈曾姬無卹壺〉相同，可知「閒」字古文的來源，應爲楚系文字。又「門」具有表義作用，楚系文字省減「門」者，應屬省減義符。〔註 80〕

十、省減偏旁「宀」者，如：「寡」字。郭店竹簡〈魯穆公問子思〉與〈中山王譽鼎〉皆省減「宀」，並於該字兩側增添飾筆，寫作「」或「」。《說文解字》「寡」字云：「少也，從宀頒。頒，分也，宀分故爲少也。」〔註 81〕故知省減之「宀」，應屬標義偏旁。再者，從兩周文字形體觀察，「寡」字本應從宀從頁，《說文解字》釋從「頒」爲非。

十一、省減偏旁「林」者，如：「野」字。甲、金文皆從林從土，發展至戰國時期，惟秦系之「野」字，於既有的形體上，增添聲符「予」作「」，形成從埜予聲的形聲字，此外，或省減「林」，僅保留聲符「予」作「」。

十二、省減偏旁「㫃」者，如：「遊」字。「遊」字象人手執旂之形，春秋時期之〈曾侯仲子斿父鼎〉從偏旁「彳」作「」，〈蔡侯盤〉從偏旁「辵」作「」，戰國時期多從「辵」，「彳」與「辵」作爲偏旁時，常因義近而替代。包山竹簡「遊」字作「」或「」，沿襲從「辵」之形，由於簡文形體已與

〔註 79〕《說文解字注》，頁 595。

〔註 80〕戰國文字裡，從偏旁「閒」者，亦見相同的現象，如：包山竹簡的「鄘」字。

〔註 81〕《說文解字注》，頁 344。

原本不同，在訛變的情形下，具有義符功能的「㐱」，遂消失原有的作用，書寫時進而產生省減現象。又如：「旗」字，郭店竹簡〈成之聞之〉為「不必為邦旗」。將文字形體相較，郭店竹簡「旡」省減偏旁「㐱」。

十三、省減偏旁「羽」者，如：「旗」字。曾侯乙墓竹簡的簡文皆為「旗䖵」。將文字形體相較，曾侯乙墓竹簡（80）「旡」省減偏旁「羽」。

十四、省減偏旁「攵」者，如：「徵」字。《說文解字》「徵」字云：「召也，從壬從微省，壬微為徵，行於微而聞達者即徵也。䍥，古文。」〔註82〕篆文與睡虎地竹簡相近，又將〈曾侯乙鐘〉的字形與《說文解字》古文相較，二者形體十分相近，惟前者作「　」，省減「攵」，又上半部形體作「ε」，與作「屮」者相異。又如：「散」字，郭店竹簡〈老子〉乙本省減「攵」，寫作「才」。《說文解字》「散」字云：「眇也，從人從攵豈省聲」〔註83〕，省略之「攵」應屬標義偏旁性質。

十五、省減偏旁「人」者，如：「賓」字。李孝定指出甲骨文「從⺆乃人字」〔註84〕，「賓」字發展至金文，在既有形體下增添偏旁「貝」，〈鄭井叔鐘〉從偏旁「鼎」，寫作「賓」，應屬訛誤所致。古文字裡，從「貝」、「鼎」之字，常類化為相近同的形體，書手若未能明察，往往會產生訛誤現象。郭店竹簡〈老子〉甲本省減「人」，寫作「賓」，〈語叢一〉省減「貝」，寫作「宀」。再者，將〈語叢一〉與〈邾公釛鐘〉相較，可知二者形體最為相近，由此亦可證明郭店楚墓所出竹書的原始傳本非出於楚地。其次，從文字發展觀察，小篆「賓」字的訛變甚大，《說文解字》云：「所敬也，從貝宷聲。」，段玉裁〈注〉云：「貝者，敬之之物也。」〔註85〕以為「賓」字所重為「貝」，將「宀」訛誤為「宷」，並誤以為聲符。

十六、省減偏旁「斤」者，如：「斯」字。郭店竹簡從「屾」，應是「其」的訛寫。《說文解字》「斯」字云：「析也，從斤其聲」〔註86〕，〈性自命出〉（26）「斯」字省略「斤」，寫作「其」，為省減標義偏旁的現象。

〔註82〕《說文解字注》，頁391。

〔註83〕《說文解字注》，頁378。

〔註84〕李孝定：《甲骨文集釋》第六，頁2152，臺北，中央研究院歷史語言研究所，1991年。

〔註85〕《說文解字注》，頁283。

〔註86〕《說文解字注》，頁724。

　　十七、省減偏旁「廾」者，如：「賽」字。包山竹簡之「賽」字，於簡文中多爲「賽禱」、「賽金」或是「一賽」。從字形觀察，偶見省減「廾」。「賽」字爲大徐本新附字，有「報」之義〔註87〕，報答他人時以雙手將「貝」（物品）奉上，以示報答之意。包山竹簡作「龕」，省略「廾」，係省減標義偏旁。又如：「擧」字，「擧」字從止與聲，「與」字於兩周金文作：「𦥔」〈無者俞鉦鍼〉、「𦥑」〈鵥鎛〉、「𦥑」〈中山王𧻚鼎〉，《說文解字》「與」字云：「黨與也，從舁与。」「舁」字云：「共舉也，從臼廾。」〔註88〕可知「與」字應是從臼從廾從与。金文「與」字尚未見省減「廾」者，將之與望山竹簡相較，可知後者省減「廾」，寫作「𦥇」。

　　十八、省減偏旁「阜」者，如：「陰」字。「陰」字從阜金聲，〈壽陰・尖足平首布〉的「陰」字多作「𨸏金」，僅少數寫作「全」，省去義符的部分。

　　十九、省減偏旁「辵」與「彖」者，如：「邍」字。「邍」字從辵從备從彖，《說文解字》「邍」字云：「高平曰邍。人所登，從辵、备、彖，闕。」段玉裁〈注〉云：「此八字疑有脫誤，當作從辵從略省從彖，人所登也。故從辵十四字，今本淺人所亂耳。人所登蒙高，解從辵之意也。略者，土地可經略也。彖者，土地如刻木彖彖然。……蓋從三字會意。」〔註89〕將之與兩周文字相較，《說文解字》收錄之形體，實不知源於何處，段玉裁〈注〉之言亦誤，不免流於望文生義。將〈平原・平襠方足平首布〉與〈史敔簋〉的字形相較，前者僅保留「备」，省減義符「辵」與「彖」，寫作「备」。

表 4－8

字例	殷商	西周	春秋	楚系	晉系	齊系	燕系	秦系
其	《合》（904 正）	〈大克鼎〉	〈王孫遺者鐘〉	〈曾侯乙鐘〉	〈哀成叔鼎〉	六八一八〈子禾子釜〉	〈丙辰方壺〉	〈睡虎地・效律41〉

〔註87〕（漢）許慎撰、（宋）徐鉉等校定：《說文解字》，頁 206，北京，中華書局，1985年。

〔註88〕《說文解字注》，頁 106。

〔註89〕《說文解字注》，頁 76。

〔甲骨文〕《合》（34674）	〔虢季子白盤〕		〔包山 7〕〔包山 15 反〕	〔好𣪠壺〕〔兆域圖銅版〕		〔睡虎地・日書乙種 257〕
旗			〔曾侯乙 80〕			
箕			〔信陽 2.21〕			
諅	〔寧簋蓋〕	〔王孫遺者鐘〕	〔天星觀・卜筮〕			
箕			〔天星觀・遣策〕			
期	〔吳王光鑑〕〔王子申盞盂〕		〔包山 36〕	〔卅五年鼎〕	《古陶文彙編》（3.188）	
闋			〔包山 119 反〕			
基			〔包山 168〕			
惎			〔郭店・六德 41〕		《古陶文彙編》（3.274）	

乘	 《合》 （32 正）	 〈虢季子白盤〉  〈多有鼎〉		 〈曾侯乙120〉  〈鄂君啓車節〉	 〈監罟囿臣石〉  〈公朿方壺〉	 〈棄虎符〉	 《古璽彙編》 （0251）	 〈睡虎地·爲吏之道 23〉
爲	 《合》 （13490）	 〈散氏盤〉	 〈趙孟庎壺〉	  〈曾侯乙鐘〉				 〈睡虎地·效律 27〉  〈睡虎地·日書甲種 20 背〉
𤔲		 〈六年召伯虎簋〉  〈毛公鼎〉		 〈郭店·老子甲本 26〉  〈郭店·成之聞之 32〉				
壽		 〈沈子它簋蓋〉  〈豆閉簋〉  〈頌鼎〉	 〈王孫遺者鐘〉	 〈包山 26〉  〈包山 94〉				 〈睡虎地·日書甲種 107〉
秦	 《合》 （299）	 〈史秦鬲〉	 〈秦公簋〉	 〈包山 167〉			 《古陶文彙編》 （4.108）	
瘳				 〈望山 1.69〉				 〈睡虎地·日書乙種 108〉

			〈包山174〉			
春	《合》(18) 《合》(8582正) 《合》(17314) 《合》(30851)		〈蔡侯墓殘鐘四十七片〉	〈曾侯乙1正〉 〈包山203〉 〈楚帛書·乙篇1.13〉	〈春成侯壺〉	
閈		〈𠭯鐘〉		〈曾姬無卹壺〉 〈郭店·老子甲本23〉		
鄳				〈包山103〉		
寡		〈毛公鼎〉		〈郭店·魯穆公問子思4〉	〈中山王𰯼鼎〉	
野	《合》(18006)	〈大克鼎〉				〈睡虎地·為吏之道28〉 〈睡虎地·日書甲種32〉

遊			鐵〈曾侯仲子遊父鼎〉 鐵〈蔡侯盤〉	鐵〈噩君啓舟節〉 鐵〈包山152〉 鐵〈包山277〉				
旗			鐵〈曾侯乙3〉 鐵〈曾侯乙80〉 鐵〈郭店・成之聞之30〉				
徵			鐵〈曾侯乙鐘〉				鐵〈睡虎地・爲吏之道20〉
敔	鐵《合》（17942）	鐵〈史牆盤〉		鐵〈郭店・老子甲本15〉 鐵〈郭店・老子乙本4〉				
賓	鐵《合》（838反） 鐵《合》（23241正）	鐵〈欰簋〉 鐵〈伯賓父簋〉	鐵〈王孫遺者鐘〉 鐵〈邾公釛鐘〉	鐵〈曾侯乙鐘〉 鐵〈郭店・老子甲本19〉				

		〈史頌簋〉〈鄭井叔鐘〉	〈郭店·語叢一88〉			
斯		〈禹鼎〉	〈余贎逐兒鐘〉	〈郭店·性自命出25〉〈郭店·性自命出26〉		
賽				〈包山149〉〈包山210〉		
戀				〈望山1.54〉〈包山229〉		
陰				〈壽陰·尖足平首布〉	〈陰平劍〉	
邊		〈史敔簋〉		〈平原·平襠方足平首布〉		

　　總之，義符省減的現象並無侷限於何種文字系統，從諸多字例的彙整，主要見於楚系文字，其中又多集中於簡帛文字；其次，秦系文字所見的省減字例，

亦集中在睡虎地竹簡。此現象正反映書寫於簡牘帛書的文字，其間形構的省改，往往受到趨簡避繁的心態影響。造成省減的因素，不外是追求快速與便捷所致。何以言之？從諸多的材料觀察，這些被省減的字例，在各系的文字中，並非慣性的省改，而是偶爾出現的少數幾例，由此可知，是受到個人習慣影響所致。至於「其」字或是從「其」之字，在戰國時期往往省減爲「丌」或「亓」，應屬當時的社會習慣，甚或是文字書寫上的共識。「丌」或「亓」爲該字的聲符，古文字在省減時，大多將聲符的部分保留，以爲辨讀之用，所以作爲義符的「𠙹」多可省略。

　　義符的省減，大致可以分爲二類，一係省減義符部分的形體，二係完全省減義符，無論何種書寫的方式，皆造成文字形體結構的變異，若非透過文句、詞彙的比對，實在不易將兩個不同形體的文字，視爲同一字。而採取此種省減的模式，主要係爲了書寫的便利，並無避免浪費空間的考量。

第八節　聲符省減

　　聲符省減，何琳儀稱之爲「刪簡音符」〔註90〕，係指在構成形聲字中具有表音作用的偏旁，當省減聲符形體時，被省略了部分的形體，或是完全的省減，而保留其表義的偏旁。

一、省減聲符部分形體

　　根據現今所見的戰國文字資料，省減聲符部分形體者，可細分爲十八例，一爲省減聲符「者」；二爲省減聲符「弋」；三爲省減聲符「來」；四爲省減聲符「𩰊」、「庚」；五爲省減聲符「巽」；六爲省減聲符「閉」；七爲省減聲符「弱」；八爲省減聲符「賣」；九爲省減聲符「官」；十爲省減聲符「婁」；十一爲省減聲符「亦」；十二爲省減聲符「寅」；十三爲省減聲符「虜」；十四爲省減聲符「郭」；十五爲省減聲符「霍」；十六爲省減聲符「虍」；十七爲省減聲符「喬」；十八爲省減聲符「屋」。

　　一、省減「者」聲者，如「都」字。將〈𪻻鐘〉、〈鑰鎛〉與戰國文字相較，以〈西都・尖足平首布〉爲例，寫作「𨛜」，省減左側上半部的部件，此外，

〔註90〕《戰國文字通論》，頁188。

楚、齊、燕、秦等系的形體，亦省減「者」上半部的部件。

二、省減「犮」聲者，如「載」字。「載」字或可寫作從車犮聲，如：〈噩君啓車節〉作「𩠹」，或可寫作從車才聲，如：〈中山王𗊣方壺〉作「𨍱」。「犮」又從「才」得聲，「犮」聲之「才」，或可寫作「十」，或可寫作「𡴀」，將〈匽侯載器〉與兩周文字相較，前者省減「犮」的部分形體，寫作「𨊻」。

三、省減「來」聲者，如：「釐（釐）」字。「釐（釐）」字爲從「來」從「里」的二聲字〔註91〕，「釐」字發展至戰國時期，寫作「釐」，將楚、齊二系文字相較，楚系文字作「釐」，省減「來」的下半部形體，將「來」寫作「𣥂」。

四、省減「亯」、「庚」聲者，如：「𩫦」字。郭店竹簡整理小組根據朱德熙的意見，將之釋爲「戚」字〔註92〕；裘錫圭以爲「『𩫦』當讀爲『就』」。〔註93〕「𩫦」字於甲骨文作：「𩫖」《合》（37474），其形體與楚簡字形相差甚遠。周

〔註91〕「二聲字」一詞的解釋，學者或有不同的看法。裘錫圭指出兩聲字係由都是音符（即本文所謂之「聲符」）的兩個偏旁組合而成，二聲字是由形聲字加注音符而形成，（裘錫圭：《文字學概要》，頁108，頁157，北京，商務印書館，1988年。）何琳儀以爲在形聲字上增加音符者，屬形聲標音，雙重標音則是組成一個字的兩個偏旁都爲音符的性質，（《戰國文字通論》，頁202。）徐中舒稱之爲「重複聲符」，（《甲骨文字典》，頁8。）陳漢平稱爲「雙重聲符文字」，（陳漢平：《金文編訂補》，頁316，北京，中國社會科學出版社，1993年。）陳偉武稱爲「雙聲符字」，（陳偉武：〈雙聲符字綜論〉，《中國古文字研究》第一輯，頁328，長春，吉林大學出版社，1999年。）邱德修稱之爲「二聲字」，（邱德修：〈如何利用「二聲字」解經〉，《第三屆中國經學國際學術研討會論文集》，頁444，臺北，洪葉文化事業有限公司，2003年。）深究學者之言，裘錫圭、何琳儀、徐中舒、陳漢平、邱德修所謂的兩聲字、雙重標音、重複聲符、雙重聲符文字、二聲字，皆指組合成字的兩個偏旁爲聲符的性質，係單純的在聲符上疊加聲符的現象；又裘錫圭、何琳儀所謂的二聲字、形聲標音，則爲形聲字上增添聲符的現象；陳偉武之「雙聲符字」則將二者皆聲之字與形聲標音之字涵蓋其中，以爲廣義的解釋。在文字的發展過程中，將原爲象形、指事、會意之字增添一個聲符，使得原本具有讀音的象形、指事、會意字，改爲形符的性質，從表音的作用言，雖然改易爲形符，卻不失原有的讀音，故可分析爲從某，某聲，某亦聲；單純的聲符＋聲符者，從現今所見的文字材料觀察，組合的偏旁，皆具有聲符的作用，無論分析爲從甲乙聲，或是從乙甲聲皆可，係爲二者皆聲的文字。

〔註92〕朱德熙：〈釋𩫦〉，《朱德熙古文字論集》，頁1～2，北京，中華書局，1995年。

〔註93〕《郭店楚墓竹簡》，頁189。

鳳五云：「『通』字上半從古文墉省，下半從庚省，二者皆聲符。」〔註 94〕該字為各取一字部分形體的組合，即上半部為「墉」字古文「臺（臺）」之省減為「亼」，下半部為「庚（庚）」字之省減為「用」，寫作「庚」。將「廙」字視為從聲符「臺」與「庚」的二聲字應無疑義。

　　五、省減「巽」聲者，如：「翼」字。裘錫圭指出：「『君』下一字也許不是『均』，但確是一個從『勻』聲的字，在此當讀為『袀』。其下一字疑當釋為『曼』，讀為『冕』。袀冕，意即袀服而冕，在此當指祭服。」〔註 95〕周鳳五云：「審視簡文，其上半從『勻』不誤，下半形構其詭，當是『巽』字省形，二字俱為聲符。……可讀作文部的『袀』或『純』。」〔註 96〕「勻」字於兩周文字作：「匀」〈多友鼎〉、「勹」〈土勻瓶〉，又從糸巽聲之字於兩周文字作：「繅」〈望山 2.12〉。郭店竹簡〈成之聞之〉作「翼」，上半部從勻，下半部從巽，省減「巽」的部分形體。從文字的結構性質分析，「翼」字係從聲符「勻」與「巽」的二聲字。

　　六、省減「閉」聲者，如：「必」字。除了郭店竹簡〈緇衣〉「必」外，餘者之「必」字皆從才從匕，寫作「必」或「必」。郭店竹簡與上博簡〈緇衣〉簡文皆為「必見其成」，〈唐虞之道〉為「必正其身，然後正世」。《說文解字》「必」字云：「分極也。從八弋，八亦聲。」〔註 97〕〈唐虞之道〉從才從匕之字，周鳳五釋為「必」，指出「匕」為聲符，「必」、「匕」為脂、質對轉的關係，〔註 98〕李天虹指出從才從匕之字可能是雙聲字，所從之「才」可能為「閉」字之省。〔註 99〕形聲字為形符與聲符所組成，聲符大多兼具意義，「必」字所從之「才」未見有何意義，若將之視為「閉」字之省，作為雙聲

〔註 94〕周鳳五：〈讀郭店竹簡〈成之聞之〉札記〉，《古文字與古文獻》試刊號，頁 43，臺北，楚文化研究會籌備處，1999 年。

〔註 95〕《郭店楚墓竹簡》，頁 169。

〔註 96〕〈讀郭店竹簡〈成之聞之〉札記〉，《古文字與古文獻》試刊號，頁 45。

〔註 97〕《說文解字注》，頁 50。

〔註 98〕周鳳五：〈郭店楚墓竹簡〈唐虞之道〉新釋〉，《中央研究院歷史語言研究所集刊》第七十本第三分，頁 743～744，臺北，中央研究院歷史語言研究所，1999 年。

〔註 99〕李天虹：〈郭店楚簡文字雜釋〉，《郭店楚簡國際學術研討會論文集》，頁 95～96，武漢，湖北人民出版社，2000 年。

符之一，應更能表現古人造字的用意，即在一個已不易念出讀音的字上，再增添一個聲符，以爲音讀之用。李天虹所謂七、才（閉）皆爲聲符的說法，應可採信。

七、省減「弱」聲者，如：「溺」字。「溺」字從水弱聲，包山竹簡的簡文爲「溺典」，郭店竹簡爲「天道貴弱」。「溺」字的考釋，歷來多有爭議，或釋爲從人從勿從水之字〔註100〕，或釋爲溺。〔註101〕「勿」字於兩周金文作：「彡」〈大盂鼎〉、「彡」〈毛公鼎〉、「彡」〈哀成叔鼎〉、「彡」〈中山王𗉔鼎〉，其形體與楚簡上半部右側的偏旁相近。《說文解字》「弱」字小篆作「弱」〔註102〕，楚簡帛「人」字作「𠂇」、「𠆢」、「フ」、「𠂆」、「人」，「尸」字作「𠂤」、「フ」、「フ」、「𠂤」，「弓」字作「弓」、「𢎛」〔註103〕，三者的形體十分接近，書手誤將左側的「弓」寫作「人」或「尸」，再加上「弱」字省減，產生的訛誤，使得右側形體與「勿」相近，故郭店竹簡尚未發表前，學者多誤將此字釋爲從人從勿從水之字，今據郭店竹簡資料改之爲「溺」。「溺」字作「𣻛」或「𣻛」，因書手將「弱」字的部件省略，與其他形近字訛混。

八、省減「賣」聲者，如：「犢」字。〔註104〕「犢」字從牛賣聲，《說文解字》「犢」字作「犢」〔註105〕，從「賣」之「檀」字作：「檀」〈詛楚文〉，將之與晉、燕二系文字相較，「犢」字作「𤙭」或「𤙭」，將所從「賣」下半部的

〔註100〕劉彬徽、彭浩、胡雅麗、劉祖信：〈包山二號楚墓簡牘釋文與考釋〉，《包山楚墓》，頁 349，北京，文物出版社，1991 年；滕壬生：《楚系簡帛文字編》，頁 811，武漢，湖北教育出版社，1995 年），頁 811；陳偉：《包山楚簡初探》，頁 221，武漢，武漢大學出版社，1996 年。

〔註101〕周鳳五：〈包山楚簡《集箸》、《集箸言》析論〉，《中國文字》新二十一期，頁 27，臺北，藝文印書館，1996 年；張光裕、袁國華：《郭店楚簡研究》第一卷（文字編），頁 275，臺北，藝文印書館，1999 年；劉釗：〈金文字詞考釋（三則）〉，《第十三屆全國暨海峽兩岸中國文字學學術研討會論文集》，頁 95～97，臺北，萬卷樓圖書有限公司，2002 年。

〔註102〕《說文解字注》，頁 429。

〔註103〕陳立：〈郭店竹書〈六德〉文字零拾〉，「第一屆出土文獻學術研討會」，頁 9，臺北，中央研究院歷史語言研究所，2000 年。

〔註104〕〈古文字考釋四篇〉，《朱德熙古文字論集》，頁 152～153。

〔註105〕《說文解字注》，頁 51。

「貝」省減，並將「牛」改置於下方。〔註106〕

　　九、省減「官」聲者，如：「棺」字。〈兆域圖銅版〉作「Ｇ*」，銘文爲「椑棺」，釋爲「棺」字應無疑義。《說文解字》「棺」字云：「關也，所以掩屍，從木官聲。」〔註107〕中山王器「棺」字以省減聲符的方式書寫，省略聲符的部分形體。

　　十、省減「婁」聲者，如：「謱」字。〈中山王𦮼鼎〉作「🜲」，銘文爲「方謱（數）百里」。下半部從言，上半部從婁之省形。「婁」字於楚系文字作：「🜲」〈包山161〉，《說文解字》「婁」字云：「從毋從中女」，其下收錄二個重文，下半部皆從「女」〔註108〕，將之與〈中山王𦮼鼎〉上半部形體相較，後者省略聲符「婁」之「女」。「謱」字上古音屬「來」紐「侯」部，「數」字上古音屬「山」紐「侯」部，「謱」、「數」爲疊韻關係。

　　十一、省減「亦」聲者，如：「夜」字。「夜」字於兩周時期大多從夕亦省聲，惟少數字例從月亦省聲，如：「🜲」〈師酉簋〉，〈姧蚉壺〉作「🜲」，將「亦」置於「夕」之下，省略「亦」上半部的「ㅅ」。

　　十二、省減「寅」聲者，如：「憲」字。「憲」字從心寅聲，「寅」字於殷周金文作：「🜲」〈戊寅作父丁方鼎〉、「🜲」〈歝𣪘方鼎〉、「🜲」〈師趛鼎〉、「🜲」〈鄆孝子鼎〉，從字形言，〈戊寅作父丁方鼎〉、〈鄆孝子鼎〉之「寅」字與〈姧蚉壺〉所從偏旁「寅」最爲接近，若省減弓矢之頭部，則與後者完全一致，〈蚉姧壺〉「憲」字作「🜲」，係省減聲符的部分形體。

　　十三、省減「虞」聲者，如：「𢝬」字。關於「𢝬」字考釋，朱德熙、裘錫圭指出「𢝬」爲「虞」字的省減，該字從「虞」得聲，爲「懅」字異體，「懅」可與「遽」通，故「𢝬易」可讀爲「遽惕」。〔註109〕「虞」字於兩周金文作：「🜲」〈邵黛鐘〉、「🜲」〈少虞劍〉、「🜲」〈蔡侯墓殘鐘四十七片〉，從字形觀察，朱德熙等人所言爲是，銘文可釋爲「無遽惕之慮」。〔註110〕今將兩周文字相較，〈中

〔註106〕從偏旁「賣」者，亦見相同的現象，如：曾侯乙墓竹簡的「櫝」字。

〔註107〕《說文解字注》，頁273。

〔註108〕《說文解字注》，頁630。

〔註109〕朱德熙、裘錫圭：〈平山中山王墓銅器銘文的初步研究〉，《文物》1979年第1期，頁43。

〔註110〕中國社會科學院考古研究所：《殷周金文集成釋文》第二卷，頁423，香港，香港

山王譽鼎〉作「 」，所從之「虍」的形體與〈邵黛鐘〉較爲相近。〈邵黛鐘〉之「虛」字「虍」下的形體，明確將足形標示；〈中山王譽鼎〉的「寴」字，一方面將「虛」之虍與足形省略，一方面又於豎畫上增添小圓點「‧」，兩側增添「ˊˋ」，從形體的相較，增添部分皆屬飾筆。

十四、省減「郭」聲者，如：「槨」字。「槨」字從木郭聲〔註111〕，「槨」字右側偏旁於甲骨文作：「 」《合》（553）、「 」《合》（13514甲正），於兩周金文作：「 」〈毛公鼎〉、「 」〈國差䑺〉，將甲骨文、金文與小木條上的文字相較，後者作「 」，省減上半、下半部的形體。

十五、省減「霍」聲者，如：「藿」字。「藿」字從艸霍聲，「霍」字於兩周金文作：「 」〈叔男父匜〉、「 」〈霍鼎〉，「藿」字所從之「霍」，又可分析爲從雨從三隹，或是從雨從二隹，或是從雨從隹，《說文解字》「霍」字云：「從雨雔」〔註112〕，當是源於〈霍鼎〉而來的形體。將〈藿人‧尖足平首布〉與兩周金文相較，前者將「隹」形以簡單的筆畫取代，寫作「 」。寫作「 」者，應是省減「隹」下半部的形體所致。

十六、省減「虍」聲者，如：「獻」字。「獻」字或可從鬲，如：〈善夫克盨〉作「 」，或可從鼎，如：〈史獸鼎〉作「 」。《說文解字》「獻」字云：「從犬鬳聲」，「鬳」字云：「從鬲虍聲」。〔註113〕將〈齊陳曼簠〉「 」與〈十四年陳侯午敦〉「 」的字形相較，前者從犬鬳聲，後者從犬從鼎，所從之「鼎」應爲「鬳」之省聲，將原本所從之聲符「虍」省減。

十七、省減「喬」聲者，如：「橋」字。「橋」字從木喬聲，「喬」字於兩周金文作：「 」〈無者俞鉦鍼〉。睡虎地竹簡作「 」，將上半部寫作「 」，實爲「止」的訛寫；此外，下半部本應爲「高」，睡虎地竹簡將「高」上半部的「𠆢」省略，寫作「𠮷」。〔註114〕

中文大學出版社，2001年。

〔註111〕朱德熙：〈古文字考釋四篇〉，《朱德熙古文字論集》，頁154～155，北京，中華書局，1995年。

〔註112〕《說文解字注》，頁149。

〔註113〕《說文解字注》，頁112，頁480～481。

〔註114〕從偏旁「喬」者，亦見相同的現象，如：睡虎地竹簡〈語書〉的「矯」字，睡虎地竹簡〈爲吏之道〉的「驕」字，睡虎地竹簡〈日書甲種〉的「撟」字。

十八、省減「屋」聲者，如：「郻」字。「郻」字從邑屋聲，「屋」字於兩周文字作：「」〈睡虎地·日書乙種 112〉、「」〈睡虎地·日書乙種 191〉，「屋」字下方從「至」，睡虎地竹簡〈日書乙種〉（112）將「v」寫作「—」，使得「至」的下半部與「土」相近。放馬灘簡牘〈地圖〉作「」，應是一方面將「至」上半部的部件省減，另一方面又將「v」寫作「—」，造成左側之「屋」寫成從尸從土的形體。

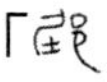

表 4－9

字例	殷商	西周	春秋	楚系	晉系	齊系	燕系	秦系
都		 〈𨙵鐘〉	 〈䢼鎛〉	 〈包山 113〉	 〈西都·尖足平首布〉	 《古璽彙編》（0272）	 《古璽彙編》（0016）	 〈睡虎地·法律答問 95〉
載				 〈鄂君啓車節〉	 〈中山王譽方壺〉		 〈匽侯載器〉	
[illegible]		 〈師酉簋〉		 〈郭店·太一生水 8〉		 〈墜肪簋蓋〉		
[illegible]				 〈郭店·六德 1〉				
[illegible]				 〈郭店·成之聞之 7〉				
必				 〈郭店·緇衣 40〉  〈郭店·唐虞之道 3〉				

				〈上博·緇衣 21〉			
溺				〈包山 7〉 〈郭店·太一生水 9〉			
犢				《古璽彙編》（2123）		〈犢共畀戟〉	
櫝				〈曾侯乙 153〉			
棺				〈兆域圖銅版〉			〈詛楚文〉
謢				〈中山王䦆鼎〉			
夜		〈師酉簋〉 〈番生簋蓋〉		〈妊盉壺〉			
憲				〈妊盉壺〉			
寴				〈中山王䦆鼎〉			
梆				〈小木條 DK：84〉			

雚				〈雚人・尖足平首布〉		
獻	〈史獸鼎〉　〈善夫克盨〉　〈六年召伯虎簋〉				〈十四年陸侯午敦〉　〈齊陸曼簠〉	
橋						〈睡虎地・封診式37〉
矯						〈睡虎地・語書2〉
撟						〈睡虎地・日書甲種60背〉
驕						〈睡虎地・爲吏之道25〉
鄡						〈放馬灘・地圖〉

二、省減聲符全部形體

　　根據現今所見的戰國文字資料，省減聲符全部形體者，可細分爲六例，一爲省減聲符「爿」；二爲省減聲符「出」；三爲省減聲符「卩」；四爲省減聲符「各」；

五爲省減聲符「○」；六爲省減聲符「金」。

一、省減「爿」聲者，如：「臧」字。「臧」字於甲骨文象以戈刺眼之形，發展至金文，眼睛之形改爲從口，從「目」者仍保存於貨幣文字。于省吾指出甲骨文所見之字即爲「臧」字的初文，寫作「臧」係添加聲符「爿」。〔註115〕將〈安臧·平肩空首布〉寫作「⛬」者，與兩周文字相較，非僅省減聲符「爿」，更將「戈」省略。

二、省減「出」聲者，如：屈字。「屈」字從尾出聲，〈北屈·平襠方足平首布〉的「屈」字多作「𡱣」，僅少數寫作「𡰮」，省去聲符的部分。

三、省減「卩」聲者，如：「即」字。〔註116〕「即」字從皀卩聲，〈榆即·尖足平首布〉的「即」字寫作「𠥓」者，一方面省去聲符的部分，一方面又將所從之「皀」省略下半部的部件。

四、省減「各」聲者，如：「零」字。「零」字從雨各聲，〈零·平襠方足平首布〉的第二例字作「⻗」，僅從雨，將聲符「各」省減。

五、省減「○」聲者，如：「遠」字。「遠」字從辵袁聲，「袁」字又可分析爲從止從衣○聲，《說文解字》「袁」字云：「從衣叀省聲」〔註117〕，將之釋爲「從叀省聲」的說法應爲非；此外，金文尚未見省減聲符的現象，包山竹簡作「𣥺」，係將聲符「○」省略。又如：「環」字，金文未省略聲符「○」，未省略「○」者應爲正體，餘者爲省形，楚系文字作「𤨓」，將「○」省略，即省減聲符。〔註118〕

六、省減「金」聲者，如：「陰」字。「陰」字從阜金聲，〈大陰·尖足平首布〉的「陰」字多作「𨸏」，僅少數寫作「𠂆」，省去聲符的部分。

〔註115〕 于省吾：《甲骨文字釋林》，頁51～52，臺北，大通書局，1981年。

〔註116〕 〈戰國貨幣考（十二篇）〉，《古文字論集》，頁430。

〔註117〕 《說文解字注》，頁398。

〔註118〕 從偏旁「睘」者，亦見相同的現象，如：曾侯乙墓竹簡的「繯」、「獿」等字，望山二號墓竹簡的「鐶」、「睘」等字，包山竹簡的「還」字，《古璽彙編》（0303）的「鄢」字。

表 4－10

字例	殷商	西周	春秋	楚系	晉系	齊系	燕系	秦系
臧	《合》 （3297 反）		〈臧孫鐘〉		〈安臧・ 平肩空 首布〉			
屈					〈北屈・平 襠方足 平首布〉			〈睡虎地 ・日書 甲種 51 背〉
即	《合》 （27460）	〈大盂鼎〉			〈榆即・ 尖足平 首布〉			
零	《合》 （24257）			〈郭店・ 老子甲 本 19〉	〈零・平襠 方足平 首布〉			
遠		〈番生簋 蓋〉		〈包山 28〉				
環		〈毛公鼎〉		〈望山 1.109〉				
繯				〈曾侯乙 123〉				
嬛				〈曾侯乙 174〉				

鐶				鐶〈望山 2.37〉鐶〈信陽 2.10〉			
睘				睘〈望山 2.50〉			
還				還〈包山 92〉			還〈睡虎地・日書甲種 57 背〉
鄳				鄳《古璽彙編》（0303）			
陰				陰〈大陰・尖足平首布〉	陰〈陰平劍〉		

　　總之，從以上的例字可以發現，古文字省略聲符的現象並不多見，多出現於楚系簡帛與晉系貨幣文字裡。此一現象的發生，係追求迅速、便利所致，遂省略表音部分的形體，而保留其表義的偏旁。一般而言，省減的時候，多保留聲符部分的形體，甚少將聲符所在完全省減。這種書寫的方式，係為了使文字使用者知曉其音讀，不會因為完全省略聲符，致使該字的讀音消失，造成文字使用者的不便。由此可知，古人在省減文字時，仍有其基本的要求，亦即聲符部分不得完全省略。

　　貨幣文字在省減的表現上，或將整個義符或是聲符省略，究其因素，除了一時的缺寫所致外，可能受到書寫面積的限制，因而藉著部分形體的省減，以便將應納入的文字全部書寫於其中。由於義符或聲符的省略，造成文字辨識的不易，惟有透過相同的幣文比對，才能知曉該字特異的形體係省減後的結果。

聲符的作用，係爲了讓使用者能見到文字即讀出字音，倘若同時省減二個聲符的部分形體，勢必讓人不易識讀。省減聲符部分形體的現象，往往發生於採取上下式結構的文字，而這種上下式結構的文字，又具有一項共同的性質，亦即筆畫數目多，而且形體狹長。據此推知，當是爲了配合方塊字的觀念所致。

第九節　小　結

圖畫性質濃厚的文字，不便於書寫，書手遂以線條取代原有的形體。此種簡化的方式，習見於西周、春秋時期的文字。從省減的方式言，西周時期多以線條取代圖畫性質濃厚者，如：「馬」字於殷商甲骨文作「𢒉」，西周金文作「𢒉」；春秋中期以前的文字，多沿襲前代的作法，中、晚期則出現借筆省減的方式，如：〈吳王夫差矛〉的「吳」字作「𠂤」，〈龕公華鐘〉的「名」字作「𠬝」等；戰國文字除了保有原來的省改方法，也發展出省減同形以及可省去大部分形體的方式——剪裁省減，以剪裁省減來書寫文字，雖可達到便利與速捷，卻因形體省減過甚，容易造成辨識上的不便，因而又將省減符號「＝」添置在省體者的下方，表示該字爲省減後的形體。其次，晉系的貨幣文字，受限於書寫面積，除了採取邊線的借用外，又發展出省減整個義符或聲符的方式，使得部分的文字形體因聲符或義符的省略，而不易識讀；楚簡文字有時受到竹簡形制的影響，會將「口」的左方或是右方的豎畫省略；相較於其他四系的文字，秦系文字的穩定性高，省減變易的情形則較爲少見。

從諸多字例觀察，楚系文字習見簡化的現象，晉系文字裡則以中山國文字的簡化情形較爲常見；若以書寫於不同材質的資料言，以簡帛文字爲首，其次爲貨幣文字，銅器上的字形大抵較爲中規中矩，雖然亦見省變的現象，與簡帛、貨幣上的文字相較，出現的機率仍屬偏低，這應是使用的場合不同所致。

漢字由最小的單位——筆畫所架構，由筆畫→部件→偏旁，最後形成文字，儘管在文字演變的過程裡，會有所增減，其間的省改，多有其理由。隨著時代的進步，文字的使用日益普及，爲了追求書寫的便利、快捷、節省空間等，遂發展出各式各樣的省減模式。省減並非任意爲之，自有其省改的理由。造成文字簡化的因素，有以下幾項原因：

1、爲求書寫的便利與迅速。某些圖畫性質的象形文字，或是其間的筆畫十分繁複者，往往造成書寫的不便，隨著文字的大量使用，爲了加快抄寫的速度，以及書寫的方便，惟有朝向簡化發展。

2、受到文字形體結構的影響。部分文字的形體趨於狹長，倘若該字採取上下式結構組合，有時會使得組成後的形體更加瘦長，容易造成視覺的突兀，甚或與同一版面上的文字格格不入。爲了避免此現象的發生，可以利用偏旁間筆畫或部件相近同的特性，合用某一筆畫或部件，透過空間的緊縮，達到形體結構的協調。

3、受到書寫面積的影響。某些材料可供書寫的地方有限，爲了在一定的空間書寫若干字，只有採取省減的方法；此外，倘若書寫時，該字的某一橫畫或是豎畫，與簡牘、貨幣等器的邊緣十分靠近，致使該筆畫無法順利書寫，惟有省去該筆畫。

文字的簡化，除了有一定的因由外，在省減的過程裡，也有其遵循的規律，如：

1、接近圖畫性質的形體結構，可以線條取代。

2、採取共用筆畫書寫者，在偏旁的安排上無論是上下式結構或是左右式結構，只要其間的筆畫相同即合用一個筆畫。

3、採取借用筆畫或部件書寫者，在偏旁的安排上無論是上下式結構或是左右式結構，只要其間的筆畫或部件相近即借用。

4、以借用邊線書寫者，其間的筆畫，須與所借者的邊、線相近同，才能達到借用的效果。

5、部件或偏旁重複者，省略重複的部分。

6、以剪裁省減的方式書寫，被省減的部分，一般多大於保留的形體，爲了讓使用者便於識別，於該字下方增添省減符號「＝」或「－」。

7、文字形體無論如何的省減，基本上以不破壞該字的聲符爲原則。

8、倘若省減的文字係由形符與聲符所組成，除了少部分貨幣文字爲特例外，一般僅省減形符或聲符的部分形體。